Anne
d'Avonlea

D0638103

De la même auteure

LUCY MAUD MONTGOMERY

Anne d'Avonlea

Traduit de l'anglais par
Hélène Rioux

ÉDITIONS QUÉBEC/AMÉRIQUE

425, RUE SAINT-JEAN-BAPTISTE, MONTRÉAL (QUÉBEC) H2Y 2Z7 (514) 393-1450

Données de catalogage avant publication (Canada)

Montgomery, L. M. (Lucy Maud), 1874-1942
[Anne of Avonlea. Français]
Anne d'Avonlea
(Collection Anne ; 2)
Publ. à l'origine dans la coll. : Collection Littérature d'Amérique.
Traduction de : Anne of Avonlea.

ISBN 2-89037-745-8
I. Titre. II. Titre : Anne of Avonlea. Français III. Collection.
PS8526.O55A6214 1994   C813'.52   C94-940998-7
PS9526.O55A6214 1994
PR9199.3.M6A6214 1994

*Les Éditions Québec/Amérique bénéficient du programme de
subvention globale du Conseil des Arts du Canada.*

Titre original : *Anne of Avonlea*
Première édition au Canada : L.C. Page & Company Inc., 1909

Dépôt légal : 3e trimestre 1994
Bibliothèque nationale du Québec
Bibliothèque nationale du Canada

Mise en page : Andréa Joseph

Table des matières

1

Un voisin courroucé

Par un chaud après-midi du mois d'août, une grande
et mince jeune fille de seize ans et demi, aux yeux gris
sérieux et aux cheveux que ses amis qualifiaient d'auburn,
était assise sur le large seuil de grès rouge d'une ferme de
l'Île-du-Prince-Édouard, déterminée à analyser un passage
d'un livre de Virgile.

Mais un après-midi du mois d'août, alors que des
vapeurs bleues serpentent dans les champs en pente, que
des brises chuchotent comme des elfes dans les peupliers et
que, dans un coin de la cerisaie, des coquelicots impro-
visent un ballet flamboyant contre un taillis sombre de
jeunes sapins, n'est-il pas plus propice à la rêverie qu'à
l'étude des langues mortes? Virgile glissa bientôt sur le sol
sans qu'Anne y prête attention; le menton posé sur ses
mains jointes et le regard fixé sur la masse de floconneux
nuages s'amoncelant en une montagne blanche juste au-
dessus de la maison de M. Harrison, elle était perdue très
loin, dans un monde délicieux où une certaine institutrice
accomplissait un travail magnifique, formant la destinée
de futurs hommes d'État et insufflant dans le cœur et l'esprit des jeunes des idéaux nobles et élevés.

Bien sûr, si on regardait les choses en face et, il faut
bien l'avouer, Anne ne s'y résolvait que lorsqu'elle y était
contrainte, il semblait peu probable que beaucoup de célé-
brités émergent de l'école d'Avonlea; mais on ne sait
jamais ce qui peut se produire lorsqu'une institutrice

exerce une influence salutaire. Anne était convaincue
qu'un professeur peut accomplir de grandes choses à condition de prendre les bons moyens pour y parvenir; elle se
trouvait donc au beau milieu d'une scène idyllique,
quarante années plus tard, avec un personnage célèbre –
Anne ne savait pas encore exactement ce qui ferait sa
renommée, mais elle se disait qu'un recteur d'université ou
un premier ministre du Canada serait tout à fait approprié
– s'inclinant sur sa main ridée et l'assurant que c'était à
elle, en premier lieu, qu'il devait son ambition et que toute
la réussite de sa vie reposait sur les leçons qu'elle lui avait
inculquées jadis, à l'école d'Avonlea. Cette vision enchan-
teresse fut soudain interrompue de façon très désagréable.

Une petite vache jersiaise à l'air parfaitement innocent se précipita sur le chemin et, cinq secondes plus tard,
M. Harrison arriva... si « arriver » est le terme juste pour
décrire son irruption dans la cour.

Il sauta par-dessus la clôture sans prendre la peine
d'ouvrir la barrière et, l'air furieux, se planta en face
d'Anne qui s'était levée et le contemplait avec ahurissement. M. Harrison était leur nouveau voisin de droite et,
bien qu'elle l'eût aperçu une ou deux fois auparavant, elle
ne l'avait jamais véritablement rencontré.

Au début d'avril, avant qu'Anne soit revenue de
Queen's, M. Robert Bell, dont la ferme était contiguë au
domaine des Cuthbert à l'ouest, avait vendu sa
propriété et déménagé à Charlottetown. Un certain
M. J.A. Harrison avait acheté la ferme. Tout ce qu'on
savait de lui, c'était son nom et sa province d'origine : le
Nouveau-Brunswick. Mais il s'était à peine écoulé un mois
depuis son arrivée à Avonlea qu'il avait déjà acquis la
réputation d'être un individu bizarre... un « excentrique », selon Mᵐᵉ Rachel Lynde. Mᵐᵉ Rachel avait son
franc-parler, ceux d'entre vous qui ont déjà fait connaissance avec elle s'en souviendront. M. Harrison semblait
certainement différent – et, comme chacun le sait, c'est là
la caractéristique essentielle d'un excentrique.

Tout d'abord, il tenait lui-même sa maison et avait déclaré publiquement qu'il ne voulait voir rôder aucune écervelée de femme autour de son territoire. La population féminine d'Avonlea prit sa revanche en colportant d'épouvantables ragots sur sa façon de tenir maison et de faire la cuisine. Le petit John Henry Carter de White Sands, embauché par lui, fut à l'origine des racontars. En premier lieu, il n'y avait pas d'heure fixe pour les repas chez M. Harrison. Ce dernier « prenait une bouchée » lorsque la faim se faisait sentir, et si John Henry se trouvait dans les parages à ce moment-là, il partageait avec lui; sinon, John Henry devait attendre jusqu'à ce que l'estomac de M. Harrison crie de nouveau famine. John Henry affirmait lugubrement qu'il serait mort de faim s'il n'était pas revenu « faire le plein » chez lui le dimanche et si sa mère ne lui remettait chaque fois un panier de victuailles à emporter le lundi matin.

De plus, M. Harrison ne lavait la vaisselle que les dimanches de pluie. Il la lavait alors en entier dans la barrique d'eau de pluie, puis il la laissait sécher là.

En outre, M. Harrison était « près de ses sous ». Lorsqu'on lui demanda de souscrire pour le salaire du pasteur Allan, il répondit qu'il attendrait d'entendre les sermons pour en déterminer la valeur en dollars... il n'était pas homme à acheter chat en poche. Et lorsque Mme Lynde alla chez lui solliciter une contribution pour ses missions – et jeter par la même occasion un œil sur l'intérieur du logis –, il lui dit qu'il y avait plus de païennes parmi les vieilles commères d'Avonlea que n'importe où ailleurs à sa connaissance et qu'il se ferait un plaisir de contribuer à une mission visant à les évangéliser si elle en mettait une sur pied. Mme Rachel s'enfuit et déclara que c'était une chance que la pauvre Mme Robert Bell dorme en paix dans sa tombe parce qu'elle aurait eu le cœur brisé de constater l'état de sa maison dont elle avait l'habitude d'être si fière.

« Quand on pense qu'elle frottait le plancher de la cuisine à la brosse tous les deux jours », s'exclama avec indignation Mme Lynde à Marilla Cuthbert. «Et si vous le voyiez maintenant! J'ai dû relever mes jupes pour marcher dessus.»

Enfin, M. Harrison gardait un perroquet nommé Ginger. Personne à Avonlea n'ayant jamais possédé de perroquet, il était par conséquent difficile de considérer cette habitude comme respectable. Et quel perroquet! À en croire John Henry Carter, on n'avait jamais vu volatile plus impie! Il jurait horriblement! Mme Carter aurait retiré son fils de là sans hésiter si elle avait été assurée de pouvoir lui trouver une place ailleurs. De plus, Ginger avait mordu John Henry à la nuque un jour qu'il s'était trop approché de la cage. Mme Carter montrait la cicatrice à tout le monde lorsque son fils venait à la maison le dimanche.

Anne se remémora d'un coup tous ces faits tandis que M. Harrison se tenait devant elle, muet et visiblement courroucé. On ne pouvait considérer M. Harrison comme un bel homme, même lorsqu'il était de meilleure humeur. Il était court, gras et chauve; et à présent, avec son visage rond violet de rage et ses yeux globuleux pratiquement sortis de la tête, il apparut à Anne comme la personne la plus laide qu'elle eût jamais vue.

M. Harrison retrouva soudain la voix.

«Je ne vais pas endurer ça un jour de plus», bafouilla-t-il, «vous m'entendez, mademoiselle. C'est la troisième fois, nom de Dieu, mademoiselle... la troisième fois! Ma patience a des limites, mademoiselle. J'ai averti votre tante, la dernière fois, de veiller à ce que ça ne se reproduise plus... et elle l'a laissée faire... elle l'a laissée... pour quelle raison, c'est ce que je voudrais bien savoir. C'est pour ça que je suis ici, mademoiselle.»

«Pouvez-vous m'expliquer votre problème?» demanda Anne de son air le plus digne. Elle avait beaucoup pratiqué son air digne ces derniers temps, afin qu'il soit au point pour la rentrée scolaire; mais il ne produisit apparemment aucun effet sur ce voisin hors de lui.

«Mon problème, dites-vous? Nom de Dieu, c'est un problème, en effet, vous pouvez me croire. Le problème, mademoiselle, c'est que j'ai trouvé la Jersey de votre tante dans mon avoine, il n'y a pas une demi-heure. Et c'est la troisième fois. Je l'ai trouvée mardi dernier, et hier encore. Je suis venu ici dire à votre tante de veiller à ce que ça n'arrive plus. Et elle l'a laissée faire. Où est votre tante, mademoiselle? Je tiens à la rencontrer une minute pour lui dire ma façon de penser... la façon de penser de J.A. Harrison, mademoiselle.»

«Si vous parlez de Mlle Marilla Cuthbert, ce *n'est pas* ma tante et elle s'est rendue à East Grafton au chevet d'une parente éloignée qui est très malade», répondit Anne, avec de plus en plus de dignité. «Je suis désolée que ma vache soit allée dans votre avoine... c'est *ma* vache, et non celle de Mlle Cuthbert... Matthew me l'a donnée il y a trois ans, alors qu'elle n'était encore qu'une génisse. Il l'avait achetée à M. Bell.»

«Désolée! Mais ça ne m'aide aucunement que vous soyez désolée, mademoiselle! Vous feriez mieux d'aller constater les dégâts que votre vache a causés dans mon champ... Elle a piétiné mon avoine depuis le milieu jusqu'aux limites du champ, mademoiselle.»

«Je suis vraiment désolée», répéta Anne d'une voix ferme, «mais peut-être que si vos clôtures étaient en bon état, Dolly n'aurait pu pénétrer dans votre champ. C'est votre partie de la clôture qui sépare votre champ d'avoine de notre pâturage, et j'ai remarqué l'autre jour qu'elle n'était pas en excellente condition.»

«Ma clôture est très bien», répliqua brusquement M. Harrison, plus en colère que jamais maintenant qu'Anne avait relancé la balle dans son champ. «Même les barreaux d'une prison ne pourraient retenir un démon de vache comme celle-là. Et je peux vous dire, espèce de Poil de Carotte, que si c'est votre vache, comme vous dites, vous feriez mieux de l'empêcher de piétiner les céréales de vos voisins plutôt que de rester assise à lire des romans à sensation », ajouta-t-il en foudroyant du regard l'innocent Virgile aux pieds d'Anne.

À ce moment-là, Anne vit rouge – on sait que la couleur de ses cheveux avait toujours été son point sensible.

« Je préfère avoir les cheveux roux que de ne pas en avoir, sauf une mèche autour des oreilles », éclata-t-elle.

Le coup porta, car M. Harrison était vraiment très susceptible au sujet de sa calvitie. Le choc le laissa coi et il ne put que dévisager Anne d'un air furibond. Celle-ci avait retrouvé ses esprits et poursuivit sur sa lancée.

« Je peux essayer de vous comprendre, M. Harrison, parce que j'ai de l'imagination. Il m'est facile de concevoir combien cela doit être pénible de découvrir une vache dans son avoine et je ne vous garderai pas rancune de vos paroles. Je vous promets que Dolly n'ira plus dans votre champ. Sur ce point, vous avez ma parole d'honneur. »

« Bon, alors vous avez intérêt à faire attention », marmonna M. Harrison d'un ton plus contenu ; mais il s'éloigna en battant la semelle avec colère et Anne l'entendit grommeler jusqu'à ce qu'il soit hors de portée de voix. L'esprit gravement perturbé, elle traversa la cour et enferma la vache dans l'enclos.

« Il lui est impossible de sortir de là à moins d'arracher la clôture », se dit-elle. « Elle semble plutôt calme à présent. Je dirais même qu'elle s'est rendue malade à manger de l'avoine. J'aurais dû la vendre à M. Shearer lorsqu'il la voulait, la semaine dernière, mais je pensais qu'on ferait mieux d'attendre la vente aux enchères du bétail et de tout laisser aller ensemble. Je crois que M. Harrison est vraiment excentrique. Il n'a certainement rien d'une âme sœur. »

Anne gardait toujours l'œil ouvert pour dénicher les âmes sœurs. Marilla Cuthbert arrivait en boghei dans la cour au moment où Anne rentrait, et celle-ci se hâta d'aller préparer le thé. Elles discutèrent, assises à la table.

« Je serai contente lorsque la vente aux enchères sera chose faite », dit Marilla. « C'est une trop grande respon-

sabilité d'avoir autant de bétail et personne d'autre que
Martin pour s'en occuper; on ne peut guère lui faire
confiance. Il n'est pas encore revenu alors qu'il m'avait
promis d'être de retour hier soir si je lui donnais sa journée
de congé pour aller aux funérailles de sa tante. Je ne sais pas
combien de tantes il peut bien avoir, mais c'est la quatrième qui trépasse depuis que je l'ai embauché, il y a un an.
Je serai plus que soulagée lorsque la récolte sera faite et que
M. Barry prendra la ferme en charge. Nous garderons Dolly
enfermée dans l'enclos jusqu'au retour de Martin, parce
qu'il faut la mettre dans le pâturage en arrière, là où les
clôtures doivent être réparées. Tu peux me croire, nous
vivons dans un monde de problèmes, comme dit Rachel.
Voilà que cette pauvre Mary se meurt, et qu'est-ce que ses
deux enfants vont devenir? Elle a un frère en Colombie-
Britannique et elle lui a écrit à leur sujet, mais elle n'a pas
encore eu de réponse. »

« Comment sont les enfants? Quel âge ont-ils? »

« Un peu plus de six ans... ce sont des jumeaux. »

« Oh! j'ai toujours été particulièrement intéressée par
les jumeaux depuis mon séjour chez Mme Hammond qui en
avait un si grand nombre », fit Anne avec entrain. « Sont-
ils beaux? »

« Mon Dieu, comment savoir... ils étaient si sales.
Davy avait fait des pâtés de boue et Dora est allée le
chercher. Davy l'a poussée tête première dans le plus gros
et puis, comme elle pleurait, il s'est jeté dedans lui aussi
pour lui prouver qu'il n'y avait pas là de quoi pleurer. Mary
a dit que Dora était vraiment une bonne enfant mais que
Davy se montrait très espiègle. Il n'a jamais été éduqué, si
l'on peut dire. Son père est mort quand il n'était qu'un
bébé et Mary a été malade presque sans arrêt depuis. »

« J'ai toujours de la peine pour les enfants qui n'ont
pas reçu d'éducation », affirma Anne d'un ton posé. « Tu
sais que je n'en avais aucune avant que tu me prennes en
main. J'espère que leur oncle va s'en occuper. Mais quel est
au juste ton lien de parenté avec Mme Keith? »

« Avec Mary ? Je n'ai aucun lien de parenté. C'était son mari... qui était notre cousin au troisième degré. Voici Mme Lynde qui traverse la cour. Je me doutais qu'elle viendrait prendre des nouvelles de Mary. »

« Ne lui dis rien au sujet de M. Harrison et de la vache », la supplia Anne.

Marilla lui promit de se taire ; la promesse était plutôt inutile, car Mme Lynde n'était pas sitôt assise qu'elle dit :

« J'ai vu M. Harrison chasser votre Jersey de son champ d'avoine aujourd'hui, en revenant de Carmody. J'ai trouvé qu'il avait l'air très en colère... Est-ce qu'il a fait beaucoup de tapage ? »

Anne et Marilla échangèrent furtivement un sourire amusé. Peu de choses à Avonlea échappaient à Mme Lynde. Le matin même, Anne remarquait justement :

« Si tu vas dans ta chambre à minuit, que tu verrouilles la porte, baisses le store et *éternues*, Mme Lynde te demandera le lendemain matin comment va ton rhume. »

« Je crois que oui », admit Marilla. « J'étais absente. Il a dit à Anne sa façon de penser. »

« À mon avis, c'est un individu très désagréable », déclara Anne en secouant sa tête rousse avec rancune.

« Tu ne peux pas dire plus vrai », approuva solennellement Mme Rachel.

« Je savais qu'on aurait des problèmes lorsque Robert Bell a vendu sa maison à un homme du Nouveau-Brunswick. Je me demande ce qu'Avonlea va devenir avec tous ces étrangers qui viennent s'y installer. On ne pourra bientôt plus dormir en sécurité dans son lit. »

« Comment ça ? » s'étonna Marilla. « Est-ce que d'autres étrangers viennent s'établir ici ? »

« Tu n'es pas au courant ? Eh bien, il y a d'abord une famille Donnell. Ils ont loué la vieille maison de Peter Sloane. Peter a embauché l'homme pour s'occuper de son moulin. Ils viennent de l'Est, et personne ne connaît rien d'eux. Puis la famille Timothy Cotton, cette bande de fainéants, va arriver incessamment de White Sands, et ce

sera un véritable fardeau pour la société. Il est phtisique –
quand il n'est pas en train de voler –, sa femme est une
imbécile qui ne sait rien faire de ses dix doigts. Elle s'assoit
pour laver la vaisselle! Mme George Pye a pris chez elle le
neveu orphelin de son mari, Anthony Pye. Il sera dans ta
classe, Anne, alors tu peux t'attendre à passer des moments
difficiles, c'est sûr. Et tu auras aussi un autre élève étranger.
Paul Irving arrive des États-Unis pour venir vivre chez sa
grand-mère. Tu te souviens de son père, Marilla... Stephen
Irving, celui qui a rompu ses fiançailles avec Lavendar
Lewis à Grafton?»

«Je ne crois pas qu'il l'ait laissée tomber. Ils s'étaient
querellés... Je suppose qu'il y avait des torts des deux
côtés. »

«Eh bien, il ne l'a pas épousée en tout cas et elle est
devenue aussi bizarre que possible depuis, dit-on... vivant
toute seule dans cette petite maison de pierre qu'elle a
baptisée le Pavillon de l'Écho. Stephen est parti aux États,
il s'est lancé en affaires avec son oncle et s'est marié avec
une Américaine. Il n'est jamais revenu depuis, mais sa
mère lui a rendu visite là-bas, une ou deux fois. Sa femme
est morte il y a deux ans, et il confie le garçon à sa mère
pour quelque temps. Il a dix ans et je ne sais pas si ce sera
très plaisant de l'avoir comme élève. On ne sait jamais à
quoi s'attendre avec ces Américains. »

Mme Lynde considérait comme suspectes toutes les
personnes qui avaient eu le malheur de naître ou d'être
élevées en dehors de l'Île-du-Prince-Édouard. Il était
possible, bien sûr, qu'elles soient d'honnêtes gens, mais
mieux valait s'en méfier. Depuis que son mari s'était fait
jouer de dix dollars par un employeur de Boston, personne,
ni ange, ni prince, ni ministre, n'aurait pu la convaincre
que les États-Unis au complet n'en étaient pas
responsables.

«Un peu de sang neuf ne fera pas de tort à l'école
d'Avonlea», observa sèchement Marilla, «et si ce garçon
ressemble un tant soit peu à son père, tout ira pour le

mieux. Steve Irving était le meilleur garçon ayant grandi dans les environs, même si certaines personnes le trouvaient trop fier. Je pense que Mme Irving sera très contente d'avoir l'enfant auprès d'elle. Elle a été très seule depuis la mort de son mari. »

« Oh ! le garçon peut être convenable, mais il sera différent des enfants d'Avonlea », trancha Mme Rachel comme si cela réglait la question. Les opinions de Mme Rachel concernant n'importe quelle personne, n'importe quel lieu, n'importe quelle chose, étaient réputées pour leur ténacité. « J'ai entendu dire que tu organises une Société d'amélioration du village, Anne. De quoi s'agit-il au juste ? »

« Nous en avons simplement discuté, avec des filles et des garçons, lors de la dernière réunion de la Société des débats », répondit Anne en rougissant. « Ils pensaient que ce pourrait être utile... et c'est également l'avis de M. et Mme Allan. Beaucoup de villages en ont une à présent. »

« Eh bien, tu finiras par t'attirer des ennuis, si tu t'entêtes dans ce projet. Tu ferais mieux de laisser tomber, Anne. Les gens n'aiment pas se faire améliorer. »

« Oh ! ce ne sont pas les *gens* que nous allons tenter d'améliorer, c'est Avonlea. Un tas de choses pourraient être faites pour embellir le village. Si on pouvait, par exemple, inciter M. Levi Boulter à démolir cette affreuse vieille maison sur sa terre en haut, est-ce que cela ne serait pas une amélioration ? »

« Bien sûr que oui », admit Mme Rachel. « Il y a des années que cette horrible ruine choque le regard. Alors si vous, les améliorateurs, parvenez à convaincre Levi Boulter de faire quelque chose pour la communauté sans être payé, je voudrais être là pour assister à la scène. Je ne veux pas te décourager, Anne, parce qu'il y a peut-être quelque chose de bon dans ton idée, bien que je te soupçonne de l'avoir empruntée à une de ces insignifiantes revues américaines, mais tu auras déjà énormément de travail avec ton école, et je te conseille amicalement de ne pas t'occuper d'améliorations. Je sais bien que tu n'en feras qu'à ta tête, comme d'habitude ; il faut toujours que tu ailles au bout de tes idées, quelles qu'elles soient. »

Quelque chose dans les contours fermes des lèvres d'Anne indiquait que l'estimation de Mme Lynde n'était pas loin de la vérité. Gilbert Blythe, qui devait enseigner à White Sands mais qui reviendrait régulièrement chez lui du vendredi soir au lundi matin, se montrait enthousiaste pour le projet ; et la plupart des autres jeunes étaient d'accord pour s'engager dans tout ce qui pouvait engendrer des rencontres occasionnelles et, par conséquent, du « plaisir ». Quant aux « améliorations » proprement dites, personne, à l'exception d'Anne et de Gilbert, n'avait une idée très précise de leur nature. Ces derniers en avaient parlé et les avaient planifiées jusqu'à ce qu'un Avonlea idéal existe dans leur esprit, sinon ailleurs.

Mme Rachel avait encore une autre nouvelle.

« On a confié l'école de Carmody à une certaine Priscilla Grant. Étudiais-tu avec une fille de ce nom à Queen's, Anne ? »

« Oui, bien sûr. Priscilla va enseigner à Carmody ! C'est tout à fait adorable ! » s'exclama Anne, dont les yeux gris s'illuminèrent jusqu'à ressembler à des étoiles du soir, ce qui amena Mme Lynde à se demander une fois de plus quand donc elle parviendrait à décider si oui ou non Anne était une jolie fille.

2

Vendre en hâte et s'en mordre les doigts

Anne se rendit faire des emplettes à Carmody l'après-midi suivant en compagnie de Diana Barry. Diana s'était évidemment engagée à faire partie de la Société d'amélio-ration et les deux jeunes filles n'eurent presque pas d'autre sujet de conversation pendant tout le trajet.

« Notre priorité, lorsque nous commencerons, devra être de peindre cette salle de spectacles », remarqua Diana lorsqu'elles passèrent devant un édifice plutôt délabré, niché dans un creux boisé au-dessus duquel, de tous les côtés, des épinettes formaient comme un dôme. « C'est un endroit horrible et nous devons nous en occuper avant même d'essayer de persuader M. Levi Boulter de démolir sa maison. Papa prétend que nous n'y arriverons jamais... Levi Boulter est trop mesquin pour y consacrer le temps nécessaire. »

« Il laisserait peut-être les garçons la démolir s'ils pro-mettaient de lui amener les planches et de les lui fendre comme bois d'allumage », suggéra Anne avec espoir. « Il faudra faire notre possible et nous montrer patients au début. Nous ne pouvons nous attendre à tout améliorer d'un seul coup. Nous devons, bien sûr, commencer par éduquer le sentiment public. »

Diana n'était pas certaine de savoir exactement ce que signifiait « éduquer le sentiment public »; mais c'était là des mots qui sonnaient bien et elle se sentait fière à l'idée d'être sur le point d'appartenir à une société poursuivant un idéal aussi noble.

« Hier soir, j'ai trouvé quelque chose que nous pourrions entreprendre, Anne. Tu sais, le carrefour où se rencontrent les routes de Carmody, de Newbridge et de White Sands? Il est entièrement recouvert de jeunes épinettes; n'est-ce pas que ce serait une bonne idée de les enlever pour ne laisser que les deux ou trois bouleaux qui sont déjà sur place? »

« Splendide », approuva joyeusement Anne. « Et nous installerons un banc rustique sous les bouleaux. Au printemps, nous aurons un parterre au centre où nous planterons des géraniums. »

« Oui; il faudra seulement trouver un moyen pour que la vieille Mme Sloane empêche sa vache d'aller sur la route, sinon elle mangera tous nos géraniums », ajouta Diana en riant. « Je commence à comprendre ce que tu entends par "éduquer le sentiment public", Anne. Voici maintenant la vieille maison Boulter. As-tu jamais vu pareil taudis? Et perché tout près de la route, lui aussi. Une vieille maison qui n'a plus de fenêtres me fait toujours penser à quelque chose de mort, dont les yeux auraient été picorés. »

« Une vieille maison déserte est triste à voir », prononça rêveusement Anne. « J'ai toujours l'impression qu'elle est en train de méditer sur son passé et de pleurer ses bonheurs enfuis. Marilla dit qu'autrefois une famille nombreuse a été élevée dans cette maison et que c'était un endroit vraiment charmant, avec un grand jardin et des roses qui grimpaient partout. La maison était pleine de jeunes enfants, de rires et de chansons; et la voilà vide à présent, personne n'y erre plus, que le vent. Comme elle doit se sentir seule et triste! Peut-être qu'ils reviennent tous, par les nuits de pleine lune... les fantômes des enfants d'autrefois, et des roses, et des chansons... et pendant quelques instants, la vieille maison peut rêver encore de sa jeunesse heureuse. »

Diana hocha la tête.

« J'évite désormais d'imaginer des choses semblables, Anne. Te souviens-tu combien maman et Marilla étaient fâchées lorsque nous imaginions des fantômes dans la Forêt hantée ? Aujourd'hui encore, je me sens mal à l'aise quand je traverse le bois, la nuit tombée ; et si je me mets à imaginer des choses sur la vieille maison Boulter, je ne pourrai plus passer devant sans être terrifiée. D'ailleurs, ces enfants ne sont pas morts. Ils ont grandi et ils vont bien ; l'un d'eux est même devenu boucher. Et puis de toute façon, les fleurs et les chansons ne peuvent avoir de fantômes. »

Anne réprima un petit soupir. Elle chérissait Diana, et elles avaient toujours été de bonnes camarades. Mais elle savait depuis longtemps que lorsqu'elle voulait vagabonder dans le royaume de la fantaisie, elle devait y aller seule. Il existait un sentier enchanté pour y arriver, où même son amie la plus chère ne pouvait la suivre.

Un orage se déclencha pendant que les jeunes filles se trouvaient à Carmody ; il ne dura cependant pas longtemps et le retour fut délicieux, à travers des chemins où les gouttes de pluie scintillaient sur les branches, et des vallons entourés d'arbres feuillus où les fougères mouillées dégageaient des arômes épicés. Mais au moment précis où elles s'engageaient dans le chemin Cuthbert, Anne eut une vision qui lui gâcha la beauté du paysage.

Devant elles, sur la droite, s'étalait le grand champ d'avoine tardive de M. Harrison, gris-vert, mouillé et luxuriant ; et là, debout en plein milieu, les hautes herbes montant jusqu'à ses flancs soyeux, clignant calmement des yeux par-dessus les épillets, se tenait une vache jersiaise.

Anne laissa tomber les rênes et se leva en serrant les lèvres d'une façon qui n'augurait rien de bon pour le quadrupède prédateur. Elle ne prononça pas un mot, mais elle grimpa prestement par-dessus les roues et enjamba la clôture avant que Diana ait compris quoi que ce soit.

« Anne, reviens », cria cette dernière lorsqu'elle retrouva la voix.

« Tu vas abîmer ta robe dans cette avoine mouillée...
tu vas l'abîmer. Elle ne m'entend pas. Bon, elle ne réussira
jamais toute seule à faire sortir cette vache de là. Je dois
l'aider, évidemment. »

Anne fonçait à travers l'avoine comme une déchaî-
née. Diana sauta vivement, attacha solidement le cheval à
un poteau, retroussa la jupe de sa jolie robe en toile de
Vichy par-dessus ses épaules, monta sur la clôture et se mit
à courir à la suite de son amie hors d'elle. Plus rapide
qu'Anne, qui se trouvait handicapée par sa jupe collante
et mouillée, elle la dépassa bientôt. Elles laissaient derrière
elles un sillon qui briserait le cœur de M. Harrison lorsqu'il le verrait.

« Anne, pour l'amour de Dieu, arrête », supplia la
pauvre Diana hors d'haleine. « Je suis à bout de souffle et
tu es trempée jusqu'aux os. »

« Je dois... sortir... cette vache... de là... avant que...
M. Harrison... ne la voie », haleta Anne. « Peu importe...
que je sois... trempée, il faut... y arriver. »

Mais la vache jersiaise ne semblait pas apprécier d'être
ainsi chassée de son savoureux pâturage. Aussitôt que les
deux filles essoufflées arrivèrent près d'elle, elle se retourna
et se précipita vers le coin opposé du champ.

« Fais-la tourner », cria Anne. « Vite, Diana, cours. »
Diana courut. Anne essaya aussi, mais la vilaine vache
galopait autour du champ comme une possédée, ce qu'elle
était vraiment, pensait Diana. Elles mirent dix bonnes
minutes avant de réussir à la faire dévier et à la diriger par
la brèche du coin vers le chemin Cuthbert.

Il est indéniable qu'à ce moment-là, l'humeur d'Anne
était tout plutôt qu'angélique. Elle ne s'adoucit pas le moin-
drement en apercevant une voiture garée juste à l'extérieur
du chemin, dans laquelle étaient assis M. Shearer, de
Carmody, et son fils, arborant tous deux un large sourire.

« Je suppose, Anne, que tu aurais mieux fait de me
vendre cette vache lorsque j'ai voulu l'acheter la semaine
dernière », gloussa-t-il.

«Je vous la vends tout de suite si vous la voulez», répliqua sa propriétaire rouge et échevelée. «Vous pouvez la prendre immédiatement.»

«Marché conclu. Je t'en donne vingt dollars comme je te l'ai offert il y a une semaine, et Jim va la conduire tout de suite à Carmody. Elle ira en ville avec le reste de la marchandise ce soir. M. Reed de Brighton veut une vache Jersey.»

Cinq minutes plus tard, Jim Shearer et la vache s'en allaient sur la route tandis que l'impulsive Anne roulait sur le chemin de Green Gables avec ses vingt dollars.

«Que va dire Marilla?» demanda Diana.

«Oh! Peu lui importe. Dolly m'appartenait et nous n'aurions probablement pas pu en tirer plus de vingt dollars à la vente aux enchères. Mais Seigneur! Si M. Harrison voit l'état de son champ, il saura qu'elle y est encore allée et je lui avais donné ma parole d'honneur que cela ne se produirait plus! Eh bien, ça m'apprendra à donner ma parole pour un ruminant. Impossible de faire confiance à une vache qui peut sauter par-dessus la clôture de son enclos ou passer à travers.»

Marilla était allée chez Mme Lynde et, à son retour, elle savait déjà tout de la vente et du transfert de Dolly, car Mme Lynde avait assisté à la plus grande partie de la transaction de sa fenêtre et elle avait deviné le reste.

«Je présume que c'est aussi bien qu'elle soit partie, même si je trouve ta façon d'agir terriblement impétueuse, Anne. Je ne vois pourtant pas comment elle a pu sortir de l'enclos. Elle doit avoir brisé quelques planches.»

«Je n'ai pas pensé à regarder», dit Anne, «mais je vais y aller immédiatement. Martin n'est pas encore revenu. Peut-être que d'autres de ses tantes sont décédées. Cela me fait penser à l'anecdote sur M. Peter Sloane et les octogénaires. L'autre soir, Mme Sloane lisait un journal et elle dit à son mari: "Je vois qu'un autre octogénaire vient de mourir. Qu'est-ce qu'un octogénaire, Peter?" Et M. Sloane répondit qu'il ne le savait pas mais qu'il devait s'agir de créatures très maladives parce que chaque fois qu'on en entendait parler, elles étaient à l'agonie. Ce doit être le cas des tantes de Martin. »

« Martin est comme tous les autres Canadiens français », conclut Marilla avec mépris. « On ne peut compter sur eux une seule journée. »

Marilla était en train d'examiner les achats qu'Anne avait faits à Carmody lorsqu'elle entendit un cri perçant provenant de la cour de la grange. Une minute plus tard, Anne se précipita dans la cuisine en se tordant les mains.

« Anne Shirley, veux-tu bien me dire ce qui se passe, maintenant ? »

« Oh ! Marilla, que vais-je faire ? C'est terrible. Et tout est de ma faute. Oh ! Apprendrai-je un jour à m'arrêter et à réfléchir avant de poser des gestes importants ? Mme Lynde m'avait prédit qu'un jour je commettrais un acte épouvantable, et voilà, c'est fait maintenant ! »

« Anne, tu es la fille la plus exaspérante que je connaisse ! Qu'est-ce que tu as fait, au juste ? »

« J'ai vendu à M. Shearer... la vache Jersey de M. Harrison, celle qu'il avait achetée à M. Bell !... Dolly se trouve en ce moment dans l'enclos. »

« Anne Shirley, es-tu en train de rêver ? »

« Si seulement c'était un rêve ! Mais non, ce n'en est pas un, sinon un cauchemar. Et la vache de M. Harrison doit être arrivée à Charlottetown, à l'heure qu'il est. Oh ! Marilla, je croyais en avoir terminé avec les catastrophes et voilà que j'affronte la pire de mon existence. Qu'est-ce que je peux faire ? »

« Faire ? Il n'y a rien d'autre à faire, mon enfant, que d'aller en parler à M. Harrison. Nous pouvons lui offrir notre Jersey en échange, s'il refuse de prendre l'argent. Elle vaut bien la sienne. »

« Je suis sûre qu'il se mettra en colère et se montrera affreusement déplaisant », gémit Anne.

« Sans doute. Il semble du type plutôt soupe au lait. J'irai tout lui expliquer, si tu préfères. »

«Certainement pas! Ce serait trop mesquin de ma part», s'exclama Anne. «Tout est de ma faute et je ne te laisserai pas subir les conséquences à ma place. C'est moi qui irai, et j'irai même tout de suite. Le plus tôt sera le mieux, car ce sera terriblement humiliant.»

La pauvre Anne prit son chapeau et ses vingt dollars; elle se préparait à sortir lorsqu'elle jeta un coup d'œil par la porte ouverte du garde-manger. Sur la table, il y avait un gâteau aux noix qu'elle avait confectionné le matin même – un mélange particulièrement savoureux avec un glaçage rose orné de noix de Grenoble. Anne l'avait fait en prévision du vendredi soir, lorsque les jeunes gens d'Avonlea se réuniraient à Green Gables pour établir les bases de la Société d'amélioration. Mais qui étaient-ils, à côté d'un M. Harrison, victime d'une telle offense? Croyant que ce gâteau avait des chances d'attendrir le cœur de n'importe quel homme, et particulièrement de celui qui est astreint à faire sa propre cuisine, Anne le mit sans tarder dans une boîte. Elle l'offrirait à M. Harrison en guise de calumet de paix.

«Si, bien sûr, il me laisse la chance de placer un mot», pensa-t-elle avec amertume, comme elle grimpait sur la clôture du chemin et prenait un raccourci à travers les champs dorés par la lumière de ce langoureux crépuscule d'août. «Je sais à présent comment se sentent les condamnés que l'on conduit à l'échafaud.»

3

M. Harrison chez lui

La maison de M. Harrison était une bâtisse à l'ancienne mode, à toit bas, blanchie à la chaux, adossée à un épais bosquet d'épinettes.

M. Harrison en personne, assis en manches de chemise sur sa véranda envahie de lierre, fumait avec délectation sa pipe vespérale. Lorsqu'il vit qui montait sur le chemin, il bondit, se sauva dans la maison et ferma la porte. Cette conduite s'expliquait par le malaise que lui causait la surprise, mêlé à une bonne dose de honte pour son éclat de la veille. Ce qui restait de courage dans le cœur d'Anne s'en trouva presque totalement balayé.

« S'il est d'une humeur aussi massacrante maintenant, qu'est-ce que ce sera quand il entendra mon histoire ? » songea-t-elle misérablement en frappant à la porte.

M. Harrison ouvrit cependant en souriant piteusement et l'invita à entrer d'un ton plutôt doux et amical, bien qu'un peu nerveux. Il s'était débarrassé de sa pipe et avait endossé sa veste; il offrit très poliment à Anne de s'asseoir sur une chaise poussiéreuse, et son accueil aurait malgré tout été aimable sans ce perroquet bavard qui regardait à travers les barreaux de sa cage avec de méchants yeux dorés. Anne n'était pas sitôt assise que Ginger s'exclama :

« Nom de Dieu, qu'est-ce que Poil de Carotte vient faire ici ? »

Il serait difficile de dire qui, de M. Harrison ou d'Anne, avait le visage le plus rouge.

«Ne vous occupez pas de ce perroquet», fit
M. Harrison en jetant un regard à Ginger, furieux. «Il... il
dit toujours n'importe quoi. C'est mon frère qui me l'a
donné. Les marins n'utilisent pas toujours un vocabulaire
très châtié, et les perroquets sont des oiseaux qui ont un
fameux don d'imitation.»

«C'est bien ce que je pensais», répondit la pauvre
Anne, dont le ressentiment était étouffé par le souvenir de
sa mission. Dans les circonstances, elle ne pouvait certes
s'offrir le luxe de snober M. Harrison. Lorsqu'on vient tout
juste de vendre effrontément la vache jersiaise d'un
homme sans qu'il le sache ou y consente, on ne doit pas se
formaliser si son perroquet répète des propos peu flatteurs.
Néanmoins, «Poil de Carotte» ne fut pas aussi humble
que d'habitude.

«Je suis venue vous confesser quelque chose,
monsieur Harrison», reprit-elle résolument. «C'est... à
propos... de cette Jersey.»

«Nom de Dieu», s'écria nerveusement M. Harrison,
«ne me dites pas qu'elle est revenue piétiner mon avoine!
Eh bien, peu importe... peu importe qu'elle l'ait fait. Ça
m'est égal, complètement égal. Je me suis trop emporté,
hier, voilà la vérité. Peu importe qu'elle soit revenue.»

«Oh! si ce n'était que ça», soupira Anne. «Mais c'est
dix fois pire. Je ne...»

«Seigneur, ne me dites pas qu'elle est allée dans mon
champ de blé?»

«Non... Non... pas dans le blé. Mais...»

«Alors elle est allée dans les choux! Elle a piétiné les
choux que je cultivais pour l'exposition, c'est ça hein?»

«Il ne s'agit pas des choux, monsieur Harrison. Je
vous expliquerai tout – c'est pourquoi je suis venue – mais
je vous en prie, cessez de m'interrompre. Cela me rend
nerveuse. Laissez-moi seulement raconter mon histoire et
ne parlez pas avant que j'aie terminé – vous en aurez alors
long à dire, cela ne fait aucun doute», conclut-elle, mais
en pensée seulement.

«Je ne prononcerai plus un seul mot», promit M. Harrison, et il tint parole. Mais n'étant lié par aucun contrat l'obligeant au silence, Ginger continua à vociférer «Poil de Carotte» à intervalles réguliers jusqu'à ce qu'Anne se sente au bord de la crise nerveuse.

«Hier, j'ai enfermé ma vache dans notre enclos. Ce matin, je me suis rendue à Carmody et, à mon retour, j'ai vu une Jersey dans votre avoine. Diana et moi l'avons chassée et vous ne pouvez imaginer la peine que nous avons eue. J'étais affreusement trempée, fatiguée et frustrée; M. Shearer est arrivé à ce moment précis et a offert d'acheter la vache. Je la lui ai vendue aussitôt pour vingt dollars. J'ai eu tort. J'aurais dû attendre et consulter Marilla. Mais j'ai la fâcheuse habitude d'agir impulsivement : tous ceux qui me connaissent pourront vous le confirmer. M. Shearer a aussitôt pris la vache pour l'expédier par le train de l'après-midi.»

«Poil de Carotte!» ponctua Ginger d'un ton profondément méprisant.

À ce moment, M. Harrison se leva et, avec une expression qui aurait glacé de terreur tout autre oiseau qu'un perroquet, porta la cage de Ginger dans une pièce contiguë et ferma la porte. Ginger cria, jura et se comporta conformément à sa réputation mais, se trouvant seul, il se replia dans un silence boudeur.

«Excusez-moi et continuez», dit M. Harrison en se rasseyant. «Mon frère le marin n'a jamais enseigné les bonnes manières à cet oiseau.»

«J'allai à la maison et, après le thé, je me rendis dans l'enclos. Monsieur Harrison...» Anne se pencha en avant, joignant les mains dans un geste puéril pendant que ses grands yeux gris fixaient d'un air implorant le visage embarrassé de son interlocuteur. «J'ai trouvé ma vache encore enfermée dans l'enclos. C'était votre vache que j'avais vendue à M. Shearer.»

«Nom de Dieu!» s'écria M. Harrison, interloqué par cette conclusion inattendue. «Voilà une chose *tout à fait* extraordinaire!»

«Oh! ce n'est pas le moins du monde extraordinaire que je me mette dans le pétrin et que j'y entraîne les autres», poursuivit-elle mélancoliquement. «Je suis renommée pour ça. On aurait pu croire que j'avais évolué – j'aurai dix-sept ans en mars prochain –, mais ça ne semble pas être le cas. Monsieur Harrison, pourrai-je espérer obtenir un jour votre pardon? Je crains qu'il ne soit trop tard pour récupérer votre vache, mais voici l'argent de la vente... ou vous pouvez prendre la mienne, si vous préférez. C'est une très bonne vache. Je ne saurais vous exprimer à quel point je regrette tout cela.»

«Tut, tut», l'interrompit vivement M. Harrison. «Ne dites plus un mot à ce sujet, mademoiselle. C'est sans importance... sans la moindre importance. Des accidents peuvent se produire. Je suis moi-même trop prompt parfois, mademoiselle, beaucoup trop prompt. Mais je ne peux m'empêcher de dire exactement ce que je pense et les gens doivent m'accepter comme je suis. Si cette vache était dans mes choux maintenant... mais peu importe, puisqu'elle n'y est pas, alors tout va bien. Je crois que je préférerais avoir votre vache en échange, vu que vous vouliez vous en débarrasser.»

«Oh! merci, monsieur Harrison. Je suis si heureuse que vous ne soyez pas fâché. J'avais peur de votre réaction.»

«Et je suppose que vous étiez terrorisée à l'idée de venir ici et de me parler; après tout le boucan que j'ai fait hier, hein? Mais il ne faut pas m'en vouloir, je suis un vieux garçon qui a son franc-parler, je suis affreusement enclin à dire la vérité, et même un peu trop carrément quelquefois.»

«Mme Lynde est comme ça», affirma Anne avant de pouvoir se reprendre.

«Qui? Mme Lynde? Ne me dites pas que je suis comme cette vieille chipie», s'écria M. Harrison avec irritation. «Je ne lui ressemble pas, pas une miette. Qu'est-ce que vous avez dans cette boîte?»

«Un gâteau», répondit-elle d'un ton malicieux. L'amabilité inattendue de M. Harrison lui avait tout à fait remonté le moral. «Je l'ai emporté pour vous l'offrir... J'ai pensé que vous n'aviez peut-être pas souvent l'occasion de manger du gâteau. »

«Pas très souvent, en effet, et j'en suis très friand. Je vous remercie beaucoup. Le glaçage a l'air vraiment délicieux. J'espère que l'intérieur l'est aussi. »

«Il l'est », affirma Anne, avec une confiance joyeuse. «Dans le temps, j'ai déjà fait des gâteaux qui ne l'étaient pas, comme Mme Allan pourrait vous le raconter, mais celui-ci est parfait. Je l'avais préparé pour la Société d'amélioration, mais je peux leur en confectionner un autre. »

«Eh bien, je vais vous dire une chose, mademoiselle, vous devez m'aider à le manger. Je vais mettre la bouilloire sur le feu et nous prendrons une tasse de thé. Qu'en pensez-vous ? »

«Me laisserez-vous le préparer ? » demanda Anne d'un ton dubitatif. M. Harrison eut un petit rire.

«Je vois que vous n'avez pas très confiance en mes talents culinaires. Vous avez tort... Je peux vous préparer un pot de thé, du thé comme vous n'en avez jamais bu auparavant. Mais allez-y. Heureusement, comme il a plu dimanche dernier, il reste amplement de vaisselle propre. »

Anne se leva vivement et se mit au travail. Elle rinça la théière dans plusieurs eaux avant de faire infuser le thé. Puis elle essuya la cuisinière et mit le couvert, emportant la vaisselle du garde-manger. L'état de ce dernier l'horrifia, mais elle crut plus sage de ne pas passer de commentaires. M. Harrison lui indiqua où trouver le pain et le beurre ainsi qu'une boîte de pêches. Anne décora la table avec un bouquet de fleurs du jardin et ferma les yeux sur les taches de la nappe. Le thé fut bientôt prêt et Anne s'assit en face de M. Harrison, à sa propre table, lui versant son thé et causant librement avec lui de son école, de ses amis et de ses projets. Elle s'étonnait elle-même de son attitude.

M. Harrison avait ramené Ginger, alléguant que le pauvre oiseau allait se sentir seul ; et Anne, sentant qu'elle pouvait pardonner n'importe quoi à n'importe qui, lui offrit une noix de Grenoble. Mais Ginger avait été trop gravement offensé pour accepter ses offres d'amitié. Il s'installa maussadement sur son perchoir et hérissa ses plumes jusqu'à ressembler à une boule verte et dorée.

« Pourquoi l'appelez-vous Ginger ? » s'informa Anne qui aimait que les noms conviennent à ceux qui les portent et trouvait que celui de Ginger ne s'accordait pas du tout avec un plumage aussi somptueux.

« C'est mon frère le marin qui l'a baptisé. C'était peut-être pour faire allusion à son caractère*. Je pense beaucoup de bien de cet oiseau, pourtant... vous seriez surprise si vous saviez. Il a ses défauts, évidemment. Il m'a coûté très cher, à plusieurs points de vue... Certaines personnes s'offusquent de ses mauvaises habitudes de langage, mais il ne peut s'en défaire. J'ai essayé, d'autres ont essayé. Il y a des gens qui ont des préjugés contre les perroquets. C'est stupide, n'est-ce pas ? Moi, je les aime bien. Ginger est un compagnon fort agréable. Rien ne pourrait jamais me convaincre d'abandonner cet oiseau... rien au monde, mademoiselle. »

M. Harrison lança la dernière phrase à la tête d'Anne aussi catégoriquement que s'il la soupçonnait de mijoter un plan pour le persuader d'abandonner Ginger. Toutefois, Anne commençait à s'attacher à ce petit homme bizarre, tatillon, agité, et avant la fin du repas, ils étaient devenus d'assez bons amis. M. Harrison découvrit la Société d'amélioration et se montra prêt à l'approuver.

« C'est bien. Continuez. Il y a beaucoup de place pour l'amélioration dans ce village... et chez les gens aussi. »

« Oh ! Je ne sais pas », rétorqua vivement Anne. Toute seule, ou avec ses amis, elle pouvait admettre qu'il y avait quelques petites imperfections, auxquelles on pouvait facilement remédier, à Avonlea et chez ses habitants. Mais entendre un quasi-étranger comme M. Harrison le

---

* N.D.L.T. : Ginger signifie « gingembre » ; au figuré, « vitalité », « énergie ».

dire était une chose complètement différente. « Je crois qu'Avonlea est un endroit charmant; et les gens qui y habitent sont très gentils aussi. »

« Je vois que vous avez tout un tempérament », remarqua M. Harrison en contemplant les joues empourprées et le regard indigné qui lui faisaient face. « Cela va avec la couleur de vos cheveux, je pense. Avonlea est un joli village très décent, sinon je ne m'y serais pas installé; mais je suppose que même vous, vous admettrez qu'il a *quelques* défauts. »

« Je l'apprécie encore plus pour ses défauts », affirma Anne avec loyauté. « Je n'aime pas les lieux ou les gens qui en sont exempts. À mon avis, une personne véritablement parfaite ne serait pas très intéressante. Mme Milton White dit qu'elle n'a jamais rencontré une personne parfaite, mais qu'il en existe une dont elle a entendu parler : la première épouse de son mari. Ne croyez-vous pas que ce doit être désagréable d'être mariée à un homme dont la première femme était parfaite? »

« Ce doit l'être encore davantage d'être marié à la femme parfaite », riposta M. Harrison avec une agressivité soudaine et inexplicable.

Après le thé, Anne insista pour laver la vaisselle, bien que M. Harrison l'eût assurée qu'il y en avait encore suffisamment pour plusieurs semaines dans la maison. Elle aurait bien aimé balayer le plancher aussi, mais elle ne voyait pas de balai et n'osa pas demander où il était, de peur de s'entendre répondre qu'il n'y en avait pas.

« N'hésitez pas à traverser pour venir causer avec moi de temps en temps », suggéra M. Harrison au moment du départ. « Ce n'est pas loin et nous devons entretenir de bonnes relations entre voisins. Votre Société m'intéresse. J'ai l'impression qu'on s'y amusera beaucoup. À qui comptez-vous vous attaquer en premier lieu? »

« Nous n'allons pas nous occuper des *gens*... ce sont seulement les *endroits* que nous entendons améliorer »,

riposta Anne d'un ton plein de dignité. Elle soupçonnait
M. Harrison de se moquer du projet.

Après son départ, M. Harrison contempla par la
fenêtre cette silhouette menue de jeune fille sautillant
d'un cœur léger à travers les champs dans les dernières
lueurs du soleil couchant.

«Je suis un vieux type bourru, solitaire et grincheux»,
dit-il à voix haute, «mais il y a quelque chose chez cette
petite fille qui me fait revivre ma jeunesse... et c'est une
sensation si agréable! J'aimerais bien répéter l'expérience
de temps à autre.»

«Poil de Carotte», croassa Ginger d'un ton moqueur.

M. Harrison menaça le perroquet du poing.

«Espèce de vilain perroquet», grogna-t-il, «je souhaiterais presque t'avoir tordu le cou quand mon frère le
marin t'a rapporté à la maison. Auras-tu jamais fini de me
créer des ennuis?»

Anne courut joyeusement à la maison et raconta son
aventure à Marilla qui, alarmée par sa longue absence,
était sur le point de partir à sa recherche.

«Le monde est beau après tout, n'est-ce pas, Marilla?»
conclut Anne avec bonheur. «Mme Lynde se plaignait
l'autre jour qu'il ne l'était pas. Elle disait que lorsqu'on
espère quelque chose d'agréable, on peut toujours s'attendre à être plus ou moins déçu... que rien ne correspond
jamais à nos attentes. Eh bien, c'est peut-être vrai. Mais il y
a aussi un bon côté à cela : les mauvaises choses non plus
ne correspondent jamais à nos attentes... le résultat est
presque toujours meilleur qu'on l'escomptait. Je m'atten-
dais à vivre une expérience absolument déplaisante en me
rendant chez M. Harrison ce soir; au lieu de cela, il s'est
montré très gentil et je me suis presque amusée. Je pense
que nous pourrons devenir de vrais bons amis si nous nous
témoignons beaucoup d'indulgence. Tout s'est arrangé pour
le mieux. Mais tout de même, Marilla, je ne vendrai certainement plus jamais de vache sans vérifier d'abord à qui elle
appartient. Et puis, je n'aime pas les perroquets.»

4

Divergences d'opinions

Un soir, au soleil couchant, Jane Andrews, Gilbert Blythe et Anne Shirley s'attardaient près d'une clôture à l'ombre de branches d'épinettes qui se balançaient doucement, là où un raccourci par le bois connu sous le nom de « sentier des bouleaux » rejoignait la route principale. Jane était venue passer l'après-midi avec Anne et celle-ci la raccompagnait la moitié du chemin; elles rencontrèrent Gilbert près de la clôture, et tous les trois discutaient à présent du lendemain fatidique; car ce jour-là était le 1er septembre, date de la rentrée scolaire. Jane irait a Newbridge et Gilbert à White Sands.

« Vous avez tous les deux un avantage sur moi », soupira Anne. « Vos élèves ne vous connaîtront pas tandis que moi, je devrai enseigner à mes propres compagnons de classe, et Mme Lynde craint qu'ils ne me respectent pas comme ils le feraient dans le cas d'une étrangère à moins que je ne me montre très sévère dès le début. Oh! quelle responsabilité! »

« J'ai l'impression que nous nous en tirerons très bien », observa Jane avec désinvolture. Jane n'était pas troublée par des aspirations à exercer une influence salutaire. Elle entendait gagner honnêtement son salaire, plaire au conseil d'administration et voir son nom inscrit au tableau d'honneur de l'inspecteur de l'école. « L'essentiel est de maintenir l'ordre, et pour y arriver un professeur doit démontrer un peu de sévérité. Si mes élèves ne m'obéissent pas, je les punirai. »

« Comment ? »

« En leur donnant quelques bons coups de fouet, évidemment. »

« Oh ! Jane, tu ne ferais pas ça », protesta Anne, scandalisée, *Jane, tu ne pourrais pas !* »

« Bien sûr que je pourrais, et je le ferais, s'ils le méritaient », répondit Jane d'un ton décidé.

« Moi, je ne pourrais *jamais* fouetter un enfant », affirma Anne d'un ton tout aussi décidé. « Je n'y crois pas *du tout*. Mlle Stacy n'a jamais fouetté aucun d'entre nous et il régnait un ordre parfait dans la classe ; M. Philipps était toujours en train de fouetter et c'était l'anarchie. Non, si je ne peux me faire obéir sans sanctionner, je ne dois pas essayer de devenir institutrice. Il existe de meilleurs moyens de se faire obéir. Je devrai essayer de gagner l'affection de mes élèves et alors ils *voudront* faire ce que je leur demande. »

« Mais s'ils ne veulent pas ? » suppposa Jane, toujours pratique.

« Je ne les fouetterais pas de toute façon. Je suis convaincue que cela ne ferait aucun bien. Oh ! ne frappe pas tes élèves, chère Jane, peu importe ce qu'ils font. »

« Qu'est-ce que tu en penses, Gilbert ? » demanda Jane. « Ne crois-tu pas que certains enfants ont réellement besoin d'une correction de temps à autre ? »

« Tu ne penses pas que c'est cruel et barbare de fouetter un enfant, n'importe quel enfant ? » s'exclama Anne, le visage enflammé.

« Eh bien », prononça lentement Gilbert, déchiré entre ses convictions réelles et son désir de se montrer à la hauteur de l'idéal d'Anne, « les deux points de vue méritent considération. Je ne crois pas à la nécessité de *beaucoup* fouetter les enfants. Je pense, comme tu le dis, Anne, que la règle n'est pas le meilleur moyen de diriger et que les châtiments corporels ne devraient être appliqués qu'en dernier ressort. Mais d'autre part, comme dit Jane, je crois possible qu'un enfant ne puisse être influencé autrement et que, bref, cet enfant ait besoin d'une correction et que cela puisse l'aider à s'améliorer. Le châtiment corporel en dernier ressort, telle sera ma règle de conduite. »

Ayant tenté de plaire aux deux parties, Gilbert, bien entendu, ne réussit à satisfaire personne. Jane rejeta la tête en arrière.

« Je fouetterai mes élèves lorsqu'ils ne seront pas sages. C'est le moyen le plus rapide et le plus facile de les convaincre. »

Anne jeta à Gilbert un regard déçu.

« Je ne battrai jamais un enfant », répéta-t-elle fermement. « J'ai la certitude que ce n'est ni bien ni nécessaire. »

« Suppose qu'un garçon se montre impertinent quand tu lui demandes de faire quelque chose ? » interrogea Jane.

« Je le garderai après l'école et lui parlerai gentiment et fermement », répondit Anne. « Tout le monde a un bon côté; il s'agit de le découvrir, c'est tout. Un professeur a le devoir de trouver ce bon côté et de le développer. C'est ce que nous a enseigné notre professeur de gestion scolaire, à Queen's, tu sais. Crois-tu que c'est en fouettant un enfant que tu pourras découvrir ce qu'il y a de bon en lui ? Notre professeur disait qu'il est beaucoup plus important d'inciter les enfants à faire le bien que de leur enseigner à lire, écrire et compter. »

« C'est pourtant en lecture, en écriture et en arithmétique que l'inspecteur les interrogera, je t'assure, et il ne fera pas un bon rapport sur toi s'ils ne répondent pas à ses critères », objecta Jane.

« Je préfère être aimée de mes élèves et leur laisser le souvenir de quelqu'un qui les a réellement aidés, que voir mon nom inscrit au tableau d'honneur », affirma Anne d'un ton résolu.

« Tu ne punirais pas du tout tes élèves, s'ils se conduisaient mal ? » s'étonna Gilbert.

« Oh! oui. J'imagine que je devrai m'y résoudre, même si je sais que je détesterai cela. On peut toujours les garder en retenue pendant la récréation, ou les mettre en pénitence, ou leur donner de la copie à faire. »

« Je présume que tu ne puniras pas les filles en les obligeant à s'asseoir avec les garçons? » insinua Jane avec espièglerie.

Gilbert et Anne se regardèrent en souriant un peu bêtement. Un jour, le professeur avait puni Anne en l'obligeant à s'asseoir à côté de Gilbert, et les conséquences en avaient été tristes et amères.

« Eh bien, nous saurons avec le temps quel est le meilleur moyen », conclut philosophiquement Jane au moment du départ.

Pour revenir à Green Gables, Anne emprunta le sentier des bouleaux rempli d'ombre, de bruissements et d'odeurs de fougère; elle traversa le Vallon des violettes, longea le lac aux saules pleureurs, où les ténèbres courtisaient la lumière derrière les sapins, et descendit par le Chemin des amoureux... c'est ainsi qu'elle et Diana avaient baptisé ces lieux autrefois. Elle marchait lentement. Tout en profitant de la douceur de la forêt, des champs et du crépuscule d'été saturé d'étoiles, elle réfléchissait posément aux nouvelles tâches qu'elle commencerait à assumer le lendemain. Lorsqu'elle atteignit la cour de Green Gables, elle entendit la voix forte et décidée de Mme Lynde qui lui parvenait par la fenêtre ouverte de la cuisine.

« Mme Lynde est venue me prodiguer ses bons conseils pour demain », songea Anne avec une grimace, « mais je pense que je n'entrerai pas. À mon avis, ses conseils sont comme le poivre... excellents en petites quantités mais brûlants dans les doses qu'elle nous administre. Je vais plutôt faire un saut chez M. Harrison et bavarder avec lui. »

Ce n'était pas la première fois qu'Anne rendait visite à M. Harrison depuis la mémorable affaire de la vache jersiaise. Elle y était souvent allée le soir et M. Harrison et elle étaient devenus de très bons amis, bien qu'à certains moments Anne trouvât plutôt pénible le franc-parler dont il tirait tant de fierté. Ginger continuait à la considérer avec suspicion et ne manquait jamais de la traiter sarcastiquement de «Poil de Carotte». M. Harrison avait tenté vainement de lui faire passer cette habitude en se mettant à sauter et à gesticuler lorsqu'il voyait Anne venir et en s'exclamant : «Nom de Dieu, voilà encore cette jolie petite fille», ou autre chose de tout aussi flatteur. Mais Ginger avait saisi le manège et le dédaignait. Anne ne saurait jamais combien de compliments M. Harrison lui avait prodigués dans son dos. Il ne lui en faisait certes jamais en face.

«Eh bien, je suppose que vous êtes retournée dans les bois ramasser une provision de baguettes pour demain?» furent les paroles par lesquelles il accueillit Anne tandis qu'elle montait l'escalier de la véranda.

«Non, vraiment pas», rétorqua Anne avec indignation. Elle était une excellente cible pour la plaisanterie car elle prenait toujours les choses terriblement au sérieux. «Je n'aurai jamais cette sorte de baguette dans mon école, monsieur Harrison. J'aurai évidemment une baguette pour le tableau mais je m'en servirai exclusivement à cette fin.»

«Alors vous comptez les fouetter avec une lanière de cuir? Eh bien, je ne sais pas, mais vous avez sans doute raison. La baguette pince davantage sur le coup, mais la lanière fait mal plus longtemps, c'est vrai.»

«Je n'utiliserai rien de la sorte. Je ne fouetterai pas mes élèves.»

«Nom de Dieu», s'écria M. Harrison visiblement stupéfait, «et comment vous y prendrez-vous pour maintenir l'ordre, alors?»

«Je gouvernerai par l'affection, monsieur Harrison.»

«Ça ne marchera pas», proclama M. Harrison, «ça ne marchera pas du tout, Anne. "Qui aime bien châtie bien." Quand j'allais à l'école, le maître me fouettait tous les jours sous prétexte que si je n'étais pas en train de faire un mauvais coup, c'est que j'étais en train d'en comploter un. »

« Les méthodes ont changé depuis l'époque où vous alliez à l'école, monsieur Harrison. »

« Mais la nature humaine est restée la même. Notez bien ce que je dis, vous n'arriverez jamais à vous faire obéir des jeunes si vous ne gardez pas un bâton en réserve pour eux. La chose est impossible. »

« Eh bien, je commencerai par tester ma théorie », répliqua Anne, qui savait ce qu'elle voulait et était capable de faire preuve d'une grande ténacité pour atteindre son but.

« Vous êtes une vraie tête de mule, à ce que je vois », remarqua M. Harrison. « Bien, nous verrons... Un jour, quand vous aurez les nerfs en boule – et les personnes qui ont votre teinte de cheveux ont cette fâcheuse tendance –, vous oublierez toutes vos belles petites théories et administrerez quelques bonnes fessées. Vous êtes trop jeune pour enseigner, de toute façon... beaucoup trop jeune et beaucoup trop puérile. »

Tout compte fait, Anne alla se coucher d'une humeur plutôt pessimiste, ce soir-là. Elle dormit mal ; elle était si pâle et avait l'air si tragique au déjeuner le lendemain matin que Marilla s'inquiéta et insista pour qu'elle prît une tasse de thé au gingembre brûlant. Anne le sirota patiemment, bien qu'elle n'arrivât pas à imaginer comment le thé au gingembre pourrait l'aider. S'il s'était agi d'une concoction magique, capable de conférer âge et expérience, elle en aurait bien avalé une pinte sans broncher.

« Marilla, que se passera-t-il si je rate mon coup ? »

« Il te sera difficile de rater complètement ton coup en une seule journée, et il reste encore bien des jours à venir », répondit Marilla. « Ton problème, Anne, c'est que tu t'attends, dès le départ, à tout enseigner à ces enfants et à corriger tous leurs défauts. Si tu n'y parviens pas, tu penseras avoir échoué. »

5

Une maîtresse d'école à part entière

À son arrivée à l'école ce matin-là – pour la première fois de sa vie, Anne avait traversé le sentier des bouleaux sourde et aveugle à ses splendeurs –, tout était calme et immobile. L'institutrice qui l'avait précédée avait entraîné les enfants à se trouver à leur place lorsqu'elle entrait, et à son arrivée dans la classe, Anne fit face à de coquettes rangées de «rayonnants visages du matin» et de regards clairs et inquisiteurs. Elle accrocha son chapeau et regarda ses élèves, espérant que sa terreur et son affolement n'étaient pas trop perceptibles et que personne ne s'apercevrait à quel point elle tremblait.

La veille, elle était restée éveillée jusqu'à près de minuit, à composer le discours qu'elle avait l'intention de prononcer devant ses élèves à l'occasion de la première journée d'école. Après l'avoir révisé et poli avec soin, elle l'avait appris par cœur. C'était un très bon discours émaillé d'idées tout à fait intéressantes, en particulier sur la nécessité de s'entraider et d'étudier le plus consciencieusement possible. Il n'y avait qu'un problème : elle n'arrivait pas à s'en rappeler un traître mot.

Après ce qui lui paru une année – en réalité, environ dix secondes –, elle murmura d'une voix éteinte : «Prenez vos Bibles, je vous prie», et elle s'affaissa en haletant sur sa chaise dans le claquement et le froissement des couvercles de pupitres qui suivirent. Pendant que les élèves lisaient leurs versets, Anne rassembla ses esprits et jeta un coup d'œil sur la troupe de petits pèlerins en route pour la Terre promise du savoir.

Elle connaissait évidemment assez bien la plupart d'entre eux. Ses propres confrères de classe étaient partis l'année précédente, mais les autres avaient tous fréquenté l'école avec elle sauf les élèves de première année et dix nouveaux venus à Avonlea. Anne se sentait secrètement plus attirée par ces dix-là que par les premiers, dont les possibilités lui étaient déjà assez familières. Ils étaient peut-être aussi ordinaires les uns que les autres ; mais d'autre part, il pouvait y avoir un génie parmi eux. C'était là une perspective stimulante.

Anthony Pye était assis tout seul à un pupitre de coin. Il avait un petit visage foncé et renfrogné et regardait fixement Anne avec une expression hostile dans ses yeux noirs. Anne résolut aussitôt qu'elle gagnerait le cœur de ce garçon et confondrait la famille Pye.

Dans l'autre coin, un garçon aussi étrange était assis avec Arty Sloane – un petit bonhomme jovial, au nez retroussé, au visage constellé de taches de rousseur et aux grands yeux bleu pâle, bordés de cils blanchâtres –, probablement le petit Donnell ; et si l'on pouvait se fier à la ressemblance, sa sœur était assise de l'autre côté de l'allée avec Mary Bell. Anne se demanda qui pouvait bien être la mère de la fillette pour l'envoyer à l'école affublée de la sorte. Elle portait une robe de soie d'un rose délavé, ornée d'innombrables fanfreluches en dentelle de coton, des chaussons de chevreau blancs salis et des chaussettes de soie. Sa chevelure blond cendré, tordue en d'innombrables bouclettes crêpelées artificiellement, était surmontée d'un flamboyant nœud rose plus gros que sa tête. À en juger par son expression, elle était très satisfaite de son apparence.

L'être fragile et pâlot dont les cheveux fins, soyeux, de couleur paille harmonieusement ondulés flottaient sur les épaules devait être, selon Anne, Annetta Bell ; ses parents vivaient auparavant dans le district scolaire de Newbridge mais, ayant transporté leur maison cinquante verges au nord de l'ancien endroit, ils se trouvaient maintenant dans Avonlea. Les trois fillettes blêmes qui se pressaient sur le même banc étaient certainement les Cotton; et il ne faisait aucun doute que la petite beauté aux longues boucles brunes et aux yeux noisette qui louchait vers Jack Gillis par-dessus le bord de sa Bible était Prillie Rogerson; son père venait de se marier en secondes noces et il était allé chercher Prillie chez sa grand-mère à Grafton pour la ramener à la maison. Anne ne réussit pas à identifier la grande fille maladroite assise en arrière et qui semblait avoir trop de pieds et trop de mains, mais découvrit par la suite qu'elle se nommait Barbara Shaw et qu'elle était venue habiter chez une tante à Avonlea. Elle apprit en outre que si Barbara parvenait un jour à marcher dans l'allée sans trébucher sur ses propres pieds ou ceux des autres, les écoliers d'Avonlea commémoreraient cet événement exceptionnel en l'inscrivant sur le mur du porche.

Mais quand le regard d'Anne croisa celui du garçon assis au pupitre en face du sien, elle ressentit une étrange impression, comme si elle venait de découvrir son génie. Elle savait qu'il devait s'agir de Paul Irving et que Mme Lynde avait eu raison, pour une fois, lorsqu'elle avait prédit qu'il ne ressemblerait pas aux autres enfants d'Avonlea. Plus encore, pour Anne, il ne ressemblait aux enfants de nulle part et elle eut l'intuition qu'un esprit subtilement proche du sien filtrait par les yeux bleu très foncé qui la suivaient avec une attention des plus vives.

Elle connaissait son âge, dix ans, mais il n'en paraissait guère plus de huit. Il avait le plus joli visage d'enfant qu'elle avait jamais vu, des traits d'une délicatesse et d'une finesse exquises, encadrés par un halo de boucles brunes. Sa bouche était ravissante, pleine sans faire la moue, les lèvres vermeilles se touchant doucement et se recourbant en deux commissures fines qui creusaient presque des fossettes. Son expression était sérieuse, grave, méditative, comme si son esprit avait mûri beaucoup plus vite que son

corps; mais lorsque Anne lui adressa un sourire gentil,
cette gravité fit soudain place à un sourire qui lui répon-
dait, un sourire semblant illuminer tout son être, comme si
une lampe venait de s'allumer en lui, l'irradiant des pieds à
la tête. Le plus remarquable, c'était la spontanéité de cette
métamorphose; elle n'était due à aucun effort ou aucune
cause extérieure, mais reflétait simplement une personnalité secrète, rare, bonne et douce. Grâce à ce rapide
échange, Anne et Paul devinrent des amis pour la vie
avant même qu'une parole fût prononcée entre eux.

La journée passa comme un rêve. Anne ne parvint
jamais à se la rappeler clairement par la suite. C'était
comme si ce n'était pas elle qui enseignait, mais quelqu'un
d'autre à sa place. Elle fit réciter les leçons, donna des
exercices de calcul et remit les copies de façon mécanique.
Les enfants se comportèrent plutôt bien; il n'y eut que
deux cas d'indiscipline. Morley Andrews se fit prendre à
conduire dans l'allée un couple de grillons entraînés.
Anne mit Morley en pénitence sur l'estrade pendant une
heure et – ce qui le mortifia encore plus – confisqua les
grillons. Elle les plaça dans une boîte et les libéra dans le
Vallon des violettes en revenant de l'école; mais Morley
crut alors, et même plus tard, qu'elle les avait apportés
chez elle et les avait gardés pour son plaisir personnel.

L'autre coupable fut Anthony Pye; il avait versé les
dernières gouttes d'eau de sa gourde dans le cou d'Aurelia
Clay. Anne garda Anthony à la récréation et lui expliqua
comment était censé se conduire un gentleman, lui
rappelant que celui-ci ne versait jamais d'eau dans le cou
des dames. Elle voulait que tous ses garçons se comportent
ainsi, lui dit-elle. Son petit discours fut plutôt gentil et
touchant, mais Anthony Pye y demeura malheureusement
insensible. Il l'écouta en silence, avec la même expression
renfrognée, et siffla de façon méprisante en s'en allant.
Anne soupira; puis elle se remonta le moral en se disant
que tout comme Rome ne s'était pas bâtie en un jour,
gagner l'affection d'un Pye était un travail de longue

haleine. En réalité, on pouvait douter qu'un membre de la famille Pye arrive à se faire aimer; mais Anne espérait mieux d'Anthony; on avait l'impression qu'il serait d'une compagnie agréable si on pouvait aller au-delà de son attitude hargneuse.

Après la fin de la journée d'école et le départ des enfants, Anne se laissa tomber sur sa chaise avec lassitude. Elle avait la migraine et se sentait triste et découragée. Il n'y avait pas de véritable cause à ce découragement, puisqu'il ne s'était rien passé de vraiment terrible; mais comme elle était très fatiguée, elle inclinait à croire que jamais elle n'apprendrait à aimer l'enseignement. Et quelle misérable vie elle mènerait si elle devait faire une chose qu'elle n'aimait pas tous les jours pendant... disons une quarantaine d'années. Anne hésitait entre éclater tout de suite en sanglots ou attendre d'être à la maison, en sécurité dans sa chambre blanche. Elle n'était pas encore fixée lorsqu'elle entendit un bruit de talons qui claquaient et de soie qui bruissait : elle se trouva nez à nez avec une dame dont l'aspect lui rappela une critique que M. Harrison avait récemment émise sur une femme trop coquette rencontrée dans un magasin de Charlottetown. «Elle ressemblait à une collision de front entre une gravure de mode et un cauchemar.»

La nouvelle venue était somptueusement revêtue de légère soie bleu pâle, avec des bouffants, des fanfreluches et des fronces partout où il était possible de mettre des bouffants, des fanfreluches et des fronces. Un énorme chapeau de chiffon blanc orné de trois longues plumes d'autruche plutôt filiformes était posé sur sa tête. Un voile de chiffon rose, généreusement piqué de gros pois noirs, pendait comme un volant depuis le bord du chapeau jusqu'à ses épaules et flottait en deux banderoles aériennes derrière elle. Elle portait tous les bijoux dont on pouvait charger une seule petite femme, et une entêtante odeur de parfum émanait de sa personne.

«Je suis Mme Donnell... Mme H. B. Donnell», annonça l'apparition, «et je suis venue vous voir au sujet d'une chose dont Clarice Almira m'a parlé lorsqu'elle est revenue dîner à la maison aujourd'hui. J'en ai été *excessivement* ennuyée.»

«Je suis désolée», bredouilla Anne, essayant en vain de se rappeler un incident du matin en rapport avec les enfants Donnell.

«Clarice Almira n'a dit que vous prononciez notre nom *Donnell*. À présent, mademoiselle Shirley, sachez que la prononciation correcte est Don*nell*, l'accent sur la dernière syllabe. J'espère que vous vous en souviendrez à l'avenir.»

«J'essaierai», souffla Anne, réprimant une forte envie de rire. «Je sais par expérience combien c'est désagréable de voir son nom incorrectement *épelé* et je suppose que cela doit être encore pire de l'entendre mal prononcé.»

«Ce l'est certainement. Et Clarice Almira m'a aussi informée que vous appeliez mon fils Jacob.»

«Mais c'est lui-même qui m'a dit s'appeler Jacob», protesta Anne.

«J'aurais dû m'y attendre», prononça Mme H. B. Don*nell*, d'un ton laissant sous-entendre qu'il ne fallait pas espérer trop de reconnaissance de sa progéniture en cette époque dégénérée. «Cet enfant a des goûts si plébéiens, mademoiselle Shirley. À sa naissance, je voulais l'appeler Saint-Clair – cela semble si aristocratique, n'est-ce pas? Mais son père insista pour le nommer Jacob en l'honneur de son oncle. J'ai cédé, parce que oncle Jacob était un vieux célibataire fortuné. Et croyez-le ou non, mademoiselle Shirley, lorsque notre innocent garçon eut atteint l'âge de cinq ans, oncle Jacob décida de convoler en justes noces et il a maintenant trois fils à lui. A-t-on jamais entendu parler d'une pareille ingratitude? Dès que nous avons reçu l'invitation au mariage – car il a eu l'impertinence de nous envoyer une invitation, mademoiselle Shirley –, j'ai déclaré: "Plus de Jacob pour moi, non merci." À partir de ce jour, j'ai appelé mon fils Saint-Clair et je suis déterminée à ce que ce soit le nom qu'il porte. Son père s'obstine à le nommer Jacob et l'enfant lui-même accuse une préférence parfaitement inexplicable pour ce prénom vulgaire. Mais Saint-Clair il est et Saint-Clair il restera. Vous voudrez bien avoir la bonté de vous le rappeler, n'est-ce pas? Je vous remercie. J'ai dit à Clarice Almira que j'étais certaine qu'il s'agissait d'un malentendu et qu'il suffirait de vous en parler pour rétablir la situation. Donnell... accent sur la dernière syllabe... et Saint-Clair... jamais de Jacob sous *aucun* prétexte. Vous vous souviendrez? Je vous remercie. »

Lorsque Mme H.B. *Donnell* eut quitté les lieux, Anne verrouilla la porte de l'école et rentra chez elle. Au pied de la colline, elle rencontra Paul Irving sur le sentier des bouleaux. Il lui tendit un bouquet de ces délicats petits lys sauvages que les enfants d'Avonlea appelaient *lys de rizières**.

« S'il vous plaît, mademoiselle. Je les ai cueillis dans le champ de M. Wright », murmura-t-il timidement, « et je suis revenu pour vous les offrir parce que j'ai pensé que vous étiez le genre de dame qui saurait les apprécier, et parce que... » il leva ses beaux grands yeux... « je vous aime, mademoiselle. »

« Tu es un trésor », remercia Anne en prenant les tiges odorantes. Comme si les paroles de Paul avaient été une formule magique, la lassitude et le découragement se dissipèrent de son esprit et l'espoir rejaillit dans son cœur comme une source joyeuse. Elle marcha d'un pas léger sur le sentier des bouleaux, ce bouquet de fleurs sauvages l'apaisant comme une bénédiction.

« Eh bien, comment t'en es-tu tirée? » voulut savoir Marilla.

« Repose-moi la question dans un mois et je serai peut-être en mesure de te répondre. C'est impossible pour

* N.D.L.T.: *Rice lillies*, il n'existe pas d'équivalent en français.

l'instant – je ne le sais pas moi-même. Je suis trop près. J'ai
l'impression d'avoir le cerveau en sauce béchamel, tellement il a été remué. La seule chose que je suis absolument
certaine d'avoir accomplie aujourd'hui, c'est d'avoir
enseigné à Cliffie Wright qu'un A est un A. Il l'ignorait.
C'est déjà un bon départ que d'avoir aidé une âme à
s'engager sur un chemin pouvant aboutir à Shakespeare et
au *Paradis perdu*. »

Mᵐᵉ Lynde arriva plus tard avec des nouvelles encore
plus encourageantes. La bonne dame avait arrêté les
écoliers qui passaient devant sa barrière et leur avait
demandé ce qu'ils pensaient de leur nouvelle institutrice.

« Et ils ont tous répondu qu'ils te trouvaient merveilleuse, Anne, sauf Anthony Pye. Je dois admettre que
sa réponse a été différente. Il a dit que tu "n'étais bonne à
rien, tout comme les autres femmes professeurs". Voilà ce
que réservent les Pye. Mais ne t'en fais pas. »

« Je ne m'en ferai pas », répondit calmement Anne,
« et je m'arrangerai pour me faire aimer d'Anthony Pye.
Dans son cas, je mise sur la douceur et la gentillesse. »

« Eh bien, on ne peut jamais savoir avec un Pye »,
risqua prudemment Mᵐᵉ Rachel. « Ils ont l'esprit de
contradiction, comme les rêves; avec eux, c'est parfois oui
et parfois non. Et en ce qui concerne cette *Donnell*, je
peux t'assurer qu'elle ne m'entendra jamais l'appeler
Don*nell*. Le nom est *Don*nell et l'a toujours été. Cette
femme est folle, voilà tout. Son chien, un carlin qu'elle
nomme Queenie, prend ses repas à la table avec toute la
famille et mange dans un plat de porcelaine. Je craindrais
un jugement, si c'était le sien. Thomas dit que Donnell
est, quant à lui, un homme sensible et travailleur, mais il
n'a pas fait preuve de beaucoup de jugeote quand il s'est
choisi une épouse, voilà tout. »

6

Hommes... et femmes tous différents

Un jour de septembre dans les collines de l'Île-du-Prince-Édouard; un vent vif soufflant de la mer par-dessus les dunes; une longue route rougeâtre, serpentant à travers les champs et les bois, puis faisant une boucle sur elle-même contre un massif d'épinettes, puis traversant une érablière où de jeunes arbres surplombaient de grandes feuilles de fougères en forme de plumes, puis descendant dans un vallon où un ruisseau jaillissait rapidement de la forêt pour y entrer à nouveau, puis se dorant au soleil entre des ribambelles de gerbes d'or et d'asters bleu fumée; l'air résonnant des stridulations des myriades de grillons, ces heureux petits pensionnaires des collines pendant l'été; un poulain brun potelé trottinant sur le chemin; deux jeunes filles derrière lui, débordantes de joie, de jeunesse et de vitalité toutes simples.

«Oh! quelle journée digne du Paradis terrestre, n'est-ce pas, Diana?» soupira Anne avec bonheur. «Il y a de la magie dans l'air. Regarde, Diana, la couleur violette des champs dans cette vallée. Et oh! sens-tu l'odeur du sapin qui meurt? L'odeur vient de ce vallon ensoleillé où M. Eben Wright a coupé des poteaux de clôture. C'est un bonheur absolu d'être en vie par un jour pareil; et l'odeur du sapin mort est tout simplement divine. C'est pour deux tiers Wordsworth et pour un tiers Anne Shirley. Je n'arrive pas à croire que les sapins meurent au paradis. Et pourtant, il me semble que l'éternité serait imparfaite si on ne respirait pas une bouffée de sapin mort en traversant ses forêts. Mais on pourrait peut-être jouir de l'odeur sans que la mort existe. Oui, je pense que ce sera ainsi. C'est sûrement l'âme des sapins qui dégage cet arôme délicieux... et le ciel sera bien entendu peuplé exclusivement d'âmes. »

« Les arbres n'ont pas d'âme », objecta la pratique Diana, « mais c'est sûr que le sapin mort embaume. Je vais fabriquer un coussin et le remplir d'aiguilles de sapin. Tu devrais en faire un, toi aussi, Anne. »

« Je pense que oui... et je m'en servirai pour mes sommes. Je serai alors assurée de rêver que je suis une dryade ou une nymphe des forêts. Mais seulement cette minute-là. Je suis bien contente d'être Anne Shirley, la maîtresse d'école d'Avonlea, roulant en boghei sur ce chemin, par une journée si douce et si sereine. »

« Si la journée est charmante, ce que nous avons à faire ne l'est pas du tout, par contre », soupira Diana. « Qu'est-ce qui t'a pris d'offrir de faire du démarchage sur cette route, Anne ? Presque tous les excentriques d'Avonlea y résident, et ils vont sans doute nous traiter comme des mendiantes. C'est la pire de toutes les routes. »

« C'est pourquoi je l'ai choisie. Gilbert et Fred auraient évidemment pris notre place si nous le leur avions demandé. Mais vois-tu, Diana, je me sens responsable de la S.A.V.A. Puisque c'est moi qui en suis à l'origine, il me semble par conséquent que c'est à moi que les tâches les plus ingrates doivent incomber. Je suis désolée pour toi; mais tu ne seras pas obligée de parler aux endroits difficiles. C'est moi qui prendrai la parole – Mme Lynde dirait que j'en suis capable. Elle ne sait pas encore si elle approuve ou non notre entreprise. Elle incline à le faire, lorsqu'elle se souvient que M. et Mme Allan sont en faveur du projet; mais le fait que les sociétés d'amélioration de village aient d'abord vu le jour aux États est un point négatif. Elle oscille entre deux opinions et seul le succès nous justifiera à ses yeux. Priscilla va rédiger un document pour notre prochaine réunion et je suis sûre qu'il sera excellent parce que sa tante écrit si intelligemment et c'est sans aucun doute un don de famille. Je n'oublierai jamais l'émotion que j'ai ressentie en apprenant que Mme Charlotte E. Morgan était la tante de Priscilla. J'étais absolument émerveillée d'être l'amie d'une fille dont la tante avait écrit *La Vie à Edgewood* et *Le Jardin des roses en boutons*.

« Où vit Mme Morgan ? »

« À Toronto. Et Priscilla dit qu'elle viendra en visite à l'Île l'été prochain et que nous aurons peut-être alors l'occasion de la rencontrer. Cela me semble trop beau pour être vrai, mais j'aime y rêver avant de m'endormir. »

La Société d'amélioration du village d'Avonlea était enfin structurée. Gilbert Blythe en était le président, Fred Wright, le vice-président, Anne Shirley, la secrétaire, et Diana Barry, la trésorière. Les « améliorateurs », comme ils furent rapidement surnommés, devaient se réunir tous les quinze jours au domicile d'un des membres. Il avait été admis que la saison était trop avancée pour qu'on puisse entreprendre beaucoup d'améliorations ; mais ils avaient l'intention de planifier la campagne de l'été suivant, de recueillir des idées et d'en discuter, d'écrire et de lire des documents et, comme le disait Anne, d'éduquer en général le sentiment public.

On leur manifesta évidemment une certaine désapprobation et – chose encore plus pénible à supporter – ils furent même tournés en ridicule. D'après la rumeur, M. Elisha Wright avait proclamé que le nom Club des galanteries convenait mieux à l'organisation. Mme Hiram Sloane avait déclaré avoir entendu dire que les améliorateurs projetaient de labourer tous les bords de routes et d'y planter des géraniums. M. Levi Boulter avertit ses voisins que les améliorateurs essaieraient d'inciter tout le monde à démolir sa maison pour en reconstruire une autre selon des plans qu'ils auraient approuvés. Ils reçurent une lettre de M. James Spencer dans laquelle il leur demandait d'avoir la bonté de raser la butte où se trouvait l'église. Eben Wright

demanda à Anne si les améliorateurs pourraient réussir à
convaincre le vieux Josiah Sloane de tailler ses mous-
taches. M. Lawrence Bell leur fit savoir que pour leur faire
plaisir, il accepterait de peindre ses granges à la chaux,
mais non de suspendre des rideaux de dentelle aux fenêtres
de son étable. M. Major Spencer demanda à Clifton
Sloane, un améliorateur qui livrait le lait à la fromagerie
de Carmody, si c'était vrai que l'été prochain, tous les
kiosques devraient être peints à la main et ornés d'un
centre de table brodé.

Malgré ou peut-être à cause de cela, la nature humaine
étant ce qu'elle est, la Société décida courageusement de
mettre en œuvre la seule amélioration qu'elle pouvait
espérer réaliser cet automne. Lors de la deuxième réunion,
dans le petit salon des Barry, Oliver Sloane proposa d'entreprendre une souscription afin de restaurer et repeindre
la salle de fêtes ; Julia Bell seconda la motion troublée par
le sentiment que le geste qu'elle était en train de poser ne
convenait pas à une dame. Gilbert soumit la proposition
qui fut adoptée à l'unanimité et Anne l'inscrivit gravement dans son procès-verbal. Il fallait ensuite désigner un
comité, et Gertie Pye, déterminée à ne pas laisser Julia
Bell remporter tous les lauriers, proposa avec vigueur
que Mlle Jane Andrews en soit élue présidente La proposition ayant également été appuyée et adoptée, Jane
retourna le compliment en nommant Gertie, Gilbert,
Anne, Diana et Fred Wright membres du comité en
question. Celui-ci choisit ses itinéraires en privé. Anne et
Diana se virent attribuer la route de Newbridge, Gilbert et
Fred celle de White Sands, et Jane et Gertie celle de
Carmody.

« Parce que », expliqua Gilbert à Anne pendant qu'ils
rentraient chez eux en traversant la Forêt hantée, « tous
les Pye vivent sur cette route et ils ne donneront rien si ce
n'est pas un des leurs qui le leur demande. »

Anne et Diana débutèrent le samedi suivant. Elles se
rendirent jusqu'au bout du chemin et revinrent sur leurs

pas en commençant leur quête par les «demoiselles Andrews».

«Si Catherine est seule, nous aurons peut-être quelque chose», déclara Diana, «mais si Eliza est là, il n'y a rien à espérer.»

Eliza y était – sa présence était même très envahissante – et elle avait l'air encore plus sinistre que d'habitude. Mlle Eliza était une de ces personnes qui vous donnent l'impression que la vie est vraiment une vallée de larmes, et qu'un sourire, sans parler d'un rire, constitue un gaspillage d'énergie nerveuse tout à fait répréhensible. Les demoiselles Andrews avaient été «demoiselles» pendant une cinquantaine d'années et le resteraient probablement jusqu'à la fin de leur pèlerinage ici-bas. On disait que Catherine n'avait pas complètement perdu espoir, mais Eliza, pessimiste de naissance, n'en avait jamais eu. Elles vivaient dans une petite maison brune construite dans une clairière ensoleillée de la hêtraie de Mark Andrews. Eliza se plaignait qu'on y mourait de chaleur durant l'été, mais Catherine avait coutume de dire que c'était très confortable durant l'hiver.

Eliza cousait une courtepointe, non par nécessité, mais simplement en signe de protestation contre la dentelle frivole crochetée par sa sœur. Eliza fronça les sourcils, et Catherine sourit, en écoutant les jeunes filles exposer le but de leur mission. Bien sûr, lorsque le regard de Catherine croisait celui d'Eliza, elle troquait son sourire contre un air coupable et confus. Mais le sourire refleurissait un moment plus tard.

«Si j'avais de l'argent à gaspiller», prononça sévèrement Eliza, «je le brûlerais et j'aurais peut-être le plaisir de voir une flambée ; mais je ne le donnerais jamais pour cette salle, non, pas un sou. Le village n'en tirera aucun profit... ce n'est qu'un lieu de rencontre et de divertissement pour les jeunes qui feraient bien mieux d'être au lit chez eux.»

«Oh! Eliza, il faut bien que les jeunes s'amusent un peu», protesta Catherine.

« Je n'en vois pas la nécessité. *Nous* n'avons pas vadrouillé dans les salles de fêtes et autres endroits semblables lorsque nous étions jeunes, Catherine Andrews. Ce monde va de mal en pis chaque jour. »

« Moi, je pense qu'il s'améliore », objecta fermement Catherine.

« *Tu* penses ! » La voix de Mlle Eliza exprima le plus profond mépris. « Cela ne veut rien dire, ce que tu *penses*, Catherine Andrews. Les faits sont les faits. »

« Eh bien, j'aime toujours regarder le beau côté des choses, Eliza. »

« Il n'existe pas de beau côté. »

« Oh ! Bien sûr qu'il en existe un », s'écria Anne qui ne pouvait supporter en silence pareille hérésie. « Il en existe même plusieurs, mademoiselle Eliza. Le monde dans lequel nous avons la chance de vivre est réellement beau. »

« Tu n'en auras pas une aussi haute opinion lorsque tu y auras vécu aussi longtemps que moi », rétorqua amèrement Mlle Eliza, « et tu ne déploieras pas autant de zèle pour tenter de l'améliorer. Comment se porte ta mère, Diana ? Mon Dieu ! comme elle s'est affaiblie, ces derniers temps. Elle a l'air terriblement fatiguée. Et dans combien de temps Marilla s'attend-elle à devenir complètement aveugle, Anne ? »

« Le docteur croit que sa vue n'empirera pas si elle fait très attention », prononça Anne d'une voix hésitante.

Eliza hocha la tête.

« C'est ce que racontent toujours les médecins pour remonter le moral de leurs patients. À sa place, je n'aurais pas beaucoup d'espoir. Il est préférable d'être préparé au pire. »

« Mais ne devons-nous pas être également prêts pour le meilleur ? » plaida Anne. « Le meilleur peut arriver tout autant que le pire. »

« Pas selon mon expérience, et j'ai cinquante-sept années à opposer à tes seize ans », répliqua Eliza. « Vous partez, n'est-ce pas? Eh bien, j'espère que votre nouvelle Société s'avérera capable d'empêcher Avonlea de dégringoler davantage, bien que je n'aie pas très confiance.»

Anne et Diana s'éclipsèrent avec soulagement et s'éloignèrent aussi rapidement que le poney pouvait le faire. Au moment où elles s'engageaient dans la courbe sous la hêtraie, elles virent approcher une silhouette grassouillette à toute allure dans le pâturage de M. Andrews, et qui leur faisait de grands signes de la main. C'était Catherine Andrews, si essoufflée qu'elle pouvait à peine parler; elle fourra deux pièces de vingt-cinq sous dans la main d'Anne.

«Voici ma contribution pour la peinture de la salle», souffla-t-elle. «J'aimerais vous donner un dollar, mais je n'ose prendre plus de mon argent des œufs, sinon Eliza s'en apercevra. Votre Société m'intéresse vraiment et je suis sûre que vous allez accomplir beaucoup de bien. Je suis une optimiste. Vivant avec Eliza, il *faut* que je le sois. Je dois me hâter de rentrer avant qu'elle remarque mon absence: elle croit que je suis allée nourrir les poules. Je vous souhaite beaucoup de chance dans vos démarches. Et ne tenez pas compte des propos d'Eliza. Le monde est en train de s'améliorer... j'en suis convaincue.»

Dans la maison suivante habitait Daniel Blair.

«Maintenant, il reste à savoir si sa femme est là: tout en dépend», affirma Diana comme elles avançaient en cahotant sur un chemin très raboteux. «Si elle y est, nous n'aurons pas un sou. On prétend que Dan Blair n'oserait pas se faire couper les cheveux sans lui demander la permission; et une chose est sûre: elle est très près de ses sous, pour employer un euphémisme. Elle prétend marcher un pas devant la générosité, mais selon Mme Lynde, elle a pris une telle avance que la générosité ne pourra jamais la rattraper.»

Ce soir-là, Anne relata à Marilla son expérience chez les Blair.

«Après avoir attaché le cheval, nous avons frappé à la porte de la cuisine. Personne n'est venu répondre mais la porte était ouverte et nous avons entendu quelqu'un tempêter dans le garde-manger. Nous n'arrivions pas à saisir les paroles, mais Diana a dit qu'au son, elle a su qu'il jurait. Je ne peux pas croire cela d'un homme humble et pondéré comme M. Blair; mais il faut admettre, Marilla, que le pauvre avait un bon motif, car lorsqu'il est apparu à la porte, rouge comme une betterave, le visage couvert de sueur, il portait un des grands tabliers à carreaux de sa femme. "Je n'arrive pas à enlever cette satanée chose", proféra-t-il, "les cordons sont pris dans un gros nœud, et si je m'entête, je vais certainement les casser. Alors vous devrez m'excuser, mesdames." Nous l'avons assuré que cela n'avait aucune importance et nous sommes entrées nous asseoir. M. Blair s'est assis, lui aussi; il a entortillé le tablier dans son dos et l'a roulé, mais il avait l'air si honteux et si préoccupé que j'ai eu de la peine pour lui; alors Diana a dit qu'elle craignait que nous ne nous soyons présentées à un mauvais moment. "Oh! pas du tout", a répondu M. Blair, en essayant de sourire – il est toujours très poli, comme tu le sais. "Je suis un peu occupé... je m'apprêtais à faire un gâteau. Ma femme a reçu un télégramme de sa sœur qui arrive de Montréal ce soir et elle est allée la chercher à la gare. Elle m'a demandé de préparer un gâteau pour le thé. Elle a écrit la recette et m'a expliqué comment je devais m'y prendre, mais j'ai déjà oublié la moitié des instructions. Et c'est écrit "aromatiser au goût". Qu'est-ce que ça signifie? Comment savoir? Et que se passera-t-il si mon goût ne correspond pas à celui des autres? Une cuillerée à soupe de vanille suffira-t-elle pour un petit gâteau à étage?"

« Je me sentais de plus en plus navrée pour le pauvre homme. Il n'avait pas du tout l'air d'être dans son élément. J'avais déjà entendu parler de maris dominés par leur femme et j'ai eu l'impression d'en avoir un en face de moi. J'ai failli dire : "M. Blair, si vous souscrivez pour repeindre la salle, je ferai le gâteau à votre place." Mais j'ai tout à coup songé que lorsqu'on veut entretenir des relations de bon voisinage, on doit éviter ces marchandages avec une créature en détresse. Je lui ai donc offert de confectionner le gâteau sans poser aucune condition. Il a tout simplement bondi sur l'occasion. Il nous a confié qu'avant son mariage il avait coutume de faire son pain, mais il craignait qu'un gâteau soit trop compliqué et il détestait décevoir son épouse. Il m'a apporté un autre tablier, Diana a battu les œufs et j'ai mélangé la pâte. M. Blair nous apportait les ingrédients au pas de course. Il avait complètement oublié son tablier et, lorsqu'il courait, celui-ci flottait derrière lui; Diana m'a avoué qu'elle avait cru mourir de rire en le voyant. Il nous a assuré que la cuisson du gâteau ne lui causerait pas de problème – qu'il y était habitué –, puis il nous a demandé notre liste et nous a donné quatre dollars. Alors comme tu vois, nous avons été récompensées. Mais même s'il n'avait pas versé un sou, j'aurais toujours eu la certitude d'avoir agi en chrétienne en l'aidant. »

L'arrêt suivant était la maison de Théodore White. Ni Anne ni Diana n'y avaient jamais mis les pieds auparavant et elles connaissaient à peine Mme Théodore, qui n'avait pas la réputation d'être très hospitalière. Devraient-elles frapper à la porte d'en arrière ou à celle d'en avant? Pendant qu'elles se consultaient à voix basse, Mme Théodore apparut à la porte d'en avant, des journaux plein les bras. De façon délibérée, elle les étendit un par un sur le plancher et sur les marches du porche, puis sur le chemin jusqu'aux pieds de ses visiteuses mystifiées.

« Auriez-vous l'obligeance d'essuyer l'herbe sur vos pieds et de marcher sur ces journaux? » les pria-t-elle anxieusement. « Je viens tout juste de balayer la maison et je ne veux plus y voir pénétrer un seul grain de poussière. La pluie d'hier a rendu le chemin très boueux. »

« Surtout ne ris pas », chuchota Anne à Diana tandis qu'elles marchaient sur les journaux. « Et je t'en supplie, ne me regarde pas, quoi qu'elle dise, sinon je ne pourrai pas garder mon sérieux. »

Le tapis de papier journal se prolongeait jusque dans l'entrée et dans un boudoir coquet et immaculé. Les deux jeunes filles s'assirent avec précaution sur les sièges les plus proches et exposèrent leur requête. Mme White les écouta poliment, ne les interrompant qu'à deux reprises, une fois pour chasser une mouche aventureuse, et l'autre pour ramasser un minuscule brin d'herbe qui était tombé de la robe d'Anne sur le tapis. Anne se sentit abominablement coupable; mais Mme White versa deux dollars et paya immédiatement – «afin de nous éviter de revenir», suggéra Diana après leur départ. Elles n'avaient pas encore détaché le poney que Mme White avait déjà ramassé les journaux et, en sortant de la cour, elles la virent occupée à passer le balai dans l'entrée.

«On m'avait toujours affirmé qu'il n'existait pas de femme plus propre que Mme White et maintenant je le crois», commenta Diana en pouffant de rire aussitôt qu'elles furent hors de portée de voix.

«C'est heureux qu'elle n'ait pas d'enfants», dit solennellement Anne. «Les pauvres auraient une existence épouvantable.»

Chez les Spencer, elles se sentirent misérables en entendant Mme Isabella proférer des méchancetés sur tous les habitants d'Avonlea. M. Thomas Boulter refusa de contribuer sous prétexte que lorsqu'on avait construit la salle, vingt ans plus tôt, on n'avait pas suivi ses recommandations. Mme Esther Bell, qui débordait de santé, leur détailla pendant une demi-heure toutes ses maladies et tous ses malaises, et leur remis tristement cinquante sous étant donné qu'elle ne serait plus là à pareille date l'an prochain: elle serait dans sa tombe.

Ce fut cependant chez Simon Fletcher qu'elles reçurent le pire accueil. En entrant dans la cour, elles aperçurent deux personnes qui les dévisageaient par la fenêtre du vestibule. Mais elles eurent beau frapper et attendre avec patience et persévérance, personne ne vint ouvrir. Elles s'éloignèrent de là totalement vexées et indignées. Même Anne avoua qu'elle commençait à se sentir découragée. Mais après cela, la chance tourna. Plusieurs fermes appartenant à des Sloane se suivaient et elles y obtinrent de généreuses souscriptions. À partir de ce moment et jusqu'à la fin, tout se déroula bien, et elles n'essuyèrent plus qu'une seule rebuffade. La dernière maison qu'elles devaient visiter était celle de Robert Dickson, qui se trouvait près du pont de l'étang. Elles étaient presque rendues chez elles, mais elles acceptèrent d'y rester pour le thé plutôt que de risquer d'offenser Mme Dickson réputée pour sa susceptibilité.

Pendant qu'elles étaient là, la vieille Mme James White se présenta.

« J'arrive de chez Lorenzo », annonça-t-elle. « C'est présentement l'homme le plus fier d'Avonlea. Vous savez pourquoi ? Il est le père d'un beau garçon tout neuf... et après sept filles, c'est tout un événement, c'est moi qui vous le dis. »

Anne dressa l'oreille, et lorsqu'elles furent parties, elle déclara :

« Je vais directement chez Lorenzo White. »

« Mais il habite sur la route de White Sands et c'est plutôt loin de la nôtre », protesta Diana. « Gilbert et Fred le solliciteront. »

« Ils n'iront pas avant samedi prochain et il sera alors trop tard », répondit fermement Anne. « L'effet de nouveauté sera passé. Lorenzo White est terriblement mesquin, mais en ce moment précis, il souscrira à *n'importe quoi*. Il faut battre le fer quand il est chaud, Diana. »

Les prévisions d'Anne se réalisèrent. M. White les rencontra dans la cour, resplendissant comme le soleil un jour de Pâques. Lorsque Anne lui demanda une souscription, il accepta avec enthousiasme.

« Bien sûr, bien sûr, je verserai un dollar de plus que votre contribution la plus élevée. »

« Cela fera cinq dollars... M. Daniel Blair m'en a donné quatre », risqua Anne, à demi craintive.

Mais Lorenzo ne broncha pas.

« Cinq dollars... eh bien, les voilà. Maintenant, vous allez entrer dans la maison. Le spectacle qui vous attend en vaut la peine ; très peu de gens ont déjà eu la chance de le voir. Entrez et donnez-moi *votre* opinion. »

« Que dirons-nous si le bébé n'est pas beau ? » chuchota Diana avec une vive inquiétude pendant qu'elles suivaient un Lorenzo surexcité à l'intérieur du logis.

« Oh ! nous trouverons certainement un commentaire positif à émettre à son sujet », répondit Anne avec aise. « Tous les bébés ont un côté charmant. »

Le bébé était cependant joli et, pour M. White, le sincère ravissement des deux jeunes filles devant le nouveau-né dodu valait bien cinq dollars. Et ce fut là la première et la dernière fois que Lorenzo White souscrivit à quelque chose.

Anne, malgré sa fatigue, fit un dernier effort pour le bien public ce soir-là. Elle traversa les champs pour aller bavarder avec M. Harrison qui, comme d'habitude, fumait sa pipe sur la véranda, Ginger à ses côtés. Il est vrai que sa maison se trouvait sur la route de Carmody, mais Jane et Gertie, qui ne le connaissaient que par le biais de racontars plutôt douteux, avaient nerveusement prié Anne d'aller le solliciter.

M. Harrison refusa cependant de donner un sou, et les ruses déployées par Anne se révélèrent inutiles.

« Mais je croyais que vous approuviez notre Société, monsieur Harrison », se lamenta-t-elle.

« Bien sûr... bien sûr que je l'approuve... mais mon approbation ne va pas jusqu'au fond de ma poche, Anne. »

« Encore quelques expériences comme celles que j'ai vécues aujourd'hui et je deviendrai aussi pessimiste que Mlle Eliza Andrews », confia Anne à son reflet dans le miroir du pignon est, au moment de se mettre au lit.

7

L'appel du devoir

Anne se laissa aller en arrière dans sa chaise et soupira. C'était une soirée d'octobre très clémente. La table à laquelle elle était assise était chargée de manuels et d'exercices, mais les pages couvertes d'une écriture serrée se trouvant devant elle n'avaient apparemment aucun rapport avec les études ou le travail scolaire.

« Que se passe-t-il ? » demanda Gilbert, qui était entré par la porte ouverte de la cuisine juste à temps pour l'entendre soupirer.

Anne rougit et camoufla les feuillets sous des compositions d'écoliers.

« Rien de bien terrible. J'essayais seulement de suivre le conseil de mon professeur, M. Hamilton, en couchant sur papier certaines de mes pensées, mais je n'arrive pas à me sentir satisfaite. Elles deviennent lourdes et insensées, écrites noir sur blanc. Les produits de l'imagination sont comme des ombres – on ne peut les mettre en cage –, ils sont capricieux, ils vont et viennent. J'apprendrai peut-être le secret un jour, si je persévère. Mais je n'ai pas beaucoup de moments libres, tu sais. Quand j'ai fini de corriger ces exercices et ces compositions, je n'ai pas toujours le goût d'écrire pour moi. »

« Tu fais un travail magnifique à l'école, Anne. Tous les enfants t'adorent », dit Gilbert en s'asseyant sur la marche de pierre.

«Non, pas tous. Anthony Pye ne m'aime pas et ne
m'aimera jamais. Le pire, c'est qu'il ne me respecte même
pas... non, pas du tout. Il n'éprouve que du mépris à mon
égard et je peux même t'avouer que cela me rend malheureuse. Ce n'est pas qu'il soit si méchant, il est seulement
un peu espiègle, mais pas plus que certains autres. Il ne me
désobéit que rarement; mais quand il obéit, il affiche un
tel dédain, comme si cela ne valait même pas la peine de
discuter, sinon il n'hésiterait pas... et cette attitude a un
effet négatif sur les autres. J'ai tenté par tous les moyens de
le gagner à ma cause, mais je commence à craindre de ne
jamais y parvenir. Je le voudrais pourtant, car cet enfant
est mignon, même s'il est un Pye, et je pourrais l'aimer s'il
m'en laissait la chance.»

«C'est sans doute la conséquence de ce qu'il entend à
la maison.»

«Pas tout à fait. Anthony est un enfant indépendant
et il est capable de juger les choses par lui-même. Il a toujours eu des professeurs masculins et, pour lui, l'enseignement d'une femme n'est pas valable. Eh bien, nous verrons
ce que la patience et la bonté donneront. J'aime surmonter
les difficultés et l'enseignement est un travail vraiment très
intéressant. Paul Irving a tout ce qui manque aux autres.
Cet enfant est un ange, Gilbert, et un génie en même
temps. Je suis persuadée que le monde entendra parler de
lui, un jour», conclut Anne avec conviction.

«Moi aussi j'aime enseigner», dit Gilbert. «C'est
avant tout une bonne formation. Vois-tu, Anne, j'ai
appris davantage pendant les quelques semaines où j'ai
enseigné aux jeunes de White Sands que pendant toutes
les années où j'ai moi-même fréquenté l'école. Nous avons
tous l'air de nous en tirer sans trop de problèmes. J'ai
entendu dire qu'on aime bien Jane à Newbridge; et je
pense que ton humble serviteur est passablement apprécié
à White Sands par tout le monde – sauf par M. Andrew
Spencer. J'ai croisé Mme Peter Blewett hier soir en revenant à la maison et elle m'a confié qu'elle croyait de son

devoir de m'informer que M. Spencer n'approuvait pas mes
méthodes. »

«As-tu déjà remarqué », demanda pensivement Anne,
«que lorsque les gens disent qu'ils croient qu'il est de leur
devoir de t'apprendre quelque chose, tu peux t'attendre à
ce que ce soit désagréable ? Pourquoi ne se sentent-ils
jamais tenus de te répéter les choses gentilles qu'ils ont
entendues à ton sujet ? Mme H.B. Don*nell* est venue à
l'école hier me répéter quelques potins; entre autres, il
semble que Mme Harmon Andrews préférerait que je ne
raconte pas de contes de fées aux enfants, et selon
M. Rogerson, Prillie n'avance pas assez vite en arithmétique. Mais ses progrès seraient plus rapides si elle passait
moins de temps à lorgner les garçons par-dessus son
ardoise. Je suis convaincue que c'est Jack Gillis qui fait ses
additions, même si je n'ai jamais pu le prendre sur le fait. »

«As-tu réussi à réconcilier le fils de Mme Don*nell* avec
son saint prénom ? »

«Oui », pouffa Anne, « mais cela n'a pas été facile. Au
début, lorsque je l'appelais Saint-Clair, je devais répéter
deux ou trois fois avant qu'il prête attention; alors, quand
les autres garçons le poussaient du coude, il levait les yeux
avec un air terriblement blessé, comme si je l'avais appelé
John ou Charlie et qu'on ne pût s'attendre à ce qu'il sache
que c'était à lui que je m'adressais. Je l'ai donc gardé après
l'école un soir et je lui ai parlé gentiment. Je lui ai expliqué
que sa mère désirait que je l'appelle Saint-Clair et que je
ne pouvais faire fi de sa volonté. Il a compris ma position –
ce gamin est vraiment très raisonnable, il a accepté que je
l'appelle Saint-Clair mais a déclaré que si un des garçons
s'y aventurait, il lui flanquerait la tripotée de sa vie. J'ai
évidemment dû le réprimander pour avoir utilisé un tel
langage. Depuis ce jour, je l'appelle Saint-Clair et les garçons le nomment Jake, et tout va pour le mieux. Il m'a
appris qu'il avait l'intention de devenir menuisier, mais
Mme Don*nell* veut que j'en fasse un professeur d'université. »

La mention d'université donna une nouvelle orientation aux pensées de Gilbert, et pendant un moment, ils évoquèrent leurs projets et leurs rêves, avec gravité, ferveur et espoir, ainsi que la jeunesse aime parler quand l'avenir est encore un sentier inexploré plein de perspectives merveilleuses.

Gilbert avait finalement pris sa décision : il deviendrait médecin.

« C'est une profession magnifique », dit-il avec enthousiasme. « Le médecin passe toute sa vie à combattre – quelqu'un n'a-t-il pas un jour défini l'homme comme un animal qui lutte ? – et moi, je veux combattre la maladie, la souffrance et l'ignorance, tous ces maux reliés les uns aux autres. Anne, je veux faire ma part pour l'humanité par un travail honnête et véritable, contribuer à la somme de connaissances humaines accumulées par les hommes justes depuis le commencement des temps. Je dois tant à ceux qui ont vécu avant moi que je veux exprimer ma reconnaissance en me dévouant pour ceux qui viendront après moi. Je crois que c'est de cette seule façon qu'on peut assumer ses obligations envers la race. »

« Moi, j'aimerais ajouter de la beauté à la vie », prononça Anne d'un ton rêveur. « Je ne veux pas exactement *enseigner* quelque chose aux gens – même si je sais que c'est l'idéal le plus noble – mais j'aimerais que grâce à moi, leur existence soit un peu plus agréable, j'aimerais leur donner une petite joie ou une pensée heureuse qu'ils n'auraient pas eues si je n'étais pas née. »

« Je pense que tu atteins cet idéal chaque jour », affirma Gilbert avec admiration.

Et il avait raison. Anne était née porteuse de lumière. Lorsqu'elle entrait en contact avec quelqu'un, son sourire ou ses paroles étaient comme un rayon de soleil, et la personne qui les recevait voyait son existence, au moins pendant cet instant, se remplir d'espoir et de bonheur.

Gilbert se leva enfin avec regret.

«Bon, il faut que j'aille chez les MacPherson. Moody Spurgeon est venu de Queen's aujourd'hui pour passer la journée de dimanche et il devait m'apporter un livre prêté par mon professeur, M. Boyd.»

«Et moi, je vais préparer le thé de Marilla. Elle est allée voir Mme Keith ce soir et sera bientôt de retour.»

Le thé était prêt au retour de Marilla, le feu craquait joyeusement, un vase rempli de fougères givrées et de feuilles d'érable rouge rubis ornait la table et des odeurs délectables de jambon et de pain grillé embaumaient la maison. Pourtant, Marilla s'affaissa sur sa chaise en soupirant profondément.

«Tu as des ennuis avec tes yeux? Tu as mal à la tête?» s'enquit Anne avec anxiété.

«Non. Je suis seulement fatiguée... et inquiète. Au sujet de Mary et des enfants; Mary va de plus en plus mal, elle n'en a plus pour très longtemps. Et je me demande ce que les jumeaux vont devenir.»

«Leur oncle n'a pas encore donné signe de vie?»

«Oui, Mary a reçu une lettre de lui. Il travaille dans un camp de bûcherons et "ça brasse", si tu arrives à comprendre ce qu'il veut dire par là. Quoi qu'il en soit, il prétend être dans l'impossibilité de prendre les enfants avant le printemps. Il s'attend à être marié à ce moment-là et à disposer d'un foyer pour les accueillir; mais il veut qu'elle demande à des voisins de s'occuper d'eux pendant l'hiver. Mary n'ose demander à personne. C'est vrai qu'elle n'a jamais eu de très bons rapports avec les habitants d'East Grafton. Pour résumer, Anne, je suis sûre que Mary voudrait me confier les enfants – elle ne l'a pas dit expressément mais ses yeux le disaient.»

«Oh!» Anne, tout excitée, joignit les mains. «Et tu accepteras, bien entendu, n'est-ce pas?»

«Je n'ai pas encore pris de décision», répondit Marilla d'un ton plutôt acerbe. «Je ne me précipite pas tête première comme toi, Anne. Cousin au troisième degré, ce n'est pas un lien de parenté très significatif. Et ce sera une

terrible responsabilité que d'avoir à m'occuper de deux
enfants de six ans, surtout des jumeaux. »

« C'est très intéressant, les jumeaux, du moins quand
il s'agit d'un seul couple de jumeaux. C'est lorsqu'on en a
deux ou trois couples que cela devient monotone. Et je
crois que tu seras très heureuse d'avoir quelque chose pour
te distraire quand je serai à l'école. »

« Je ne m'attends pas à ce que cela comporte beaucoup
de plaisir... davantage d'inquiétude et de dérangement que
d'autre chose, à mon avis. Il y aurait moins de risques s'ils
avaient le même âge que toi lorsque je t'ai prise. Ce n'est
pas tant Dora qui m'inquiète; elle semble si douce et si
tranquille. Mais ce Davy est un petit diable. »

Anne aimait les enfants et son cœur s'attendrissait à
la pensée des jumeaux Keith. Le souvenir de sa propre
enfance négligée était encore très vivace en elle. Elle
savait que le seul point vulnérable de Marilla était son
dévouement rigoureux à l'égard de ce qu'elle croyait être
son devoir, et c'est dans ce sens qu'elle choisit adroite-
ment ses arguments.

« Si Davy n'est pas sage, raison de plus pour qu'il
reçoive une bonne éducation, n'est-ce pas, Marilla ? Si
nous ne les recueillons pas, nous ne savons pas qui le fera,
ni quelle sorte d'influences ils subiront. Suppose que ce soit
les plus proches voisins de Mme Keith, les Sprott. Mme Lynde
dit que Henry Sprott est l'homme le plus impie que la terre
ait jamais porté et on ne peut croire un mot de ce que ses
enfants racontent. Ce serait affreux si les jumeaux rece-
vaient une telle éducation, n'est-ce pas ? Ou imagine qu'ils
aillent chez les Wiggins. Selon Mme Lynde, M. Wiggins
vend tout ce qui peut se vendre et sert du lait écrémé à sa
famille. Tu n'aimerais pas que tes proches souffrent de la
faim, même s'il ne s'agissait que de cousins au troisième
degré, n'est-ce pas ? Il me semble que ton devoir est de les
recueillir, Marilla. »

« Je présume que oui », approuva Marilla d'un air
sombre. « Je promettrai sans doute à Mary de les prendre.

Mais inutile d'afficher un air si ravi, Anne. Cela signifiera beaucoup de travail supplémentaire pour toi. Comme l'état de mes yeux ne me permet pas de coudre, c'est toi qui seras chargée de confectionner et raccommoder leurs vêtements. Et tu n'aimes pas coudre. »

« Je déteste cela », acquiesça-t-elle calmement, « mais si tu ressens le désir de t'occuper de ces enfants parce que tu crois que c'est de ton devoir, je peux coudre pour eux de la même façon. C'est toujours bon de faire des choses qu'on n'aime pas – avec modération, bien sûr. »

8

Marilla adopte les jumeaux

Mᵐᵉ Rachel Lynde tricotait une courtepointe assise à la fenêtre de sa cuisine, tout comme plusieurs années auparavant lorsque Matthew Cuthbert était descendu de la colline en compagnie de l'enfant que Mᵐᵉ Rachel appelait «son orpheline importée». Mais cet événement s'était produit au printemps; et c'était maintenant la fin de l'automne : tous les arbres avaient perdu leurs feuilles et les champs desséchés avaient pris une teinte brunâtre. Le soleil était sur le point de se coucher avec un grand déploiement de pourpre et d'or derrière la masse sombre des forêts à l'ouest d'Avonlea, lorsqu'un boghei tiré par un gros canasson brun descendit de la colline. Mᵐᵉ Rachel le regarda avec curiosité.

«C'est Marilla qui revient des funérailles», annonça-t-elle à son mari étendu sur le sofa de la cuisine. Thomas Lynde s'allongeait de plus en plus souvent sur le sofa, mais Mᵐᵉ Rachel, à qui rien de ce qui se passait en dehors de chez elle n'échappait, ne l'avait pas encore remarqué. «Et les jumeaux sont avec elle, oui, voilà Davy qui se penche par-dessus le tablier et agrippe la queue du poney, et Marilla le tire en arrière. Et Dora, toute coquette, est assise sur le siège. On a toujours l'impression que cette enfant vient d'être empesée et repassée. Eh bien, la pauvre Marilla aura du pain sur la planche cet hiver, cela ne fait aucun doute. Pourtant, je ne vois pas comment elle aurait pu éviter de les recueillir, dans les circonstances; elle pourra compter sur Anne pour lui donner un coup de main. Anne est ravie de toute cette histoire et je dois admettre qu'elle a vraiment le tour avec les enfants. Mon Dieu! Il me semble qu'il s'est à peine écoulé une journée depuis que le pauvre Matthew a ramené Anne elle-même à la maison et que tout le monde s'esclaffait à l'idée de voir Marilla élever un enfant. Et la voilà maintenant qui adopte des jumeaux. La vie nous réserve des surprises jusqu'au jour de notre mort. »

Le gras poney trottina sur le pont de Lynde's Hollow puis sur le sentier menant à Green Gables. Marilla avait une expression plutôt sévère. Il y avait dix milles depuis East Grafton et Davy semblait incapable d'arrêter de bouger. N'ayant pas réussi à le faire tenir tranquille, elle avait été à l'agonie pendant tout le trajet, craignant qu'il tombe en arrière de la voiture et se casse le cou ou dégringole par-dessus le tablier sous les sabots du poney. En désespoir de cause, elle menaça Davy d'une bonne correction lorsqu'ils seraient à la maison. Là-dessus, Davy grimpa sur ses genoux, jeta ses bras potelés autour de son cou et lui fit un gros câlin.

« Tu parles pas sérieusement », dit-il en donnant un baiser affectueux sur sa joue ridée. « T'as pas l'air d'une dame qui fouetterait un petit garçon seulement parce qu'il peut pas s'tenir tranquille. Tu trouvais pas ça drôlement difficile de rester tranquille quand t'avais mon âge ? »

« Non, j'avais coutume d'être sage quand on me le demandait », répondit-elle en essayant de garder un ton sévère bien qu'elle sentît son cœur fondre sous les caresses spontanées de Davy.

« Eh bien, j'pense que c'est parce que t'es une fille », affirma Davy qui retourna à sa place en se tortillant. « T'as *déjà été* une fille avant, j'suppose, même si ça fait vraiment drôle d'y penser. Dora, elle, est capable de s'tenir tranquille... mais c'est pas très amusant, j'pense. J'pense que tout doit être très lent quand on est une fille. Tiens, Dora, j'vais te réveiller un peu. »

Pour «réveiller» sa sœur, sa technique consistait à enrouler ses boucles entre ses doigts et à tirer. Dora hurla, puis se mit à pleurer.

«Comment peux-tu te montrer si vilain quand on vient tout juste d'enterrer ta pauvre mère?» s'écria Marilla avec désespoir.

«Mais elle était contente de mourir», répondit confidentiellement Davy. «Je l'sais, parce qu'elle me l'a dit. Elle était drôlement fatiguée d'être malade. On a eu une longue conversation la nuit avant sa mort. Elle m'a dit que t'allais nous prendre pour l'hiver, Dora et moi, et qu'il fallait que j'sois un bon garçon. J'vais être bon, mais on peut être aussi bon en courant qu'en restant assis, non? Et elle a dit que j'devais être toujours gentil avec Dora et prendre sa défense, et c'est ce que j'vais faire.»

«C'est en lui tirant les cheveux que tu penses être gentil?»

«Eh bien, je laisserai personne d'autre les lui tirer», rétorqua-t-il en levant les poings et fronçant les sourcils. «Qu'ils essaient, pour voir. Je lui ai pas fait très mal... c'est juste parce qu'elle est une fille qu'elle a pleuré. J'suis content d'être un garçon mais pas d'être un jumeau. Jimmy Sprott, quand sa sœur le contredit, il n'a qu'à répondre: "C'est moi le plus vieux, alors j'ai raison", et ça règle la question. Moi, je peux pas le dire à Dora, et elle continue à faire à sa tête. Tu pourrais me laisser conduire le dada pendant un moment, puisque j'suis un homme.»

Tout compte fait, Marilla se sentit plus que soulagée en entrant dans la cour, où le vent du soir faisait tourbillonner les feuilles mortes. Anne était venue les accueillir à la barrière et souleva les jumeaux pour les faire descendre. Dora reçut calmement son baiser mais Davy la prit par le cou en annonçant joyeusement: «J'suis M. Davy Keith.»

À la table, Dora se comportait comme une petite dame, alors que les manières de Davy laissaient beaucoup à désirer.

«J'ai trop faim pour avoir le temps d'manger poliment», se défendit-il lorsque Marilla le réprimanda. «Dora n'a pas la moitié aussi faim que moi. Pense à tout l'exercice que j'ai fait en chemin. Ce gâteau est rudement bon et plein de prunes. Il y a si longtemps qu'on n'a pas eu de gâteau à la maison, parce que maman était trop malade pour en faire et Mme Sprott disait que c'était déjà beau qu'elle cuise notre pain. Et Mme Wiggins ne met jamais de prunes dans son gâteau, elle. Puis-je avoir une autre tranche ? »

Marilla aurait refusé, mais Anne coupa une généreuse portion tout en lui rappelant qu'il devait dire « merci ». Davy lui adressa seulement un grand sourire en mordant à pleines dents dans le dessert. Lorsqu'il eut tout mangé, il dit :

« Si tu m'en donnes un autre morceau, j'te dirai merci. »

« Non, tu en as eu assez », trancha Marilla d'un ton qui n'admettait pas de réplique – un ton qu'Anne connaissait bien et que Davy apprendrait à son tour à reconnaître.

Davy fit un clin d'œil à Anne puis, se penchant par-dessus la table, arracha à Dora son premier morceau, dont elle n'avait encore pris qu'une minuscule bouchée ; ouvrant toute grande la bouche, il l'enfourna en entier. La lèvre de Dora trembla et Marilla en resta muette d'horreur. Anne prit aussitôt son air le plus « maîtresse d'école » pour s'écrier :

« Oh ! Davy ! tu ne te conduis pas en gentleman ! »

« J'le sais », répondit celui-ci dès qu'il fut en mesure de parler, « mais j'suis pas un gendemane. »

« Mais ne désires-tu pas en devenir un ? » interrogea Anne, consternée.

« Évidemment. Mais tu peux pas être un gendemane avant d'être grand. »

« Bien sûr que tu le peux », s'empressa-t-elle de répondre, saisissant au vol cette occasion inespérée de semer de bonnes graines. « Tu peux commencer à être un gentleman dès l'enfance. Un gentleman n'arrache jamais rien des mains des dames... et n'oublie jamais de dire merci... et ne tire jamais les cheveux. »

«On s'amuse pas beaucoup quand on est un gen-demane, à c'que j'vois», rétorqua franchement Davy. «J'pense que j'vais attendre d'être grand pour en être un.»

Marilla, d'un air résigné, avait coupé une autre tranche de gâteau pour Dora. Elle ne se sentait pas la force pour l'instant d'affronter Davy. Les obsèques et le long trajet avaient rendu la journée difficile. En ce moment précis, elle entrevoyait l'avenir avec un pessimisme au moins équivalent à celui d'Eliza Andrews.

Si les jumeaux n'étaient pas identiques, ils étaient cependant blonds tous les deux. Dora était une fillette aux longues boucles soyeuses toujours impeccables, aux yeux noisette pleins de douceur et de gentillesse, au nez droit et à la bouche un peu pincée, alors que Davy avait une tête ronde foisonnant de frisettes crépues couleur de blé mûr, des yeux malicieux et pétillants comme ceux d'un lutin, un nez en trompette et une bouche tout en sourire ; de plus, il avait une fossette dans une joue et pas dans l'autre, ce qui lui donnait un air mignon, comique et asymétrique lorsqu'il riait. La gaîté et l'espièglerie se cachaient dans chaque recoin de son petit visage.

«Ils feraient mieux d'aller au lit», décida Marilla, croyant que c'était la meilleure solution pour ce soir. «Dora dormira avec moi et tu peux installer Davy dans le pignon ouest. Tu n'as pas peur de dormir seul, n'est-ce pas, Davy ?»

«Non ; mais je vais pas me coucher tout de suite», affirma celui-ci avec assurance.

«Oh ! oui, tu y vas.»

Marilla n'eut pas besoin d'en dire plus, car quelque chose dans son ton coupa le sifflet à Davy. Il obtempéra et suivit Anne en haut.

«Quand j'serai grand», lui confia-t-il, «la première chose que j'ferai sera de rester debout *toute* la nuit juste pour voir comment c'est.»

Après bien des années, Marilla ne put jamais se remé-morer sans un frisson la première semaine du séjour des jumeaux à Green Gables. Non que cette première semaine fût pire que celles qui suivirent; mais elle le paraissait à cause de l'effet de nouveauté. Il ne se passait pas une minute sans que Davy commette une espièglerie ou en complote une; mais son premier exploit digne de ce nom se produisit deux jours après son arrivée, un dimanche matin, par une belle et chaude journée, aussi brumeuse et douce qu'une journée de septembre. Anne l'habilla pour aller à l'église pendant que Marilla s'occupait de Dora. Tout d'abord, Davy ne voulut absolument pas entendre parler de se laver la figure.

« Marilla l'a lavée hier... et Mme Wiggins m'a frotté avec du savon dur pour les funérailles. Ça suffit pour la semaine. Je vois pas ce qu'il y a de bon à être si terriblement propre. On est cent fois plus à l'aise quand on est sale. »

« Paul Irving se lave le visage tous les jours de son propre chef », insinua astucieusement Anne.

Davy résidait à Green Gables depuis un peu plus de quarante-huit heures; pourtant, il vouait déjà un culte à Anne et avait pris Paul Irving en grippe parce qu'il avait entendu Anne faire son éloge un jour après son arrivée. Si Paul Irving se lavait la figure tous les jours, la question était réglée. Lui, Davy Keith, le ferait aussi, même si cela l'ennuyait mortellement. La même considération le convainquit de se soumettre humblement aux autres étapes de sa toilette, et il était vraiment ravissant une fois le tout terminé. Anne ressentit une fierté presque maternelle en le menant au vieux banc Cuthbert.

Davy se comporta assez bien au début; il jetait des regards furtifs aux garçons qui se trouvaient dans son champ de vision en essayant de deviner lequel était Paul Irving. Les deux premières hymnes et la lecture des Saintes Écritures se déroulèrent sans encombre. M. Allan était en train de réciter la prière lorsque le choc se produisit.

Lauretta White était assise en avant de Davy, la tête légèrement penchée; ses cheveux blonds, pendant en deux longues tresses, encadraient son cou blanc émergeant d'un collet de dentelle lâche. La cible était tentante. Lauretta était une placide petite fille grassouillette de huit ans, dont la conduite à l'église avait toujours été irréprochable, depuis le tout premier jour où sa mère l'y avait emmenée lorsqu'elle n'était qu'un bébé de six mois.

Davy plongea la main dans sa poche et en ressortit... une chenille, une chenille duveteuse et qui se tortillait. Marilla l'aperçut et agrippa Davy, mais trop tard : il l'avait déjà laissée tomber dans le cou de Lauretta.

La prière de M. Allan fut brusquement interrompue par une série de cris perçants. Le pasteur épouvanté se tut et ouvrit les yeux. Toutes les têtes de l'assemblée se levèrent. Lauretta sautait sur le banc en tirant frénétiquement sur le dos de sa robe.

«Oh!... maman... maman... oh!... enlève-la... oh!... ce méchant garçon l'a mise dans mon cou... oh!... maman, elle descend... oh! oh! oh!...»

Mme White se leva et, d'un air résolu, entraîna dehors sa fillette hystérique et contorsionnée. Les hurlements s'évanouirent au loin et M. Allan put poursuivre l'office. Mais tout le monde sentit que quelque chose clochait ce jour-là. Pour la première fois de sa vie, Marilla ne prêta pas attention au texte et Anne resta assise, mortifiée et rouge de honte.

De retour à la maison, Marilla envoya Davy au lit avec interdiction d'en sortir avant le lendemain. Elle refusa de lui donner à dîner mais l'autorisa à prendre une collation de pain et de lait. Anne lui porta le plateau et s'assit tristement auprès de lui pendant qu'il mangeait de bon appétit, sans manifester le moindre repentir. Mais le regard affligé d'Anne le troubla.

«J'suppose», commença-t-il pensivement, «que Paul Irving n'aurait jamais mis de chenille dans le cou d'une fille à l'église, hein?»

«Non, il n'aurait pas fait ça», répondit-elle mélancoliquement.

«Eh bien, j'suis plutôt désolé de l'avoir fait, alors», concéda Davy. «Mais c'était une si belle grosse chenille... je l'avais trouvée sur le perron de l'église en arrivant. C'était vraiment dommage de la gaspiller. Et dis donc, c'était pas drôle d'entendre cette fille crier?»

Le mardi après-midi, la Société d'aide se réunit à Green Gables. Anne se hâta de rentrer de l'école, car elle savait que Marilla aurait besoin de toute l'assistance qu'elle pourrait lui apporter. Dora, propre et coquette dans sa robe blanche joliment amidonnée et sa ceinture noire, était assise dans le boudoir avec les membres de la Société, répondant innocemment quand on l'interrogeait, se taisant quant on ne s'adressait pas à elle, et se conduisant en tout comme une enfant modèle. Quant à Davy, noir des pieds à la tête, il faisait des pâtés de boue dans la cour de la grange.

«Je lui ai donné la permission», expliqua Marilla avec lassitude. «J'ai pensé que cela lui éviterait de faire de pires bêtises. En jouant dans la boue, il ne peut que se salir. Nous terminerons notre thé avant de lui donner le sien. Dora peut le prendre avec nous, mais je n'oserais jamais laisser Davy s'asseoir à la table lorsque tous les membres de la Société sont présents.»

Quand Anne vint chercher les invitées, elle constata que Dora avait disparu du boudoir. M#me Jasper Bell l'informa que Davy était venu l'appeler à la porte d'en avant. Après avoir hâtivement consulté Marilla dans le garde-manger, il fut décidé que les deux enfants prendraient leur thé ensemble plus tard.

En plein milieu du repas, une silhouette désespérée surgit soudain dans la salle à manger. Marilla et Anne la dévisagèrent avec consternation, et les membres de la Société avec ahurissement. Était-il possible que ce soit Dora, cette forme indescriptible qui pleurnichait, sa robe et ses cheveux trempés et dégoulinant sur le tapis neuf à motifs de cercles de Marilla?

«Dora, que s'est-il passé?» cria Anne en jetant un regard coupable à M#me Jasper Bell, dont la famille avait la réputation d'être la seule au monde à qui il n'arrivait jamais d'accidents.

« Davy m'a fait marcher sur la clôture de la porcherie », gémit la fillette. « Je ne voulais pas le faire, mais il m'a traitée de poule mouillée. Et puis je suis tombée dans la porcherie et ma robe s'est toute salie et le cochon m'a sauté dessus. Ma robe était dans un état épouvantable et Davy a dit que si je me tenais sous la pompe, il la nettoierait. C'est ce que j'ai fait, et l'eau de la pompe a coulé sur moi, mais ma robe est toujours aussi sale et ma jolie ceinture et mes souliers sont complètement fichus. »

Anne fit seule les honneurs de la table pendant le reste du repas tandis que Marilla montait avec Dora et lui remettait ses vieux vêtements. Davy fut attrapé et envoyé au lit sans souper. Anne monta le voir dans sa chambre à la tombée du jour et eut une conversation sérieuse avec lui – elle avait une grande confiance dans cette méthode bien que, somme toute, elle n'ait pas donné de très bons résultats jusque-là. Elle lui déclara que sa conduite la décevait beaucoup.

« J'le regrette, moi aussi, maintenant », admit Davy, « mais le problème, c'est que je regrette jamais avant que la chose soit faite. Dora voulait pas m'aider à faire des pâtés parce qu'elle avait peur d'abîmer ses vêtements et ça m'a rendu fou furieux. J'suppose que Paul Irving n'aurait jamais fait marcher sa sœur sur la clôture de la porcherie s'il avait su qu'elle tomberait dedans ? »

« Non, il n'y aurait même pas songé. Paul est un parfait petit gentleman. »

Davy ferma les yeux et parut méditer un moment. Puis il grimpa sur Anne et lui mit les bras autour du cou, blottissant son petit visage rouge contre son épaule.

« Anne, m'aimes-tu un petit peu, même si j'suis pas un bon garçon comme Paul ? »

« Bien sûr que oui », répondit-elle sincèrement. D'une certaine façon, on ne pouvait s'empêcher d'aimer Davy. « Mais je t'aimerais encore mieux si tu étais moins vilain. »

« J'ai... j'ai fait autre chose aujourd'hui », poursuivit Davy d'une voix étouffée. « J'le regrette maintenant, mais j'ai drôlement peur de te dire ce que c'est. Tu seras pas trop fâchée, hein ? Et tu l'raconteras pas à Marilla, hein ? »

« Je ne sais pas, Davy. Je devrai peut-être tout lui raconter. Mais je crois que je peux te promettre de me taire si tu me promets de ne pas recommencer, quoi que tu aies fait. »

« Non, j'le ferai plus jamais. De toute façon, j'pense que j'en trouverai plus cette année. J'ai trouvé celui-là dans les marches de la cave. »

« Davy, qu'est-ce que tu as fait ? »

« J'ai mis un crapaud dans le lit de Marilla. Tu peux aller l'enlever, si tu veux. Mais dis, Anne, ce serait drôle de le laisser là, hein ? »

« Davy Keith ! »

Anne s'arracha des bras de Davy, se précipita dans le couloir et courut jusqu'à la chambre de Marilla. Le lit était légèrement froissé. Elle rejeta vivement les couvertures : le crapaud était bien là, clignant des yeux vers elle de dessous un oreiller.

« Comment vais-je transporter cette affreuse chose dehors ? » murmura Anne en frissonnant. La pelle de la cheminée se présenta d'elle-même à son esprit et elle se faufila en bas pour la chercher pendant que Marilla s'affairait dans le garde-manger. Descendre le crapaud s'avéra plutôt malaisé : à trois reprises il sauta hors de la pelle et, une fois, elle crut même l'avoir perdu dans le corridor. Lorsqu'elle l'eut finalement déposé dans la ceri-saie, elle poussa un long soupir de soulagement.

« Si Marilla savait cela, elle ne pourrait jamais plus aller se coucher en sécurité. Une chance que ce garne-ment s'est repenti à temps. Voici Diana qui m'envoie des signaux de sa fenêtre. Enfin... j'ai réellement besoin d'une diversion, parce que supporter, dans une même journée, Anthony Pye à l'école et Davy Keith à la maison constitue une épreuve plus que suffisante pour les nerfs. »

9

Une question de couleur

«Cette vieille calamité de Rachel Lynde est encore venue me harceler aujourd'hui; cette fois, elle voulait me soutirer de l'argent pour acheter un tapis de sacristie», gronda M. Harrison. «Je ne déteste personne plus que cette femme. Elle peut résumer en six mots un sermon entier, ou un texte, ou un commentaire, ou une application, et vous lancer ça à la figure comme une brique.»

Perchée sur le bord de la véranda, Anne tourna rêveusement la tête par-dessus son épaule. Le crépuscule de novembre était gris et un vent d'ouest soufflant doucement à travers le champ récemment labouré jouait une petite mélodie originale parmi les fougères embroussaillées du jardin.

«Le problème, c'est que vous et Mme Lynde ne vous comprenez pas», remarqua-t-elle. «C'est toujours le manque de compréhension qui est à déplorer quand les gens se détestent. Moi non plus, je n'aimais pas Mme Lynde au début; mais j'ai appris à l'apprécier dès que j'ai commencé à la comprendre.»

«Certaines personnes peuvent prendre goût à Mme Lynde; mais je ne me suis pas mis à manger des bananes parce qu'on m'a recommandé de le faire pour apprendre à les aimer», grommela M. Harrison. «Et pour ce qui est de la comprendre, tout ce que je vois, c'est qu'elle est la mouche du coche et je le lui ai dit.

« Oh ! vous avez dû lui faire beaucoup de peine », s'écria Anne d'un ton de reproche. « Comment avez-vous pu dire une telle chose ? *Moi*, j'ai déjà proféré des atrocités à Mme Lynde autrefois, mais c'était sous l'effet de la colère. Je n'aurais pu le faire *volontairement*. »

« C'était la vérité, et je suis d'avis qu'il faut dire la vérité à tout le monde. »

« Mais vous ne dites pas toute la vérité », objecta Anne. « Vous ne choisissez que la partie désagréable. Par exemple, vous m'avez répété une douzaine de fois que mes cheveux étaient roux, mais jamais vous n'avez mentionné que j'avais un joli nez. »

« Vous n'avez probablement pas besoin de l'entendre pour le savoir », gloussa M. Harrison.

« Je sais également que j'ai les cheveux roux – bien qu'ils soient beaucoup plus foncés qu'avant –, alors il n'est pas nécessaire d'insister sur ce point. »

« Bon, bon, j'essaierai de ne plus en parler, puisque vous êtes si sensible. Il faut me pardonner, Anne : j'ai l'habitude d'avoir mon franc-parler ; n'y accordez pas trop d'importance. »

« Mais on ne peut faire autrement. Et ne croyez pas vous justifier en expliquant que c'est une habitude. Que penseriez-vous d'une personne qui enfoncerait des épingles et des aiguilles dans la peau des gens en disant : "Excusez-moi, vous ne devez pas m'en vouloir, c'est une habitude que j'ai." Vous jugeriez qu'il s'agit d'un fou, n'est-ce pas ? Vous n'avez peut-être pas tort d'affirmer que Mme Lynde est la mouche du coche. Mais avez-vous remarqué qu'elle a un grand cœur, qu'elle aide toujours les plus démunis et qu'elle s'est tue quand Thimothy Cotton a volé une jarre de beurre dans sa laiterie et déclaré à sa femme qu'il la lui avait achetée ? Lorsqu'elle la rencontra par la suite, Mme Cotton lui fit remarquer que son beurre goûtait le navet et Mme Lynde répondit seulement qu'elle était navrée qu'il ait si mal tourné. »

«J'imagine qu'elle a quelques qualités», concéda de mauvaise grâce M. Harrison. «C'est le cas chez la plupart des gens. J'en ai moi-même, que vous ne soupçonnerez sans doute jamais. De toute façon, je ne donnerai pas un sou pour le tapis. J'ai l'impression que les gens quêtent sans arrêt dans ce village. Et votre projet de repeindre la salle progresse-t-il?»

«Ça va merveilleusement bien. À notre réunion de la S.A.V.A. vendredi dernier, nous avons calculé avoir reçu suffisamment d'argent pour repeindre la salle et même recouvrir le toit. La *majorité* des gens ont démontré une très grande générosité, monsieur Harrison.»

Anne avait bon cœur, mais elle pouvait aussi, au besoin, instiller un peu de venin dans d'innocentes paroles sur lesquelles elle appuyait délibérément.

«Quelle couleur avez-vous choisie?»

«Nous nous sommes entendus sur un très joli vert. Le toit sera rouge foncé, bien entendu. M. Roger Pye doit aller chercher la peinture en ville aujourd'hui.»

«Qui fera le travail?»

«M. Joshua Pye de Carmody. Il a presque fini de poser les bardeaux. Nous étions obligés de lui donner le contrat parce que tous les Pye – et il y en a quatre familles, vous savez – avaient posé l'embauche de Joshua comme condition sine qua non à leur contribution. Ensemble ils ont fourni douze dollars et nous ne pouvions nous permettre de perdre cette somme, bien que certaines personnes pensent que nous ne devrions pas mêler les Pye à nos projets. Selon Mme Lynde, ils essaieront de tout régenter.»

«La question primordiale est de savoir si ce Joshua travaille bien. Si oui, je ne vois pas ce que ça dérange qu'il s'appelle Pye ou Pudding*.»

«Il a la réputation d'être un bon travailleur, même s'il est reconnu pour sa bizarrerie. Il ne parle presque jamais.»

* N.D.L.T. : Jeu de mot intraduisible : *pie* signifie « tarte ».

« Il doit être vraiment étrange, alors », répliqua sèchement M. Harrison. Moi non plus, je n'ai jamais été très bavard avant de m'installer à Avonlea. C'est seulement à cette époque que j'ai dû commencer à me défendre, sinon Mme Lynde aurait proclamé à tous les vents que je suis sourd et entrepris une souscription pour m'enseigner le langage par signes. Vous ne partez pas déjà, Anne ? »

« Il le faut. J'ai de la couture à faire pour Dora ce soir. Et puis, en ce moment, Davy est probablement en train d'inventer un nouveau tour pour énerver Marilla. Imaginez-vous que ce matin, il s'est réveillé en me demandant : "Où va la noirceur, Anne ? Je veux le savoir." Je lui ai expliqué qu'elle allait de l'autre côté de la terre, mais après le déjeuner, il a déclaré que ce n'était pas vrai, que la noirceur descendait dans le puits. Marilla m'a raconté l'avoir surpris quatre fois aujourd'hui penché au-dessus du puits. Il essayait de rejoindre la noirceur. »

« Il est insupportable », affirma M. Harrison. « Il est venu ici hier pendant que j'étais dans la grange et il a arraché six plumes de la queue de Ginger avant que j'aie eu le temps d'intervenir. Le pauvre oiseau broie du noir depuis. Ces enfants doivent vous causer beaucoup de soucis. »

« Tout ce qui en vaut la peine apporte des soucis », répondit Anne, secrètement résolue à pardonner à Davy sa prochaine bêtise puisqu'il l'avait vengée de Ginger.

M. Roger Pye apporta la peinture chez lui ce soir-là et Joshua, un individu revêche et taciturne, commença à peindre le lendemain. Personne ne le dérangea dans son travail. La salle se trouvait sur la route appelée « route en bas ». À la fin de l'automne, cette dernière était toujours boueuse et détrempée, et les gens qui venaient à Carmody préféraient s'allonger et emprunter la « route en haut ». Des bosquets d'épinettes bouchaient la vue de sorte qu'il était impossible d'apercevoir la salle à moins d'en être à deux pas. M. Joshua Pye s'acquitta de sa tâche dans la solitude et l'indépendance si chères à son cœur de misanthrope.

Il termina son travail le vendredi après-midi et retourna chez lui. Peu après son départ, Mme Rachel Lynde, si curieuse qu'elle avait bravé la boue de la route en bas, alla faire un tour pour voir à quoi ressemblait la salle avec sa nouvelle couche de peinture. Après avoir contourné les épinettes, elle vit.

Cette vision lui fit un effet bizarre. Elle échappa les rênes, leva les bras, et s'écria : « Juste ciel ! » Elle regardait fixement, comme si elle ne pouvait en croire ses yeux. Puis elle éclata d'un rire quasi hystérique.

« Il doit y avoir une erreur quelque part, c'est sûr. Je savais que ces Pye gâcheraient tout. »

Sur le chemin du retour, Mme Lynde rencontra plusieurs personnes à qui elle communiqua sa découverte. La nouvelle se propagea comme une traînée de poudre. Au coucher du soleil, Gilbert Blythe se trouvait chez lui plongé dans l'étude d'un texte lorsque l'engagé de son père lui en fit part. Il se précipita à Green Gables, rejoint en chemin par Fred Wright. Ils rencontrèrent Diana Barry, Jane Andrews et Anne, l'incarnation même du désespoir, à la barrière de la cour de Green Gables, sous les grands saules aux branches dénudées.

« Ça ne peut être vrai, Anne », s'exclama Gilbert.

« Ce l'est pourtant », répondit Anne, qui ressemblait à la muse de la tragédie. « Mme Lynde me l'a appris à son retour de Carmody. Oh ! c'est tout simplement épouvantable. À quoi cela sert-il de tenter d'améliorer quelque chose ? »

« Qu'est-ce qui est épouvantable ? » interrogea Oliver Sloane qui arrivait à ce moment-là avec un carton à chapeau rapporté de la ville pour Marilla.

« Tu n'es pas encore au courant ? » s'étonna Anne avec amertume. Eh bien, voici... *Joshua a peint la salle en bleu au lieu de la peindre en vert...* un bleu profond et brillant, la teinte utilisée pour les charrettes et les brouettes. Et

Mme Lynde prétend n'avoir jamais vu ou imaginé de couleur plus hideuse pour un édifice, surtout quand elle se marie avec le rouge du toit. Tu m'aurais tout simplement jetée à terre d'une pichenette quand j'ai appris cela. Il y a de quoi avoir le cœur brisé, après tout le mal qu'on s'est donné. »

« Comment une telle erreur a-t-elle bien pu se produire ? » gémit Diana.

Le blâme de la catastrophe retomba en fin de compte sur les Pye. Les améliorateurs avaient décidé d'utiliser les peintures Morton-Harris dont les bidons étaient numérotés selon une carte de couleurs. Le consommateur choisissait la teinte sur la carte et passait sa commande en donnant le numéro. Le numéro 147 correspondait à la nuance de vert choisie et lorsque M. Roger Pye chargea son fils John Andrew d'informer les améliorateurs qu'il se rendait à la ville et rapporterait leur peinture, ceux-ci demandèrent à John Andrew de lui communiquer le numéro 147. John Andrew a toujours affirmé avoir bien transmis le message, mais son père a déclaré aussi fermement que John Andrew avait dit 157. Les choses en sont encore là aujourd'hui.

Ce soir-là, chaque maison abritant un améliorateur fut plongée dans une consternation profonde. À Green Gables, la tristesse fut si intense qu'elle fut même de nature à apaiser Davy. Anne pleurait, absolument inconsolable.

« Il *faut* que je pleure, même si j'ai presque dix-sept ans, Marilla », sanglota-t-elle. « C'est si humiliant. Et cela sonne le glas de notre Société. On rira tant de nous que nous ne pourrons jamais nous en relever. »

Cependant, dans la vie, tout comme dans les rêves, les choses se passent souvent contrairement à ce qu'on appréhende. Les habitants d'Avonlea ne rirent pas ; ils étaient trop fâchés. C'était *leur* argent qui avait servi à peindre la salle, et c'est pourquoi cette erreur les affligeait autant. Les Pye devinrent la cible de l'indignation publique : Roger Pye et John Andrew s'étaient entendus pour saboter le projet ; et quant à Joshua Pye, il devait être fou pour ne pas

avoir soupçonné que quelque chose clochait lorsqu'il avait
ouvert les bidons et vu la couleur de la peinture. Pourtant,
lorsqu'on y fit ensuite allusion devant lui, il rétorqua que
les goûts des habitants d'Avonlea en matière de couleurs
ne le concernaient aucunement, peu importe l'opinion
qu'il pouvait en avoir; il avait été embauché pour peindre
la salle et non pour discuter; et il entendait bien se faire
rémunérer pour son travail.

Après avoir consulté M. Peter Sloane, qui était magis-
trat, les améliorateurs lui donnèrent à contrecœur son
argent.

«Vous devez le payer», avait affirmé Peter. «Vous ne
pouvez le tenir responsable de l'erreur puisqu'il déclare
n'avoir jamais été mis au courant de ce que la couleur
devait être; on lui avait seulement remis les bidons en lui
disant de se mettre au travail. Mais c'est une honte cui-
sante et la salle est vraiment affreuse.»

Les malheureux améliorateurs s'attendaient à ce
qu'Avonlea ait encore plus de préjugés contre eux; au lieu
de cela, la sympathie publique tourna en leur faveur. Les
gens pensèrent que le petit groupe passionné et enthousiaste ayant travaillé si fort pour son objectif avait été bien
mal servi. Mᵐᵉ Lynde les encouragea à continuer pour
prouver aux Pye qu'il existait réellement sur terre des
personnes pouvant faire quelque chose sans tout gâcher.
M. Major Spencer leur écrivit qu'il enlèverait toutes les
souches le long de la route devant sa ferme et y sèmerait du
gazon à ses frais; et Mᵐᵉ Hiram Sloane se présenta à l'école
un jour et fit mystérieusement signe à Anne de la rejoindre
dans l'entrée; elle lui dit alors que si la Société désirait, au
printemps, planter un parterre de géraniums au carrefour,
elle n'avait rien à craindre de sa vache, car elle verrait à
garder l'animal maraudeur à l'intérieur de limites sûres. Et
même si M. Harrison gloussa en privé, il prit soin de leur
témoigner une grande sympathie.

«Ne vous en faites pas, Anne. En pâlissant, la majorité des peintures s'enlaidissent d'une année à l'autre, mais

ce bleu est déjà si laid qu'il sera bien forcé d'embellir à la longue. Et le toit est correctement recouvert et peint. Désormais, les gens pourront s'asseoir dans la salle sans qu'il leur pleuve dessus. De toute manière, vous pouvez être fiers de ce que vous avez accompli. »

« Mais la salle bleue deviendra un synonyme d'Avonlea pour tous les villages des alentours », remarqua amèrement Anne.

Et il faut avouer que c'est bien ce qui arriva.

10

Davy à la recherche d'une sensation forte

C'était un après-midi de novembre et Anne, revenant à la maison par le sentier des bouleaux, éprouva une nouvelle fois la certitude que la vie était une chose merveilleuse; tout s'était bien passé dans son petit royaume. Saint-Clair Donnell n'avait battu aucun garçon à cause d'un malentendu au sujet de son prénom; Prillie Rogerson, souffrant d'une rage de dents, avait le visage si enflé qu'elle n'avait pas une seule fois tenté de séduire les garçons de son entourage. Barbara Shaw n'avait eu qu'un seul accident – elle avait renversé un godet d'eau sur le plancher – et Anthony Pye ne s'était pas présenté à l'école.

«Ce mois de novembre a été tout simplement extraordinaire», dit-elle, n'ayant jamais vraiment réussi à se débarrasser de son habitude puérile de se parler à voix haute. «Novembre est habituellement un mois si déplaisant, comme si l'année se rendait soudain compte qu'elle prenait de l'âge et qu'il n'y avait rien d'autre à y faire que de pleurer et de se tourmenter. Cette année vieillit avec grâce, tout comme une imposante vieille dame consciente du charme qu'elle exerce même avec ses rides et ses cheveux gris. Nous avons connu des jours et des crépuscules délicieux. Ces deux dernières semaines ont été si paisibles, et même Davy s'est conduit d'une façon presque acceptable. Comme la forêt est calme aujourd'hui... on n'entend pas un murmure, sauf celui de la brise qui

ronronne dans la cime des arbres! Ce bruit fait penser à
celui des vagues sur une plage lointaine. Comme j'aime la
forêt! Et les arbres sont si beaux! J'aime chacun d'eux
comme un ami.»

Anne s'arrêta, enlaça un jeune bouleau mince et
embrassa le tronc blanc crème. Diana, surgissant au détour
d'une courbe, éclata de rire en l'apercevant.

«Anne Shirley, tu fais seulement semblant d'avoir
grandi. Je crois que lorsque tu es seule, tu es la même
petite fille que tu as toujours été.»

«Tu sais, on ne peut perdre d'un seul coup l'habitude
d'être une enfant», répondit joyeusement Anne. «Tu
vois, j'ai été petite pendant quatorze ans et ça fait à peine
trois ans que je suis grande. Je suis sûre que je me sentirai
toujours comme une enfant dans les bois. Ces retours à la
maison après l'école sont pour ainsi dire le seul temps qui
me reste pour rêver – à part une petite demi-heure avant
de m'endormir. Je suis si occupée à enseigner, à étudier et
à aider Marilla à prendre soin des jumeaux que je n'ai pas
d'autre moment pour laisser vagabonder mon imagination.
Tu ne peux pas savoir quelles aventures magnifiques je vis
pendant quelques instants chaque nuit lorsque je vais me
coucher dans le pignon est. J'imagine toujours être un
personnage très brillant, triomphant et splendide : une
prima donna célèbre, une infirmière de la Croix-Rouge ou
encore une reine. La nuit dernière, j'étais une reine. On
peut retirer tout le plaisir de la situation sans en subir les
inconvénients et faire cesser le sortilège dès qu'on le
désire, ce qui est impossible dans la vraie vie. Mais ici,
dans la forêt, je préfère imaginer des choses très différentes : je suis une dryade vivant dans un pin centenaire
ou un petit elfe des bois se cachant sous une feuille chif-
fonnée. Ce bouleau blanc que tu m'as surprise en train
d'embrasser est une de mes sœurs. La seule différence, c'est
qu'elle est un arbre et que je suis une fille, mais cela ne
compte pas. Et toi, où vas-tu, Diana?»

« Chez les Dickson. J'ai promis à Alberta de l'aider à tailler sa nouvelle robe. Tu pourrais venir m'y rejoindre ce soir et revenir à la maison avec moi. »

« Peut-être... puisque Fred Wright est allé en ville », répondit Anne avec une expression un peu trop innocente.

Diana rougit, tourna la tête et continua son chemin. Elle n'avait cependant pas l'air offensée.

Anne avait vraiment l'intention de se rendre chez les Dickson ce soir-là, et pourtant elle n'en fit rien. Quand elle arriva à Green Gables, la situation était telle qu'elle n'eut pas le loisir de penser à sortir. Marilla vint à sa rencontre dans la cour – une Marilla au regard égaré.

« Anne, nous avons perdu Dora ! »

« Perdu Dora ! » Anne regarda Davy qui se balançait sur la barrière de la cour et détecta une lueur de gaîté dans ses yeux. « Davy, sais-tu où elle se trouve ? »

« Non, j'le sais pas », répondit-il catégoriquement. « Je l'ai pas vue depuis le dîner, j'le jure. »

« J'ai été absente presque tout le temps depuis une heure », expliqua Marilla. « Thomas Lynde a eu un malaise soudain et Rachel m'a fait demander de venir immédiatement. Lorsque je suis partie, Dora jouait avec sa poupée dans la cuisine et Davy faisait des pâtés de boue derrière la grange. Il n'y a qu'une demi-heure que je suis de retour... et aucune trace de Dora nulle part. Davy affirme ne pas l'avoir aperçue depuis mon départ. »

« Et c'est vrai », renchérit solennellement ce dernier.

« Elle doit être quelque part aux alentours », dit Anne. « Elle ne s'éloignerait jamais toute seule : tu sais combien elle est timide. Elle s'est peut-être endormie dans une des chambres. »

Marilla secoua la tête.

« J'ai fouillé la maison de fond en comble. Mais elle se trouve peut-être dans un des bâtiments. »

Une recherche minutieuse s'ensuivit. Chaque recoin de la maison, de la cour et des bâtiments fut mis sens dessus dessous par les deux femmes affolées. Anne

parcourut les vergers et la Forêt hantée en criant le nom
de Dora. Marilla explora la cave avec une chandelle.
Davy, qui les accompagnait à tour de rôle, ne tarissait pas
d'idées quant aux endroits où sa sœur pouvait se cacher.
Elles se retrouvèrent finalement dans la cour.

«C'est un véritable mystère», grommella Marilla.

«Où peut-elle être?» gémit Anne.

«Elle est peut-être tombée dans le puits», suggéra
Davy avec entrain.

Anne et Marilla se regardèrent avec terreur. Cette
pensée ne les avait pas quittées pendant toutes leurs
recherches sans qu'elles aient osé l'exprimer.

«C'est... possible», chuchota Marilla.

Anne, au bord de la défaillance, marcha jusqu'au puits
et scruta l'intérieur. Le seau reposait sur la tablette. Dans
le fond, elle perçut un faible miroitement d'eau stagnante.
Le puits des Cuthbert était le plus profond d'Avonlea. Si
Dora... mais Anne ne pouvait affronter cette idée. Elle
rebroussa chemin en frémissant.

«Cours chercher M. Harrison», supplia Marilla en se
tordant les mains.

«M. Harrison et Henry sont tous deux absents. Ils
sont allés en ville aujourd'hui. Je vais chez M. Barry.»

Ce dernier revint avec Anne, portant un rouleau de
corde au bout de laquelle était attachée une sorte de griffe
– les dents d'une fourche, en réalité. Marilla et Anne,
transies de froid et d'épouvante, se tinrent aux côtés de
M. Barry pendant qu'il draguait le puits. À cheval sur la
barrière, Davy surveillait la manœuvre; un profond plaisir
se lisait sur son visage.

En fin de compte, M. Barry secoua la tête d'un air
soulagé.

«Impossible qu'elle soit au fond. C'est cependant
curieux qu'on ne sache pas où elle est allée. Dis donc,
jeune homme, es-tu certain de n'avoir aucune idée de
l'endroit où se trouve ta sœur?»

«J'vous l'ai dit une douzaine de fois que j'sais pas où elle est», répondit Davy d'un ton offensé. «Peut-être qu'elle a été enlevée par un vagabond.»

«C'est insensé», l'interrompit brusquement Marilla. «Anne, crois-tu possible qu'elle soit égarée chez M. Harrison? Elle n'a cessé de parler du perroquet depuis le jour où tu l'as amenée le voir.»

«Je ne peux me figurer Dora s'aventurant aussi loin toute seule, mais je vais vérifier», répondit Anne.

Personne ne prêtait attention à Davy à ce moment-là, sinon on aurait pu observer un changement radical d'expression sur son visage. Il glissa furtivement de la barrière et s'enfuit en direction de la grange aussi vite que ses jambes potelées le permettaient.

Anne se hâta de traverser les champs jusque chez M. Harrison, sans beaucoup d'espoir cependant. La maison était verrouillée, les toiles baissées et il n'y avait aucun signe de vie aux alentours. Debout sur la véranda, elle appela Dora à voix haute.

Ginger, dans la cuisine derrière elle, se mit soudain à croasser et à jurer férocement; mais entre ses éclats, Anne distingua une plainte provenant de la cabane dans la cour servant de remise à M. Harrison. Anne courut à la porte, la débarra et ramassa vivement la fillette au visage barbouillé de larmes, assise, désemparée, sur un baril de clous renversé.

«Oh! Dora, Dora, tu nous as fait si peur! Comment es-tu arrivée ici?»

«Davy et moi, on était venus voir Ginger», sanglota la petite, «mais finalement, on n'a pas pu le voir, Davy l'a seulement fait jurer en donnant des coups de pied dans la porte. Après, il m'a entraînée ici et il s'est sauvé et il a fermé la porte et je ne pouvais pas sortir. J'ai pleuré, pleuré, j'avais tellement peur, et oh! j'ai si faim et si froid; et je pensais que tu ne viendrais jamais, Anne.»

«Davy?»

Anne ne put prononcer une parole de plus. Elle porta Dora à la maison, le cœur lourd. Sa joie d'avoir retrouvé

l'enfant saine et sauve était anéantie par la douleur que lui
causait la conduite de Davy. L'idée saugrenue d'enfermer
sa sœur aurait pu être facilement pardonnée. Mais Davy
avait menti, volontairement et de sang-froid. C'était pire
que tout, et Anne ne pouvait prétendre l'ignorer. La
déception qu'elle éprouvait était telle qu'elle en aurait
fondu en larmes. Davy lui était devenu très cher – elle ne
s'était jamais rendu compte à quel point elle l'aimait avant
cet instant – et le mensonge délibéré dont il s'était rendu
coupable lui causait une souffrance insupportable.

Marilla écouta le récit que lui fit Anne dans un
silence qui n'augurait rien de bon pour Davy; M. Barry rit
et leur conseilla de s'occuper du gamin sans tarder. Après
son départ, Anne apaisa et réchauffa Dora qui pleurait et
frissonnait, lui porta son souper et la mit au lit. Puis elle
retourna dans la cuisine au moment où Marilla y péné-
trait, l'air mécontent, amenant, ou plutôt tirant Davy,
dépité et couvert de toiles d'araignées, qu'elle venait tout
juste de découvrir caché dans le coin le plus obscur de
l'étable.

Elle le traîna sur la carpette au centre de la pièce et
alla s'asseoir près de la fenêtre est. Anne était effondrée
dans un fauteuil près de la fenêtre ouest. Le coupable se
tenait debout entre elles. Il tournait le dos à Marilla et ce
dos était humble, soumis et effrayé; mais son visage faisait
face à Anne et, malgré la honte qui s'y lisait, ses yeux
recelaient une lueur de complicité, comme s'il savait qu'il
avait commis une mauvaise action et serait puni en conséquence mais qu'il pourrait toujours compter en rire un bon
coup avec Anne plus tard.

Pourtant, aucun demi-sourire dissimulé ne lui répondit dans les yeux gris d'Anne, alors qu'une simple
espièglerie en aurait sans doute fait naître un. Il s'agissait
cette fois d'une autre chose – une chose laide et
répugnante.

«Comment as-tu pu faire ça, Davy?» demanda-t-elle
tristement.

L'enfant, mal à l'aise, se tortilla.

« J'l'ai fait pour m'amuser. C'était drôlement tranquille ici depuis si longtemps que j'ai pensé que ce serait drôle de vous faire peur. Et ça l'a été, aussi. »

Au lieu d'éprouver de la crainte et un peu de remords, Davy jubilait au souvenir du tour qu'il leur avait joué.

« Mais tu as raconté un mensonge, Davy », fit Anne avec encore plus de tristesse.

Davy eut l'air perplexe.

« C'est quoi, un mensonge ? Veux-tu dire une menterie ? »

« Je veux dire une histoire qui n'est pas vraie. »

« Bien sûr que j'en ai dit un », répondit-il avec franchise. « Sinon, vous m'auriez pas cru. C'était obligatoire. »

Anne réagit à la mesure de sa frayeur et de l'énergie qu'elle avait déployée. L'attitude désinvolte de Davy mit la touche finale. Deux grosses larmes jaillirent de ses yeux.

« Oh ! Davy ! Comment as-tu pu faire ça ? » répéta-t-elle d'une voix tremblante. « Tu ne savais donc pas à quel point c'était mal ? »

Davy fut atterré. Anne pleurait – il avait fait pleurer Anne ! Un flot de remords véritable déferla sur son petit cœur et le submergea. Il courut vers elle, se rua sur ses genoux, jeta ses bras autour de son cou et éclata en sanglots.

« J'savais pas que c'était mal de dire des menteries », sanglota-t-il. « Comment tu penses que j'pouvais l'savoir ? Tous les enfants Sprott en racontaient tous les jours, en disant "croix de bois, croix de fer" aussi. J'suppose que Paul Irving en dit jamais, lui, et j'ai fait de gros efforts pour être aussi bon que lui et maintenant j'suppose que tu m'aimeras plus jamais. Mais j'pense que t'aurais pu m'le dire que c'était mal. J'suis vraiment désolé de t'avoir fait pleurer, Anne, et je raconterai plus jamais de menteries. »

Davy enfouit son visage dans l'épaule d'Anne et pleura à chaudes larmes. Celle-ci, dans un élan de compassion, le serra contre elle et regarda Marilla par-dessus sa crinière frisée.

« Il ignorait que c'était mal de mentir, Marilla. Je crois que, pour cette fois, nous devons lui pardonner cette partie de la faute, s'il promet de ne plus jamais recommencer. »

« J'le ferai plus jamais, maintenant que j'sais que c'est mal », déclara solennellement Davy entre deux sanglots. « Si jamais tu me prends en train de te dire une menterie, tu pourras » – Davy chercha mentalement un châtiment convenable – « tu pourras m'écorcher vif, Anne. »

« Menterie n'est pas le terme juste, Davy », le reprit-elle, son côté maîtresse d'école prenant le dessus, « il faut dire mensonge. »

« Pourquoi ? » s'enquit Davy en s'installant confortablement et en levant vers elle un visage interrogateur et barbouillé de larmes. « Pourquoi mensonge est-il mieux que menterie ? J'veux savoir. Les deux mots sont aussi longs. »

« C'est de l'argot, Davy ; et c'est mal pour les petits garçons d'utiliser l'argot. »

« Il y a vraiment beaucoup de choses qui sont mal », soupira Davy. « Je n'avais jamais supposé qu'il y en avait tant. J'suis drôlement désolé que ce soit mal de dire des men... mensonges, parce que c'est drôlement utile, mais comme c'est mal, j'en dirai plus jamais. Qu'est-ce que vous allez me faire pour celui que j'ai dit aujourd'hui ? J'veux savoir. »

Anne jeta à Marilla un regard implorant.

« Je ne veux pas traiter cet enfant trop durement », dit celle-ci. « Il est probable que personne ne lui a jamais expliqué que c'était mal de mentir, et les enfants Sprott avaient une mauvaise influence sur lui. La pauvre Mary était trop malade pour l'élever correctement ; on ne peut sans doute pas s'attendre à ce qu'un enfant de six ans sache ces choses instinctivement. Il faudra donc tenir pour acquis qu'il ne sait *rien* de ce qui est bien et tout reprendre du début. Il faut cependant le punir pour avoir enfermé sa sœur et je ne vois pas comment, sinon en l'envoyant au lit sans souper, et nous l'avons déjà fait si souvent. Ne peux-tu pas suggérer autre chose, Anne ? Tu devrais en être capable, avec toute l'imagination dont tu nous rebats les oreilles. »

« Mais les châtiments sont si horribles et je n'aime imaginer que des choses agréables », répondit Anne en caressant Davy. « Il y a déjà suffisamment de choses déplaisantes dans le monde que je ne vois pas l'utilité d'en inventer de nouvelles. »

Comme à l'accoutumée, Davy dut rester en pénitence dans sa chambre jusqu'au lendemain. De toute évidence, il en profita pour réfléchir, car lorsque Anne monta se coucher un peu plus tard, elle l'entendit qui l'appelait à voix basse. En entrant, elle le trouva assis dans son lit, les coudes sur les genoux et le menton dans ses mains.

« Anne », commença-t-il sérieusement, « est-ce que c'est mal pour tout le monde de dire des ment... des mensonges ? J'veux savoir. »

« Oui, évidemment. »

« Est-ce que c'est mal pour les grandes personnes aussi ? »

« Bien sûr. »

« Alors », reprit-il résolument, « Marilla est méchante, parce qu'*elle* en dit. Et elle est pire que moi, parce que j'savais pas que c'était mal, mais elle, oui. »

« Davy Keith, Marilla n'a jamais menti de sa vie ! » protesta Anne, indignée.

« Oui, elle l'a fait. Mardi dernier, elle m'a promis qu'il m'arriverait quelque chose d'épouvantable si j'faisais pas mes prières chaque soir. Et j'les ai pas faites pendant plus d'une semaine, juste pour voir ce qui se passerait... et il est rien arrivé », conclut Davy d'un ton affligé.

Anne réprima une irrésistible envie de rire, convaincue que ce serait fatal, et entreprit consciencieusement de rétablir la réputation de Marilla.

« Eh bien, Davy Keith », reprit-elle d'une voix grave, « il t'est arrivé quelque chose de terrible aujourd'hui même. »

Davy eut l'air sceptique.

« J'suppose que tu veux dire être envoyé au lit sans souper », fit-il avec mépris, « mais c'est pas épouvantable. Évidemment, ça me plaît pas, mais c'est arrivé si souvent depuis que j'suis ici que j'commence à m'y habituer. Et vous économisez rien non plus en me privant de souper, parce que j'mange toujours deux fois plus au déjeuner. »

« Ce n'est pas d'avoir été envoyé te coucher qui est terrible, mais d'avoir menti. Et puis, Davy » – Anne se pencha au pied du lit en secouant le doigt de manière impressionnante sous le nez du coupable – « mentir est pratiquement la pire chose qui puisse arriver à un garçon... oui, c'est vraiment presque la pire. Alors tu vois que Marilla avait dit la vérité. »

« J'pensais que ce serait excitant de vivre une chose épouvantable », protesta l'enfant avec chagrin.

« Marilla n'est pas à blâmer pour tes spéculations. Les mauvaises choses ne sont pas toujours excitantes. Elles ne sont très souvent que déplaisantes et stupides. »

« Mais c'était drôlement amusant de vous voir chercher dans le puits, Marilla et toi », conclut le petit garçon en serrant ses genoux.

Anne resta grave jusqu'au moment où elle arriva dans le salon ; là elle s'écroula sur le sofa et rit jusqu'à en avoir mal aux côtes.

« J'aimerais bien que tu me racontes la blague », dit Marilla vaguement mécontente. « À mon avis, il ne s'est rien passé de très drôle aujourd'hui. »

« Tu vas rire en entendant cette histoire », l'assura Anne.

Et Marilla rit, en effet, ce qui démontrait à quel point elle avait changé depuis qu'elle avait adopté Anne. Elle soupira pourtant aussitôt après.

« Je n'aurais probablement pas dû lui tenir ces propos, bien que j'aie entendu un pasteur l'affirmer à un enfant un jour. Mais il m'avait tellement exaspérée. C'était le soir où tu t'es rendue au concert à Carmody ; j'étais allée le mettre au lit. Il a déclaré qu'il ne voyait pas l'utilité de prier avant d'être assez grand pour que Dieu lui accorde une certaine importance. Anne, je me demande ce que nous allons faire de cet enfant. Je ne le comprends pas. Je suis tout à fait découragée. »

« Ne dis pas ça, Marilla. Souviens-toi combien j'étais insupportable à mon arrivée ici. »

« Tu n'as jamais été insupportable, Anne... *jamais*. C'est maintenant que je le constate. J'admets que tu t'attirais toujours des ennuis terribles, mais tes intentions étaient bonnes. Davy est méchant simplement parce que cela lui plaît. »

« Oh ! non, je ne crois pas qu'il s'agisse de méchanceté véritable dans son cas non plus », plaida Anne. « Ce n'est que de la malice. Et la vie est plutôt calme pour lui ici, tu sais. Il n'a pas de compagnons de jeu, et il doit trouver quelque chose pour occuper son esprit. Dora est si coquette et si propre qu'elle ne peut être la compagne de jeu d'un garçon. Je crois vraiment qu'il serait mieux de les envoyer à l'école, Marilla. »

« Non », trancha Marilla, « mon père a toujours affirmé qu'il ne faut pas enfermer un enfant entre les quatre murs d'une école avant qu'il ait atteint l'âge de sept ans, et M. Allan pense de même. Les jumeaux peuvent recevoir quelques leçons à la maison, mais il n'est pas question qu'ils aillent à l'école avant sept ans. »

« Eh bien, nous devons alors essayer de corriger Davy à la maison », fit Anne avec entrain. « Ce petit garçon est vraiment attachant, malgré tous ses défauts. Je ne peux m'empêcher de l'aimer. C'est peut-être affreux à dire, Marilla, mais honnêtement, je préfère Davy à Dora, qui est en tout une enfant modèle. »

« C'est bizarre, mais je ressens la même chose », avoua Marilla, « et c'est injuste, parce que Dora ne dérange aucunement. On ne peut rêver d'une meilleure enfant, et c'est à peine si on remarque sa présence. »

« Dora est trop bonne », affirma Anne. « Elle se comporterait aussi bien s'il n'y avait personne pour lui enseigner ce qu'il faut faire. Elle est née déjà éduquée, elle n'a donc pas besoin de nous ; et je pense », poursuivit-elle en mettant le doigt sur une vérité essentielle, « que nous aimons toujours mieux ceux qui ont besoin de nous. C'est vraiment le cas de Davy. »

« Il a certes besoin de quelque chose », approuva Marilla. « Rachel Lynde dirait que c'est d'une bonne fessée. »

11

Rêves et réalités

« Enseigner est un métier captivant », écrivit Anne à
une amie de l'académie Queen's. « Jane se plaint de la
monotonie du travail, mais je ne partage pas son avis. On
est pratiquement assuré de vivre un incident cocasse
chaque jour et les enfants font des mots d'esprit si amu-
sants. Jane raconte qu'elle punit ses élèves lorsqu'ils
tiennent des propos farfelus, et c'est probablement pour
cela qu'elle trouve son travail ennuyeux. Cet après-midi, le
petit Jimmy Andrews n'arrivait pas à épeler correctement
le mot « piqueté ». "Je ne peux pas l'épeler", avoua-t-il
enfin, "mais je sais ce que ça veut dire." "Et qu'est-ce que
c'est ?" lui ai-je demandé. "C'est le visage de Saint-Clair
Donnell, mademoiselle." Il est vrai que Saint-Clair est
vraiment constellé de taches de rousseur, mais j'essaie
d'empêcher les autres de passer des commentaires à ce
sujet – parce que ce fut aussi mon cas et je ne m'en
souviens que trop. Mais je ne crois pas que cela dérange
Saint-Clair. C'est parce que Jimmy l'a appelé Saint-Clair
qu'il lui a flanqué une raclée au retour de l'école. On m'a
rapporté cette bataille, mais non officiellement, alors je
pense que je n'en tiendrai pas compte.

« Hier, j'essayais d'enseigner à Lottie Wright à faire une
addition. J'ai dit : "Si tu avais trois bonbons dans une main
et deux dans l'autre, combien en aurais-tu ?" "Plein la
bouche", m'a répondu Lottie. Et au cours d'histoire naturelle, lorsque je leur ai demandé de me donner une bonne

raison pour ne pas tuer les crapauds, Benjie Sloane m'a
répondu gravement : "Parce qu'il pleuvrait le lendemain."

« C'est si difficile de garder mon sérieux, Stella. Je
dois refouler mon hilarité jusqu'au retour à la maison, et
Marilla affirme qu'elle devient nerveuse à force d'entendre
ces fous rires éclater dans le pignon est sans motif apparent.
Elle raconte qu'un homme de Grafton est devenu fou un
jour et que c'est comme ça que tout a commencé.

« Savais-tu que saint Thomas Becket était un *serpent*?
C'est ce que prétend Rose Bell... de même que William
Tyndale a *écrit* le Nouveau Testament. Et selon Claude
White, un "glacier" est un homme qui fabrique des châssis
de fenêtres !

« Je crois que le plus difficile dans l'enseignement, et
c'est aussi ce qui est le plus intéressant, consiste à amener
les enfants à exprimer ce qu'ils pensent réellement. La
semaine dernière par une journée d'orage, je les ai rassemblés autour de moi à l'heure du dîner et j'ai tenté de les
inciter à se confier à moi comme si j'étais une des leurs. Je
leur ai demandé de me nommer les choses qu'ils désiraient
le plus. Certaines réponses étaient plutôt banales –
poupées, poneys et patins. D'autres, par contre, étaient
résolument originales. Hester Boulter voulait "porter sa
robe du dimanche tous les jours et manger dans le boudoir". Hannah Bell désirait "être bonne sans faire d'effort".
Marjory White, dix ans, souhaitait être "veuve". Interro-
gée sur ses motifs, elle répondit gravement que lorsqu'on
n'est pas mariée, les gens nous traitent de vieille fille, et
que lorsqu'on l'est, notre mari nous mène par le bout du
nez ; mais si l'on est veuve, on ne risque rien ni d'un côté
ni de l'autre. C'est Sally Bell qui formula cependant le
souhait le plus remarquable. Elle convoitait une "lune de
miel". Je lui demandai si elle savait ce que c'était et elle
répondit qu'il devait s'agir d'une espèce de bicyclette
particulièrement belle parce que sa cousine de Montréal,
venant de se marier, était partie en lune de miel et qu'elle
possédait toujours le dernier cri en matière de bicyclette.

«Un autre jour, je leur ai demandé de me raconter leur plus vilaine action. Les plus âgés refusèrent, mais les élèves de troisième répondirent sans se faire prier. Eliza Bell avait "mis le feu aux rouleaux de laine cardée de sa tante". Je lui demandai si elle l'avait fait exprès. "Pas vraiment", dit-elle. Elle avait seulement voulu en allumer un petit bout pour voir comment ça brûlerait et tout le paquet a flambé en moins de deux. Emerson Gillis s'est acheté des bonbons avec les dix sous destinés aux missions. Le pire crime d'Annetta Bell fut de "manger les bleuets qui poussaient dans le cimetière". Willie White avait "glissé à plusieurs reprises du toit de la bergerie avec ses pantalons du dimanche". "Mais j'ai été puni puisque j'ai dû porter des pantalons rapiécés à l'école du dimanche pendant tout l'été, et quand tu es puni pour une chose, tu n'as plus à t'en repentir", a déclaré Willie.

«J'aimerais tant que tu puisses voir certaines de leurs compositions que je t'envoie des copies de travaux récents. La semaine dernière, j'ai demandé aux élèves de quatrième de m'écrire une lettre sur un sujet de leur choix ; je leur ai suggéré de me parler d'un endroit qu'ils avaient visité ou d'une personne ou d'une chose intéressante qu'ils avaient vue. Ils devaient m'écrire sur du véritable papier à lettre, sceller l'enveloppe et me l'adresser sans demander l'aide de personne. Vendredi dernier, j'ai trouvé une pile de lettres sur mon pupitre et, le même soir, j'ai pris de nouveau conscience des joies et des misères de l'enseignement. Ces compositions pourraient racheter beaucoup de choses. Voici celle de Ned Clay, avec l'adresse, l'orthographe et la grammaire originales.»

Mlle l'instutrice ShiRley
Green gabels.
boîte de l'Île du p.e.
oiseaux
Chère institutrice je pense que je vais vous écrire une composition sur les oiseaux. les oiseaux est des animaux très utiles.

mon chat attrape des oiseaux. Son nom est William mais papa l'appelle tom. il est tout rayé et il s'es gelé une oreille l'hiver dernier. Sans cela, il serait très joli. Mon oncle a adopté un chat. Le chat est arrivé chez lui un jour et n'es jamais reparti et mon oncle dit qu'il a oublié plus de chose que la majorité des gens en ont jamais appris. il le laisse dormir dans sa chaise bersante et ma tante dit qu'il tient plus au chat qu'à ses propre enfants. ce n'est pas bien. nous devons être gentil avec les chats et leur donner du let frais mais nous ne devons pas être meilleur avec eux qu'avec nos enfant. c'est tout je n'ai plus rien à dire pour le momen de la part de

edward blake ClaY

« Saint-Clair Donnell est bref, comme d'habitude, et il va droit au but. Cet enfant ne gaspille jamais de paroles. Je ne crois pas que le choix du sujet ou l'ajout du post-scriptum soient le fait d'une malice préméditée. C'est simplement qu'il manque de tact ou d'imagination. »

Chère Mlle Shirley

Vous nous avez demandé de décrire une chose étrange que nous avons vue. Je décrirai la salle d'Avonlea. Elle a deux portes, une à l'intérieur et une à l'extérieur. Elle a six fenêtres et une cheminée. Elle a deux bouts et deux côtés. Elle est peinte en bleu. C'est ce qui la rend si bizarre. Elle est contruite sur la route de Carmody en bas. C'est le troisième plus important édifice d'Avonlea. Les autres sont l'église et le magasin blacksmith. Des réunions de la Société des débats, des conférences et des concerts se tiennent dans la salle.

Votre tout dévoué,
Jacob Donnell
P.S. La salle est d'un bleu très voyant.

« La lettre d'Annetta Bell était assez longue, ce qui m'a étonnée, car la rédaction d'essais n'est pas son point fort et ses compositions sont en général aussi succinctes que celles de Saint-Clair. Annetta est une fillette tranquille et un modèle de bonne conduite, mais il n'y a pas une ombre d'originalité en elle. Voici sa lettre. »

Très chère institutrice,

Je voudrais vous écrire une lettre pour vous dire combien je vous aime. Je vous aime de tout mon cœur, de toute mon âme et de tout mon esprit – avec tout ce qui en moi a la capacité d'aimer – et je ne souhaite qu'une chose : consacrer ma vie à vous servir. Ce serait pour moi le plus grand des privilèges. C'est pourquoi j'essaie si fort d'être bonne à l'école et d'apprendre mes lessons.

Vous êtes si ébouissante, mon institutrice. Votre voix est une musique et vos yeux des pensées lorsque s'y dépose la rosée. Vous êtes une grande reine imposante. Vos cheveux ondulent en vagues d'or. Anthony Pye prétend qu'ils sont roux, mais vous ne devez pas accorder d'attention à ce qu'il raconte.

Je ne vous connais que depuis quelques mois mais j'ai oublié qu'il fut un temps où je ne vous connaissais pas – alors que vous n'étiez pas encore entrée dans ma vie pour la bénir et la sanctifier. Je me souviendrai toujours de cette année comme la plus merveilleuse de ma vie puisqu'elle m'a permis de vous rencontrer. Et puis, c'est l'année où nous sommes déménagés de newbridge à Avonlea. L'amour que je vous porte a enrichi ma vie et m'a protégée de beaucoup de souffrance et de mal. C'est à vous que je le dois, mon institutrice chérie.

Je n'oublierai jamais combien vous étiez jolie la dernière fois que je vous ai vue, dans cette robe noire, des fleurs dans vos cheveux. C'est toujours ainsi que je vous verrai, même lorsque l'âge aura fait grisonner vos cheveux. Pour moi, vous resterez toujours blonde et jeune, bien-aimée institutrice. Je pense à vous sans cesse, le matin, et le midi et au clair de lune. Je vous aime lorsque vous riez et je vous aime lorsque vous soupirez – et même lorsque vous vous montrez hautaine. Je ne vous ai jamais vue de mauvaise humeur même si Anthony Pye dit que c'est votre air habituel mais cela ne me surprend pas que vous ayez l'air fâché contre lui parce qu'il le mérite. Je vous aime dans toutes vos robes – vous êtes plus adorable d'une robe à l'autre.

*Très chère institutrice, bonne nuit. Le soleil s'est couché
et les étoiles scintillent – les étoiles sont aussi brillantes et belles
que vos yeux. Je baise vos mains et votre visage, mon aimée.
Que Dieu veille sur vous et vous garde de tout mal.*

    Votre élève afektueuse

                            Annetta Bell

    «Cette extraordinaire missive m'a laissée plus que
perplexe. Je savais qu'Annetta ne pouvait pas plus l'avoir
composée qu'elle pouvait voler. Le lendemain, à l'école,
j'ai profité de la récréation pour aller me promener avec
elle jusqu'au ruisseau et je lui ai demandé de me dire la
vérité. Annetta se mit à pleurer et m'avoua tout. Elle
n'avait jamais écrit une lettre de sa vie; elle ne savait pas
comment s'y prendre, n'avait aucune idée de ce qu'il
fallait dire, mais elle avait découvert une liasse de lettres
d'amour dans le tiroir supérieur dans la commode de sa
mère, lettres qui lui avaient été adressées par un "ancien
soupirant". "Ce n'était pas mon père", sanglota Annetta,
"c'était quelqu'un qui étudiait pour devenir pasteur, c'est
pourquoi il pouvait écrire de si jolies lettres, mais maman
ne l'a pas épousé en fin de compte. Elle ne comprenait pas
la moitié de ce qu'il racontait. Mais j'ai pensé que les
lettres étaient charmantes et qu'il me suffirait d'en copier
des passages. J'ai remplacé 'dame' par 'institutrice' et j'ai
ajouté des choses de mon cru quand il m'en venait à
l'esprit et j'ai changé certains mots. J'ai mis 'robe' à la
place 'd'état d'âme'. Je ne savais pas du tout ce que c'était
un 'état d'âme', mais j'ai supposé que ça pouvait se porter.
Je ne croyais pas que vous verriez la différence. Je ne vois
pas comment vous avez découvert que je n'avais pas tout
écrit. Vous devez être terriblement intelligente, mademoiselle."

    «J'ai dit à Annetta que c'était très mal de copier la
lettre d'une autre personne et de la faire passer pour la
sienne. Mais j'ai bien peur que le seul regret d'Annetta,
c'était de s'être fait prendre. "Et c'est vrai que je vous

aime", sanglota-t-elle. "Tout était vrai, même si le pasteur l'a écrit avant moi. Je vous aime vraiment de tout mon cœur."

« C'est très difficile de gronder efficacement quelqu'un dans de telles circonstances.

« Voici maintenant la lettre de Barbara Shaw. Il m'est impossible de reproduire les pâtés de la copie originale. »

Chère institutrice,

Vous avez dit que nous pouvions écrire au sujet d'une visite. Je ne suis jamais allée en visite, sauf une fois. C'était chez ma tante Mary l'hiver dernier. Ma tante Mary est une femme très méticuleuse et une excellente maîtresse de maison. Le soir de mon arrivée, nous avons pris le thé. J'ai fait tomber un pot et je l'ai brisé. Tante Mary a dit qu'elle possédait ce pot depuis son mariage et que personne ne l'avait jamais brisé auparavant. En me levant, j'ai marché sur sa robe, toutes les fronces de sa jupe se sont décousues. Le lendemain matin lorsque je me suis levée, j'ai heurté la cruche contre la bassine et les deux ont craqué puis j'ai renversé une tasse de thé sur la nappe au déjeuner. En aidant tante Mary à laver la vaisselle du dîner, j'ai échappé un plat de porcelaine et il a éclaté en miettes. Ce soir là, je me suis foulé la cheville en tombant et j'ai dû garder le lit pendant une semaine. J'ai entendu tante Mary confier à oncle Joseph que c'était une chance sinon j'aurais tout cassé dans la maison. Quand j'ai été rétablie, c'était le temps de retourner chez moi. Je n'aime pas beaucoup aller en visite. Je préfère l'école, surtout depuis que je suis à Avonlea.

Votre élève respectueuse,

Barbara Shaw.

« La lettre de Willie White commençait comme ceci : »

Chère mademoiselle,

Je veux vous parler de ma Très Courageuse Tante. Elle vit en Ontario et un jour elle est allée à la grange et a vu un chien dans la cour. Comme le chien n'avait rien à faire là, elle a pris

*un bâton, lui en a donné de grands coups, l'a fait entrer dans
la grange et l'a enfermé. Un peu plus tard, un homme est
venu. Il cherchait un lion "inaginaire" (Question : Willie
voulait-il parler d'un lion de ménagerie ?) qui s'était enfui
d'un cirque. On s'est aperçu que le lion était le chien que ma
Très Courageuse Tante avait mené dans la grange avec un
bâton. C'est un miracle qu'il ne l'ait pas dévorée, mais elle a
été très courageuse. Emerson Gillis dit que comme elle pensait
que c'était un chien elle n'a pas eu plus de courage que si c'en
avait réellement été un. Mais Emerson Gillis est jaloux parce
qu'il n'a pas de Tante Courageuse, seulement des oncles.*

« J'ai gardé la meilleure pour la fin. Tu te moques de
moi parce que je considère Paul comme un génie, mais je
suis sûre que sa lettre te convaincra que cet enfant sort de
l'ordinaire. Paul vit loin du village, près de la plage, avec
sa grand-mère, et il n'a pas de compagnons de jeu – pas de
véritables compagnons. Tu te souviens, notre professeur
d'administration scolaire nous recommandait de ne pas
élire de "chouchou" parmi nos élèves ; pourtant je ne peux
m'empêcher de préférer Paul Irving. Je ne crois cependant
léser personne puisque tout le monde l'aime ; même
Mme Lynde dit qu'elle n'aurait jamais cru pouvoir s'en-
ticher autant d'un Américain. Les autres garçons de l'école
l'apprécient également. Malgré ses rêves et ses fantasmes,
il n'y a rien de faible ou de féminin en lui. Il est très viril
et excelle à tous les jeux. Il s'est récemment battu avec
Saint-Clair Donnell parce que ce dernier proclamait que
le *Union Jack* était un meilleur drapeau que le *Stars and
Stripes*. Après un match nul, ils s'entendirent pour res-
pecter désormais leur patriotisme respectif. Saint-Clair
prétend pouvoir frapper plus fort mais Paul plus souvent.

« Voici la lettre de Paul. »

Ma chère institutrice,
*Vous nous avez dit que nous pouvions écrire au sujet de
personnes intéressantes de notre connaissance. Je crois que les*

personnes les plus intéressantes que je connaisse sont mes
personnages des rochers et je voudrais vous entretenir à leur
sujet. Je n'ai jamais confié à personne leur existence sauf à
grand-maman et à mon père mais j'aimerais que vous les
connaissiez parce que vous comprenez la vie. Il y a tant de gens
qui ne comprennent pas, alors il ne sert à rien de leur en parler.

Mes personnages des rochers vivent sur la plage. Avant
l'hiver, j'avais coutume de leur rendre visite presque chaque
soir. Maintenant, je ne pourrai pas y aller avant le printemps,
mais ils seront encore là, parce que des êtres comme ça ne
changent pas – c'est ce qui est merveilleux à leur sujet. Nora
est la première avec qui j'ai fait connaissance alors je pense que
c'est elle que j'aime le mieux. Elle vit à Andrew's Cove, elle a
les cheveux et les yeux noirs et connaît tout des sirènes et du
varech. Vous devriez entendre les histoires qu'elle raconte. Puis
il y a les Jumeaux marins. Ils n'ont pas de domicile fixe, ils sont
tout le temps en train de naviguer, mais ils viennent souvent
bavarder avec moi sur la plage. C'est une paire de joyeux
matelots, ils ont tout vu sur terre et plus encore. Savez-vous ce
qui arriva au plus jeune? Un jour qu'il naviguait, il arriva au
milieu d'une clairière de lune. Vous savez, mademoiselle,
qu'une clairière de lune est un sentier que la pleine lune trace
dans l'eau quand elle émerge de la mer. Eh bien, le plus jeune
des Jumeaux vogua le long de la clairière, et il y avait une petite
porte dorée dans la lune et il l'ouvrit et passa à travers. Il a
connu quelques aventures extraordinaires dans la lune mais
cette lettre serait trop longue si je vous les racontais.

Ensuite il y a la Dame dorée de la caverne. Un jour, j'ai
découvert une grande caverne sur la plage, j'y suis entré et
quelques instants plus tard, j'ai rencontré la Dame dorée. Sa
chevelure blonde tombe jusqu'à ses pieds et sa robe scintille et
rutile comme si elle était faite d'or vivant. Elle possède une
harpe d'or dont elle joue tout le jour – on peut, en tout temps,
entendre de la musique sur la plage si on prête l'oreille mais
pour la plupart des gens, ce n'est que le bruit du vent dans les
rochers. Je n'ai jamais parlé de la Dame dorée à Nora. Je

craignais de la blesser. Elle a même du chagrin lorsque je bavarde trop longtemps avec les Jumeaux marins.

Je rencontre toujours les Jumeaux marins aux Rochers rayés. Le plus jeune est d'un naturel affable tandis que l'aîné peut parfois arborer une expression terriblement féroce. J'ai des soupçons à son sujet. Je crois que s'il l'osait, il deviendrait pirate. Un mystère l'entoure. Il a juré une fois et je lui ai dit que s'il recommençait, il ne pourrait plus venir me faire la conversation sur la plage parce que j'ai promis à grand-maman de ne jamais me lier avec une personne qui jure. Il a eu très peur, je peux vous l'affirmer, et il m'a promis de m'amener jusqu'au soleil couchant si je lui pardonnais. Le soir suivant, j'étais donc assis sur les Rochers rayés quand l'aîné des Jumeaux est arrivé sur un navire enchanté dans lequel je suis monté. Le bateau était tout nacré et irisé comme l'intérieur d'une coquille de moule, et la voile ressemblait au clair de lune. Et c'est ainsi que nous avons vogué jusqu'au soleil couchant. Croyez-le ou non, mademoiselle, j'ai pénétré à l'intérieur du soleil couchant. Et comment imaginez-vous que soit cette merveille ? On dirait un immense jardin rempli de fleurs de toutes sortes, et les nuages sont aussi des lits de fleurs. Nous avons accosté un grand port, étincelant comme de l'or, et j'ai sauté hors du navire dans une grande prairie émaillée de boutons d'or gros comme des roses. Je suis resté là très longtemps. J'ai cru y être demeuré un an mais l'aîné des Jumeaux a dit que ça n'avait duré que quelques minutes. Comme vous voyez, au pays du soleil couchant, le temps passe beaucoup plus lentement qu'ici.

Votre élève affectueux,

Paul Irving

P.S. Bien entendu, mademoiselle, j'ai imaginé cette histoire.

P.I.

12

Une journée de malheur

Tout commença réellement la veille au soir, alors
qu'une rage de dents lancinante l'empêcha toute la nuit de
dormir. Quand Anne se leva le lendemain, par un terne et
maussade matin d'hiver, elle avait l'impression que la vie
était fade, vide et ne pouvait rien apporter d'agréable.

Elle ne se sentait pas d'une humeur angélique en se
rendant à l'école, avec sa joue enflée et son visage douloureux. Comme le feu refusait de s'allumer, la salle de classe
était froide et enfumée et les enfants restaient blottis
auprès du poêle en petits groupes grelottants. Anne les
renvoya à leurs sièges plus sèchement qu'à l'accoutumée.
Anthony Pye se pavana vers sa place de son habituelle
démarche impertinente et elle le vit chuchoter quelque
chose à son compagnon puis regarder dans sa direction en
souriant.

Jamais, lui sembla-t-il, autant de crayons n'avaient
grincé que ce matin-là; et lorsque Barbara Shaw vint à son
pupitre avec une addition, elle se prit les pieds dans le seau
à charbon; le résultat fut désastreux. Le charbon roula dans
chaque coin de la pièce, son ardoise se brisa en morceaux,
et lorsqu'elle se releva, son visage barbouillé d'une couche
de suie provoqua une véritable hilarité chez les garçons.

Anne se détourna de la classe de deuxième à qui elle
était en train de donner un cours de lecture.

«Vraiment, Barbara», fit-elle d'un ton glacial, «si tu
ne peux pas bouger sans tomber sur quelque chose, tu

ferais mieux de rester à ta place. C'est tout simplement disgracieux pour une fille de ton âge d'être si maladroite. »

La pauvre Barbara retourna en trébuchant jusqu'à son pupitre, et ses larmes se mêlant à la poussière de charbon produisirent un effet réellement grotesque. Elle avait le cœur brisé, car jamais son institutrice bien-aimée, d'ordinaire si sympathique, ne lui avait adressé la parole sur un tel ton. Anne elle-même en éprouva du remords, mais cela ne fit qu'accroître son irritation, et la classe de deuxième se souvient encore de ce cours de lecture, de même que de la leçon d'arithmétique harassante qui suivit. Au moment où Anne terminait les additions, Saint-Clair Donnell fit irruption dans la pièce, hors d'haleine.

« Tu es une demi-heure en retard, Saint-Clair », lui rappela froidement Anne. « Pourquoi, s'il te plaît ? »

« Excusez-moi, mademoiselle, mais il fallait que j'aide maman à faire un pouding, parce que nous attendons de la visite et Clarice Almira est malade », répondit Saint-Clair avec tout le respect requis, ce qui n'empêcha cependant pas ses camarades d'éclater de rire.

« Va t'asseoir et, comme punition, fais-moi les six problèmes de la page 84 de ton livre d'arithmétique », ordonna Anne.

Saint-Clair parut plutôt stupéfait du ton qu'elle employa, mais il se rendit humblement à sa place et sortit son ardoise. Puis il passa furtivement un colis à Joe Sloane à travers l'allée. Le prenant sur le fait, Anne sauta à une conclusion fatale.

La vieille Mme Hiram Sloane avait entrepris récemment de confectionner et de vendre des « gâteaux aux noix » afin d'augmenter ses maigres revenus. Les gâteaux constituaient une tentation à laquelle les écoliers pouvaient difficilement résister, et Anne avait connu de sérieux problèmes à ce sujet depuis plusieurs semaines. Sur le chemin de l'école, les petits garçons dépensaient leurs sous chez Mme Hiram, apportaient les gâteaux en classe et, si possible, les mangeaient et régalaient leurs camarades

pendant les cours. Anne les avait avertis qu'elle confisque-
rait ces friandises s'ils continuaient à en apporter; et voilà
que, sans vergogne, Saint-Clair se permettait de passer un
gâteau sous son propre nez, enveloppé dans le papier rayé
blanc et bleu que Mme Hiram utilisait.

« Joseph », dit calmement Anne, « apporte ce paquet. »

Joe, surpris et confus, obéit. C'était un garnement
grassouillet qui se mettait toujours à rougir et à bégayer
lorsqu'il avait peur. Personne n'eut jamais l'air plus coupable que lui à ce moment.

« Jette-le dans le feu », ordonna Anne.

Joe la regarda, dérouté.

« S'il... v... v... v... vous... p... p... plaît, m... m...
mademoiselle », commença-t-il.

« Fais ce que je te demande, Joseph, et n'ajoute pas un
mot. »

« M... m... mais, m... m... mademoiselle, ils... s... s...
sont... », bafouilla-t-il, au désespoir.

« Joseph, vas-tu, oui ou non, m'obéir ? » coupa Anne.

Même un enfant plus hardi et sûr de lui que Joe
Sloane aurait été impressionné par le ton de sa voix et
l'éclair dangereux qui brilla dans ses yeux. C'était une
Anne nouvelle qu'aucun de ses élèves n'avait vue auparavant. Joe, après avoir jeté un regard déchirant à Saint-
Clair, marcha jusqu'au poêle, ouvrit la grande porte carrée
sur le devant et y jeta le paquet bleu et blanc avant que
Saint-Clair, qui avait bondi, ait pu intervenir. Puis il
recula juste à temps.

Pendant quelques instants, les occupants terrifiés de
l'école d'Avonlea se demandèrent s'ils étaient les victimes
d'un tremblement de terre ou d'une éruption volcanique.
Le colis apparemment inoffensif qu'Anne avait imprudemment supposé contenir les gâteaux aux noix de Mme Hiram
contenait en réalité un assortiment de pétards et de fusées
que le père de Saint-Clair Donnell avait rapporté de la
ville pour Warren Sloane en vue d'une fête d'anniversaire
devant avoir lieu le soir même. Les pétards éclatèrent avec

un bruit de tonnerre et la porte du poêle s'ouvrit avec violence, libérant les fusées qui se mirent à tournoyer follement dans la pièce en sifflant et en crépitant. Anne, blanche de stupeur, s'écroula sur sa chaise tandis que les fillettes grimpaient sur leurs pupitres en hurlant. Joe Sloane resta cloué sur place au milieu de la commotion et Saint-Clair, incapable de s'empêcher de rire, courait de part et d'autre de l'allée. Prillie Rogerson s'évanouit et Annetta Bell fut la proie d'une crise d'hystérie.

L'incident ne dura que quelques minutes, mais il parut s'écouler beaucoup de temps avant que trépasse la dernière fusée. Recouvrant ses esprits, Anne se précipita pour ouvrir portes et fenêtres afin de laisser s'échapper le gaz et la fumée qui avaient envahi la pièce. Ensuite, elle aida les fillettes à transporter Prillie inconsciente dans le porche où Barbara, mourant du désir de se rendre utile, lui versa une demi-douzaine de seaux d'eau sur la figure et les épaules avant qu'on ait pu l'arrêter.

Le calme ne revint pas avant une bonne heure, mais quand il revint, il était total. Tout le monde s'était aperçu que même l'explosion n'était pas venue à bout de la mauvaise humeur d'Anne. Personne n'osa chuchoter un seul mot, sauf Anthony Pye. Ned Clay fit accidentellement grincer son crayon et, interceptant le regard de son institutrice, il souhaita voir le sol s'ouvrir sous ses pieds pour y être englouti. Les élèves du cours de géographie parcoururent un continent à une vitesse qui leur donna le vertige. Ceux du cours de grammaire s'attelèrent à l'analyse la plus rigoureuse de leur existence. Chester Sloane, épelant «odoriférant» avec deux «f», eut l'impression qu'il ne pourrait jamais survivre à cette disgrâce, ni dans ce monde ni dans l'autre.

Anne savait qu'elle se rendait ridicule et qu'on se moquerait de l'incident à l'heure du thé, mais de le savoir augmentait encore sa fureur. D'une humeur plus calme, elle se serait sortie de la situation en riant, ce qui était maintenant impossible ; elle se replia donc dans un mépris glacial.

Lorsqu'elle revint à l'école après le dîner, tous les enfants étaient comme d'habitude à leurs places et tous les visages studieusement penchés sur leurs pupitres, sauf celui d'Anthony Pye. Il fixait Anne au-dessus de son livre et ses yeux noirs pétillaient, curieux et moqueurs. Anne tira d'un coup sec le tiroir de son pupitre pour prendre un bâton de craie et elle sentit sous sa main une souris vivante qui bondit hors de son abri, détala sur le pupitre et sauta sur le plancher.

Anne poussa un cri et recula brusquement, comme si elle avait été piquée par un serpent, tandis qu'Anthony Pye éclatait de rire.

Puis le silence tomba – un silence lourd, à donner la chair de poule. Annetta Bell était à un cheveu d'une nouvelle crise d'hystérie, surtout qu'elle ignorait où se cachait la bestiole. Elle s'abstint pourtant. Quel réconfort aurait pu lui procurer une crise de nerfs lorsque le professeur qui se tenait devant elle avait un visage si blême et des yeux si flamboyants?

«Qui a placé cette souris dans mon pupitre?» demanda Anne. Elle parlait d'une voix plutôt basse mais qui fit courir un frisson le long de la colonne vertébrale de Paul Irving. Joe Sloane, surprenant son regard, se sentit responsable de la racine des cheveux à la pointe des pieds et bégaya frénétiquement:

«C'est p... p... pas... m... m... moi, m... m.. mademoiselle, p... p... pas... m... m... moi.»

Anne n'accorda aucune attention au malheureux Joseph. Elle regarda Anthony Pye et le gamin lui rendit son regard, nullement intimidé ni honteux.

«Est-ce toi, Anthony?»

«Oui, c'est moi», répondit-il avec insolence.

Anne saisit la baguette sur son pupitre. C'était une longue et lourde baguette de bois franc.

«Viens ici, Anthony.»

Anthony avait déjà subi des châtiments bien plus sévères. Anne, même furibonde, aurait été incapable de

punir cruellement un enfant. Mais la baguette pinça si
vivement qu'Anthony perdit finalement son arrogance ; il
grimaça et les larmes montèrent à ses yeux.

Anne, bourrelée de remords, laissa tomber la baguette
et renvoya Anthony à son siège. Elle s'assit à son pupitre,
honteuse, repentante et amèrement mortifiée. Son assaut
de colère était tombé et elle aurait donné gros pour pouvoir se soulager dans les larmes. Toutes ses fanfaronnades
pour en arriver là – elle avait finalement frappé un de ses
élèves. Comme Jane jubilerait ! Et comme M. Harrison
rirait ! Le pire pourtant, la pensée la plus triste, c'était
qu'elle avait perdu sa dernière chance de gagner le cœur
d'Anthony Pye. Il ne subsistait plus aucun espoir de se
faire aimer de lui désormais.

Au prix de ce qu'on aurait pu appeler un « effort
herculéen », Anne refoula ses larmes jusqu'à son retour
chez elle. Elle s'enferma alors dans la chambre du pignon
est et déversa toute sa honte, sa déception et tous ses
remords dans ses oreillers ; elle pleura si longtemps que
Marilla, alarmée, vint la trouver dans sa chambre et insista
pour connaître la cause de sa détresse.

« J'ai des problèmes de conscience », sanglota Anne.
« Oh ! quelle journée de malheur j'ai vécue aujourd'hui,
Marilla ! J'ai si honte de moi. J'ai perdu le contrôle et
fouetté Anthony Pye. »

« Je suis heureuse d'entendre cela », répondit Marilla
d'un ton décidé. « Il y a longtemps que tu aurais dû le faire. »

« Oh ! non, non, Marilla. Et je ne vois pas comment je
pourrai regarder ces enfants en face à présent. J'ai l'impression de m'être complètement avilie. J'ai agi avec une
telle colère, une telle haine. C'était horrible. Je n'oublierai
jamais l'étonnement et la déception qu'ont exprimés les
yeux de Paul Irving. Oh ! Marilla, j'avais tant essayé de me
montrer patiente et de gagner l'amour d'Anthony, et voilà
tous mes efforts réduits à néant. »

Marilla, très tendrement, passa sa rude main usée dans
la chevelure lustrée et ébouriffée de la jeune fille. Lorsque

les sanglots d'Anne eurent perdu leur intensité, elle lui dit avec douceur :

« Tu prends les choses trop à cœur, Anne. Nous commettons tous des erreurs ; mais les gens les oublient. Il y a des journées néfastes pour tout le monde. En ce qui concerne Anthony Pye, quelle importance s'il ne t'aime pas puisqu'il est le seul ? »

« C'est plus fort que moi. Je veux que tout le monde m'aime et je souffre tellement lorsque je déplais à quelqu'un. Oh ! je me suis simplement conduite comme une idiote aujourd'hui, Marilla. Je vais tout te raconter. »

Marilla écouta son histoire, et si certains passages la firent sourire, elle n'en laissa rien paraître.

« Eh bien, ne t'en fais pas, Anne », la réconforta-t-elle lorsqu'elle se tut. « Cette journée est terminée, et demain est un autre jour, encore sans tache, comme tu as l'habitude de le dire. Maintenant, descends souper. Tu verras qu'une bonne tasse de thé et les feuilletés aux prunes que j'ai préparés aujourd'hui te redonneront de cœur au ventre. »

« Les feuilletés aux prunes ne sauraient guérir un esprit malade », rétorqua Anne, inconsolable.

Pour Marilla, le fait qu'Anne puisse s'exprimer de cette façon sentencieuse prouvait qu'elle était en bonne voie de guérison.

L'attrayante table du souper, avec les deux visages rayonnants des jumeaux et les incomparables feuilletés aux prunes de Marilla – Davy en dévora quatre – lui redonnèrent en fin de compte considérablement de « cœur au ventre ». Elle dormit bien ce soir-là et le lendemain matin, en s'éveillant, elle trouva le monde et elle-même transformés. Une neige épaisse et duveteuse était tombée durant la nuit et le paysage immaculé étincelait dans le soleil ; c'était comme si un manteau de charité recouvrait toutes les fautes et les humiliations du passé.

« *Chaque matin est un recommencement / Chaque matin renouvelle le monde* », fredonna Anne en s'habillant.

La neige l'obligea à emprunter la route pour se rendre
à l'école et, ironie du sort, elle tomba sur Anthony Pye qui
se frayait péniblement un chemin au moment précis où
elle quittait le sentier de Green Gables. Elle se sentit aussi
coupable que si leurs positions avaient été inversées; mais
quelle ne fut pas sa stupéfaction de voir Anthony soulever
sa casquette – ce qu'il n'avait jamais fait auparavant – et
de l'entendre lui proposer aimablement :

« La route est plutôt mauvaise, hein ? Puis-je porter
ces livres pour vous, mademoiselle ? »

Anne lui remit ses volumes en se demandant si elle
était bien éveillée. Anthony marcha en silence jusqu'à
l'école, et lorsque Anne reprit ses livres, elle lui adressa un
sourire – non pas le « gentil » sourire stéréotypé qu'elle lui
réservait d'habitude, mais un sourire de camaraderie
spontanée. Anthony le lui rendit – enfin, pour dire la
vérité, son sourire ressemblait plutôt à une grimace. En
général, ce n'est pas très respectueux de grimacer, pourtant
Anne eut soudain l'impression que si elle n'avait pas
encore conquis l'amour d'Anthony, elle avait pourtant,
d'une façon ou d'une autre, mérité son respect.

Mme Lynde confirma cette impression lorsqu'elle vint
le dimanche suivant.

« Eh bien, Anne, il semble que tu sois venue à bout
d'Anthony Pye. Il raconte que même si tu es une fille, tu
es somme toute un bon professeur, et que tu l'as fouetté
"tout aussi bien qu'un homme". »

« Je n'aurais jamais cru réussir à me faire aimer de lui
en le frappant », répondit-elle un peu mélancoliquement,
sentant que ses idéaux l'avaient d'une certaine manière
trahie. « Cela me paraît injuste. Je demeure convaincue
que ma théorie sur la bonté ne peut être fausse. »

« Non, mais les Pye constituent une exception à toutes
les règles connues », affirma catégoriquement Mme Rachel.

En apprenant l'anecdote, M. Harrison déclara : « Je
savais que vous y viendriez », et Jane la taquina sans pitié.

13

Un pique-nique sensationnel

En se rendant à Orchard Slope, Anne rencontra Diana, qui se dirigeait vers Green Gables, à l'endroit où le vieux pont de bois moussu enjambait le ruisseau sous la Forêt hantée, et elles s'assirent au bord de la Source des fées, où de délicates fougères se déroulaient comme des lutins aux têtes bouclées émergeant d'un somme.

« J'allais justement t'inviter à m'aider à célébrer mon anniversaire samedi prochain », annonça Anne.

« Ton anniversaire ? Mais tu es née en mars ! »

« Ce n'est pas ma faute », répondit-elle en riant. « Cela ne serait jamais arrivé si mes parents m'avaient consultée. J'aurais évidemment choisi de naître au printemps. Ce doit être magnifique d'arriver au monde en même temps que les aubépines et les violettes. Tu les considères sans doute toute ta vie comme tes sœurs de lait. Mais comme ce n'est pas mon cas, le mieux est de fêter mon anniversaire au printemps. Priscilla viendra samedi et Jane sera à la maison. Nous irons toutes les quatre dans les bois et passerons une journée sensationnelle à découvrir le printemps. Aucune de nous ne le connaît réellement, mais nous allons le rencontrer là comme nous ne pourrons jamais le faire nulle part ailleurs. J'ai l'intention d'explorer tous ces champs et lieux solitaires. Je suis sûre qu'il existe une multitude de recoins qu'on a déjà regardés sans jamais les voir véritablement. Nous nous lierons d'amitié avec le vent, le ciel et le soleil et retournerons chez nous avec le printemps dans nos cœurs. »

«Cela *semble* assez sympathique », remarqua Diana qui, dans son for intérieur, se méfiait de l'exaltation de son amie. «Mais est-ce que cela ne risque pas d'être encore très humide à certains endroits ? »

«Alors nous porterons des bottes », concéda Anne. «Et j'aimerais que tu arrives très tôt samedi matin pour m'aider à préparer le repas. Je veux offrir les mets les plus délicats – en harmonie avec le printemps, tu vois ce que je veux dire –, des tartelettes à la gelée et des doigts de dame, ainsi que des biscuits à la cuiller avec un glaçage rose et jaune et un gâteau au beurre. Il ne faut pas oublier les sandwiches, même s'ils manquent un peu de poésie. »

Le samedi s'avéra une journée idéale pour un pique-nique : brise légère, ciel sans nuages, température chaude et ensoleillée ; un petit vent folâtre soufflait à travers le pré et le verger. Toute la terre était recouverte d'un gazon délicat et parsemé de fleurs qu'éclairait le soleil.

M. Harrison, en train de herser en arrière de la ferme, sentit, malgré son âge et son austérité, la magie du printemps courir dans ses veines ; il vit quatre jeunes filles, un panier sous le bras, traverser le bout de son champ jouxtant un bosquet de bouleaux et d'épinettes, et le son joyeux de leurs voix et de leurs rires se répercuta en lui.

«C'est si facile d'être heureux par une journée comme celle-ci, n'est-ce pas ? » s'exclama Anne avec sa philosophie habituelle. «Essayons de la rendre magnifique, afin de pouvoir toute notre vie l'évoquer avec ravissement. Nous devons chercher la beauté et refuser de voir le reste. "Allez-vous-en, soucis !" Jane, je vois que tu es en train de penser à un incident désagréable qui s'est produit à l'école hier. »

«Comment le sais-tu ? » bredouilla Jane, stupéfaite.

«Oh ! Je reconnais l'expression : je l'ai sentie assez souvent sur mon propre visage. Mais sois gentille et chasse cette pensée de ton esprit. Tu la retrouveras lundi, et si elle est partie, ce sera encore mieux. Oh ! les filles, les filles, regardez cette talle de violettes ! Elle est digne de figurer dans la galerie de peintures de la mémoire. Quand j'aurai dix-huit ans, si jamais je me rends jusque-là, je fermerai les yeux et ces violettes apparaîtront, identiques à ce qu'elles sont maintenant. C'est le premier cadeau que nous offre cette journée. »

« Si l'on pouvait voir un baiser, je crois qu'il ressemblerait à une violette », hasarda Priscilla.

Anne rayonna.

« Je suis vraiment contente que tu aies exprimé cette pensée, Priscilla, au lieu de l'avoir gardée pour toi. Ce monde serait beaucoup plus intéressant – bien qu'il le soit de toute façon – si les gens exprimaient ce qu'ils pensent réellement. »

« Je préfère ne pas entendre les pensées de certaines personnes », remarqua Jane avec sagesse.

« Tu as sans doute raison, mais c'est de leur faute : elles n'ont qu'à chasser leurs vilaines pensées. De toute façon, nous pouvons sans crainte exprimer toutes les nôtres aujourd'hui parce qu'elles seront toutes belles. Nous pouvons dire tout ce qui nous passe par la tête. C'est ce qui s'appelle avoir une conversation. Tiens, c'est la première fois que je vois ce sentier. Si nous allions l'explorer ? »

C'était un sentier sinueux, si étroit que les jeunes filles durent marcher en file indienne et que même alors les branches de bouleaux leur griffaient la figure. Les épinettes abritaient de moelleux coussins de mousse et, un peu plus loin, là où la forêt se clairsemait, toute une variété de plantes avait poussé.

« Regardez cette multitude d'*oreilles d'éléphants!* » s'écria Diana. « Je vais en cueillir un gros bouquet, elles sont si jolies. »

« Comment est-ce possible que ces petites choses gracieuses et légères comme des plumes soient affublées d'un nom aussi grotesque ? » s'étonna Priscilla.

« Parce que la première personne qui les a nommées ou bien n'avait aucune imagination ou bien en avait trop », répondit Anne. « Oh ! les filles, regardez ça ! »

« Ça », c'était un étang peu profond sis au milieu d'une petite clairière ouverte où le sentier prenait fin. Il serait à sec un peu plus tard dans la saison et son emplacement serait rempli de fougères en pleine croissance ; mais maintenant, c'était une étendue placide et étincelante, ronde comme une soucoupe et limpide comme le cristal. Un anneau de jeunes bouleaux svelttes l'entourait et des fougères graciles bordaient ses rives.

« Que c'est mignon ! » s'écria Jane.

« Faisons une ronde autour comme si nous étions des nymphes des bois », s'exclama Anne en laissant tomber son panier et en étendant les mains.

La danse n'obtint cependant pas le succès escompté car le sol était détrempé et Jane perdit ses bottes.

« Impossible d'être une nymphe des bois s'il faut porter des bottes de caoutchouc », décida-t-elle.

« Eh bien, nous devons baptiser cet endroit avant de le quitter », déclara Anne, se pliant à l'irrévocable logique des événements. « Nous allons toutes suggérer un nom, et ensuite nous tirerons au sort. Diana ? » « L'Étang des bouleaux », proposa rapidement cette dernière.

« Le Lac de cristal », suggéra Jane.

Anne, debout derrière elles, implora Priscilla du regard de trouver quelque chose de plus original ; celle-ci sauta sur l'occasion avec « Verre miroitant ». Quant à Anne, elle choisit « Le Miroir des fées ».

Après avoir inscrit les noms sur des bandes d'écorce de bouleau avec un crayon que Jane, très « maîtresse d'école », extirpa de sa poche, on les plaça dans le chapeau d'Anne. Priscilla ferma ensuite les yeux et en tira un. « Lac de cristal », déchiffra Jane, triomphante. L'étang fut ainsi baptisé et si Anne pensa que le hasard venait de lui jouer un vilain tour, elle n'en dit rien.

Poursuivant leur route à travers les broussailles, les quatre amies débouchèrent dans la solitude verte de l'arrière du pâturage de M. Silas Sloane. Elles y trouvèrent le début d'un sentier pénétrant dans les bois et se mirent d'accord pour l'explorer. Cette initiative fut récompensée par une succession de surprises adorables. La première, aux abords du pâturage, était une voûte de cerisiers sauvages en pleine floraison. Elles prirent leurs chapeaux dans leurs bras et piquèrent ces fleurs délicates de couleur crème dans leurs cheveux. Le sentier tournait ensuite à angle droit pour plonger dans un bosquet d'épinettes si épais et si sombre qu'elles avançaient dans une lueur semblable au clair de lune, sans distinguer le moindre coin de ciel ou rayon de soleil.

« Voici le repaire des méchants lutins des bois », chuchota Anne. « Ils sont espiègles et malicieux mais ils ne peuvent nous nuire car ils ne sont pas autorisés à faire de mal au printemps. Il y en avait un qui nous observait à la dérobée près de ce vieux sapin rabougri ; et n'avez-vous pas vu le groupe sur ce gros champignon moucheté que nous venons de dépasser ? Les bonnes fées vivent toujours dans les lieux ensoleillés. »

« J'aimerais que les fées existent réellement », déclara Jane. « Ne serait-ce pas merveilleux si on pouvait voir trois de ses vœux réalisés – ou même seulement un ? Si c'était possible, qu'est-ce que vous demanderiez ? Quant à moi, je désirerais la richesse, la beauté et l'intelligence. »

« Et moi, je voudrais être grande et svelte », déclara Diana.

« Être célèbre », ajouta Priscilla.

Anne songea à ses cheveux, mais rejeta cette idée qui, à son avis, n'en valait pas la peine.

« Je souhaiterais que ce soit toujours le printemps », dit-elle, « dans le cœur de chacun et dans toutes nos vies. »

« Mais ce serait comme souhaiter que le monde devienne le paradis », remarqua Priscilla.

« Seulement comme une partie du paradis. Dans les autres, il y aurait l'été et l'automne... oui, et même un peu d'hiver aussi. Je crois que j'aimerais voir des champs de neige étincelante et des gelées blanches quelquefois au paradis. Pas toi, Jane ? »

« Je... je ne sais pas », répondit-elle, mal à l'aise.

Jane était une bonne fille ; elle fréquentait régulièrement l'église, s'efforçait consciencieusement de se montrer
à la hauteur de sa profession et croyait tout ce qu'on lui
avait enseigné. Mais elle ne s'était jamais arrêtée à réfléchir sur le ciel.

« Minnie May m'a demandé l'autre jour si nous porte-
rions nos plus jolies robes tous les jours au ciel », se souvint
Diana en riant.

« Et tu lui as répondu que oui ? » demanda Anne.

« Grand Dieu, non ! Je lui ai dit que nous ne pense-
rions jamais à ces futilités. »

« Oh ! je crois que nous y penserons... un peu »,
affirma Anne avec conviction. « Nous disposerons de
beaucoup de temps pour cela pendant l'éternité, sans pour
autant négliger les sujets les plus importants. Je crois que
nous porterons toutes des robes magnifiques – c'est-à-dire
que *vêtements* serait sans doute un terme plus juste. Je
voudrais pour commencer porter du rose pendant quelques
siècles – je ne m'en fatiguerais pas avant, j'en suis certaine.
J'aime tant le rose, et je ne pourrai jamais en porter dans
ce monde-ci. »

Après les épinettes, le sentier descendait dans une
clairière ensoleillée où un pont de bois enjambait un
ruisseau ; un peu plus loin resplendissait un bosquet de
bouleaux où l'air faisait penser à un vin doré et trans-
parent, les feuilles étaient fraîches et vertes et le sol, une
mosaïque sur laquelle tremblaient les rayons du soleil. On
découvrait ensuite d'autres cerisiers sauvages, puis un
vallon rempli de sapins souples et enfin une colline si
escarpée qu'elles s'essoufflèrent à la grimper ; mais lorsqu'elles atteignirent le sommet, la plus jolie surprise de
toutes s'offrit à elles.

Devant elles s'étalaient les « champs arrière » des
fermes qui montaient jusqu'à la route de Carmody en
haut. Juste avant, cerné par des hêtres et des sapins mais
ouvert au sud, un petit coin recelait un jardin – ou ce qui

avait déjà été un jardin. Il était entouré d'un fossé de pierres en ruine, recouvert de mousse et d'herbe. Le long du côté est s'étendait une haie de cerisiers de jardin, blanche comme une congère. On voyait encore les traces d'anciens sentiers et une double rangée de rosiers traversait le centre; mais tout le reste de l'espace était envahi de narcisses jaunes et blancs qui oscillaient très légèrement, très élégamment, dans les luxuriantes herbes vertes.

« Oh! comme c'est ravissant! » s'écrièrent trois des jeunes filles tandis qu'Arme contemplait fixement la scène dans un éloquent silence.

« Comment est-ce possible qu'un jardin ait déjà été cultivé ici? » s'interrogea Priscilla, stupéfaite.

« Ce devait être le jardin de Hester Gray », répondit Diana. « Maman m'en avait déjà parlé mais je ne l'avais jamais vu auparavant, et j'ignorais qu'il existait toujours. Tu connais l'histoire, Anne? »

« Non, pourtant ce nom me semble familier. »

« Oh! Tu as dû le voir au cimetière. Elle y est enterrée dans le coin des peupliers. Tu connais la petite pierre brune sur laquelle sont gravées des barrières ouvertes et l'inscription "Bénie soit la mémoire de Hester Gray, âgée de vingt-deux ans". Jordan Gray est enterré à sa droite, mais son emplacement ne porte pas de pierre tombale. Cela m'étonne que Marilla ne t'ait jamais raconté cette histoire. C'est arrivé il y a certainement trente ans, mais personne ne l'a jamais oublié. »

« Eh bien, s'il existe une histoire, nous devons l'entendre », décida Anne. « Asseyons-nous ici au milieu des narcisses pour écouter Diana nous la raconter. Regardez, les filles, il y en a des centaines, ils ont tout envahi. On dirait que le jardin est recouvert d'un tapis où s'entremêlent des rayons de lune et de soleil. C'est une découverte qui en valait la peine. Quand je pense que j'ai vécu pendant six ans à moins d'un mille de cet endroit sans l'avoir jamais vu! Vas-y, Diana. »

« Il y a très longtemps », commença celle-ci, « cette
ferme appartenait au vieux M. David Gray. Il n'y habitait
pas, il habitait là où vit maintenant Silas Sloane. Son fils
Jordan se rendit un hiver à Boston pour travailler. Pendant son séjour là-bas, il devint amoureux d'une jeune fille
nommée Hester Murray. Elle travaillait dans un magasin,
mais elle détestait ce travail. Elle avait grandi à la campagne et avait toujours désiré y retourner. Lorsque Jordan
la demanda en mariage, elle répondit qu'elle consentirait à
l'épouser s'il l'emmenait loin, dans un endroit tranquille
où elle ne verrait rien d'autre que des champs et des
arbres. C'est comme ça qu'ils sont venus à Avonlea. Selon
Mme Lynde, il avait pris un risque terrible en épousant une
Américaine, et c'est vrai que Hester était très délicate et
tenait très mal la maison; mais maman dit qu'elle était
ravissante et gentille et que Jordan vénérait jusqu'au sol
qu'elle foulait. M. Gray donna donc cette ferme à son fils,
construisit une maisonnette et Hester et Jordan y vécurent
quatre ans. Elle ne sortait pour ainsi dire jamais et presque
personne ne venait la voir, sauf maman et Mme Lynde.
Jordan lui aménagea ce jardin; elle en raffolait et y passait
la plus grande partie de son temps. Elle ne savait peut-être
pas bien s'occuper d'une maison, mais elle avait le don
avec les fleurs. Puis, elle tomba malade. Maman croit
qu'elle souffrait déjà de la tuberculose avant d'arriver ici.
Elle ne s'en releva jamais vraiment mais s'affaiblit de jour
en jour. Jordan ne laissait personne prendre soin d'elle. Il
faisait tout lui-même et maman se souvient qu'il y mettait
autant de tendresse et de douceur qu'une femme. Il
l'enveloppait tous les jours dans un châle et la portait dans
le jardin où, plutôt heureuse, elle s'allongeait sur un banc.
On raconte qu'elle avait coutume de faire s'agenouiller
Jordan près d'elle matin et soir pour prier qu'elle meure
dans ce jardin, lorsque le temps serait venu. Sa prière fut
exaucée. Un jour, Jordan la porta sur le banc, ensuite il
cueillit toutes les roses qui avaient éclos pour en couvrir

son corps; elle lui sourit alors... puis ferma les yeux... et », conclut doucement Diana, « ce fut la fin. »

« Oh, quelle histoire émouvante », soupira Anne en essuyant ses larmes.

« Qu'est devenu Jordan ? » demanda Priscilla.

« Il vendit la ferme après la mort de Hester et retourna à Boston. M. Jabez Sloane l'acheta et tira la petite maison jusqu'à la route. Jordan mourut dix ans plus tard ; on rapporta son corps ici et il fut enterré à côté de Hester. »

« Je ne peux pas comprendre comment elle pouvait avoir désiré vivre dans ce coin retiré, loin de tout », remarqua Jane.

« Oh ! cela, je peux facilement le comprendre », répondit pensivement Anne. « Moi, je ne le voudrais pas d'une façon définitive parce que, tout en aimant les champs et les forêts, j'aime aussi la compagnie des gens. Mais je peux le comprendre dans le cas de Hester. Elle était lasse à mourir des bruits d'une grande ville et des multitudes de gens qui ne faisaient qu'aller et venir sans jamais lui porter aucune attention. Elle désirait simplement s'échapper de tout cela pour trouver un endroit calme, serein et rempli de verdure où elle pourrait se reposer. Et son rêve se réalisa, ce qui n'est le cas que pour très peu de gens, à mon avis. Comme elle a connu quatre belles années avant de mourir – quatre années de bonheur parfait –, je pense qu'elle est davantage à envier qu'à plaindre. Et puis fermer les yeux et s'endormir parmi les roses, accompagnée du sourire de celui qu'on aime le plus sur terre... quelle image attendrissante ! »

« C'est elle qui a planté ces cerisiers », reprit Diana. « Elle a confié à maman qu'elle ne vivrait pas assez longtemps pour goûter leurs fruits, mais qu'elle voulait penser qu'une chose plantée par elle continuerait à vivre et à embellir le monde après sa mort. »

« Je suis vraiment heureuse d'être venue par ici », s'écria Anne, les yeux brillants. « J'avais choisi ce jour pour mon anniversaire, vous savez, et j'ai reçu ce jardin et son histoire en cadeau. Ta mère t'a-t-elle déjà décrit Hester, Diana ? »

« Non… je sais seulement qu'elle était jolie. »

« Cela me fait plutôt plaisir, parce que je peux me l'imaginer sans être entravée par la réalité. Je crois qu'elle devait être mince et délicate, avec des cheveux foncés bouclés et de grands yeux bruns, empreints de gentillesse et de timidité, et un petit visage mélancolique et pâle. »

Les jeunes filles laissèrent leurs paniers dans le jardin de Hester et passèrent le reste de l'après-midi à se promener dans la forêt et les champs qui l'entouraient et à découvrir une foule de recoins et de sentiers tous plus charmants les uns que les autres. Quand la faim se fit sentir, elles pique-niquèrent dans l'endroit le plus ravissant – sur la rive d'un ruisseau gazouillant où des bouleaux blancs avaient poussé parmi les hautes herbes duveteuses. Elles s'assirent près des racines pour faire honneur aux bonnes choses qu'Anne avait apportées, et même les prosaïques sandwiches furent grandement appréciés par ces appétits robustes et sains aiguisés par tout ce plein air et ces exercices. Anne avait apporté des verres et de la limonade pour ses invitées mais elle préféra, pour sa part, boire l'eau fraîche du ruisseau dans une tasse fabriquée dans de l'écorce de bouleau. La tasse coulait et l'eau goûtait la terre, comme c'est souvent le cas au printemps ; mais pour Anne, cela convenait mieux à l'occasion que la limonade.

« Regardez, voyez-vous ce poème ? » s'écria-t-elle soudain, en pointant du doigt.

« Où ? »

Jane et Diana cherchaient des yeux, comme si elles s'attendaient à voir des rimes runiques gravées dans les branches des bouleaux.

« Là, dans le ruisseau, ce vieux billot vert et moussu sur lequel l'eau rejaillit en rides douces qui ressemblent à des cheveux peignés, et l'unique rayon de soleil qui le traverse, très loin dans l'eau. Oh ! je n'ai jamais vu de plus beau poème. »

«Je dirais plutôt que c'est une image», remarqua Jane. «Un poème est constitué de rimes et de vers.»

«Grand Dieu! non!» fit Anne en secouant ses boucles ébouriffées, couleur de cerises sauvages. «Les rimes et les vers ne sont que les ornements extérieurs du poème, tout comme les volants et les dentelles ne sont pas toi, Jane. Le véritable poème est dans l'âme qui l'habite – et le plus beau est l'âme d'un poème qui n'est pas encore écrit. Ce n'est pas tous les jours qu'on peut voir une âme, même l'âme d'un poème.»

«Je me demande à quoi ressemble une âme – l'âme d'une personne», prononça Priscilla d'un ton rêveur.

«À cela, je pense», répondit Anne en indiquant du doigt un éclat de soleil tamisé passant à travers une branche de bouleau. «Mais avec une forme et des traits, évidemment. J'aime imaginer que les âmes sont faites de lumière. Certaines sont marbrées de taches et de frémissements rosâtres... d'autres ont un doux rayonnement comme un clair de lune sur la mer... et d'autres encore sont pâles et transparentes comme la brume à l'aurore.»

«J'ai lu quelque part que les âmes sont comme des fleurs», dit Priscilla.

«Alors ton âme est un narcisse doré», affirma Anne, «et celle de Diana est une rose très très rouge. Celle de Jane est une fleur de pommier, rose et saine et sucrée.»

«Et la tienne est une violette blanche dont le cœur est strié de veines mauves», termina Priscilla.

Jane chuchota à Diana qu'elle n'arrivait vraiment pas à saisir le sens de leurs paroles. Et elle?

Les jeunes filles revinrent à la maison dans la lumière dorée d'un calme coucher de soleil, leurs paniers remplis de narcisses provenant du jardin de Hester; Anne irait au cimetière, le lendemain, en fleurir sa tombe. Des rouges-gorges sifflaient dans les sapins et des grenouilles coassaient dans les marécages. Tous les creux entre les collines débordaient d'une lumière de topaze et d'émeraude.

«Eh bien, nous nous sommes bien amusées, après

tout », constata Diana qui semblait en être presque étonnée.

« Ce fut une journée réellement magnifique », ajouta Priscilla.

« Moi, j'aime vraiment beaucoup la forêt », conclut Jane.

Anne restait silencieuse. Elle regardait loin vers l'ouest en songeant à la petite Hester Gray.

14

Un malheur évité

En revenant du bureau de poste un vendredi soir, Anne fut rejointe par Mme Lynde qui, comme d'habitude, portait sur ses épaules tous les fardeaux de l'Église et de l'État.

« J'étais allée chez Timothy Cotton demander à Alice Louise de venir m'aider pendant quelques jours », racontat-elle. « Elle est venue la semaine dernière et même si elle travaille très lentement, c'est encore mieux que de n'avoir personne. Mais elle est malade et ne peut bouger. Timothy reste assis là, lui aussi, à tousser et à se lamenter. Il agonise depuis dix ans et je crois bien qu'il en a encore pour au moins dix autres années. Les gens comme lui n'arrivent même pas à mourir pour de bon – ils n'ont pas l'énergie nécessaire pour se cramponner à quelque chose, même à la maladie, assez longtemps pour en finir. Toute cette famille est terriblement apathique et Dieu seul sait ce qui les attend. »

Mme Lynde soupira comme si elle doutait que la Providence elle-même en ait eu la moindre idée.

« Marilla est allée consulter le spécialiste pour ses yeux mardi dernier, n'est-ce pas ? Quel a été le diagnostic ? » continua-t-elle.

« Il était très satisfait », répondit Anne avec optimisme. « Selon lui, il y a une grande amélioration et elle ne court plus aucun danger de perdre complètement la vue. Mais il dit qu'elle ne sera plus capable de lire

beaucoup ni de faire un travail d'aiguille précis. Et où en
êtes-vous dans vos préparatifs pour le bazar ? »

La Société d'aide des dames préparait une foire et un
souper et Mme Lynde était à la tête de l'entreprise.

« Ça avance... et cela me rappelle quelque chose.
Mme Allan aimerait qu'on organise un kiosque ressemblant
à une cuisine traditionnelle où nous servirions un souper
de fèves au lard, beignes, tartes et ainsi de suite. Nous
avons commencé à ramasser des antiquités un peu partout.
Mme Simon Fletcher a accepté de nous prêter les tapis
nattés de sa mère et Mme Levi Boulter, quelques anciennes
chaises, et la vieille Mary Shaw, son vaisselier avec des
portes vitrées. Marilla nous laissera bien utiliser ses chan-
deliers en bronze ? Et nous voulons aussi toute la vaisselle
antique possible. Mme Allan est particulièrement intéressée
par un authentique plateau bleu à motif chinois si nous
pouvions en dénicher un. Mais personne ne semble en
posséder. Sais-tu où nous pourrions nous en procurer un ? »

« Mlle Josephine Barry en a un. Je lui écrirai pour lui
demander de nous le prêter pour l'occasion », répondit
Anne.

« Le plus tôt sera le mieux. Ce souper doit avoir lieu
dans une quinzaine de jours. Le vieux Abe Andrews prédit
de la pluie et des orages pour cette époque ; nous pouvons
donc être à peu près assurés d'avoir du beau temps. »

Est-ce utile de mentionner que, nul n'étant prophète
en son pays, celui qu'on surnommait le « vieux Abe » était
un sujet de plaisanteries continuelles, surtout que ses
pronostics ne se réalisaient que très rarement. M. Elisha
Wright, qui se prenait pour l'esprit fin de la localité, avait
coutume de dire qu'aucun habitant d'Avonlea n'avait
jamais songé à consulter les journaux de Charlottetown
pour connaître les prévisions atmosphériques. Non ; il
suffisait de demander au vieux Abe quel temps il ferait le
lendemain et d'attendre le contraire. Sans se laisser
démonter, ce dernier continuait pourtant à faire ses
prophéties.

«Nous voulons que la foire soit terminée avant la période des élections», poursuivit Mme Lynde, «parce qu'ainsi les candidats viendront sûrement y dépenser beaucoup d'argent. Les conservateurs reçoivent des pots-de-vin à droite et à gauche, nous leur donnerons donc la chance de dépenser honnêtement leur argent pour une fois.»

Anne se tut, même si, par loyauté envers la mémoire de Matthew, elle était une conservatrice enthousiaste. Mais elle avait mieux à faire que d'entreprendre une discussion politique avec Mme Lynde.

Elle rapportait à Marilla une lettre portant le cachet postal d'une ville de Colombie-Britannique.

«C'est sans doute de la part de l'oncle des enfants», annonça-t-elle avec empressement en arrivant à la maison. «Oh! Marilla, je me demande ce qu'il dit à leur sujet.»

«Pour le savoir, le mieux est encore d'ouvrir la lettre et de la lire», répliqua Marilla d'un ton cassant.

Un observateur attentif aurait pu remarquer qu'elle aussi se sentait nerveuse, mais elle aurait préféré mourir que de le montrer.

Anne déchira l'enveloppe et en parcourut le contenu écrit d'une façon plutôt négligée et brouillonne.

«Il prétend qu'il ne peut se charger des enfants ce printemps: il a été malade presque tout l'hiver et son mariage est reporté. Il demande si nous pouvons les garder jusqu'à l'automne et il essaiera de les prendre à ce moment-là. Nous le pouvons, n'est-ce pas, Marilla?»

«Je ne vois pas ce que nous pourrions faire d'autre», constata Marilla d'un air mécontent, bien qu'elle se sentît secrètement soulagée. «De toute façon, ils sont beaucoup moins turbulents – à moins que nous ne nous y soyons habituées. Davy s'est beaucoup amélioré.»

«Il a certainement de meilleures *manières*», concéda prudemment Anne, comme si elle n'était pas prête à en affirmer autant à propos de sa moralité.

Quand Anne était revenue de l'école le soir précédent, les enfants étaient seuls à la maison car Marilla

s'était rendue à une réunion de la Société d'aide. Elle
trouva Dora endormie sur le sofa de la cuisine et Davy
dans le placard du salon, en train d'avaler d'un air parfaitement béat le contenu d'un pot des fameuses conserves de
prunes jaunes de Marilla, les «confitures de la visite»,
comme Davy les avait surnommées et auxquelles il lui
avait été formellement interdit de toucher. Il prit un air
très coupable lorsque Anne se précipita sur lui et le tira
brusquement hors du placard.

«Davy Keith, tu ne sais donc pas que c'est très mal de
ta part d'être en train de manger ces confitures lorsqu'on
t'a défendu de toucher à quoi que ce soit dans ce
placard?»

«Oui, j'savais que c'était mal», admit-il, mal à l'aise,
«mais c'est drôlement bon, des prunes dans le sirop,
Anne. J'ai seulement jeté un coup d'œil et ça m'a tellement mis l'eau à la bouche que j'ai pensé que j'pourrais y
goûter juste un petit peu. J'ai mis mon doigt dans le pot» –
Anne poussa un grognement – «et je l'ai bien léché. Et
c'était tellement meilleur que je l'avais imaginé que j'ai
pris une cuiller et j'l'ai plongée dedans.»

Anne lui fit un discours si éloquent sur le péché de
voler la confiture de prunes que Davy fut pris de remords
et promit, en l'embrassant d'un air contrit, de ne jamais
recommencer.

«De toute façon, il y aura plein de confitures dans le
ciel, c'est au moins ça», déclara-t-il avec suffisance.

Anne réprima un sourire.

«C'est possible... si nous le voulons. Mais qu'est-ce
qui te fait croire cela?»

«Eh bien, c'est pas écrit dans le catéchisme?»

«Oh! non, il n'y a rien de tel dans le catéchisme,
Davy.»

«Mais j'te dis que oui», insista-t-il. «C'était dans la
question que Marilla m'a enseignée dimanche dernier.
"Pourquoi devons-nous aimer Dieu?" La réponse était:
"Parce qu'Il nous préserve, et qu'Il nous rachète."»

Préserver, c'est comme faire des conserves, non? C'est juste une façon plus convenable de le dire. »

« J'ai besoin d'un verre d'eau », répondit précipitamment Anne.

À son retour, il ne lui fut pas facile de faire comprendre à Davy que la *préservation* dont il était question dans le catéchisme n'était pas celle des aliments.

« J'pensais bien, aussi, que c'était trop beau pour être vrai », admit-il enfin avec un soupir déçu. « Et puis, j'me demandais quand Il trouverait le temps de faire des confitures si toute l'éternité est comme un dimanche, comme c'est dit dans l'hymne. J'crois que j'ai pas envie d'aller au paradis. Est-ce qu'il y aura aussi des samedis au ciel, Anne? »

« Bien sûr que oui, et tous les autres jours aussi. Et au paradis, chaque jour sera plus beau que le précédent, Davy », l'assura Anne, plutôt contente que Marilla ne soit pas là pour l'entendre car elle aurait été choquée.

Il va sans dire que Marilla inculquait aux jumeaux les préceptes théologiques traditionnels et décourageait toutes les spéculations fantaisistes à ce sujet. Davy et Dora apprenaient une hymne, une question de catéchisme et deux versets de la Bible chaque dimanche. Dora étudiait humblement et récitait comme une petite machine, avec peut-être autant de compréhension et d'intérêt que si elle en était une. Davy, au contraire, manifestait une curiosité inlassable et posait fréquemment des questions qui faisaient trembler Marilla pour sa foi.

« Chester Sloane dit qu'on fera jamais rien dans le ciel à part se promener dans des robes blanches et jouer de la harpe; et il dit qu'il espère ne pas y aller avant longtemps parce qu'il pense que peut-être il aimera mieux ça lorsqu'il sera vieux. Et il pense que ce sera horrible de porter des robes et j'suis de son avis. Pourquoi les anges hommes ne peuvent-ils pas porter des pantalons, Anne? Chester Sloane s'intéresse à ces choses car il doit devenir pasteur. Il *est obligé* parce que sa grand-mère a laissé de l'argent pour ses études et il ne pourra pas le toucher à moins de devenir pasteur. Elle pensait que c'est si "spectable", pour une famille, de compter un pasteur. Chester dit que ça lui est égal – bien qu'il préfère être forgeron –, mais il veut s'amuser le plus possible avant parce qu'il ne s'attend pas à avoir beaucoup de plaisir après. Moi, je deviendrai pas un pasteur. J'aurai un magasin, comme M. Blair, avec plein de bonbons et de bananes. Mais j'pense que j'aimerais bien aller dans ta sorte de paradis si on me laisse jouer de l'harmonica plutôt que de la harpe. Crois-tu que j'pourrais?»

«Oui, je crois que ce sera possible si tu le désires», fut tout ce qu'Anne osa répondre.

La S.A.V.A. se réunit chez M. Harmon Andrews ce soir-là; on avait demandé que tout le monde soit présent car on devait discuter des points importants. La santé de la S.A.V.A. était florissante et la Société avait déjà accompli des merveilles. Au début du printemps, M. Major Spencer avait tenu sa promesse et il avait arraché les souches, restauré la route en face de sa ferme et y avait semé du gazon. Une douzaine de voisins, les uns déterminés à ne pas se laisser devancer par un Spencer et les autres harcelés par les améliorateurs, avaient suivi son exemple. À présent, on pouvait voir de longues bandes de gazon soyeux là où ne poussaient auparavant que d'affreuses broussailles. Les devants des fermes qui n'avaient pas été embellis faisaient tellement pitié, en comparaison, que leurs propriétaires, secrètement honteux, réfléchissaient à ce qu'ils entreprendraient le printemps prochain. On avait également déblayé et ensemencé le triangle de terre au carrefour et le parterre de géraniums d'Anne, protégé des vaches effrontées, fleurissait au milieu.

En somme, les améliorateurs avaient l'impression de progresser à pas de géant, même si M. Levi Boulter, qu'un comité trié sur le volet avait approché avec tact au sujet de sa vieille maison sur sa ferme d'en haut, leur avait déclaré carrément qu'il n'y toucherait pas.

Ils prévoyaient, lors de cette réunion spéciale, adresser une pétition aux commissaires scolaires pour les prier humblement d'installer une clôture autour de la cour d'école ; on devait aussi examiner le projet de planter quelques arbres ornementaux près de l'église, si les fonds de la Société le permettaient, car, comme le disait Anne, il était inutile d'entreprendre une autre souscription tant que la salle resterait bleue. Les membres étaient rassemblés dans le salon des Andrews et Jane était sur le point de proposer la désignation d'un comité devant s'informer du prix de ces arbres, quand Gertie Pye fit irruption dans la pièce, poudrée et pomponnée jusqu'au bout des ongles. Gertie avait coutume d'être en retard – « pour se faire remarquer davantage », insinuaient les mauvaises langues. Cette fois-là, son entrée fut vraiment spectaculaire, car elle s'arrêta dramatiquement au milieu du plancher, leva les mains, roula les yeux en s'écriant :

« Je viens d'apprendre une chose tout à fait épouvantable. Croyez-le ou non, Judson Parker va louer toute la clôture qui sépare sa ferme de la route à une compagnie de médicaments pour qu'elle y peigne des annonces publicitaires. »

Pour la première fois de sa vie, Gertie Pye produisit tout l'effet escompté. Elle en aurait difficilement produit davantage même en jetant une bombe au milieu de cette assemblée sûre d'elle-même.

« C'est impossible », murmura Anne, déconcertée.

« C'est exactement ce que j'ai dit en entendant la nouvelle », reprit Gertie qui jouissait prodigieusement de la situation. « J'ai dit que c'était impossible... que Judson Parker n'oserait jamais faire ça, n'est-ce pas ? Mais papa me l'a confirmé après avoir rencontré Judson cet après-midi et l'avoir interrogé. Sa ferme fait face à la route de Newbridge. Imaginez comme ce sera horrible d'y voir des annonces de pilules et de bandages, n'est-ce pas ? »

Les améliorateurs pouvaient imaginer cela, et trop bien. Même le moins doté d'imagination parmi eux pouvait se figurer l'effet grotesque que prendrait un demi-mille de clôture de planches ainsi décorée. Les suggestions concernant les terrains de l'église et de l'école perdirent toute importance devant ce nouveau danger. On oublia toutes les procédures et Anne abandonna l'espoir de dresser le procès-verbal de la discussion. Tout le monde parlait en même temps et le tumulte était effrayant.

« Je vous en prie, restons calmes », implora-t-elle, tout en étant la plus excitée de tous, « et essayons de trouver un moyen de l'en empêcher. »

« Je ne vois pas ce que tu peux faire », s'écria Jane d'un ton acerbe. « Nous connaissons tous Judson Parker. Il est prêt à tout pour de l'argent. Il n'a pas une once de civisme ni aucun sens esthétique. »

L'avenir s'annonçait sous un jour assez défavorable. Judson Parker et sa sœur étant les seuls Parker d'Avonlea, aucune influence ne pouvait être exercée par le biais de relations familiales. Martha Parker était une dame d'un certain âge qui désapprouvait les jeunes gens en général et les améliorateurs en particulier. Judson était un homme jovial, aux manières onctueuses, d'un naturel si gentil et affable qu'on pouvait s'étonner qu'il compte si peu d'amis. Il avait peut-être eu le meilleur dans trop de transactions financières – ce qui n'a pas l'habitude de rendre très populaire. Il avait la réputation d'être malin et, selon l'opinion générale, il n'avait pas beaucoup de principes.

« Si Judson Parker a la possibilité de "gagner honnêtement son pain", comme il le dit lui-même, il ne laissera pas passer l'occasion », déclara Fred Wright.

« Personne ne peut donc l'influencer ? » demanda désespérément Anne.

« Il fréquente Louisa Spencer de White Sands », suggéra Carrie Sloane. « Elle pourrait peut-être le convaincre de ne pas louer ses clôtures. »

« Sûrement pas elle », répondit catégoriquement Gilbert. « Je la connais bien. Elle ne croit qu'à l'argent et les sociétés d'amélioration de village ne l'intéressent pas.

Elle serait plutôt du type à presser Judson d'accepter qu'à le dissuader. »

« Il ne nous reste plus qu'à désigner un comité qui ira faire pression sur lui », conclut Julia Bell, « et il faut envoyer des filles, car il se montrera à peine aimable avec des garçons. Mais inutile de me désigner, je n'irai pas. »

« Le mieux est encore de déléguer Anne toute seule », proposa Oliver Sloane. « Si quelqu'un peut parler à Judson, c'est bien elle. »

Anne protesta. Elle acceptait d'y aller et de parler ; mais elle avait besoin de « soutien moral ». Diana et Jane furent donc nommées pour le lui apporter et la réunion s'acheva là, les améliorateurs se dispersant en bourdonnant d'indignation comme des abeilles en colère. Anne se sentait si angoissée qu'elle ne put s'endormir avant l'aube et elle rêva alors que les commissaires avaient entouré l'école d'une clôture sur laquelle étaient peints les mots « Faites l'essai des pilules mauves ».

Le comité se présenta chez Judson Parker l'après-midi suivant. Anne plaida avec éloquence contre son projet abominable et Jane et Diana lui fournirent vaillamment le soutien moral nécessaire. Judson se montra onctueux, suave, flatteur ; il leur fit plusieurs compliments très gentils ; se déclara vraiment navré d'opposer un refus à de si charmantes jeunes filles... mais les affaires étant les affaires, il ne pouvait se permettre de laisser les sentiments triompher en ces temps difficiles.

« Mais voici ce que je vais faire », dit-il avec un éclair dans ses grands yeux pâles. « J'exigerai de l'agent qu'il n'utilise que de jolies couleurs attrayantes, le rouge et le jaune, par exemple. Je lui demanderai de ne pas peindre les annonces en bleu, sous aucun prétexte. »

Vaincu, le comité se retira, en proie à des pensées qu'il n'est pas permis de rapporter ici.

« Nous avons fait tout ce qui était possible ; il ne nous reste plus qu'à nous en remettre à la Providence », soupira

Jane, imitant inconsciemment le ton et les manières de
Mme Lynde.

« Je me demande si M. Allan pourrait faire quelque
chose », suggéra Diana.

Anne secoua la tête.

« Non, inutile de déranger M. Allan, surtout maintenant que son bébé est si malade. Judson lui glissera entre
les mains aussi facilement qu'il a glissé entre les nôtres,
même s'il vient de commencer à fréquenter l'église. C'est
simplement parce que le père de Louisa Spencer est
marguillier et qu'il n'entend pas à rire à ce sujet. »

« Judson Parker est le seul habitant d'Avonlea qui ait
jamais rêvé de louer ses clôtures », s'indigna Jane. « Même
Levi Boulter ou Lorenzo White ne s'abaisseraient jamais à
cela, tout radins qu'ils soient. Ils respectent trop l'opinion
publique. »

Et, les faits connus, l'opinion publique se prononça
certainement contre Judson Parker, mais cela ne changea
pas grand-chose puisque celui-ci s'en moqua et la défia.
Les améliorateurs commençaient à tenter de se réconcilier
avec la perspective de voir la plus jolie partie de la route
de Newbridge défigurée par des panneaux publicitaires
quand Anne fit un coup de maître. À la réunion suivante,
lorsque le président demanda les rapports des comités, elle
se leva et annonça posément que M. Judson Parker lui
avait demandé de transmettre à la Société qu'il ne louerait
pas ses clôtures à la compagnie de médicaments.

Jane et Diana se regardèrent : elles n'en croyaient pas
leurs oreilles. La procédure, strictement observée à la
S.A.V.A., leur interdisait de satisfaire leur curiosité à
l'instant même, mais après l'ajournement de l'assemblée,
Anne fut bombardée de questions. Elle n'avait aucune
explication à fournir. Elle avait rencontré Judson Parker
sur la route la veille au soir et il lui avait fait part de sa
décision de se plier au désir de la S.A.V.A., qui avait un
préjugé particulier contre les annonces de médicaments
brevetés. Elle n'avait rien à ajouter, ni à ce moment-là ni

plus tard, et elle disait la pure vérité; mais Jane Andrews la disait aussi quand, sur le chemin du retour, elle confia à Oliver Sloane sa conviction que la mystérieuse volte-face de Judson Parker cachait quelque chose et qu'Anne n'avait pas tout révélé.

Le soir précédent, cette dernière avait rendu visite à la vieille Mme Irving; elle avait emprunté, pour revenir chez elle, un raccourci qui l'avait d'abord conduite aux terres basses de la plage, puis elle avait traversé un bosquet de bouleaux en bas de la ferme de Robert Dickson, en passant par un sentier qui allait jusqu'à la route principale juste avant le Lac aux miroirs – que les gens dénués d'imagination appelaient l'étang des Barry.

Deux hommes étaient assis dans leurs bogheis, arrêtés au bord de la route, à l'entrée du sentier. Judson Parker était l'un des deux; l'autre était Jerry Corcoran, un habitant de Newbridge contre qui, comme Mme Lynde vous l'aurait appris en insistant avec éloquence, rien de louche n'avait jamais été *prouvé*. Agent agricole, il jouait un rôle de premier plan en politique. Il trempait un doigt – certains diraient la main entière – dans tous les gâteaux politiques qui étaient mis à cuire; et comme on était à la veille des élections générales au Canada, Jerry Corcoran était très occupé depuis plusieurs semaines, parcourant le comté pour promouvoir les intérêts du candidat de son parti. Au moment où Anne surgissait des bosquets de bouleaux en surplomb, elle entendit la voix de ce Corcoran.

«Si vous votez pour Amesbury, Parker, eh bien, j'ai ici une note concernant la paire de herses que vous avez eues au printemps. Je suppose que vous n'auriez aucune objection à ce qu'on vous la rende, hein?»

«Bi...en, si c'est ainsi que vous voyez les choses», prononça Judson d'une voix traînante et en esquissant un sourire, «j'imagine que je le peux, moi aussi. Il faut s'occuper de ses intérêts en ces temps difficiles. »

Ils aperçurent tous deux Anne à ce moment-là et la conversation se termina brusquement. Anne s'inclina froidement et poursuivit son chemin, le menton un peu plus penché que d'habitude. Judson Parker ne tarda pas à la rejoindre.

« Voulez-vous monter, Anne ? » lui proposa-t-il cordialement.

« Non, merci », répondit-elle poliment, bien que sa voix exprimât une nuance de dédain agacé qui n'échappa pas à Judson Parker, tout insensible qu'il fût.

Il rougit et tira les rênes d'un coup sec ; mais une seconde plus tard, des considérations de prudence le firent s'arrêter. Mal à l'aise, il jeta un coup d'œil à Anne qui marchait d'un pas ferme, sans regarder ni à droite ni à gauche. Avait-elle entendu Corcoran lui proposer ce marché et lui-même l'accepter trop facilement ? Que le diable emporte Corcoran ! S'il ne pouvait pas utiliser un langage moins compromettant pour se faire comprendre, il finirait pas avoir des ennuis un de ces quatre jeudis. Et que le diable emporte ces maîtresses d'école aux cheveux roux qui surgissaient sans crier gare des bosquets de bouleaux où elles n'avaient rien à faire. Si Anne avait entendu, Judson Parker était convaincu qu'elle propagerait la nouvelle aux quatre vents, tout comme lui-même n'aurait pas hésité à le faire dans une situation analogue. Nous avons vu qu'il n'accordait pas une grande importance à l'opinion publique ; malgré tout, il serait malvenu qu'on sache qu'il avait accepté un pot-de-vin ; et si la rumeur arrivait aux oreilles d'Isaac Spencer, il pourrait dire adieu pour toujours à ses espoirs de conquérir Louisa Jane, future héritière d'un fermier bien nanti. Judson Parker savait que M. Spencer le regardait déjà de travers, et c'est pourquoi il ne pouvait se permettre le moindre risque.

« Hum... Anne, je voulais justement vous voir au sujet de cette affaire dont nous avons discuté l'autre jour. J'ai finalement décidé de ne pas louer mes clôtures à cette compagnie de médicaments. Il faut encourager une société qui a un idéal comme le vôtre. »

Anne se dérida à peine.

«Merci », répondit-elle.

«Et... et... je crois inutile de mentionner la petite conversation que j'ai eue avec Jerry. »

«Moi, je n'ai aucune intention de la mentionner en tout cas », le coupa-t-elle d'un ton glacial, car elle aurait préféré voir toutes les clôtures d'Avonlea couvertes d'annonces publicitaires plutôt que de s'abaisser à marchander avec un homme qui vendait son vote.

«C'est bien... c'est bien », approuva Judson, supposant qu'ils s'étaient merveilleusement compris. «Je ne pensais pas que vous bavarderiez. Bien entendu, je ne faisais que taquiner Jerry : il se croit si bon et si intelligent. Je n'ai pas l'intention de voter pour Amesbury. Je vais voter pour Grant, comme j'en ai l'habitude... vous le verrez après les élections. J'ai donné de faux espoirs à Jerry seulement pour voir s'il se compromettrait. Et il n'y a pas de problèmes en ce qui concerne la clôture; vous pouvez communiquer la nouvelle aux améliorateurs. »

«On dit souvent qu'il faut toutes sortes de gens pour faire un monde, mais je crois qu'il y en a dont on pourrait se passer », confia Anne à son reflet dans le miroir du pignon est ce soir-là. «Je n'aurais jamais révélé cette infamie à qui que ce soit de toute façon, alors j'ai la conscience en paix sur ce point. Je me demande qui ou quoi remercier. Je n'ai rien fait pour provoquer cette situation et j'ai peine à croire que les moyens utilisés par la Providence ressemblent aux louches tractations d'individus comme Judson Parker et Jerry Corcoran. »

15

Le début des vacances

C'était une soirée calme et dorée, le vent ronronnait dans les épinettes autour de la cour de récréation et les ombres s'étendaient, longues et paresseuses à l'orée de la forêt; Anne verrouilla la porte de l'école. Elle mit la clef dans sa poche en poussant un soupir de satisfaction. L'année scolaire était terminée, elle avait été réengagée pour l'année suivante et on s'était déclaré très satisfait de son travail – seul M. Harmon Andrews lui avait conseillé de fouetter les enfants plus souvent – et deux merveilleux mois de vacances bien méritées s'offraient à elle. Elle se sentait en paix avec le monde et avec elle-même en descendant la colline, un panier de fleurs à la main. Depuis qu'avaient fleuri les premières aubépines, Anne n'avait jamais manqué son pèlerinage hebdomadaire à la tombe de Matthew. Tout le monde à Avonlea, à l'exception de Marilla, avait déjà oublié le tranquille, effacé, timide Matthew Cuthbert; mais son souvenir vivait et vivrait sans cesse dans le cœur d'Anne. Elle se souviendrait toujours du vieil homme si bon qui avait été le premier à lui offrir l'amour et la sympathie qui lui avaient tant fait défaut dans son enfance.

Au pied de la colline, un petit garçon était assis sur la clôture à l'ombre des épinettes, un enfant aux grands yeux rêveurs et au beau visage empreint de sensibilité. Il sauta et rejoignit Anne en souriant; mais ses joues portaient encore des traces de larmes.

« J'ai pensé que je vous attendrais, mademoiselle Anne, parce que je savais que vous vous rendiez au cimetière », dit-il en glissant sa main dans la sienne. « J'y vais, moi aussi ; j'apporte ce bouquet de géraniums que grand-maman m'a demandé de déposer sur la tombe de grand-père Irving. Et regardez, je vais placer ce bouquet de roses blanches à côté de la tombe de grand-papa en mémoire de ma petite maman... parce que je ne peux pas aller fleurir la sienne. Mais elle comprendra que c'est la même chose, n'est-ce pas ? »

« Je suis sûre que oui, Paul. »

« Vous voyez, mademoiselle Anne, il y a trois ans aujourd'hui que ma petite maman est morte. C'est beaucoup de temps, et pourtant je souffre et je m'ennuie toujours autant. J'ai parfois l'impression que je ne peux pas le supporter, tellement ça me fait mal. »

La voix de Paul s'altéra et sa lèvre trembla. Il baissa la tête dans son bouquet en espérant que son institutrice n'avait pas remarqué les larmes dans ses yeux.

« Et même là », murmura doucement Anne, « tu ne voudrais pas cesser de souffrir... tu ne voudrais pas oublier ta maman, même si tu le pouvais, n'est-ce pas ? »

« Non, c'est vrai, c'est bien ce que je ressens. Vous comprenez si bien, mademoiselle Anne. Personne ne comprend les choses comme vous – même pas grand-maman, qui me traite pourtant avec tant de bonté. Papa comprenait assez bien, mais je ne pouvais pas beaucoup parler de maman avec lui parce que ça le faisait trop souffrir. Quand il mettait ses mains sur son visage, je savais toujours qu'il fallait arrêter de parler. Pauvre papa, il doit s'ennuyer terriblement sans moi ; mais vous voyez, il n'a qu'une femme de ménage et il pense que les femmes de ménage ne conviennent pas pour élever les petits garçons, surtout qu'il s'absente souvent de la maison pour son travail. Les grands-mères sont préférables, elles viennent tout de suite après les mères. Un jour, quand je serai grand, je retournerai chez mon père et nous ne serons plus jamais séparés. »

Paul avait tant parlé à Anne de son père et de sa mère qu'elle avait l'impression de les connaître. À son avis, il devait beaucoup ressembler à sa mère, par son caractère et ses dispositions; et elle avait l'intuition que Stephen Irving devait être un homme plutôt réservé avec une nature profonde et tendre qu'il prenait scrupuleusement soin de ne dévoiler à personne.

« Il n'est pas facile de se lier avec papa », lui avait confié Paul un jour. « Je n'ai vraiment réussi à le connaître qu'après la mort de ma petite maman. Mais c'est un homme merveilleux quand on arrive à le connaître. C'est lui que j'aime le plus au monde, ensuite c'est grand-maman, puis vous, mademoiselle Anne. Je vous placerais en deuxième si ce n'était pas mon devoir de préférer grand-maman qui se donne tant de mal pour moi. Vous savez, Anne, j'aimerais bien laisser la lampe allumée dans ma chambre jusqu'à ce que je m'endorme. Grand-maman l'enlève aussitôt après m'avoir bordé parce qu'elle dit que je ne dois pas être un peureux. Ce n'est pas que j'aie peur, mais je préférerais la lampe. Ma petite maman avait coutume de s'asseoir près de moi et de tenir ma main jusqu'à ce que je sois endormi. Elle m'a peut-être gâté. Les mamans sont comme ça, parfois, vous savez. »

Non, Anne ne le savait pas, même si elle pouvait l'imaginer. Cela la rendait toujours triste de songer à sa propre « petite maman », cette mère qu'elle avait imaginée si « parfaitement belle » et qui était morte depuis si longtemps, enterrée à côté de son jeune mari, si loin que personne n'allait jamais se recueillir sur sa tombe. Anne ne pouvait se rappeler sa mère, et pour cela elle enviait presque Paul.

« C'est mon anniversaire la semaine prochaine », annonça celui-ci pendant qu'ils gravissaient la colline rouge se dorant dans le soleil de juin, « et papa m'a écrit qu'il m'envoyait un cadeau qui, à son avis, me plairait plus que tout au monde. Je pense que c'est déjà arrivé parce que grand-maman a fermé à clef le tiroir de la bibliothèque, et c'est inhabituel. Quand je lui ai demandé pourquoi, elle a simplement répondu d'un air mystérieux que la curiosité était un vilain défaut. C'est très excitant, un anniversaire, non ? J'aurai onze ans. On ne le croirait pas quand on me voit, n'est-ce pas ? Grand-maman dit que je suis très petit pour mon âge parce que je ne mange pas assez de gruau. Je fais de mon mieux, mais grand-maman me sert des portions tellement généreuses – il n'y a rien de mesquin en elle, je peux vous l'affirmer. Depuis notre conversation au sujet de la prière – vous savez, lorsque nous revenions de l'école du dimanche et que vous avez dit que nous devions prier quand nous éprouvions des difficultés –, j'ai prié chaque soir pour que Dieu me donne assez de grâce pour manger toutes les bouchées de mon gruau le matin. Mais je n'y suis pas encore arrivé, et je me demande si c'est parce que je n'ai pas assez de grâce ou trop de gruau. Grand-maman affirme que papa a grandi en mangeant son gruau, et si vous voyiez ses épaules, vous comprendriez que cela a réussi dans son cas. Mais parfois », soupira Paul d'un air songeur, « je pense que le gruau sera ma mort. »

Paul regardant ailleurs, Anne se permit d'esquisser un sourire. Tout Avonlea savait que la vieille Mme Irving élevait son petit-fils selon les principes diététiques et moraux traditionnels.

« Espérons que non, mon chéri », répliqua-t-elle joyeusement. « Et comment se portent tes personnages des rochers ? Est-ce que l'"aîné des Jumeaux continue de bien se conduire ? »

« Il est bien obligé », répondit catégoriquement Paul. « Il sait que sinon, je ne m'associerai pas avec lui. Je le crois très malicieux. »

« Et Nora a-t-elle appris l'existence de la Dame dorée ? »

« Pas encore ; mais je pense qu'elle s'en doute. Je suis presque sûr qu'elle m'a épié la dernière fois que je suis allé à la caverne. Ça m'est égal si elle l'apprend – c'est seulement pour son propre bien que je ne le voulais pas, pour ne pas la blesser. Mais si elle est déterminée à l'être, je n'y peux rien. »

« Si j'allais à la plage un soir avec toi, crois-tu que je pourrais voir tes personnages des rochers ? »

Paul secoua gravement la tête.

« Non, je ne pense pas que vous pourriez voir mes personnages. Je suis le seul qui le peut. Mais vous pourriez voir les vôtres. Vous faites partie des personnes qui ont ce pouvoir. Vous savez, mademoiselle Anne », ajouta-t-il en serrant amicalement sa main, « c'est splendide de posséder ce pouvoir ».

« Splendide », approuva Anne, en plongeant ses yeux gris dans les yeux bleus de l'enfant. Ils savaient tous deux que : *Le royaume le plus doux / Est celui dont l'imagination possède la clef*, et ils connaissaient tous deux le chemin qui mène à cette terre promise. Là, la rose de la joie fleurissait, immortelle, dans les vallées et le long des cours d'eau ; aucun nuage n'assombrissait jamais le ciel radieux ; les cloches tintaient doucement sans jamais détonner ; et les esprits bienveillants abondaient. La connaissance de la situation géographique de ce pays – « à l'est du soleil et à l'ouest de la lune » – se transmet par tradition et ne peut être achetée à aucun marché. Les bonnes fées l'offrent en présent à la naissance et les années ne peuvent ni l'effacer ni l'enlever. Il vaut mieux vivre dans une mansarde en la possédant que d'habiter un palais sans elle.

Le cimetière d'Avonlea offrait toujours la même solitude verte. Les améliorateurs avaient évidemment un œil dessus, et Priscilla Grant avait lu un document sur les cimetières avant la dernière réunion de la Société. Dans un avenir rapproché, ils avaient l'intention de remplacer la vieille clôture de planches envahie de lichen par une pimpante grille de métal, de tondre le gazon et de redresser les monuments branlants.

Anne déposa les fleurs qu'elle avait apportées sur la tombe de Matthew et se dirigea vers le petit coin à l'ombre des peupliers où reposait Hester Gray. Depuis le jour du

pique-nique, elle avait fleuri la tombe de Hester chaque
fois qu'elle s'était recueillie sur celle de Matthew. La veille
au soir, elle avait fait un pèlerinage au jardin déserté de la
forêt et en avait rapporté une gerbe des propres roses
blanches de Hester.

« J'ai pensé que tu les préférerais à toutes les autres,
ma chérie », murmura-t-elle.

Anne était encore assise là lorsqu'une ombre se déplaça sur l'herbe et, levant les yeux, elle aperçut Mme Allan.
Elles revinrent ensemble à la maison.

Le visage de Mme Allan n'était plus celui de la jeune
mariée arrivée avec le pasteur cinq ans auparavant. Il avait
perdu sa fraîcheur et ses rondeurs juvéniles; à présent, de
fines rides encadraient ses yeux et sa bouche. Certaines
d'entre elles étaient dues à une petite tombe dans ce
même cimetière; et certaines parmi les plus récentes
s'étaient tracées au cours de la maladie, désormais surmontée, de son jeune fils. Mais ses fossettes étaient toujours
aussi jolies et spontanées, et son regard, clair, brillant et
franc; ce que son visage avait perdu de sa beauté de jeune
fille était remplacé par une force et une tendresse
nouvelles.

« Tu dois être contente d'être en vacances, Anne ? »
demanda-t-elle au moment où elles quittaient le
cimetière.

Anne hocha la tête.

« Oui... je pourrais rouler ce mot dans ma bouche
comme un bonbon. Je suis sûre de vivre un été formidable.
Pour commencer, Mme Morgan vient à l'Île en juillet et
Priscilla compte nous la présenter. Rien que d'y penser, je
me sens toute fébrile. »

« J'espère que tu t'amuseras bien, Anne. Tu as travaillé très fort cette année et tu as réussi. »

« Oh! Je ne sais pas. Ce fut insuffisant dans bien des
domaines. Je n'ai pas accompli ce que j'avais prévu lorsque
j'ai commencé à enseigner l'automne dernier – je n'ai pas
été à la hauteur de mes idéaux. »

«Qui l'est?» soupira Mme Allan. «Mais tu sais ce que dit Lowell, Anne, "le crime n'est pas l'échec mais réside plutôt dans la bassesse de l'objectif". Il faut avoir des idéaux et tenter de nous montrer à leur hauteur, même si nous n'y réussissons jamais réellement, sinon la vie serait une bien triste aventure. C'est l'idéal seul qui lui confère son importance et sa grandeur. Cramponne-toi à tes buts, Anne.»

«J'essaierai. Mais j'ai renoncé à la plupart de mes théories», poursuivit-elle avec un petit rire. «J'en avais la plus belle série imaginable quand j'ai entrepris mon travail d'institutrice, mais elles m'ont toutes trahie à un moment ou à un autre.»

«Même ta théorie sur les châtiments corporels», la taquina Mme Allan.

Anne rougit.

«Je ne me pardonnerai jamais d'avoir fouetté Anthony.»

«C'est insensé, ma chérie, il le méritait. Et lui-même était d'accord sur ce point. Il ne t'a jamais plus causé d'ennuis par la suite et il s'est mis à te trouver incomparable. C'est par ta bonté que tu as conquis son amour après que l'idée qu' "une fille vaut rien" a été extirpée de son esprit buté.»

«Il l'avait peut-être mérité, mais là n'est pas la question. Si j'avais calmement et de sang-froid décidé de le fouetter parce que je pensais que c'était une punition juste, j'aurais réagi différemment. Mais pour vous dire la vérité, madame Allan, je me suis mise en colère et c'est pour ça que je l'ai battu. Je ne me posais alors aucune question sur la justice ou l'injustice de la chose, et j'aurais agi de la même façon s'il ne l'avait pas mérité. Voilà ce qui m'humilie.»

«Dis-toi que nous commettons tous des erreurs, ma chérie, et qu'il vaut mieux que tu oublies. Nous devons regretter nos fautes et en tirer des leçons, mais jamais les transporter avec nous dans l'avenir. Voici Gilbert Blythe sur sa bicyclette – il retourne chez lui pour les vacances, j'imagine. Où en êtes-vous dans vos études?»

«Ça va bien. Nous prévoyons terminer le Virgile ce soir; il ne nous reste que vingt lignes à faire. Après, nous n'étudierons plus rien avant septembre.»

«Penses-tu poursuivre des études universitaires un jour?»

«Oh! Je ne sais pas», répondit-elle en fixant devant elle l'horizon couleur d'opale. «La vue de Marilla ne s'améliorera plus beaucoup maintenant, bien que nous remerciions Dieu qu'elle n'empire pas. Et puis, il y a les jumeaux, et j'ai tout lieu de penser que leur oncle ne les prendra jamais. L'université m'attendait peut-être au détour de la route, mais je n'y suis pas encore parvenue et je n'y pense pas souvent par crainte d'en éprouver de la frustration.»

«Moi, j'aimerais bien te voir aller à l'université, Anne; mais si c'est impossible, ne te sens pas frustrée. Après tout, nous arrivons à vivre peu importe où nous sommes, et l'université peut seulement nous aider à vivre plus facilement. Il y a des routes étroites et d'autres larges, selon ce que nous y mettons, non pas ce que nous en retirons. La vie est riche et pleine ici et partout. Il suffit d'apprendre à ouvrir nos cœurs à sa richesse et à sa plénitude.»

«Je crois que je comprends ce que vous voulez dire», répondit Anne d'un ton pénétré, «et je pense que je dois une grande reconnaissance, oui, vraiment beaucoup de reconnaissance, à mon travail, à Paul Irving, aux jumeaux et à tous mes amis. Vous savez, madame Allan, l'amitié m'apporte beaucoup. C'est un sentiment qui embellit tellement la vie.»

«C'est vrai que l'amitié véritable aide beaucoup», approuva Mme Allan, «et nous devons en faire un idéal très élevé, et ne jamais permettre à aucune trahison de l'entacher. J'ai peur que le terme ne soit souvent galvaudé, ne signifiant guère plus qu'une sorte d'intimité n'ayant rien à voir avec l'amitié profonde.»

«Oui, comme l'amitié de Gertie Pye et de Julia Bell. Elles sont très intimes et ne sortent pas l'une sans l'autre mais Gertie ne cesse de dire du mal de Julia derrière son dos et tout le monde croit qu'elle en est jalouse parce qu'elle est si heureuse lorsqu'on critique Julia. Selon moi, c'est un blasphème que d'appeler cela l'amitié. Ne pensez-vous pas qu'on doive toujours vouloir pour nos amis ce qu'il y a de mieux et leur donner le meilleur de nous-mêmes ? C'est seulement ainsi que l'amitié pourrait devenir ce qu'il y a de plus beau sur terre. »

« C'est en effet très beau, l'amitié », approuva Mᵐᵉ Allan en souriant, « mais un jour... »

Elle s'interrompit brusquement. Dans les yeux candides surmontés de sourcils pâles et les traits mobiles du visage délicat levé vers elle, il y avait bien plus de l'enfant que de la femme. Jusqu'à présent, le cœur d'Anne n'avait connu que les rêves d'amitié et d'ambition, et Mᵐᵉ Allan ne souhaitait pas ternir cette douce inconscience. Elle laissa donc à l'avenir le soin de terminer sa phrase.

16

Quand ce qu'on espère semble
sur le point de se réaliser

« Anne », supplia Davy, grimpant sur le sofa recouvert de cuir brillant de la cuisine de Green Gables où Anne était assise en train de lire une lettre, « Anne, j'ai tellement faim. Tu peux pas savoir. »

« Je vais te donner une tartine beurrée dans une minute », répondit-elle d'un air absent.

Il était évident que sa lettre contenait des nouvelles excitantes, car ses joues étaient aussi roses que les fleurs du même nom dans le gros rosier dehors, et ses yeux brillaient comme seuls les yeux d'Anne pouvaient le faire.

« Mais c'est que j'ai pas faim pour une tartine », fit-il avec une mine dégoûtée. « J'ai faim pour du gâteau aux prunes. »

« Oh ! » s'exclama Anne en riant, déposant sa lettre et lui mettant le bras autour des épaules, « voilà un genre de faim qui s'endure très facilement, mon petit Davy. Tu sais que Marilla ne t'autorise pas à manger autre chose que des tartines entre les repas. »

« Donne-m'en une alors... s'il te plaît. »

Davy avait enfin appris à être poli, mais en général, il ne l'était qu'après coup. Il considéra d'un œil approbateur la généreuse tranche de pain que lui apportait Anne.

« Une chance, toi, Anne, tu mets toujours beaucoup de beurre. Marilla en étend juste une couche très mince. Ça glisse plus facilement quand c'est bien beurré. »

À en juger par sa disparition rapide, la tartine « glissa »
avec suffisamment de facilité. Davy sauta tête première du
sofa, fit une double pirouette sur le tapis puis s'assit en
annonçant d'un ton résolu :

« Anne, j'ai pris une décision au sujet du paradis.
J'veux pas y aller. »

« Pourquoi donc ? » interrogea gravement Anne.

« Parce que le paradis est dans le grenier de Simon
Fletcher et moi j'aime pas Simon Fletcher. »

« Le paradis... dans le grenier de Simon Fletcher ! »
souffla Anne, trop stupéfaite pour rire. « Davy Keith,
veux-tu bien m'expliquer ce qui a pu te mettre une idée
aussi saugrenue dans la tête ! »

« C'est Milty Boulter qui l'a dit. C'était la semaine
dernière à l'école du dimanche. La leçon portait sur Elijah
et Elisha ; j'me suis levé et j'ai demandé à Mlle Rogerson où
était le paradis. Elle a eu l'air drôlement offensé. Elle était
en colère de toute façon parce que quand elle nous avait
demandé ce qu'Elijah avait laissé à Elisha en allant au ciel,
Milty Boulter avait répondu "ses vieilles guenilles" et on
s'était tous mis à rire avant de réfléchir. Ce serait plus sage
si on pouvait penser d'abord et faire les choses ensuite,
comme ça sans doute qu'on les ferait pas. Mais Milty avait
pas l'intention de manquer de respect. C'est juste qu'il
arrivait pas à se rappeler le mot juste. Mlle Rogerson a dit
que le paradis était là où Dieu était et que je devais pas
poser des questions comme ça. Alors Milty m'a donné un
coup de coude et m'a soufflé que le ciel était dans le
grenier de son oncle Simon et qu'il m'expliquerait en
route. Milty sait très bien expliquer les choses. Même
quand il sait rien d'une chose, il en parle si bien qu'on
comprend tout. Sa mère est la sœur de Simon et il est allé
aux funérailles avec elle quand sa cousine Jane Ellen est
morte. Le pasteur a dit qu'elle était allée au ciel même si
Milty a vu qu'elle était couchée dans la tombe devant eux.
Mais il a supposé qu'on avait transporté le cercueil dans le
grenier après. Parce que après, quand il a accompagné sa

mère en haut pour chercher son bonnet et qu'il lui a demandé où se trouvait le ciel dans lequel Jane Ellen était allée, elle a montré le plafond en disant : "C'est là, en haut." Milty savait qu'au-dessus du plafond, il y avait un grenier et c'est comme ça qu'il a tout découvert. Et depuis ce temps-là, il a drôlement peur d'aller chez son oncle Simon. »

Anne prit l'enfant sur ses genoux et fit de son mieux pour clarifier cette nouvelle confusion. Cette tâche convenait beaucoup mieux à Anne qu'à Marilla, car elle se souvenait de sa propre enfance et comprenait instinctivement les idées bizarres que les enfants de sept ans pouvaient se faire de sujets qui semblaient si simples et si normaux aux adultes. Elle venait tout juste de convaincre Davy que le ciel ne se trouvait pas dans le grenier de Simon Fletcher quand Marilla rentra du jardin où elle et Dora étaient allées cueillir des pois. Dora était une fillette travaillante et rien ne la rendait davantage heureuse que d'« aider » à effectuer différentes petites tâches adaptées à ses doigts potelés. Elle nourrissait les poulets, ramassait les pommes de terre, essuyait la vaisselle et faisait une foule de commissions. Elle était propre, fiable et observatrice ; on n'avait jamais besoin de lui montrer deux fois comment faire quelque chose et elle n'oubliait jamais ce qu'elle avait appris. Davy, au contraire, était plutôt étourdi et négligent ; mais il avait le don de se faire aimer, et même avec ses défauts, c'était encore lui qu'Anne et Marilla préféraient.

Pendant que Dora écossait fièrement les pois et que Davy fabriquait des bateaux avec les cosses, munis de mâts d'allumettes et de voiles de papier, Anne fit part à Marilla de la merveilleuse nouvelle.

« Marilla ! Si tu savais ! Je viens de recevoir une lettre de Priscilla. Elle m'annonce que Mᵐᵉ Morgan est à l'Île et que s'il fait beau, elles viendront à Avonlea mardi prochain. Elles arriveront vers midi et passeront l'après-midi avec nous ; le soir, elles se rendront à l'hôtel de White Sands voir des amis de Mᵐᵉ Morgan qui séjournent là. Oh !

Marilla! C'est tout simplement fantastique! J'ai l'impression de rêver!»

«J'imagine que Mme Morgan est une personne comme les autres», remarqua sèchement Marilla, tout en se sentant elle-même un tantinet excitée. Mme Morgan était une célébrité et recevoir sa visite constituait certes un événement sortant de l'ordinaire. «Elles dîneront avec nous, alors?»

«Oui. Oh! Marilla, puis-je m'occuper de tout? Je veux sentir que je peux faire quelque chose pour l'auteur du *Jardin des roses en boutons*, même si cela se résume à lui préparer à manger. Tu veux bien, n'est-ce pas?»

«Grand Dieu, ne crois pas me vexer en m'offrant de me remplacer près du four en plein moi de juillet! Je te cède ma place de grand cœur.»

Anne remercia Marilla comme si elle venait de lui accorder une faveur exceptionnelle.

«Je vais élaborer un menu ce soir même.»

«Tâche de faire les choses simplement», conseilla Marilla, vaguement alarmée par la sonorité pompeuse d' "élaborer le menu". «Sinon, tu risques de le regretter.»

«Oh! Je n'ai pas l'intention de mettre les petits plats dans les grands, si tu entends par là préparer des mets inhabituels à l'occasion de fêtes», l'assura Anne. «Ce serait de l'affectation, et je ne suis pas si stupide, même si je ne suis pas aussi stable et raisonnable qu'une fille de dix-sept ans, institutrice de surcroît, devrait l'être. Mais je veux que le dîner soit aussi beau et succulent que possible. Davy, ne laisse pas traîner ces cosses de pois dans l'escalier, on pourrait glisser dessus. Nous pourrions débuter par un potage léger... tu sais, je réussis la crème d'oignons à merveille... puis une paire de volailles rôties. Nous mangerons les deux coqs blancs. J'éprouve une réelle affection pour eux depuis le jour où je les ai vus éclore de la couvée de la poule grise... deux petites boules de duvet jaune. Mais comme je sais qu'il faudra les sacrifier un jour, je ne crois pas qu'on puisse rêver de meilleure occasion.

Oh! Marilla, je suis pourtant incapable de les tuer, même pour Mme Morgan. Je devrai demander à John Henry Carter de venir le faire pour moi. »

« Moi, j'le ferai », proposa Davy, « si Marilla les tient par les pattes, parce que j'suppose que j'aurai besoin de mes deux mains pour manier la hache. C'est drôlement amusant de les voir sauter après qu'on leur a coupé la tête. »

« Avec la volaille, je servirai des pois et des haricots, et des pommes de terre en purée et une salade de laitue », résuma Anne. « Pour dessert, de la tarte au citron garnie de crème fouettée, du café, du fromage et des doigts de dame. Je préparerai les tartes et les doigts de dame demain et je rafraîchirai ma robe de mousseline blanche. Et ce soir, je dois aussi rappeler à Diana d'arranger la sienne. Les héroïnes de Mme Morgan sont presque toujours vêtues de mousseline blanche; Diana et moi nous avions décidé depuis longtemps de nous habiller ainsi si nous avions l'occasion de la rencontrer. Ce sera un compliment délicat à lui faire, tu ne crois pas? Davy, mon chéri, il ne faut pas enfoncer les cosses dans les fissures du plancher. J'inviterai aussi M. et Mme Allan ainsi que Mlle Stacy à dîner; ils désirent tellement faire la connaissance de Mme Morgan. C'est une vraie chance qu'elle vienne pendant que Mlle Stacy est ici. Davy, mon trésor, ne fais pas flotter de cosses de pois dans le seau d'eau... va plutôt dans l'abreuvoir, dehors. Oh! J'espère qu'il fera beau mardi, et je crois que oui, parce que le vieux Abe est venu chez M. Harrison hier soir et il a dit qu'il pleuvrait presque toute la semaine. »

« C'est bon signe », approuva Marilla.

Anne traversa à Orchard Slope ce soir-là pour annoncer la nouvelle à Diana, qui en fut aussi très excitée. Elles discutèrent de la question en se balançant dans le hamac sous le gros saule du jardin des Barry.

« Oh! Anne, j'aimerais tant t'aider à préparer le repas! » implora Diana. « Mes salades sont délicieuses, tu sais. »

« C'est vrai », admit généreusement Anne. « Et j'aimerais aussi que tu t'occupes de la décoration avec moi. Je
voudrais que le salon ressemble à une tonnelle. La table de
la salle à manger sera ornée de roses sauvages. J'espère tant
que tout se passera bien. Les héroïnes de Mme Morgan ne se
mettent jamais dans le pétrin, ne sont jamais prises en
faute, ne perdent jamais le contrôle de la situation et sont
de si formidables maîtresses de maison. Tu te souviens de
Gertrude, dans *La Vie à Edgewood*, qui tenait la maison
pour son père alors qu'elle n'était âgée que de huit ans. À
cet âge, je ne savais rien faire d'autre qu'élever des enfants.
Mme Morgan doit être une autorité en matière de jeunes
filles, parce qu'elle a tant écrit sur le sujet, et je veux
qu'elle ait une bonne opinion de nous. J'ai imaginé cette
rencontre d'une douzaine de façons différentes : son
apparence, ce qu'elle dira, ce que je dirai... Et mon nez
m'inquiète tellement. Tu vois les sept taches de son ? Elles
sont apparues après le pique-nique de la S.A.V.A. quand
je me suis promenée au soleil sans chapeau. Je dois être
ingrate de me plaindre quand j'aurais pu en avoir sur tout
le visage comme cela s'est déjà produit une fois. Mais
j'aurais préféré ne pas en avoir du tout – toutes les
héroïnes de Mme Morgan ont un teint si parfait. Je ne peux
me souvenir d'une seule qui ait été tavelée. »

« Les tiennes ne paraissent pas », la consola Diana.
« Frotte-les avec un peu de jus de citron ce soir. »

Le lendemain, Anne confectionna les tartes et les
doigts de dame, lava sa robe de mousseline blanche, balaya
et épousseta chaque pièce de la maison – précaution super-
flue puisque Green Gables brillait, comme d'habitude,
comme un sou neuf, selon le désir de Marilla. Mais Anne
avait l'impression qu'un flocon de poussière constituerait
un sacrilège dans une maison devant être honorée par la
visite de Charlotte E. Morgan. Elle nettoya même le
placard fourre-tout sous l'escalier, bien qu'il n'existât pas
l'ombre d'une chance que Mme Morgan en vît l'intérieur.

« Je veux *sentir* que tout est impeccable, même si elle ne doit pas le voir », expliqua Anne à Marilla. « Tu sais, dans son livre intitulé *Les Clefs d'or*, ses héroïnes Alice et Louisa ont pour devise ce quatrain de Longfellow :

> In the elder days of art
> Builders wrought their greatest care
> Each minute and unseen part,
> For the gods see everywhere,*

Et c'est pourquoi elles frottaient toujours l'escalier de la cave et n'oubliaient jamais de balayer sous les lits. Je n'aurais pas la conscience en paix si je pensais que ce placard est en désordre pendant que Mme Morgan se trouve dans la maison. Depuis le jour où Diana et moi avons lu *Les Clefs d'or* en avril dernier, nous avons adopté cette devise, nous aussi. »

Le soir, John Henry Carter et Davy s'organisèrent pour exécuter les deux coqs blancs et Anne les pluma ; pour elle, ce travail dégoûtant se trouvait glorifié par le destin des deux volatiles dodus.

« J'ai horreur de plumer les volailles », confia-t-elle à Marilla, « mais une chance que nous n'avons pas à mettre notre âme dans ce que nos mains exécutent, n'est-ce pas ? Mes mains ont plumé les poulets, mais en imagination, je vagabondais dans la Voie lactée. »

« C'est sans doute pourquoi tu as échappé plus de plumes que d'habitude sur le plancher », remarqua Marilla.

Puis Anne mit Davy au lit et lui fit promettre qu'il se conduirait bien le lendemain.

« Si j'suis aussi bon qu'on peut l'être toute la journée demain, me laisseras-tu être aussi vilain que j'veux après-demain ? »

---

* Autrefois, les artisans
  apportaient le plus grand soin
  à chaque tâche, et en tout temps
  car à l'œil des dieux n'échappait rien.

«Ce ne serait pas possible », répondit discrètement
Anne, «mais nous ferons un tour de chaloupe jusque de
l'autre côté de l'étang, et nous accosterons les dunes et
ferons un pique-nique. »

«Marché conclu», accepta Davy. «J'serai bon, tu
peux en être sûre. J'avais l'intention de traverser chez
M. Harrison et tirer des pois sur Ginger avec ma fronde,
mais j'pourrai l'faire tout aussi bien un autre jour. J'suppose que ce sera comme dimanche, mais un pique-nique
sur la plage vaut bien ça. »

17

Une pluie d'accidents

Anne se réveilla trois fois cette nuit-là et fit des pèlerinages à la fenêtre afin de s'assurer que les pronostics du vieux Abe ne se réalisaient pas. L'aube se leva enfin, nacrée et brillante dans un ciel radieux et plein de lueurs argentées ; une journée merveilleuse s'annonçait.

Diana fit son apparition tôt après le déjeuner, un panier de fleurs dans un bras et sa robe de mousseline dans l'autre – car il ne convenait pas de l'endosser avant d'en avoir terminé avec les préparatifs du repas. En attendant, elle portait sa robe d'après-midi rose imprimée et un tablier de linon orné d'une quantité invraisemblable de frisons et de franfreluches ; les joues roses de plaisir, elle resplendissait.

« Tu es tout simplement adorable », s'exclama Anne avec admiration.

Diana soupira.

« Mais encore une fois, j'ai dû mettre toutes mes robes au rancart. J'ai engraissé de quatre livres depuis juillet. Anne, comment tout cela finira-t-il ? Les héroïnes de Mme Morgan sont toutes grandes et sveltes. »

« Oublions nos problèmes et pensons aux choses agréables qui nous arrivent », répondit joyeusement Anne. « Mme Allan dit qu'il faut toujours considérer les deux côtés de la médaille. Si tu es un tout petit peu trop dodue, tu as les plus jolies fossettes du monde ; quant à moi, si j'ai un nez constellé de taches de rousseur, je n'ai cependant rien

à redire de sa forme. Penses-tu que le jus de citron a
amélioré quelque peu les choses ? »

« Oui, c'est évident », répondit Diana d'un ton critique.

Radieuse, Anne la conduisit au jardin où des ombres
légères jouaient avec des ondes de lumière dorée.

« Nous commencerons par décorer le petit salon.
Nous avons du temps devant nous puisque Priscilla m'a dit
qu'elles arriveraient vers midi, midi et demi au plus tard.
Nous mangerons donc à une heure. »

Je doute qu'à ce moment-là, dans tout le Canada et
les États-Unis, deux jeunes filles aient éprouvé davantage
d'émoi et de bonheur. Chaque petit coup de ciseaux, à
mesure que tombaient la rose, la pivoine et la campanule,
semblait murmurer « Mᵐᵉ Morgan viendra aujourd'hui ».
Anne se demandait comment M. Harrison pouvait continuer à faucher placidement le foin dans le champ de
l'autre côté du sentier, comme si de rien n'était.

À Green Gables, le petit salon était plutôt une pièce
sévère et sombre, garnie de meubles rigides rembourrés en
crin de cheval ; des rideaux de dentelle raide pendaient
aux fenêtres et des appuis-tête blancs étaient placés à un
angle toujours correct, sauf quand ils s'accrochaient aux
boutons de visiteurs malchanceux. Comme Marilla n'aurait pas permis qu'on y change quoi que ce soit, même
Anne n'avait jamais réussi à y infuser beaucoup de grâce.
Mais c'est extraordinaire de voir ce que les fleurs peuvent
accomplir si on leur en laisse la chance ; quand Anne et
Diana eurent fini d'arranger cette pièce, on l'aurait difficilement reconnue.

Une brassée de pompons bleus débordait de la table
polie. Le dessus noir et laqué de la cheminée était couvert
de roses et de fougères. Chaque tablette de l'étagère était
ornée d'un bouquet de campanules ; des vases remplis
d'éblouissantes pivoines rouges éclairaient les coins sombres
de chaque côté de l'âtre, alors que l'âtre lui-même rutilait
de pavots jaunes. Toute cette splendeur, toute cette
couleur, auxquelles s'ajoutait la lumière du soleil entrant

par les fenêtres à travers les vignes de chèvrefeuille en une profusion feuillue d'ombres dansantes sur les murs et le plancher, avaient métamorphosé la petite pièce habituellement lugubre en cette «tonnelle» imaginée par Anne. Marilla elle-même ne put s'empêcher d'exprimer son admiration; venue pour critiquer, elle resta pour les féliciter.

«À présent, il faut décorer la table», prononça Anne, du ton d'une prêtresse sur le point d'accomplir quelque rite sacré en l'honneur d'une divinité. «Nous placerons un vase de roses sauvages au centre et une rose devant chaque assiette – et un bouquet spécial de boutons de roses à la place de Mme Morgan – pour faire allusion à son livre *Le Jardin des roses en boutons.*»

La table était dressée dans le salon; on avait utilisé la plus belle nappe de Marilla ainsi que la porcelaine, la verrerie et l'argenterie des grandes occasions. Soyez sûrs que chacun des objets placés sur cette table avait été poli et astiqué pour atteindre le maximum d'éclat et de brillance.

Les jeunes filles entrèrent ensuite dans la cuisine regorgeant d'arômes appétissants émanant du four, où les poulets grésillaient déjà superbement. Anne prépara les pommes de terre et Diana s'occupa des pois et des haricots. Puis, pendant que cette dernière s'enfermait dans le garde-manger pour composer la salade verte, Anne, les joues rougies par l'excitation et la chaleur du four, prépara la sauce au pain qui accompagnerait la volaille, éminça les oignons pour le potage et fouetta la crème qui garnirait les tartes au citron.

Et que faisait Davy pendant ce temps-là? Tenait-il sa promesse de bien se conduire? Eh bien oui! La curiosité le fit évidemment insister pour rester dans la cuisine. Mais comme il était assis tranquillement dans un coin et s'occupait à défaire des nœuds d'un filet à harengs qu'il avait rapporté de sa dernière excursion à la plage, personne ne s'y opposa.

À onze heures et demie, la salade était prête, les cercles dorés des tartes étaient couronnés de crème Chantilly, et tout ce qui devait grésiller et bouillonner grésillait et bouillonnait.

«Nous ferions mieux d'aller nous habiller maintenant», suggéra Anne, «car il se peut qu'elles arrivent à midi. La soupe devant être servie aussitôt prête, nous nous mettrons à table à une heure pile.»

Les rites de toilette exécutés à ce moment-là dans le pignon étaient on ne peut plus sérieux. Examinant anxieusement son nez, Anne fut ravie de constater que ses tavelures n'étaient pas trop apparentes, que ce soit grâce au jus de citron ou à la rougeur inhabituelle de ses joues. Lorsqu'elles furent prêtes, elles étaient aussi ravissantes, pimpantes et féminines que n'importe laquelle des «héroïnes de Mme Morgan».

«J'espère seulement être capable de prononcer un mot à l'occasion, et non pas rester muette comme une carpe», exprima Diana avec inquiétude. «Les héroïnes de Mme Morgan ont toutes une conversation si brillante. J'ai peur que la timidité me rende idiote. Alors je suis sûre de dire "si j'aurais" au lieu de "si j'avais". Cela ne m'est pas arrivé souvent depuis que nous avons eu Mlle Stacy comme professeur. Anne, si je devais dire "si j'aurais" devant Mme Morgan, j'en mourrais de honte. Ce serait presque aussi épouvantable que de n'avoir rien à dire.»

«Bien des choses me rendent nerveuse», dit Anne, «mais je ne crois pas que grand-chose puisse m'arrêter de *parler*.»

Il faut admettre que c'était vrai.

Anne recouvrit sa toilette de mousseline d'un grand tablier et descendit concocter le potage. Marilla s'était habillée et avait habillé les jumeaux, et elle n'avait jamais eu l'air aussi fébrile. Les Allan et Mlle Stacy se présentèrent à midi et demi. Tout se passait bien, pourtant Anne commençait à se sentir nerveuse. Priscilla et Mme Morgan tardaient. Elle se rendit souvent à la clôture et scruta le

chemin avec autant d'angoisse que son homonyme du
conte de Barbe-Bleue scrutait du haut de la tour « la route
qui poudroyait »...

« Et si elles ne venaient pas ? » murmura-t-elle
piteusement.

« Ne fais pas de telles suppositions », l'arrêta Diana.
« Ce serait vraiment trop dommage. »

« Anne », l'appela Marilla qui arrivait du petit salon,
« Mlle Stacy voudrait voir le plateau à motif chinois de
Mlle Barry. »

Anne courut le prendre dans le placard du salon.

Comme elle l'avait promis à Mme Lynde, elle avait
écrit à Mlle Barry de Charlottetown pour lui demander de le
prêter. Celle-ci étant une vieille amie d'Anne, elle l'avait
aussitôt envoyé, accompagné d'une lettre dans laquelle elle
l'exhortait à y faire très attention, car elle l'avait payé
vingt dollars. Après avoir été utilisé au bazar de la Société
d'aide, l'objet était retourné dans le placard de Green
Gables, car Anne n'aurait jamais osé le confier à
quiconque pour le rapporter en ville.

Elle porta prudemment le plateau jusqu'à l'entrée où les
invités profitaient d'une brise fraîche soufflant du ruisseau. Il
fut examiné et admiré ; puis, au moment précis où Anne le
rapportait au salon, un bruit terrible se fit entendre dans le
garde-manger. Marilla, Diana et Anne se précipitèrent, la
dernière ne s'arrêtant que pour poser rapidement le plat
précieux sur la deuxième marche de l'escalier.

Un spectacle tout à fait navrant les attendait dans le
garde-manger : un garçonnet à l'air coupable descendait
tant bien que mal de la table, sa jolie blouse imprimée
généreusement maculée de garniture jaune ; sur la table, les
restes en morceaux de ce qui avait été deux braves tartes
au citron garnies de crème.

Ayant terminé de ravauder son filet à harengs, Davy
l'avait roulé en boule. Il était ensuite entré dans le garde-
manger pour le placer sur l'étagère devant la table, où se
trouvaient déjà deux autres balles semblables qui n'avaient,

semble-t-il, d'autre but que de lui donner le plaisir de les posséder. Pour atteindre l'étagère, Davy devait grimper sur la table à angle périlleux – ce que Marilla lui avait interdit à la suite d'un accident qui lui était arrivé une fois. Dans le cas présent, le résultat se révéla désastreux. Il glissa et tomba en s'étalant sur les tartes au citron. Sa chemise propre était fichue pour l'instant, et les tartes à tout jamais. C'était comme si un vent néfaste avait soufflé, et c'est le cochon qui, en fin de compte, profita de la mésaventure de Davy.

« Davy Keith », s'écria Marilla en le secouant par l'épaule, « ne t'ai-je pas défendu de grimper sur cette table ? Réponds ! »

« J'avais oublié », pleurnicha-t-il. « Y a tellement de choses que tu m'as défendues que j'peux pas m'souvenir de toutes. »

« Eh bien, pour l'instant tu vas aller en haut et y rester jusqu'après le dîner. Tu t'en souviendras peut-être à ce moment-là. Anne, inutile d'intercéder en sa faveur. Je ne le punis pas pour avoir gâché tes tartes – c'était un accident. Je le punis pour sa désobéissance. Je t'ai dit de t'en aller, Davy. »

« Je pourrai pas manger ? » gémit le gamin.

« Tu descendras après le dîner et tu mangeras dans la cuisine. »

« Oh ! c'est parfait », répondit-il, quelque peu réconforté. « Je sais qu'Anne me gardera de bons morceaux, n'est-ce pas, Anne ? Parce que tu sais que j'voulais pas tomber sur les tartes. Dis, Anne, comme elles sont fichues, est-ce que j'peux en monter quelques morceaux ? »

« Il n'en est pas question, monsieur Davy », répondit Marilla en le poussant dans le corridor.

« Qu'est-ce que je servirai pour dessert ? » demanda Anne en considérant le dégât d'un air atterré.

« Va chercher une jarre de confitures de fraises », la consola Marilla. Il reste suffisamment de crème fouettée dans le bol. »

Une heure sonna... pourtant ni Priscilla ni Mme Morgan n'avaient encore fait leur apparition. Anne était à l'agonie. Tout était prêt et le potage était exactement ce qu'un potage devait être; on ne pouvait cependant garantir qu'il le resterait encore longtemps.

«Je pense qu'elles ne viendront pas», déclara abruptement Marilla. Anne et Diana cherchèrent du réconfort dans les yeux l'une de l'autre.

À une heure et demie, Marilla sortit du petit salon.

«Les filles, nous devons manger. Tout le monde a faim et il est inutile de retarder davantage le dîner. Priscilla et Mme Morgan ne viendront pas, c'est clair, et cela n'arrangera rien de continuer à attendre.»

Anne et Diana entreprirent de servir le repas, dont tout le piquant s'était envolé.

«Je ne crois pas pouvoir avaler une bouchée», prononça Diana d'une voix éteinte.

«Ni moi. Mais j'espère au moins que ce sera bon pour Mlle Stacy et M. et Mme Allan», répondit Anne avec indolence.

En versant les pois dans un plat, Diana les goûta et son visage prit une expression étrange.

«Anne, as-tu sucré ces pois?»

«Oui», dit cette dernière, qui pilait les pommes de terre avec l'air de quelqu'un qui ne fait rien de plus qu'accomplir son devoir. «J'ai mis une cuillerée de sucre. C'est ce que nous faisons toujours. Tu n'aimes pas ça?»

«Mais c'est que j'en ai ajouté une cuillerée, moi aussi, en les mettant au feu.»

Anne laissa tomber son presse-purée et goûta les pois. Puis elle grimaça.

«C'est atroce. Je n'aurais jamais pu imaginer que tu les avais sucrés, parce que je sais que ta mère ne le fait jamais. C'est tout à fait inhabituel que j'y aie songé – j'oublie toujours – et j'en ai saupoudré une cuillerée.»

«Voilà ce qui arrive quand nous sommes trop de cuisinières, j'imagine», dit Marilla qui avait écouté cette conversation avec un air plutôt coupable. « J'étais certaine que tu ne penserais pas au sucre, Anne, comme d'habitude... alors j'en ai mis une cuillerée. »

Les invités, restés dans le petit salon, entendirent des éclats de rire provenant de la cuisine, mais ne connurent jamais la blague. Il n'y eut cependant pas de pois verts sur la table, ce jour-là.

« Eh bien », soupira Anne en se calmant, « il nous reste au moins la salade, et je ne pense pas qu'il soit rien arrivé aux haricots. Apportons-les sur la table et commençons. »

On ne pourrait certes pas définir ce dîner comme une réussite mondaine remarquable. Les Allan et Mᴵˡᵉ Stacy firent leur possible pour sauver la situation et la placidité habituelle de Marilla ne fut pas particulièrement troublée. Mais Anne et Diana, déçues et réagissant à leur fébrilité de l'avant-midi, furent incapables de parler ni de manger. Voulant plaire à ses invités, Anne tenta héroïquement de prendre part à la conversation mais son effervescence était à présent tombée, et elle ne pouvait s'empêcher de penser combien elle avait hâte que tout le monde soit parti pour aller enfouir son épuisement et son désappointement dans les oreillers du pignon est.

Un proverbe dit qu'un malheur n'arrive jamais seul. La mesure des tribulations de cette journée n'était pas encore pleine. Les Allan achevaient de remercier leurs hôtes lorsqu'un son bizarre, de mauvais augure, retentit dans l'escalier, comme si un objet dur et lourd bondissait de marche en marche ; le tout se termina par un immense fracas. Tout le monde se rua dans le couloir. Anne poussa un cri de consternation.

Au bas de l'escalier, un gros coquillage rose se trouvait au milieu des débris de ce qui avait été le plateau de Mᴵˡᵉ Barry ; en haut, agenouillé, un Davy terrifié contemplait la catastrophe les yeux écarquillés.

« Davy », commença Marilla d'un ton menaçant, « l'as-tu fais exprès de lancer ce coquillage ? »

«Mais non», pleurnicha-t-il. «J'étais juste à genoux ici, aussi tranquille que possible, je vous regardais à travers la rampe, et mon pied s'est accroché dans ce vieux truc... et j'ai drôlement faim... et j'aimerais cent fois mieux me faire flanquer une fessée et que ce soit fini plutôt que de me faire toujours envoyer en haut et manquer tout le plaisir.»

«Ne blâme pas Davy», dit Anne, rassemblant les fragments avec des doigts tremblants. «C'est moi la responsable. J'avais oublié que j'avais posé le plateau dans l'escalier et me voilà bien punie de mon étourderie. Mais qu'est-ce que Mlle Barry va dire?»

«Eh bien, tu sais au moins qu'elle l'a acheté; ce serait différent si elle l'avait reçu en héritage», la consola Diana.

Les invités se retirèrent peu après, sentant que c'était ce qu'il y avait de mieux à faire dans les circonstances. Anne et Diana lavèrent la vaisselle et on ne les avait jamais vues aussi peu loquaces. Diana retourna ensuite chez elle avec une migraine et Anne, avec une autre, alla se réfugier au pignon où elle resta jusqu'à ce que Marilla revienne du bureau de poste, au coucher du soleil. Elle rapportait une lettre envoyée la veille par Priscilla. Mme Morgan s'était foulé si gravement la cheville qu'elle ne pouvait quitter la chambre.

Anne, ma chérie, écrivait Priscilla, *je suis vraiment désolée, mais je crains que nous ne puissions nous rendre à Green Gables, car quand ma tante sera guérie, elle devra retourner à Toronto. Il faut qu'elle y soit à une date précise.*

«Eh bien», soupira Anne en déposant la lettre sur le seuil de grès de la porte arrière, pendant que le crépuscule tombait d'un ciel moucheté, «j'avais toujours pensé que la visite de Mme Morgan était trop belle pour être vraie. Mais c'est... oh! mes propos semblent aussi pessimistes que ceux de Mlle Eliza Andrews et j'ai honte de dire ça. En fin de compte, ce n'était pas trop beau pour être vrai. Des choses tout aussi agréables et même davantage se réalisent pour moi sans arrêt. Et je présume que les événements d'aujourd'hui ont un côté amusant. Quand Diana et moi serons devenues de vieilles dames grisonnantes, nous serons peut-être capables d'en rire. Mais je ne crois pas que cela soit possible avant; la déception a été trop amère. »

« Tu connaîtras sans doute beaucoup d'autres déceptions, et de bien pires encore », prophétisa Marilla, croyant honnêtement tenir là un discours réconfortant. « J'ai l'impression, Anne, que tu n'arriveras jamais à te défaire de ton habitude de mettre tout ton cœur dans une chose puis de t'abîmer dans le désespoir parce que tu ne peux pas l'obtenir. »

« Je sais bien que j'ai cette tendance », admit Anne d'un air piteux. « Quand je pense que quelque chose de beau est sur le point de se produire, c'est comme si je me mettais à voler sur les ailes de l'espoir; ensuite, la première chose dont je m'aperçois, c'est que je retombe lourdement sur terre. Pourtant, Marilla, tant que je plane, je vis des instants glorieux – on croirait s'élancer dans le soleil couchant. Je dirais même que ces instants valent presque le choc de la retombée. »

« Tu as peut-être raison », approuva Marilla. « Quant à moi, je préfère encore faire route calmement et me passer de l'envol et du choc. Mais chacun vit à sa façon; j'avais coutume de croire qu'une seule façon était bonne, mais je n'en suis plus aussi sûre depuis que j'ai eu à vous élever, les jumeaux et toi. Que comptes-tu faire pour le plateau de Mlle Barry ? »

« Je suppose que je lui rembourserai les vingt dollars. Grâce à Dieu, ce n'était pas un souvenir de famille, car aucun montant d'argent n'aurait pu le remplacer. »

« Tu pourras peut-être en dénicher un semblable quelque part et le lui acheter. »

« J'ai bien peur que non. Les plateaux antiques comme celui-ci sont extrêmement rares. Mme Lynde n'a réussi à en trouver un nulle part pour le souper. Si seulement c'était possible. Il est évident que Mlle Barry ne ferait pas de différence, s'il était aussi ancien et authentique que le premier. Marilla, regarde cette grosse étoile qui brille au-dessus de l'érablière de M. Harrison. Elle me fait penser à une prière. Après tout, lorsqu'on peut voir des étoiles et des firmaments comme ça, les petits accidents et désappointements ne comptent plus beaucoup, hein ? »

« Où est Davy ? » demanda Marilla en jetant un coup d'œil indifférent à l'étoile.

« Au lit. J'ai promis de les amener demain en pique-nique à la plage, Dora et lui. Notre entente stipulait évidemment qu'il devait bien se conduire. Mais il a essayé... et je n'ai pas le cœur de le décevoir. »

« Vous allez vous noyer à ramer sur l'étang dans cette chaloupe », grommela Marilla. « Il y a soixante ans que je vis ici, et je ne suis jamais allée sur cet étang. »

« Il n'est jamais trop tard pour bien faire », suggéra malicieusement Anne. « Pourquoi ne viens-tu pas avec nous demain ? Nous n'aurions qu'à verrouiller Green Gables et nous passerions toute la journée ensemble sur la plage, loin de tout. »

« Merci pour moi ! » s'écria Marilla avec indignation. « Tu m'imagines en train de ramer dans une chaloupe sur l'étang ? Il me semble déjà entendre les commentaires de Rachel ! Tiens, voici M. Harrison qui s'en va. On raconte qu'il fréquente Isabella Andrews. Crois-tu qu'il y ait une part de vérité dans ce ragot ? »

« Je suis sûre que c'est faux. Il s'est simplement rendu là un soir pour parler affaires avec M. Harmon Andrews. Mme Lynde l'a aperçu et a raconté qu'il courtisait Isabella parce qu'il portait un collet blanc. M. Harrison ne se mariera jamais, crois-moi. Il semble avoir un préjugé contre le mariage. »

« Ces vieux garçons sont imprévisibles. Et s'il portait un collet blanc, je suis d'accord avec Rachel, c'est suspect. Je suis prête à jurer qu'on ne l'a jamais vu ainsi vêtu auparavant. »

« Moi, je pense qu'il portait un col blanc parce qu'il voulait conclure un marché avec Harmon Andrews », insista Anne. «Je l'ai entendu dire que c'était l'unique moment où un homme devait porter attention à son apparence, parce que s'il a l'air prospère, il est peu probable que son interlocuteur essaie de tricher. J'ai vraiment de la peine pour lui, car je n'ai pas l'impression que sa vie lui apporte beaucoup de satisfaction. On doit se sentir très seul lorsqu'on n'a personne d'autre dont s'occuper qu'un perroquet, tu ne penses pas? Mais j'ai remarqué que M. Harrison n'aime pas qu'on le prenne en pitié. C'est pareil pour tout le monde, j'imagine.»

«Voici Gilbert», annonça Marilla. «S'il te demande d'aller faire un tour en chaloupe sur l'étang, tu ferais mieux de mettre ton manteau et tes bottes. La rosée est fraîche, ce soir.»

18

Une aventure sur le chemin
des Conservateurs

« Anne », demanda Davy, assis dans son lit, le menton dans les mains, « Anne, où il va, le sommeil ? On se couche tous les soirs, et j'sais évidemment que le sommeil, c'est là où je fais les choses que je rêve, mais j'voudrais savoir où ça se trouve et comment ça s'fait que j'peux y aller et en revenir sans savoir où c'est... et en chemise de nuit surtout. Où il va ? »

Agenouillée devant la fenêtre du pignon ouest, Anne contemplait le coucher du soleil ; le ciel ressemblait à une grande fleur avec des pétales couleur safran et un cœur d'un jaune ardent. Elle tourna la tête et répondit d'un ton rêveur :

« Par-delà les montagnes de la lune. Dans la vallée de l'ombre. »

Paul Irving aurait compris la signification de ces mots, sinon il les aurait interprétés à sa façon ; mais Davy, qui était un enfant pratique et, Anne l'avait souvent constaté avec désespoir, dénué de la plus petite parcelle d'imagination, fut seulement perplexe et dégoûté.

« Anne, j'pense que c'est fou c'que tu dis. »

« Bien sûr que ce l'est, mon chéri. Mais tu sais, seuls les imbéciles ne tiennent que des propos sensés. »

« Eh bien, j'crois que tu pourrais me donner une réponse sensée quand j'te pose une question sensée », fit Davy d'un ton blessé.

« Oh ! tu es trop petit pour comprendre », déclara Anne.

Mais elle regretta aussitôt ses paroles ; n'avait-elle pas, en se rappelant avec amertume les rebuffades qu'elle avait elle-même essuyées dans son enfance, fait le vœu solennel de ne jamais dire à un enfant qu'il était trop petit pour comprendre ? Et voilà qu'elle le faisait – parfois, un gouffre sépare la théorie de la pratique.

« J'fais d'mon mieux pour grandir », rétorqua Davy, « mais j'peux pas aller plus vite. Si Marilla était pas si avare avec ses confitures, j'suis sûr que j'pousserais beaucoup plus vite. »

« Marilla n'est pas avare », coupa sévèrement Anne. « C'est très ingrat de ta part de dire cela. »

« Il y a un autre mot qui veut dire exactement la même chose et qui sonne mieux, mais j'arrive pas à m'en souvenir », dit Davy en fronçant les sourcils d'un air concentré. « J'ai entendu Marilla dire elle-même qu'elle l'était, l'autre jour. »

« Si c'est le mot *économe* que tu cherches, c'est très différent d'avare. C'est là un excellent trait de caractère. Si Marilla avait été avare, elle ne vous aurait certes pas recueillis, Dora et toi, lorsque votre maman est morte. Aurais-tu préféré vivre chez Mme Wiggins ? »

« Jamais de la vie ! » Davy était catégorique sur ce point. « Et j'veux pas non plus aller chez oncle Richard. J'aime cent fois mieux habiter ici, même si Marilla est... ce grand mot... quand il s'agit de ses confitures, et c'est parce que tu es là, toi, Anne. Dis, tu vas me raconter une histoire avant que je m'endorme ? J'veux pas un conte de fées. C'est juste bon pour les filles. Moi, j'veux une histoire excitante, avec beaucoup de gens qui meurent et qui se tirent dessus, et une maison en feu, et toutes sortes de choses intéressantes comme ça. »

Heureusement pour Anne, Marilla arriva à ce moment de sa chambre.

« Anne, Diana t'envoie des signaux à n'en plus finir. Tu ferais mieux d'aller voir ce qu'elle veut. »

Anne courut au pignon est et vit les éclairs de lumière traversant le crépuscule depuis la fenêtre de Diana par groupes de cinq, ce qui signifiait, selon le code établi dans leur enfance : «Viens tout de suite, j'ai quelque chose d'important à te révéler.» Anne jeta un châle blanc sur sa tête et se rendit en vitesse à Orchard Slope en passant par la Forêt hantée et le pâturage de M. Bell.

«J'ai de bonnes nouvelles pour toi, Anne», lui annonça Diana. «Maman et moi, nous arrivons tout juste de Carmody, et j'ai vu Mary Sentner de Spencervale au magasin de M. Blair. Elle m'a appris que les vieilles demoiselles Copp du chemin des Conservateurs possèdent un plateau à motif chinois et elle croit qu'il est la réplique exacte de celui que nous avions au souper. Tu pourras sans doute l'acheter, car Martha Copp a la réputation de ne jamais conserver un objet qu'elle peut vendre ; sinon, elle dit que Wesley Keyson de Spencervale en a un, lui aussi, et qu'il accepterait de le vendre, mais elle n'est pas sûre qu'il soit identique à celui de tante Joséphine. »

«J'irai dès demain le chercher à Spencervale», affirma Anne, «et tu dois venir avec moi. Tu ne peux pas savoir quel poids cela m'enlèvera de la conscience, car je dois me rendre en ville après-demain, et comment pourrais-je affronter ta tante Joséphine sans plateau chinois ? Ce serait pire que la fois où j'ai dû confesser que j'avais sauté dans le lit de la chambre d'amis. »

Les deux jeunes filles éclatèrent de rire à ce vieux souvenir... si certains de mes lecteurs ne savent pas de quoi il s'agit et sont curieux, l'anecdote est relatée dans le tome précédent.

L'après-midi suivant, les deux amies partirent en expédition à la recherche de leur plateau. Spencervale se trouvait à dix milles et la journée n'était pas particulièrement propice aux déplacements. Il faisait terriblement chaud, il n'y avait pas un souffle de vent et six semaines de sécheresse avaient rendu la route très poussiéreuse.

«Oh! J'espère vraiment qu'il pleuvra bientôt», soupira Anne. «La nature est complètement desséchée. Les pauvres champs ont l'air pitoyables et on dirait que les arbres tendent les mains pour mendier un peu de pluie. Quant à mon jardin, son aspect me fend le cœur. Je suppose que je ne devrais pas me lamenter pour un jardin quand les récoltes des cultivateurs souffrent tellement. M. Harrison dit que ses pâturages sont si brûlés que ses malheureuses vaches arrivent à peine à en tirer une bouchée et il se sent coupable de cruauté envers les animaux chaque fois qu'il croise leur regard. »

Après un trajet épuisant, elles atteignirent Spencervale et s'engagèrent sur le chemin des Conservateurs – une route verte et solitaire où les touffes d'herbes ayant poussé entre des traces de roues démontraient qu'on ne l'empruntait pas souvent. La majeure partie de cette route était bordée de jeunes épinettes en massifs touffus s'interrompant ici et là pour laisser la place au champ arrière d'une ferme de Spencervale qui s'étalait jusqu'à la clôture ou à une étendue de souches embrasée par des herbes rouges et des gerbes d'or.

«Je me demande pourquoi on appelle cette route le chemin des Conservateurs», dit Anne.

«Selon M. Allan, cela part du principe d'appeler bocage un lieu dépourvu d'arbres», répondit Diana, «car personne ne vit sur cette route sauf les demoiselles Copp et le vieux Martin Bovyer à l'autre bout, et il est libéral. Les conservateurs ont construit cette route quand ils étaient au pouvoir seulement pour montrer qu'ils faisaient quelque chose. »

Le père de Diana votait libéral, et c'est pourquoi les deux amies ne discutaient jamais politique. Les gens de Green Gables étaient des conservateurs inconditionnels.

Elles arrivèrent enfin au domaine Copp, un endroit si propre que même Green Gables aurait souffert de la comparaison. La maison, d'un style très ancien, se trouvait sur une pente, ce qui avait nécessité la construction d'une base de pierre à une extrémité. Peints à la chaux, la maison et les bâtiments étaient d'une blancheur aveuglante et on ne voyait aucune mauvaise herbe dans le coquet potager entouré d'une palissade blanche.

«Les stores sont tous baissés», constata Diana avec regret. «Je pense qu'il n'y a personne à la maison.»

C'était effectivement le cas. Les deux jeunes filles se regardèrent avec perplexité.

«Je ne sais que faire», dit Anne. «Si j'étais certaine qu'il s'agit du bon plateau, cela me serait égal d'attendre leur retour. Mais on risque d'attendre pour rien et qu'après il soit trop tard pour se rendre chez Wesley Keyson.»

Diana considéra une certaine petite fenêtre carrée au-dessus de la cave.

«Voici la fenêtre du garde-manger, j'en suis sûre», affirma-t-elle. «Cette maison est exactement comme celle d'oncle Charles à Newbridge, et cette fenêtre est celle de leur garde-manger. Le store n'est pas baissé, alors si nous pouvions grimper sur le toit de cette cabane et regarder à l'intérieur, nous verrions peut-être le plateau. Penses-tu que ce serait mal?»

«Non, je ne crois pas», décida Anne après avoir bien réfléchi, «étant donné que ce n'est pas la curiosité pure et simple qui nous pousse.»

Cet important point d'éthique réglé, Anne se prépara à monter sur la cabane en question, une construction de lattes surmontée d'un toit pointu qui avait, par le passé, servi d'habitation aux canards. Les demoiselles Copp ayant renoncé à élever ces oiseaux «trop malpropres», la cabane n'avait pas été utilisée depuis des années, sauf comme poulailler occasionnel. Bien que scrupuleusement blanchie à la chaux, elle était devenue quelque peu branlante et Anne se sentit quelque peu inquiète pendant qu'elle grimpait sur un tonnelet posé sur une boîte.

«J'ai bien peur qu'elle ne supporte pas mon poids», annonça-t-elle en posant précautionneusement le pied sur le toit.

«Appuie-toi sur le rebord de la fenêtre», conseilla Diana.

Anne obéit. À son grand plaisir, elle aperçut, en regardant par le carreau, un plateau chinois identique à celui qu'elle recherchait, sur l'étagère qui faisait face à la fenêtre. Encore heureux qu'elle eût le temps de le voir avant la catastrophe. Dans sa joie, elle oublia la nature précaire de son support et cessa imprudemment de prendre appui sur le rebord de la fenêtre; elle fit un petit mouvement impulsif et un instant plus tard, le toit était défoncé et Anne dégringolait dans le trou jusqu'aux aisselles. Elle resta suspendue, incapable de se libérer. Diana se précipita dans la maison des canards et, saisissant sa malheureuse amie par la taille, elle essaya de la tirer vers le bas.

«Aïe!... Arrête!» hurla Anne. «Il y a de longues échardes qui me rentrent dans la peau. Cherche plutôt quelque chose à me mettre sous les pieds et je pourrai peut-être remonter.»

Diana se hâta de poser le tonnelet mentionné plus haut et Anne le trouva juste assez haut pour fournir un appui sûr à ses pieds. Elle n'arriva cependant pas à se délivrer.

«Je pourrais peut-être te sortir de là si je te poussais vers le haut», suggéra Diana.

«Non... les échardes font trop mal. Mais si tu dénichais une hache, tu pourrais me frayer un chemin. Oh! mon Dieu, je commence vraiment à croire que je suis née sous une mauvaise étoile.»

Diana fouilla partout, mais il n'y avait aucune hache en vue.

«Je dois aller demander de l'aide», décida-t-elle en retournant à la prisonnière.

«Surtout pas», objecta Anne avec véhémence. «Si tu fais ça, tout le monde connaîtra l'histoire et j'en mourrai de honte. Non, il faut attendre le retour des demoiselles Copp et les convaincre de garder le secret. Elles sauront où se trouve la hache et me sortiront de là. Ce n'est pas inconfortable tant que je demeure parfaitement immobile, pas inconfortable *physiquement*, je veux dire. Je me demande à combien elles évaluent cette cabane. Je devrai payer pour les dégâts que j'ai causés, et cela me serait égal si seulement j'étais certaine qu'elles comprendraient ce qui m'a poussée à espionner par la fenêtre de leur garde-manger. Mon unique consolation, c'est d'avoir trouvé le plateau, et si Mlle Copp consent à me le vendre, je me résignerai au reste. »

« Et si elles n'arrivent pas avant la tombée de la nuit... ou même demain ? » suggéra Diana.

« Si elles ne sont pas de retour au coucher du soleil, alors tu devras aller chercher de l'aide, je présume », prononça Anne à contrecœur. « Mais n'y va pas avant que ce ne soit vraiment nécessaire. Mon Dieu ! Me voilà dans de beaux draps ! Je supporterais mieux mes malheurs s'ils étaient romantiques, comme le sont toujours ceux des héroïnes de Mme Morgan. Les miens ne sont que ridicules. Imagine ce que penseront les demoiselles Copp en entrant dans leur cour quand elles apercevront la tête et les épaules d'une fille émergeant du toit d'un de leurs bâtiments. Écoute... on dirait le bruit d'un train. Non, Diana, je crois que c'est le tonnerre. »

C'était effectivement le tonnerre. Diana, ayant vivement fait le tour de la maison, revint annoncer qu'un nuage très noir couvrait le ciel au nord-ouest.

« Nous aurons un gros orage, cela ne fait aucun doute », s'exclama-t-elle consternée. « Oh ! Anne, qu'allons-nous faire ? »

« Il faut nous préparer », répondit-elle calmement. Un orage semblait vraiment une bagatelle à côté de ce qu'elle venait de subir. « Tu ferais mieux d'amener le cheval et le boghei dans ce hangar ouvert. Heureusement, mon parasol se trouve dans le boghei. Tiens, prends mon chapeau. Marilla m'a traitée d'oie en me voyant mettre mon meilleur chapeau pour aller au chemin des Conservateurs, et elle avait raison, comme d'habitude. »

Diana détacha le poney et le mena dans le hangar juste comme les premières grosses gouttes de pluie commençaient à tomber. Puis elle s'assit et contempla l'averse qui suivit ; le rideau de pluie était si dense qu'elle pouvait à peine apercevoir Anne à travers, tenant bravement son parasol au-dessus de sa tête nue. Il n'y eut pas beaucoup de tonnerre, mais pendant près d'une heure, la pluie tomba allégrement. De temps à autre, Anne inclinait son parasol en arrière et envoyait la main à son amie en signe d'encouragement. Il était cependant hors de question de tenir une conversation à cette distance et dans ces circonstances. La pluie cessa enfin, le soleil reparut et Diana s'aventura dans la cour, à travers les flaques d'eau.

« Tu n'es pas trop mouillée ? » s'informa-t-elle anxieusement.

« Oh ! non », l'assura Anne avec entrain. « Ma tête et mes épaules sont presque sèches et ma jupe n'est qu'un peu humide là où la pluie passait entre les lattes. Ne me prends pas en pitié, Diana, j'ai très bien supporté l'épreuve. Je pensais à tout le bien que la pluie apporterait, au bonheur qu'a dû éprouver mon jardin en la recevant et à ce que devaient penser les fleurs et les boutons lorsque les premières gouttes se sont mises à tomber. J'ai imaginé une conversation tout à fait captivante entre les asters, les petits pois, les canaris sauvages du bosquet de lilas et l'ange gardien du jardin. J'ai l'intention de l'écrire dès mon retour. Je le ferais immédiatement si seulement j'avais du papier et un crayon, parce que c'est sûr que j'oublierai les meilleurs passages avant d'être chez moi. »

La loyale Diana possédait un crayon et trouva un bout de papier d'emballage dans le boghei. Anne plia son parasol dégoulinant, mit son chapeau, étendit le papier sur un bardeau que Diana lui avait passé et rédigea cette idylle de jardin dans des conditions pouvant difficilement être jugées favorables à la littérature. Le résultat était néanmoins plutôt joli, et la lecture enchanta Diana.

« C'est si charmant, Anne... si charmant. Tu dois l'envoyer au magazine *La Femme canadienne*. »

« Non, cela ne conviendrait pas du tout. Il n'y a pas d'intrigue, tu vois. Ce n'est qu'une suite de propos fantaisistes. J'aime bien écrire de cette manière, mais rien de cela ne sera jamais publié, bien entendu. Selon Priscilla, les éditeurs insistent pour avoir des intrigues. Oh! Voilà Mlle Sarah Copp qui arrive. S'il te plaît, Diana, va lui expliquer. »

Mlle Sarah Copp était une personne menue affublée de vêtements noirs usés et coiffée d'un chapeau choisi moins pour son caractère décoratif que pour sa durabilité. Le curieux tableau qu'elle aperçut dans sa cour la laissa aussi stupéfaite qu'on pouvait s'y attendre, mais elle fut toute sympathie après avoir entendu les explications de Diana. Elle se hâta de débarrer la porte arrière, trouva la hache et, après quelques coups judicieux, Anne fut libérée. Quelque peu fatiguée et endolorie, cette dernière plongea à l'intérieur de sa prison et émergea de nouveau heureusement à la liberté.

« Mademoiselle Copp », dit-elle avec sincérité, « je vous assure que j'ai regardé dans votre garde-manger uniquement pour voir si vous possédiez un plateau chinois. Je n'ai rien vu ni rien regardé d'autre. »

« C'est très bien, je ne vous en veux pas du tout », répondit aimablement Mlle Sarah. « Ne vous inquiétez pas, il n'y a pas de mal. Dieu merci, nous, les Copp, gardons nos garde-manger présentables en tout temps et ne craignons le regard de personne. En ce qui concerne cette vieille maison de canards, je suis bien contente qu'elle soit défoncée, parce que peut-être que maintenant Martha acceptera de la détruire. Elle n'avait jamais voulu avant au cas où elle pourrait nous servir un jour et je devais la repeindre à la chaux chaque printemps. Mais discuter avec Martha, c'est comme discuter avec un poteau. Elle s'est rendue en ville aujourd'hui, je suis allée la reconduire à la gare. Ainsi, vous désirez acheter mon plateau? Combien m'en offrez-vous? »

«Vingt dollars», dit Anne qui n'avait jamais conclu
de marché avec une Copp auparavant, sinon elle n'aurait
pas donné son prix au départ.

«C'est à voir», fit prudemment Mlle Sarah. «Heureusement que cet objet m'appartient, sinon je n'oserais
jamais le vendre en l'absence de Martha. Je sais d'avance
qu'elle en fera pourtant toute une histoire. C'est Martha la
patronne ici, croyez-moi. Je commence à être terriblement
fatiguée de vivre sous la coupe d'une autre femme. Mais
entrez donc. Vous devez être affamées et avoir besoin de
vous reposer un peu. Je ferai de mon mieux pour le thé,
mais je vous avertis : ne vous attendez pas à autre chose
qu'à du pain et du beurre et quelques concombres. Avant
de partir, Martha a mis sous clef tous les gâteaux, le fromage et les conserves. C'est ce qu'elle fait toujours, parce
qu'elle me trouve trop libérale lorsque nous recevons de la
visite.»

Les deux amies avaient assez faim pour faire honneur
à n'importe quelle nourriture et elles mangèrent de bon
appétit les excellentes tartines et les concombres de
Mlle Sarah.

«Je ne sais pas si j'ai vraiment envie de vendre le
plateau», dit Mlle Sarah après le repas. «Il vaut au moins
vingt-cinq dollars. C'est une pièce d'antiquité, vous
savez.»

Diana donna un léger coup au pied d'Anne sous la
table, ce qui signifiait : «Ne cède pas; elle te le laissera à
vingt si tu tiens ton bout.» Mais Anne ne voulait pas
risquer de perdre ce précieux plateau. Elle accepta aussitôt
et Mlle Sarah sembla regretter de ne pas en avoir demandé
trente.

«Eh bien! J'imagine que vous pouvez le prendre.
J'essaie de ramasser le plus d'argent possible. La vérité» –
là-dessus Mlle Sarah releva la tête d'un air important, ses
joues rougissant de fierté –, «c'est que je vais me marier
avec Luther Wallace. Il a demandé ma main il y a déjà
vingt ans. Moi, je l'aimais, mais il était pauvre et père l'a

jeté à la porte. J'aurais sans doute dû résister et ne pas le laisser partir comme ça. Mais j'étais timide et père me terrifiait. De toute façon, je ne savais pas que les hommes étaient si poltrons. »

Lorsqu'elles furent loin, Diana conduisant et Anne tenant soigneusement le plateau convoité sur ses genoux, la solitude du chemin des Conservateurs, verte et rafraîchie par la pluie, se trouva ranimée par les cascades de rires des deux amies.

« Quand j'irai en ville demain, je vais amuser ta tante Josephine en lui racontant l'histoire pleine de rebondissements de cet après-midi. Cela n'a pas été facile, mais c'est terminé. J'ai le plateau et cette pluie a magnifiquement tapé la poussière. Alors "tout est bien qui finit bien". »

« Nous ne sommes pas encore à la maison », remarqua Diana d'un ton plutôt pessimiste, « et qui sait ce qui nous attend. Tu es le genre de fille à qui il arrive toutes sortes d'aventures, Anne. »

« C'est naturel pour certaines personnes de connaître des aventures », répondit sereinement Anne. « C'est une question de don. »

19

Une simple journée de bonheur

« En fin de compte », avait dit Anne à Marilla un jour, « je pense que les jours les plus beaux et les plus agréables ne sont pas ceux où il se produit un événement splendide ou extraordinaire, mais ceux qui nous apportent de petites joies simples l'une à la suite de l'autre, comme des perles glissant d'une ficelle. »

De telles journées étaient chose courante à Green Gables car, comme n'importe qui d'autre, Anne ne vivait pas ses aventures et ses mésaventures d'un seul coup ; elles s'éparpillaient au contraire au cours de l'année, entrecoupées de longs moments paisibles et sereins remplis de travail, de rêveries, de rires et d'études. L'une de ces journées se déroula vers la fin d'août. Durant l'avant-midi, Anne et Diana emmenèrent les jumeaux ravis faire un tour de chaloupe sur l'étang jusqu'à la plage pour cueillir des fines herbes et barboter dans les vagues, pendant que le vent jouait une vieille mélodie apprise quand la terre était encore jeune.

Durant l'après-midi, Anne se rendit chez les Irving pour voir Paul. Elle le trouva étendu dans l'herbe, près de l'épais bosquet d'épinettes qui protégeait la maison au nord, absorbé dans un livre de contes de fées. Il se leva, radieux, lorsqu'il la vit arriver.

« Oh ! Comme je suis content de vous voir, Anne », s'écria-t-il avec empressement. « Grand-maman est partie, alors vous resterez pour le thé, n'est-ce pas ? C'est si

ennuyeux de prendre son thé tout seul. Vous savez, Anne,
j'ai failli demander à la jeune Mary Joe de me tenir compagnie, mais j'avais peur que grand-maman ne soit pas
d'accord. Elle dit toujours que les Français doivent rester à
leur place. Et puis, c'est difficile de parler avec Mary Joe.
Elle ne fait que rire et répéter, avec son accent épouvantable, que je surpasse tous les autres garçons qu'elle
connaît. Ce n'est pas ce que j'appelle avoir de la
conversation. »

« Bien entendu que je resterai pour le thé », répondit
joyeusement Anne. « Je mourais d'envie d'être invitée.
J'avais l'eau à la bouche au seul souvenir du délicieux sablé
de ta grand-maman que j'ai mangé ici l'autre jour. »

Paul la regarda d'un air grave, debout en face d'elle,
les mains dans les poches et son beau visage soudain
assombri par l'inquiétude.

« S'il n'en dépendait que de moi, Anne », dit-il, « vous
pourriez manger tout le sablé que vous désirez. Mais c'est
Mary Joe qui décide. J'ai entendu grand-maman lui
ordonner, avant de partir, de ne pas m'en servir parce que
c'est, paraît-il, trop riche pour un estomac d'enfant. Mais
Mary Joe acceptera peut-être d'en trancher pour vous si je
lui promets de ne pas y toucher. Espérons pour le mieux. »

« D'accord », approuva Anne qui adhérait complètement à cette philosophie positive. « Si Mary Joe a le cœur
trop dur et refuse de m'en donner, cela ne me dérangera
pas du tout, alors ne t'inquiète pas. »

« Vous êtes vraiment sûre que cela ne vous dérangera
pas ? » s'enquit-il anxieusement.

« Parfaitement sûre, mon chéri. »

« Alors, je ne suis pas inquiet », fit Paul en poussant
un long soupir de soulagement, « surtout que j'ai la certitude que Mary Joe entendra raison. Ce n'est pas une
personne naturellement déraisonnable, mais elle a appris
par expérience qu'il vaut mieux se conformer aux ordres
de grand-maman. Tout en étant une excellente femme,
grand-maman entend qu'on lui obéisse. Elle était très

contente de moi ce matin parce que je me suis finalement
arrangé pour manger toute mon assiettée de gruau. J'ai
réussi, quoique cela m'ait demandé un gros effort.
Grand-maman dit qu'elle pense faire un homme de moi. À
présent, je voudrais vous poser une question très importante, mademoiselle. Vous me répondrez sincèrement,
n'est-ce pas?»

«J'essaierai», promit Anne.

«Pensez-vous que je suis anormal?»

«Grand Dieu! non, Paul», s'exclama-t-elle, stupéfaite. «Qui a bien pu te mettre une telle idée en tête?»

«C'est Mary Joe... mais elle ne savait pas que je l'en-
tendais. Veronica, la bonne de Mme Peter Sloane, a rendu
visite à Mary Joe hier soir et je les ai entendues bavarder
dans la cuisine en traversant le corridor. Mary Joe disait :
"Ce Paul est un bizarre de p'tit gars. Il cause vraiment
bizarrement. Je pense qu'il a des araignées dans le plafond."
J'ai eu du mal à m'endormir après ça. Je n'arrêtais pas d'y
penser, de me demander si Mary Joe avait raison. Je n'ai
pas osé en parler à grand-maman, mais j'ai décidé de vous
le demander, à vous. Je suis vraiment soulagé que vous
pensiez que je ne suis pas anormal. »

«Bien sûr que tu ne l'es pas. Mary Joe est une fille
stupide et ignorante, et tu ne dois jamais accorder d'importance à ce qu'elle dit», affirma Anne, indignée et secrètement résolue à faire comprendre à Mme Irving qu'elle
devrait conseiller à Mary Joe un peu de modération dans
ses propos.

«Eh bien, ça m'enlève un poids de l'esprit», conclut
Paul. «Grâce à vous, je suis parfaitement heureux maintenant, Anne. Ce serait plutôt embêtant d'être anormal,
n'est-ce pas? Je suppose que si Mary Joe croit que je le suis,
c'est parce que je lui confie parfois ce que je pense. »

«C'est là une habitude assez dangereuse», admit Anne
qui se souvenait de ses propres expériences.

«Je vais vous raconter ce que j'ai confié à Mary Joe et
vous jugerez par vous-même si c'est bizarre», proposa Paul,

« mais j'attendrai qu'il commence à faire noir. C'est à ce moment-là que je brûle d'envie de bavarder avec quelqu'un, et lorsqu'il n'y a personne d'autre, je parle à Mary Joe. Mais maintenant, je ne le ferai plus, si ce que je lui dis lui fait imaginer que je ne suis pas normal. J'en mourrai d'envie mais je le supporterai. »

« Si ton besoin de parler est trop grand, tu peux venir jusqu'à Green Gables et me confier tes pensées », suggéra Anne avec gravité. Elle prenait toujours les enfants au sérieux, et c'était pour cela qu'elle leur était si chère.

« C'est ce que je ferai. J'espère que Davy ne sera pas là quand je viendrai, parce qu'il me fait des grimaces. Ça ne me dérange pas beaucoup, étant donné qu'il est si petit par rapport à moi, mais ce n'est quand même pas très agréable de se faire faire des grimaces. Et Davy en fait de si horribles. Quelquefois, j'ai peur que son visage ne retrouve plus son aspect normal. Il m'en fait à l'église quand je devrais être en train de me recueillir. Cependant, Dora m'aime et je l'aime aussi, mais je l'aimais encore plus avant qu'elle dise à Minnie May Barry qu'elle avait l'intention de m'épouser quand je serai grand. Je me marierai peut-être plus tard, mais je suis beaucoup trop jeune pour y songer maintenant, n'est-ce pas, Anne ? »

« En effet », approuva cette dernière.

« En parlant de mariage, ça me rappelle une autre chose qui m'a troublé récemment », poursuivit Paul. « Mme Lynde est venue prendre le thé avec grand-maman, la semaine dernière, et grand-maman m'a demandé de lui faire voir le portrait de ma mère – celui que papa m'a envoyé pour mon anniversaire. Je n'avais pas vraiment envie de le montrer à Mme Lynde. C'est une femme bonne et gentille, mais pas le genre de personne à qui on veut montrer le portrait de sa mère. Vous me comprenez, n'est-ce pas, Anne ? Mais j'ai évidemment obéi à grand-maman. Mme Lynde a dit qu'elle était très jolie, mais qu'elle avait le style d'une actrice, et qu'elle avait dû être beaucoup plus jeune que mon père. Ensuite, elle a dit :

"Un de ces jours, ton papa se remariera sans doute. Comment aimeras-tu avoir une nouvelle maman, monsieur Paul ?" Cette seule pensée m'a presque coupé le souffle, Anne, mais je n'allais certainement pas le laisser voir à Mme Lynde. Je l'ai simplement regardée droit dans les yeux – comme ceci – et j'ai répondu : "Madame Lynde, mon père ne s'est pas trompé lorsqu'il a choisi ma première maman et j'ai confiance qu'il saura en choisir une aussi bonne la deuxième fois." C'est vrai que je peux lui faire confiance, Anne. Mais j'espère tout de même que si jamais il me donne une nouvelle maman, il me demandera mon avis avant qu'il ne soit trop tard. Tiens, voici Mary Joe qui vient vous appeler pour le thé. Je vais aller la consulter au sujet du sablé. »

À la suite de cette « consultation », Mary Joe trancha le sablé, ajouta un plat de confitures au menu. Anne versa le thé et les deux convives mangèrent très joyeusement dans le vieux salon coquet dont les fenêtres étaient ouvertes sur la brise soufflant du golfe. Leur conversation fut si incohérente que Mary Joe en fut scandalisée et, le lendemain soir, elle confia à Veronica que « la maîtresse d'école » paraissait aussi bizarre que Paul. Après le thé, Paul invita Anne à monter dans sa chambre pour lui montrer le portrait de sa mère ; c'était là le mystérieux cadeau d'anniversaire que Mme Irving avait caché dans la bibliothèque. Dans la chambrette de Paul au plafond bas, les douces lueurs rougeoyantes du soleil couchant tourbillonnaient tandis que dansaient les ombres des sapins qui avaient poussé près de la profonde fenêtre carrée. Dans ce rayonnement luisait le charmant visage d'une jeune femme au regard maternel et tendre dont le portrait était suspendu au pied du lit.

« C'est maman », dit Paul, plein d'amour et de fierté. « J'ai demandé à grand-maman de l'accrocher ici, pour que je puisse le voir en ouvrant les yeux, le matin. Ça m'est égal maintenant de ne pas avoir de lumière lorsque je vais me coucher, parce que c'est comme si maman était là, tout près de moi. Sans même me l'avoir demandé, papa savait exactement quel cadeau d'anniversaire m'offrir pour me faire plaisir. L'intuition d'un père est une chose vraiment phénoménale, n'est-ce pas ? »

« Ta mère était très jolie, Paul, et tu lui ressembles un peu. Mais elle avait les yeux et les cheveux plus foncés que les tiens. »

« Mes yeux sont de la même couleur que ceux de mon père », répondit Paul en ramassant tous les coussins qui se trouvaient dans la chambre pour les empiler sur le fauteuil près de la fenêtre, « mais ses cheveux sont gris maintenant. Il en a beaucoup, mais ils sont gris. Papa a presque cinquante ans, vous savez. C'est assez âgé, n'est-ce pas ? Mais il n'est vieux qu'à l'extérieur. À l'intérieur, il est resté aussi jeune que n'importe qui. Maintenant, Anne, j'aimerais que vous vous asseyiez ici, et moi, je m'installerai à vos pieds. Vous voulez bien que je pose la tête sur vos genoux ? C'est comme ça que nous avions l'habitude de nous asseoir, maman et moi. Comme on est bien ! »

« À présent, je voudrais connaître ces idées qui ont paru si saugrenues à Mary Joe », proposa Anne en caressant la tignasse bouclée de l'enfant. Il n'était jamais nécessaire d'insister auprès de Paul pour l'amener à livrer ses réflexions... du moins aux âmes sœurs.

« Ce sont des choses qui me sont venues à l'esprit un soir, dans le bosquet de sapins », commença-t-il rêveusement. « Bien entendu, je n'y ai pas cru, mais j'y ai pensé. Vous comprenez la différence, Anne. Ensuite, j'ai eu envie d'en parler à quelqu'un, mais il n'y avait personne, sauf Mary Joe. Elle préparait le pain dans le garde-manger. Je me suis assis sur le banc, à côté d'elle, et j'ai dit : "Sais-tu ce que je pense, Mary Joe ? Je pense que l'étoile du soir est un phare où habitent les fées. Elle m'a répondu que j'étais fou et que les fées n'existaient pas. Cela m'a contrarié. Bien sûr que je le savais, mais ça ne m'empêchait pas d'y rêver. Vous me comprenez, Anne. J'ai recommencé à parler, très patiemment. J'ai dit : "Alors sais-tu ce que je pense, Mary Joe? Je pense qu'un ange vient sur la terre après le coucher du soleil, un ange blanc, très grand, avec des ailes d'argent repliées, et il chante une berceuse pour endormir les oiseaux et les fleurs. Les enfants peuvent l'entendre s'ils savent écouter." Mary Joe a levé ses mains couvertes de farine et s'est écriée que j'étais vraiment bizarre et que je lui faisais peur. C'est vrai qu'elle avait l'air terrifiée. Je suis sorti et j'ai chuchoté le reste de mon histoire au jardin. Il y avait un petit bouleau dans le jardin et il est mort. Grand-maman croit que ce sont les vapeurs salines qui l'ont tué; mais à mon avis, il appartenait à une dryade étourdie qui est partie à l'aventure dans le vaste monde et s'est perdue. Le petit arbre en a eu le cœur brisé et il est mort d'ennui. »

« Et quand la pauvre petite nymphe étourdie se lassera et reviendra à son arbre, elle aussi aura le cœur brisé », remarqua Anne.

« C'est vrai; mais les dryades qui sont étourdies doivent en subir les conséquences, tout comme les personnes réelles », répondit gravement Paul.

« Savez-vous ce que je pense au sujet de la pleine lune, Anne ? Elle est un petit navire doré rempli de rêves. »

« Et quand elle heurte un nuage, elle en renverse quelques-uns, qui tombent dans ton sommeil. »

« C'est tout à fait ça, Anne. Oh! Vous, vous le savez. Et je pense que les violettes sont de minuscules parcelles tombées du ciel quand les anges y ont taillé des trous pour qu'on voie briller les étoiles. Et que les boutons d'or sont fabriqués avec d'anciens rayons de soleil; et que les petits pois deviendront des papillons quand ils iront au paradis. Et maintenant, Anne, à votre avis, ces pensées sont-elles si folles? »

« Non, mon petit, elles ne sont pas folles du tout; ce sont d'étranges et belles pensées pour un enfant de ton âge, et les gens qui les déclarent insensées ne pourraient jamais rien imaginer de semblable même s'ils essayaient pendant cent ans. Mais continue comme ça, Paul, et un jour, j'en suis convaincue, tu deviendras un poète. »

... De retour chez elle, Anne trouva un type de petit garçon très différent qui l'attendait pour aller se coucher. Davy faisait la tête; une fois déshabillé, il se rua sur son lit et enfouit sa tête dans l'oreiller.

« Tu as oublié de réciter tes prières, Davy », le réprimanda-t-elle.

« J'ai pas oublié », répliqua-t-il d'un ton de défi, « mais je dirai plus jamais mes prières. J'essaierai plus d'être bon parce que de toute façon, c'est Paul Irving que tu préfères. Alors, aussi bien être vilain et m'amuser. »

« Ce n'est pas vrai que je préfère Paul », répondit-elle sérieusement.

« Je vous aime tout autant l'un que l'autre, mais différemment. »

« Je veux que tu m'aimes de la même manière », insista Davy en faisant la moue.

« On ne peut pas aimer deux personnes différentes de la même manière. Tu n'aimes pas Dora comme tu m'aimes, n'est-ce pas ? »

Davy s'assit pour réfléchir.

« N... non », admit-il enfin. « J'aime Dora parce qu'elle est ma sœur et toi, je t'aime parce que tu es toi. »

« Et moi, j'aime Paul parce qu'il est Paul et Davy parce qu'il est Davy », conclut-elle joyeusement.

« Alors j'regrette de pas avoir récité mes prières », concéda Davy que cette logique avait convaincu. « Mais c'est trop ennuyeux de me relever pour les dire maintenant. Je les dirai plutôt en double demain matin. Ça sera aussi bien, non ? »

Anne tint bon : non, ce ne serait pas aussi bien. Davy rampa donc hors du lit et s'agenouilla devant elle. Après avoir terminé ses dévotions, il s'assit sur ses petits talons bruns et leva les yeux vers elle.

« Anne, je suis meilleur qu'avant. »

«C'est vrai, Davy», approuva Anne, qui n'hésitait jamais à donner un crédit quand il était dû.

«J'le sais», lui confia-t-il. «Et j'vais te dire comment j'le sais. Aujourd'hui, Marilla m'a donné deux tartines de confiture, une pour moi et une pour Dora. Une des deux était beaucoup plus grosse que l'autre et Marilla m'a pas dit laquelle était la mienne. Eh bien, j'ai donné la plus grosse à Dora. C'était bien, non?»

«Très bien, et très galant, Davy.»

«Comme Dora avait évidemment pas très faim», admit Davy, «elle a mangé que la moitié de sa tartine et m'a donné le reste. Mais je l'savais pas quand j'lui ai offert, alors *j'étais* bon, Anne.»

En allant se balader au clair de lune jusqu'à la Source des fées, Anne rencontra Gilbert Blythe qui revenait dans l'obscurité de la Forêt hantée. Elle s'aperçut tout à coup que Gilbert n'était plus un écolier. Et comme il avait l'air viril, grand, le visage franc, le regard clair et direct et les épaules larges! Anne le trouva très beau, même s'il n'avait jamais correspondu à son idéal. Elle et Diana avaient décidé depuis longtemps quel type d'homme elles admiraient et elles paraissaient avoir exactement les mêmes goûts. Il devait être très grand, avoir une expression distinguée et mélancolique, un regard impénétrable et une voix tendre et sympathique. Il n'y avait rien de mélancolique ou d'impénétrable dans la physionomie de Gilbert, mais peu importait puisqu'il n'était qu'un ami.

Gilbert s'allongea sur les fougères près de la source et considéra Anne d'un air approbateur. Si on lui avait demandé de dépeindre la femme idéale, sa description aurait correspondu point par point à Anne, sans omettre les sept petites taches de rousseur dont l'odieuse présence continuait à la désespérer. Gilbert n'était encore qu'un très jeune homme; mais les jeunes hommes rêvent aussi et, dans ses rêves d'avenir, il y avait toujours une jeune fille aux grands et limpides yeux gris, dont le visage était aussi raffiné et délicat qu'une fleur. Il avait également décidé que son avenir devait être à la hauteur de son idole. Même dans le paisible village d'Avonlea, on était en butte à des tentations auxquelles il fallait résister. Les jeunes gens de White Sands étaient plutôt « tombeurs » et Gilbert se rendait populaire partout où il allait. Mais il voulait continuer à mériter l'amitié d'Anne et peut-être, un jour lointain, gagner son amour ; il surveillait jalousement chacune de ses paroles, de ses pensées, de ses actes, comme si ses yeux clairs allaient en faire le procès. Elle exerçait inconsciemment sur lui l'influence que toute jeune fille aux idéaux purs et élevés exerce sur ses amis ; une influence qui durerait tant qu'elle serait fidèle à ses idéaux et qui se terminerait aussitôt si jamais elle y manquait. Aux yeux de Gilbert, le plus grand charme d'Anne résidait dans le fait qu'au contraire de tant de jeunes filles d'Avonlea, elle ne s'abaissait jamais à des sentiments mesquins – les petites jalousies, tromperies et rivalités, et tout ce qu'on pouvait faire pour obtenir une faveur. Anne se tenait à l'écart de ces sortes de choses, non consciemment ou volontairement, mais simplement parce qu'elles étaient totalement étrangères à sa nature transparente et impulsive, aux aspirations et motivations claires comme le cristal.

Gilbert n'essaya pourtant pas d'exprimer ces pensées, car il avait déjà appris à ses dépens qu'Anne tuerait impitoyablement et froidement dans l'œuf toute tentative de sentimentalisme, ou qu'elle se moquerait de lui, ce qui était dix fois pire.

« Tu ressembles à une vraie nymphe des bois sous ce bouleau », dit-il pour la taquiner.

« J'aime les bouleaux », répondit-elle, posant la joue sur le tronc svelte et satiné de couleur crème, d'un des jolis gestes caressants qui lui venaient si naturellement.

« Alors tu seras heureuse d'apprendre que M. Major Spencer a décidé de planter une rangée de bouleaux blancs le long de la route devant sa ferme », poursuivit Gilbert. « C'est sa façon à lui d'encourager la S.A.V.A. Il m'en a touché un mot aujourd'hui. Major Spencer est l'esprit le plus progressiste et préoccupé par le bien commun d'Avonlea. Et M. William Bell va planter une haie d'épinettes le long de la route devant la sienne et le long de son chemin. Notre Société se développe merveilleusement, Anne. Elle a dépassé l'étape expérimentale et est devenue un fait accepté. Les gens plus figés commencent à s'y intéresser et les habitants de White Sands parlent d'en mettre une sur pied, eux aussi. Même Elisha Wright s'est amadoué depuis le jour où les Américains de l'hôtel ont pique-niqué sur la plage. Ils ont fait un tel éloge de nos bords de routes et ont déclaré qu'il n'y en avait pas plus jolis nulle part dans l'Île. Et quand, en temps voulu, les autres cultivateurs suivront le bon exemple de M. Spencer et planteront des arbres ornementaux et des haies sur la route devant leurs fermes, Avonlea sera l'endroit le plus ravissant de la province. »

« La Société d'aide parle d'arranger le cimetière », dit Anne, « et j'espère qu'elle le fera, parce qu'il faudra entreprendre une souscription et il vaut mieux que ce ne soit pas nous après l'histoire de la salle. Mais elle ne s'en serait jamais mêlée si nous ne lui avions pas mis, officieusement, cette idée en tête. Les arbres que nous avons plantés sur le terrain de l'église sont en fleurs et les commissaires m'ont promis de clôturer la cour d'école l'an prochain. Si ce projet se réalise, j'organiserai une journée arboricole et tous les écoliers planteront un arbre; et nous ferons un jardin dans le coin près de la route. »

« Jusqu'à présent, presque tous nos projets ont été couronnés de succès », reprit Gilbert. « Seul M. Boulter a refusé de démolir sa vieille maison. J'ai renoncé à le persuader, en désespoir de cause. Levi ne l'enlèvera pas, seulement pour nous contrarier. Tous les Boulter ont l'esprit de contradiction, et c'est encore plus développé dans son cas. »

« Julia Bell veut qu'on lui délègue un autre comité, mais selon moi, le mieux est encore de ne pas s'occuper de lui », remarqua sagement Anne.

«Et de nous en remettre à la Providence, comme dirait Mme Lynde», ajouta Gilbert en souriant. «Tu as raison, plus de comités. Ils ne font que l'exaspérer. Julia Bell croit que rien ne peut être accompli sans un comité. Le printemps prochain, nous devrons entreprendre une campagne pour l'embellissement des pelouses et des terrains. Il faudra semer de bonne heure. J'ai ici un traité sur les pelouses et je compte écrire un document sur le sujet sous peu. Eh bien, tes vacances sont presque terminées, n'est-ce pas? Les écoles ouvrent lundi. Ruby Gillis a-t-elle obtenu le poste à l'école de Carmody?»

«Oui; Priscilla m'a écrit qu'elle prenait l'école de son village, alors les commissaires de Carmody ont choisi Ruby. C'est dommage que Priscilla ne revienne pas, mais comme ça lui est impossible, je suis bien contente que ce soit Ruby. Elle sera à la maison le samedi et nous nous retrouverons ensemble comme par le passé, elle, Jane, Diana et moi.»

Marilla, qui arrivait de chez Mme Lynde, était assise dans l'escalier du porche arrière quand Anne revint.

«Rachel et moi avons décidé de nous rendre en ville demain», annonça-t-elle. «M. Lynde se sent mieux cette semaine et Rachel veut y aller avant qu'il ait une autre attaque.»

«Comme j'ai encore un tas de choses à faire, j'ai l'intention de me lever très tôt demain», dit Anne d'un ton vertueux. «Premièrement, je vais mettre les plumes de mon ancien matelas dans le nouveau. Il y a longtemps que j'aurais dû le faire, mais je remettais toujours cela à demain – c'est une tâche si désagréable. C'est une très mauvaise habitude de remettre à plus tard les choses déplaisantes, et je ne le ferai plus, sinon je ne me sentirai pas à l'aise de faire la morale à mes élèves sur ce sujet. Ce ne serait pas logique. Ensuite, je veux préparer un gâteau pour M. Harrison et terminer d'écrire mon exposé sur les jardins pour la S.A.V.A., puis écrire à Stella, laver et empeser ma robe de mousseline et confectionner un nouveau tablier à Dora.»

«Tu n'en feras pas la moitié», prophétisa Marilla avec pessimisme. «Quand tu planifies autant d'activités à la fois, il survient toujours quelque obstacle pour t'empêcher de les mener à terme.»

20
Voilà comment les choses
se passent souvent

Anne se leva de bonne humeur très tôt le lendemain matin, tandis que le soleil levant agitait triomphalement ses bannières dans un ciel nacré. Green Gables baignait dans un halo de lumière où dansaient les ombres des peupliers et des saules. Au-delà du chemin s'étalait le vaste champ de blé de M. Harrison, dont les épis jaune pâle ondulaient au vent. Le monde lui parut si beau qu'Anne resta pendant dix minutes accoudée oisivement à la barrière du jardin, à se laisser pénétrer par sa splendeur.

Après le déjeuner, Marilla se prépara pour le voyage. Elle emmenait Dora, à qui elle avait depuis longtemps promis cette faveur.

« À présent, Davy, tu vas essayer d'être un bon garçon et de ne pas déranger Anne », lui ordonna-t-elle sans ambages. « Si tu te conduis bien, je t'apporterai une canne en sucre d'orge de la ville. »

Marilla avait hélas la mauvaise habitude d'essayer d'acheter la bonne conduite des gens !

« J'le ferai pas exprès d'être vilain, mais suppose que j'le sois *zaccidentellement* ? » voulut savoir Davy.

« Tu devras faire en sorte d'éviter les accidents », l'admonesta Marilla. « Anne, si M. Shearer vient aujourd'hui, procure-toi un beau rôti et quelques steaks. Sinon tu devras tuer une poule pour dîner demain. »

Anne hocha la tête.

« Je n'ai pas l'intention de me donner la peine de faire
à manger seulement pour Davy et moi aujourd'hui »,
dit-elle. « Ce reste de jambon froid suffira pour notre repas
de midi et je vous ferai frire du steak quand vous reviendrez ce soir. »

« Je vais aider M. Harrison à chercher des algues ce
matin », annonça Davy. « Il me l'a demandé, et j'suis sûr
qu'il me gardera à dîner. M. Harrison est un type drôlement sympathique et vraiment sociable. J'espère lui
ressembler quand je serai grand. C'est-à-dire *agir* comme
lui – j'veux pas lui ressembler physiquement. Mais ça
risque pas d'arriver, j'imagine, parce que Mme Lynde
prétend que j'suis un très bel enfant. Penses-tu que ça
durera, Anne ? J'veux savoir. »

« Sans doute », répondit-elle gravement. « C'est vrai
que tu es beau, Davy » – Marilla fit une mimique résolument désapprobatrice – « mais n'oublie pas que ta conduite
doit correspondre à ton apparence et que tu dois donc être
aussi gentil et poli que tu en as l'air. »

« Et l'autre jour, quand tu as trouvé Minnie May Barry
en train de pleurer parce que quelqu'un lui avait dit qu'elle
était laide, tu lui as fait comprendre que l'apparence
compte pas pourvu qu'on se montre gentil et bon et
aimant », maugréa-t-il. « J'ai l'impression qu'on doit
toujours être bon dans ce monde, quand c'est pas pour une
raison, c'est pour une autre. On peut pas l'éviter. »

« Tu ne veux donc pas être bon ? » s'étonna Marilla
qui, tout en ayant beaucoup appris, n'avait pas encore
compris la futilité de telles questions.

« Oui, j'veux bien l'être, mais pas *trop* », risqua
prudemment Davy. « On a pas besoin d'être très bon pour
devenir directeur de l'école du dimanche. M. Bell l'est ;
pourtant, c'est un homme très méchant. »

« Qu'est-ce que tu racontes ! » s'indigna Marilla.

« C'est lui-même qui l'dit », insista Davy. « Il l'a dit
dans sa prière à l'école du dimanche, la semaine dernière.
Il a dit qu'il était un vil ver de terre et un misérable

pécheur et qu'il était coupable des pires "niquités". Dis, qu'est-ce qu'il a fait pour être si méchant, Marilla ? Est-ce qu'il a assassiné quelqu'un ? Ou volé des pièces de monnaie de collection ? J'veux savoir. »

Heureusement pour Marilla, Mme Lynde arriva juste à ce moment-là, ce qui lui évita de répondre. Elle partit sûre d'avoir échappé au piège de l'oiseleur, tout en souhaitant dévotement que les prières publiques de M. Bell soient moins évocatrices, particulièrement lorsqu'il était entendu par des petits garçons voulant toujours savoir.

Restée seule, Anne travailla d'arrache-pied. Elle balaya le plancher, fit les lits, nourrit les poules, lava sa robe de mousseline et la suspendit sur la corde à linge. Elle se prépara ensuite pour le transfert des plumes. Elle monta au grenier et revêtit la première défroque qui lui tomba sous la main – une robe de cachemire bleu marine qu'elle portait à quatorze ans. Si elle était résolument trop courte et aussi étriquée que la mémorable tiretaine dont elle était affublée à l'occasion de ses débuts à Green Gables, le duvet et les plumes ne pouvaient l'abîmer davantage. Elle compléta sa toilette en nouant sur sa tête un grand mouchoir rouge et blanc ayant appartenu à Matthew. Ainsi accoutrée, elle redescendit à la chambre froide où Marilla, avant de partir, l'avait aidée à transporter le matelas.

Un miroir craquelé était suspendu près de la fenêtre et Anne y aperçut malencontreusement son reflet. Il y avait ces sept taches de rousseur sur son nez, plus en évidence que jamais – c'est du moins ce qu'il lui sembla dans la lumière qui entrait à profusion par la fenêtre.

« Oh ! J'ai oublié de me frictionner avec ma lotion hier soir », songea-t-elle. « Je suis aussi bien d'aller dans le garde-manger et de le faire tout de suite. »

Quels tourments Anne n'avait-elle pas subis pour essayer de faire disparaître ces taches de son ! Une fois, tout son nez avait pelé, mais les taches avaient tenu bon. Quelques jours auparavant, elle avait trouvé la recette d'une lotion décolorante dans un magazine et, ayant les ingrédients sous la main, elle en avait aussitôt fabriqué. Ce n'était pas sans déplaire à Marilla, convaincue que si la Providence nous mettait des tavelures sur le nez, on avait l'impérieux devoir de les y laisser.

Anne se hâta de descendre au garde-manger ; la lumière y était toujours tamisée à cause du grand saule qui avait poussé près de la fenêtre et, les stores étant baissés pour chasser les mouches, il y faisait à ce moment-là presque noir. Anne prit la bouteille de lotion sur la tablette et s'en frictionna copieusement le nez à l'aide d'une petite éponge réservée à cet usage. Cette tâche importante accomplie, elle retourna travailler. Les personnes ayant déjà transféré les plumes d'un matelas à un autre comprendront sans explication que lorsqu'elle eut terminé, Anne avait une apparence vraiment bizarre. Sa robe était blanche de duvet et de mousse, et sa frange, sortant du mouchoir, était ornée d'une véritable auréole de plumes. C'est à cet instant critique qu'on frappa à la porte de la cuisine.

« Ce doit être M. Shearer », pensa Anne. « Je suis vraiment affreuse à regarder, mais il est toujours si pressé qu'il faut que j'aille répondre comme je suis. »

Elle courut à la porte. Si jamais un sol charitable s'était ouvert pour engloutir une misérable demoiselle couverte de plumes, le plancher du porche de Green Gables aurait fait disparaître Anne sur-le-champ. Trois personnes se tenaient à la porte : Priscilla Grant, blonde et dorée dans une robe de soie, accompagnée d'une dame courte et corpulente, aux cheveux gris et vêtue d'un tailleur de tweed, et d'une autre dame, grande, majestueuse et élégante, avec un beau et large visage distingué, des yeux violets bordés de cils noirs. en qui Anne reconnut « instinctivement », comme elle l'aurait dit plus jeune, Mme Charlotte E. Morgan.

Dans la stupéfaction du moment, une pensée se détacha de la confusion qui régnait dans son esprit et elle s'y cramponna comme à une bouée. Toutes les héroïnes de

Mme Morgan étaient reconnues pour leur faculté de s'adapter aux circonstances. Peu importait la nature des problèmes, elles se montraient invariablement à la hauteur de la situation et démontraient leur supériorité sur tous les obstacles de temps, d'espace et de quantité. Anne sentit donc qu'il était de son devoir de faire de même et elle le fit si parfaitement que, par la suite, Priscilla déclara n'avoir jamais autant admiré Anne Shirley qu'à cet instant. Quelle qu'ait été sa détresse, elle n'en laissa rien paraître. Elle accueillit Priscilla et se fit présenter à ses compagnes aussi calmement et posément que si elle avait été revêtue de ses plus beaux atours. Elle ressentit certes un choc en constatant que celle qu'elle avait instinctivement prise pour Mme Morgan était une Mme Pendexter inconnue, alors que l'écrivain célèbre était la courte dame aux cheveux gris; mais l'effet de ce choc fut atténué par celui du premier. Elle fit entrer ses invitées dans la chambre d'amis pour leur permettre de se rafraîchir, puis dans le salon où elle les laissa pendant qu'elle se hâtait d'aider Priscilla à dételer son cheval.

« C'est terriblement impoli d'arriver ainsi sans se faire annoncer », s'excusa Priscilla, « mais j'ai su seulement hier soir que nous venions. Tante Charlotte part lundi et elle s'était engagée à passer la journée en ville avec une amie. Mais celle-ci s'est décommandée hier soir par téléphone parce qu'ils avaient la scarlatine à la maison. Comme je savais qu'il y avait longtemps que tu désirais la connaître, j'ai suggéré de venir ici. Nous avons appelé à l'hôtel de White Sands et avons emmené Mme Pendexter. C'est une amie de ma tante; elle vit à New York et est mariée à un millionnaire. Nous ne pourrons rester longtemps, car Mme Pendexter doit être de retour à l'hôtel à cinq heures. »

À plusieurs reprises pendant qu'elles emmenaient le cheval, Anne surprit le regard perplexe que son amie lui jetait à la dérobée.

« Elle n'a pas besoin de me regarder comme ça », pensa-t-elle avec un peu de ressentiment. « Si elle ne *sait* pas ce que c'est que de changer un lit de plumes, elle peut au moins l'*imaginer*. »

Priscilla alla rejoindre les autres au salon. Avant qu'Anne ait eu le temps de courir en haut, Diana entra dans la cuisine. Anne saisit par le bras son amie stupéfaite.

« Diana Barry, devine qui est dans le salon en ce moment ? Mme Charlotte E. Morgan... et l'épouse d'un millionnaire de New York... Et regarde de quoi j'ai l'air... et il n'y a rien d'autre qu'un reste de jambon froid à manger dans la maison ! »

Anne s'aperçut que Diana la contemplait avec le même ahurissement que Priscilla quelques minutes auparavant. C'en était trop !

« Oh ! Diana, ne me regarde pas comme ça », implora-t-elle. « Toi, au moins, tu devrais savoir que même la personne la plus propre du monde ne peut vider les plumes d'un matelas dans un autre sans se salir. »

« Ce... ce ne sont pas les plumes », hésita Diana. « C'est ton nez, Anne. »

« Mon nez ? Mais Diana, je suis sûre que mon nez n'a rien. »

Elle se précipita jusqu'au petit miroir au-dessus de l'évier. Au premier coup d'œil, la fatale vérité lui sauta au visage. Son nez était d'un rouge écarlate brillant !

Anne s'affala sur le sofa, son intrépidité finalement domptée.

« Que s'est-il passé ? » interrogea Diana, dont la curiosité surpassait la délicatesse.

« Je croyais l'avoir frictionné avec ma lotion contre les taches de rousseur, mais j'ai dû me tromper de flacon et prendre la teinture rouge dont Marilla se sert pour marquer les patrons de ses tapis », répondit-elle avec désespoir. « Que vais-je faire ? »

« Lave-le », suggéra Diana avec bon sens.

« Ça ne partira peut-être pas au lavage. Je me suis d'abord teint les cheveux, ensuite, le nez. Marilla m'a coupé les cheveux quand je les ai teints, mais il ne sert à rien d'envisager cette solution dans ce cas-ci. Eh bien, me voici une nouvelle fois punie de ma vanité, et j'imagine que je le mérite – bien que cela ne m'apporte pas une grande consolation. Cela suffirait presque à me faire croire au mauvais œil, même si Mme Lynde dit que ça n'existe pas, parce que tout est déterminé d'avance. »

La teinture s'enleva heureusement au lavage et Anne se précipita au pignon est pendant que Diana courait chez elle. Anne redescendit bientôt, convenablement habillée et remise de ses émotions. Comme la robe de mousseline qu'elle avait naïvement espéré porter s'égouttait allégrement sur la corde à linge, elle dut se contenter de sa robe de batiste noire. Elle alluma le feu et le thé avait commencé à infuser lorsque Diana revint, portant un plat couvert. Elle, au moins, avait revêtu sa robe de mousseline.

« Maman t'envoie ceci », annonça-t-elle en soulevant le couvercle, laissant voir à son amie reconnaissante une magnifique casserole de poulet rôti et découpé.

On y ajouta du pain frais, de l'excellent beurre et du fromage, du gâteau aux fruits de Marilla et un plat de conserves de prunes flottant dans leur sirop doré comme dans du soleil d'été congelé. La table était décorée d'un vase d'asters roses et blancs; le festin semblait pourtant plutôt maigre à côté de celui qu'elles avaient antérieurement élaboré pour Mme Morgan.

Rien ne parut cependant manquer aux convives affamées et elles semblèrent se régaler de cette nourriture simple. Après quelques instants, Anne cessa de penser à ce qui se trouvait et ne se trouvait pas au menu. Si Mme Morgan était dotée d'un physique décevant – et même ses loyales partisanes furent obligées de se l'avouer plus tard –, sa conversation s'avéra cependant des plus brillantes. Elle avait beaucoup voyagé et savait captiver son auditoire par sa façon de raconter les anecdotes. Ayant rencontré beaucoup d'hommes et de femmes, elle avait cristallisé ses expériences dans de petites expressions et épigrammes spirituelles donnant à ses auditeurs l'impression d'entendre

parler un personnage de livre. Mais sous cette effervescence, on sentait la sympathie toute féminine et la bonté
véritable qui l'animaient et lui gagnaient l'affection aussi
facilement que son intelligence lui gagnait l'admiration. Il
ne faudrait pourtant pas croire qu'elle monopolisait la
conversation. Elle n'était aucunement intimidante et
pouvait écouter les autres aussi bien qu'elle savait parler.
Anne et Diana purent ainsi bavarder librement avec elle.
Mᵐᵉ Pendexter resta plutôt silencieuse; elle se contentait
de sourire de ses yeux magnifiques et de sa jolie bouche, et
elle mangea le poulet, le gâteau et les prunes dans le sirop
avec la même grâce exquise que si on lui avait servi un
repas d'ambroisie et de miel. Comme Anne le fit par la
suite remarquer à Diana, une personne aussi divinement
belle que Mᵐᵉ Pendexter n'avait pas besoin de parler; il lui
suffisait de resplendir.

Après le repas, elles allèrent se promener dans le
Chemin des amoureux, le Vallon des violettes et le sentier
des bouleaux et revinrent en passant par la Forêt hantée
jusqu'à la Source des fées, auprès de laquelle elles s'assirent
et continuèrent à bavarder pendant une autre demi-heure
délicieuse. Mᵐᵉ Morgan voulut savoir comment la Forêt
hantée avait reçu ce nom et elle rit aux larmes en
entendant Anne rapporter de façon dramatique une
certaine marche mémorable dans ce bois par un
mystérieux clair de lune.

«Quelle fête pour l'esprit et pour le cœur», confia
Anne à Diana lorsqu'elles se retrouvèrent seules après le
départ des invitées. «Je ne sais pas encore ce que j'ai préféré : écouter Mᵐᵉ Morgan ou contempler Mᵐᵉ Pendexter.
Je crois que ce fut mieux ainsi, à la fortune du pot, que si
nous avions su qu'elles venaient. Reste pour le thé, Diana,
après je te reconduirai chez toi.»

«Priscilla dit que la belle-sœur de Mᵐᵉ Pendexter est
mariée à un comte anglais, et pourtant elle a pris une
deuxième portion de prunes», s'étonna Diana, comme si
les deux faits avaient quelque chose d'incompatible.

«Je présume que le comte anglais lui-même n'aurait pas levé son nez aristocratique sur les conserves de prunes de Marilla», rétorqua fièrement Anne.

Anne omit de mentionner la mésaventure concernant son nez lorsqu'elle relata les événements de la journée à Marilla, ce soir-là. Mais elle vida dans l'évier le contenu de la bouteille de lotion.

«C'est fini pour moi, ces tentatives d'embellissement», déclara-t-elle, sombrement résolue. «Elles conviennent sans doute aux personnes prudentes et réfléchies; mais pour quelqu'un qui, comme moi, n'arrête jamais de faire des gaffes, c'est provoquer le destin.»

21

Cette gentille Mlle Lavendar

L'école rouvrit ses portes et Anne reprit son travail, avec moins de théories mais considérablement plus d'expérience. Sa classe comptait plusieurs nouveaux élèves, des enfants de six ou sept ans s'aventurant pour la première fois, les yeux ronds, dans un monde inconnu. Davy et Dora se trouvaient parmi eux. Davy partagea le banc de Milty Boulter qui, fréquentant l'école depuis un an, était déjà par conséquent un homme du monde. À l'école du dimanche de la semaine précédente, Dora et Lily Sloane s'étaient entendues pour s'asseoir ensemble; mais Lily ne s'étant pas présentée le premier jour, Dora fut temporairement jumelée à Mirabel Cotton. Âgée de dix ans, celle-ci faisait, aux yeux de Dora, partie des «grandes».

«J'trouve qu'on s'amuse bien à l'école», confia Davy à Marilla lorsqu'il revint à la maison ce soir-là. «Tu disais que ce s'rait dur pour moi d'rester assis tranquille, et c'est vrai – j'ai r'marqué qu'tu disais presque toujours la vérité –, mais on peut bouger les jambes sous le pupitre et ça aide pas mal. C'est extraordinaire de pouvoir jouer avec autant de garçons. J'suis assis avec Milty Boulter et il est gentil. Il est plus long que moi, mais j'suis plus large. J'préférerais m'asseoir en arrière, mais on peut pas avant d'avoir les jambes assez longues pour toucher le plancher. Milty a dessiné le portrait d'Anne sur son ardoise, elle était affreusement laide et j'lui ai dit que s'il faisait des portraits d'Anne comme ça, j'lui flanquerais une raclée à la récréation. J'avais d'abord pensé à l'dessiner avec des cornes et une queue, mais j'ai eu peur de l'offenser, et Anne dit qu'il faut jamais offenser personne. Il paraît qu'il y a rien de pire qu'offenser et que si on *doit* absolument agir, il vaut encore mieux se battre. Milty a dit qu'il avait pas peur de moi, pourtant il a aussitôt changé le nom pour me faire plaisir. Il a effacé le nom d'Anne et mis celui de Barbara Shaw. Il l'aime pas parce qu'elle l'appelle gentil petit garçon et qu'une fois elle lui a caressé la tête. »

Quant à Dora, elle admit d'un air contraint qu'elle aimait l'école, mais elle se tint encore plus tranquille que d'habitude ; et quand, le soir tombé, Marilla lui demanda de monter se coucher, elle hésita et se mit à pleurer.

« J'ai... j'ai peur », sanglota-t-elle. « Je ne veux pas aller en haut toute seule dans le noir. »

« Qu'est-ce que c'est que cette nouvelle lubie ? » s'étonna Marilla.

« Je suis sûre que tu es montée toute seule tout l'été et que tu n'as jamais eu peur avant. »

Mais comme elle continuait à pleurer, Anne la prit dans ses bras, la câlina et chuchota :

« Dis-le à Anne, ma chérie. De quoi as-tu peur ? »

« De... de l'oncle de Mirabel Cotton », pleurnicha-t-elle. « Mirabel Cotton m'a tout raconté sur sa famille aujourd'hui à l'école. Presque toute sa parenté est morte – tous ses grands-pères et ses grands-mères, et même beaucoup d'oncles et de tantes. C'est une habitude qu'ils ont dans la famille, comme dit Mirabel. Elle est très fière d'avoir autant de parents décédés, et elle m'a raconté de quoi ils étaient morts, leurs dernières paroles et de quoi ils avaient l'air dans leurs cercueils. Et elle dit qu'on avait vu un de ses oncles marcher autour de la maison après avoir été enterré. C'est sa mère qui l'a vu. Le reste ne me dérange pas trop, mais je ne peux pas m'empêcher de penser à cet oncle. »

Anne monta avec Dora et resta près d'elle jusqu'à ce qu'elle soit endormie. Le lendemain, elle garda Mirabel Cotton à la récréation et lui fit comprendre, «gentiment mais fermement», que lorsqu'on a le malheur d'avoir un oncle qui persiste à rôder autour des maisons après avoir reçu une sépulture décente, il est de mauvais goût de parler de cet individu excentrique à sa compagne de classe d'un tout jeune âge. Mirabel la trouva très sévère. Les Cotton n'avaient pas beaucoup de motifs de fanfaronner. Comment pourrait-elle conserver son prestige auprès de ses camarades de classe s'il lui était interdit de mettre en valeur le fantôme familial?

Septembre glissa dans la grâce flamboyante d'octobre. Diana se présenta chez Anne un vendredi soir.

«J'ai reçu une lettre d'Ella Kimball aujourd'hui, Anne; elle nous invite à prendre le thé demain après-midi pour rencontrer sa cousine Irène Trent qui vient de la ville. Mais comme nous avons besoin de tous nos chevaux demain et que ton poney boite, il nous sera sans doute impossible d'y aller.»

«Pourquoi ne pas marcher?» suggéra Anne. «En traversant la forêt en ligne droite, nous déboucherons sur la route de West Grafton, pas très loin de chez les Kimball. J'ai pris ce chemin l'hiver dernier, alors je le connais. Ce n'est pas plus de quatre milles et nous n'aurons pas à revenir à pied parce que c'est sûr qu'Olivier Kimball nous reconduira. Il sera trop content d'avoir ce prétexte. Il fréquente Carrie Sloane et on raconte que son père est très réticent à lui laisser un cheval.»

Elles se mirent donc d'accord pour marcher et partirent le lendemain, empruntant le Chemin des amoureux jusque derrière la ferme des Cuthbert; là, elles trouvèrent une route menant au cœur d'acres de bouleaux chatoyants et d'érables au feuillage rouge et or baignant dans une merveilleuse sérénité violette.

«Ne dirait-on pas que l'année s'agenouille pour prier dans une vaste cathédrale nimbée de lumière veloutée?»

murmura rêveusement Anne. «Cela me paraît impoli d'aller vite. J'aurais l'impression de manquer de respect, comme si je courais dans une église.»

«Mais nous *devons* nous hâter», objecta Diana en jetant un coup d'œil à sa montre. «Nous avons déjà perdu assez de temps.»

«D'accord, je marcherai plus vite, mais ne me demande pas de parler», concéda Anne en accélérant le pas. «Je veux juste me laisser pénétrer par la beauté du jour... c'est comme si on tenait devant mes lèvres une coupe d'un vin léger et que j'en buvais une gorgée à chaque pas.»

C'est peut-être parce qu'elle était trop absorbée à «boire la beauté» qu'Anne tourna à gauche lorsqu'elles arrivèrent à une croisée de chemins. Elle aurait dû tourner à droite, mais même plus tard, elle considéra cette erreur comme la plus heureuse de sa vie. Elles débouchèrent finalement sur une route solitaire et envahie d'herbe, avec rien d'autre en vue que des rangées de jeunes épinettes.

«Mais où sommes-nous?» s'exclama Diana, totalement désorientée. «Ce n'est pas la route de West Grafton.»

«Non, c'est le point de départ de celle de Middle Grafton», avoua Anne, plutôt honteuse. «J'ai dû me tromper à la fourche. Je ne sais pas exactement où nous sommes, mais il doit rester encore trois bons milles jusque chez les Kimball.»

«Alors nous ne serons jamais arrivées pour cinq heures, il est déjà quatre heures et demie», constata Diana en regardant désespérément sa montre. «Elles auront fini de prendre leur thé et devront tout recommencer pour nous.»

«Nous ferions mieux de rebrousser chemin et de rentrer chez nous», suggéra humblement Anne.

Mais après réflexion, Diana refusa.

«Non, aussi bien y aller et passer la soirée, après avoir fait tout ce chemin.»

La route se séparait de nouveau quelques pieds plus loin.

«Quelle direction prendre?» demanda Diana d'un air dubitatif.

Anne secoua la tête.

«Je l'ignore et nous ne pouvons nous permettre de commettre d'autres erreurs. Regarde, il y a une barrière et un sentier qui pénètre dans le bois. Il y a sûrement une maison de l'autre côté. Allons demander notre chemin.»

«Quel vieux sentier romantique», remarqua Diana tandis qu'elles marchaient dans ses détours. Il passait sous des sapins séculaires dont les branches se rejoignaient en haut, créant une pénombre perpétuelle dans laquelle rien ne pouvait pousser, que de la mousse. Des deux côtés, le sol était tapissé de branches mortes sur lesquelles tombaient çà et là des rayons de soleil. Dans cette immobilité totale, on se sentait loin du monde et de ses soucis.

«On croirait marcher dans une forêt enchantée», prononça Anne d'une voix étouffée. «Crois-tu qu'il nous sera un jour possible de retourner à la réalité, Diana? Je parie que nous sommes sur le point d'arriver à un palais où habite une princesse ensorcelée.»

Au tournant suivant, elles aperçurent non pas un palais mais une maison presque aussi surprenante qu'un palais l'aurait été dans cette province où les fermes de bois conventionnelles se ressemblaient tant qu'on aurait dit qu'elles sortaient toutes du même moule. Anne s'arrêta brusquement et Diana s'écria :

«Oh! Je sais maintenant où nous sommes! C'est la petite maison de pierre dans laquelle vit Mlle Lavendar Lewis – le Pavillon de l'Écho, comme elle l'appelle, je pense. J'en avais souvent entendu parler, mais c'est la première fois que je la vois. N'est-ce pas un endroit romanesque?»

«C'est l'endroit le plus charmant et le plus joli que j'aie jamais vu ou imaginé», déclara Anne avec ravissement. «Cela semble sortir tout droit d'un livre ou d'un rêve.»

Il s'agissait d'une structure à l'avant-toit bas faite de blocs nus de grès rouge de l'Île, avec un petit toit pointu dans lequel étaient percées deux lucarnes fermées par des persiennes vieillottes, et surmonté de deux grandes cheminées. Toute la maison était couverte de lierre qui s'agrippait aisément à la pierre rugueuse et que l'automne avait teint dans les plus belles couleurs de bronze et de bourgogne.

Le sentier qu'avaient emprunté les deux amies aboutissait à un jardin oblong fermé par une grille. La maison le bornait d'un côté; des trois autres, il était entouré d'un vieux mur de pierre si envahi de mousse, d'herbe et de fougères qu'il avait l'air d'un haut talus vert. À gauche et à droite, de grandes épinettes sombres étendaient leurs branches au-dessus de lui; mais en bas, un petit champ de trèfle se penchait dans la boucle bleue de la rivière Grafton. Rien en vue : ni maison, ni champ... rien d'autre, à perte de vue, que des collines et des vallées couvertes de jeunes sapins.

« Je me demande quel genre de personne est Mlle Lewis », dit Diana pendant qu'elles ouvraient la barrière pour pénétrer dans le jardin. « On raconte qu'elle est très bizarre. »

« Alors, elle est sûrement intéressante », déclara résolument Anne. « Les gens bizarres le sont toujours, peu importe ce qu'ils sont ou ne sont pas d'autre. Je te l'avais bien dit que nous découvririons un palais enchanté. Je savais que ce n'était pas pour rien que les elfes avaient tissé quelque chose de magique sur ce chemin. »

« Pourtant, Mlle Lavendar Lewis pourrait difficilement être considérée comme une princesse ensorcelée », répondit Diana en riant. « C'est une vieille fille – elle a quarante-cinq ans et j'ai entendu dire qu'elle a les cheveux tout gris. »

« Oh ! Ça fait partie du sortilège », affirma Anne. « Dans son cœur, elle est toujours jeune et belle, et si seulement nous savions comment conjurer le mauvais sort, elle apparaîtrait devant nous, radieuse et blonde comme avant. Mais nous ne le savons pas. Seul le prince le sait, et celui de Mlle Lavendar n'est pas encore venu. Il en a peut-être été empêché par quelque fatalité, bien que ce soit contraire à la loi des contes de fées. »

« Je crains qu'il ne soit venu il y a longtemps et soit reparti », répondit Diana. « On raconte qu'elle était fiancée à Stephen Irving – le père de Paul – quand elle était jeune. Ils se sont séparés à la suite d'une querelle. »

« Chut ! » souffla Anne. « La porte est ouverte. »

Les jeunes filles s'arrêtèrent dans le porche sous les vrilles de lierre et frappèrent à la porte. On entendit des pas à l'intérieur et un petit personnage étrange se présenta. C'était une adolescente d'environ quatorze ans, au visage tavelé, au nez retroussé et à la bouche si large qu'elle semblait réellement s'étirer d'une oreille à l'autre ; son visage était encadré de deux longues tresses blondes attachées avec deux énormes nœuds de ruban bleu.

« Est-ce que Mlle Lewis est là ? » demanda Diana.

« Oui, m'dame. Entrez, m'dame... Par ici, m'dame. Asseyez-vous, m'dame. Je vais dire à Mlle Lewis que vous êtes là, m'dame. Elle est en haut, m'dame. »

Lorsque la petite bonne fut disparue, les deux amies, restées seules, regardèrent autour d'elles avec des yeux émerveillés. L'intérieur de cette ravissante petite maison était aussi remarquable que l'extérieur.

Elles se trouvaient dans une pièce à plafond bas ; des rideaux de mousseline pendaient aux deux fenêtres à petits carreaux. Tous les meubles étaient anciens mais si bien entretenus que l'effet était délicieux. Mais il faut quand même admettre que pour deux jeunes filles en santé qui venaient de marcher quatre milles dans la brise d'automne, c'était encore la table qui offrait le plus d'attraits ; chargée de mets délicats, elle avait vraiment un « air de fête », comme l'aurait dit Anne, avec sa porcelaine bleu pâle et les petites fougères dorées parsemées sur la nappe.

« Mlle Lavendar doit sûrement attendre de la visite pour le thé », chuchota Anne. « Elle a mis six couverts. Sa

petite bonne est vraiment amusante. On dirait un messager du pays des lutins. Elle aurait probablement pu nous
indiquer le chemin, mais j'étais curieuse de voir
Mlle Lavendar. La voilà qui arrive. »

Quelques secondes plus tard, Mlle Lavendar se tenait
dans l'embrasure de la porte. Anne et Diana furent si
surprises qu'elles en oublièrent leurs bonnes manières et se
mirent à la dévisager. Elles s'étaient inconsciemment
attendues à rencontrer le type de vieille fille habituel,
celui qu'elles connaissaient par expérience, c'est-à-dire un
personnage plutôt anguleux, à l'impeccable chignon gris et
portant des lunettes. Elles n'auraient jamais pu imaginer
quelqu'un de comparable à Mlle Lavendar.

C'était une dame menue, aux magnifiques cheveux de
neige épais et ondulés, soigneusement coiffés en bandeaux
bouffants. Son visage était presque celui d'une jeune fille :
joues roses, jolie bouche, grands et doux yeux bruns et
fossettes – oui, c'est vrai, elle avait des fossettes. Elle était
vêtue d'une très mignonne robe de mousseline crème
parsemée de roses bleues, une robe qui aurait paru ridicu-
lement juvénile sur la plupart des femmes de son âge, mais
qui convenait si parfaitement à Mlle Lavendar qu'on ne
l'aurait jamais remarqué.

« Charlotta IV m'a dit que vous désiriez me voir ? »
s'enquit-elle d'une voix qui correspondait au reste de sa
personne.

« Nous voulions vous demander le chemin de West
Grafton », répondit Diana. « Nous sommes invitées chez
les Kimball pour le thé, mais nous nous sommes trompées
de sentier dans la forêt et nous avons abouti à la route
principale plutôt qu'à celle de West Grafton. Devons-nous
tourner à droite ou à gauche à votre barrière ? »

« À gauche », dit Mlle Lavendar en jetant un regard
hésitant à sa table à thé.

Puis elle s'écria, comme si elle venait tout à coup de
prendre la décision :

« Pourquoi ne resteriez-vous pas pour le thé ? Je vous en prie. Les Kimball auront terminé le leur avant que vous arriviez. Votre compagnie nous ferait tant plaisir, à Charlotta et à moi. »

Diana interrogea Anne du regard.

« Nous aimerions rester », répondit promptement celle-ci, résolue à faire plus ample connaissance avec cette étonnante Mlle Lavendar, « si cela ne vous dérange pas. Mais vous attendez d'autres invités, n'est-ce pas ? »

Mlle Lavendar jeta un nouveau regard vers la table et rougit.

« Je sais que vous me trouverez complètement folle », fit-elle. « C'est vrai que je le suis... et j'ai honte seulement quand on le découvre – sinon je n'aurais jamais honte. Je n'attends personne... je faisais juste semblant. Voyez-vous, je m'ennuyais. J'aime la compagnie – c'est-à-dire la bonne compagnie. Mais la maison est si éloignée que presque personne ne vient me voir. Charlotta IV aussi s'ennuyait. Alors j'ai fait semblant d'inviter des gens pour le thé. J'ai préparé à manger, j'ai dressé la table avec le service de vaisselle de mariage de ma mère... et je me suis habillée en conséquence. »

Diana pensa secrètement que Mlle Lavendar était aussi bizarre que le laissait entendre sa réputation. Une femme de quarante-cinq ans jouant à recevoir pour le thé comme une fillette ! Mais, les yeux brillants, Anne s'écria :

« Oh ! Vous aussi, vous imaginez des choses ? »

Ce « aussi » révélait un état d'esprit apparenté à celui de Mlle Lavendar.

« Oui », avoua-t-elle hardiment. « Je sais bien que c'est stupide pour une femme de mon âge, mais à quoi sert-il d'être une vieille fille indépendante si on ne peut se permettre d'être idiote quand on en a envie et que cela ne fait de mal à personne ? Il faut bien s'offrir quelques compensations dans la vie. Je crois qu'il y a des moments où il ne m'aurait pas été possible de continuer si je n'avais pu rêver. On ne m'a cependant pas souvent prise en flagrant délit et Charlotta ne me trahit pas. Mais aujourd'hui, je suis contente que vous m'ayez découverte, parce que j'avais préparé le thé pour vous et vous êtes vraiment venues. Voulez-vous aller enlever vos chapeaux ? Ouvrez la porte blanche en haut de l'escalier. Je dois me hâter d'aller à la cuisine veiller à ce que Charlotta ne laisse pas bouillir le thé. Charlotta est une très bonne fille, mais elle ne peut s'empêcher de laisser bouillir le thé. »

Mlle Lavendar se dirigea vers la cuisine afin de remplir ses devoirs d'hôtesse tandis qu'Anne et Diana allaient se changer dans la chambre d'amis aussi blanche que sa porte, éclairée par une lucarne où grimpait le lierre et ressemblant, selon Anne, à un lieu où poussent les beaux rêves.

« Quelle aventure ! » s'écria Diana. « Et Mlle Lavendar est si gentille, malgré son étrangeté. Elle n'a pas du tout l'air d'une vieille fille. »

« Je crois qu'elle est comme la musique », répondit Anne.

Lorsqu'elles redescendirent, elles retrouvèrent Mlle Lavendar la théière à la main, suivie de Charlotta IV portant, l'air ravi, une assiette de biscuits chauds.

« À présent, il vous faut me dire vos noms », demanda Mlle Lavendar. « Cela me fait tant plaisir que vous soyez des jeunes filles. J'aime les jeunes filles. Il m'est si facile de prétendre en être une, moi aussi, quand je suis en leur compagnie. Je déteste », poursuivit-elle avec une petite grimace, « penser que je suis vieille. Maintenant, apprenez-moi qui vous êtes, ce sera plus pratique. Diana Barry ? Et Anne Shirley ? Puis-je faire semblant de vous connaître depuis cent ans et vous appeler tout de suite par vos prénoms ? »

« Bien sûr », acceptèrent-elles d'emblée.

D'un ton joyeux, Mlle Lavendar les invita ensuite à prendre place pour manger.

« Charlotta, place-toi au bout de la table et sers le poulet. Quelle bonne idée j'ai eue de faire ce gâteau éponge et ces beignets. C'était évidemment plutôt farfelu de cuisiner pour des invités imaginaires, comme le pensait Charlotta IV, n'est-ce pas, Charlotta ? Mais tu vois comme tout a bien tourné. La nourriture n'aurait pas été gaspillée, bien entendu, puisque nous l'aurions mangée à la longue, Charlotta et moi. Mais le gâteau éponge n'est pas un mets qui s'améliore avec le temps. »

Le repas fut joyeux et mémorable ; lorsqu'elles eurent terminé, elles se rendirent au jardin se prélassant dans les lueurs du soleil couchant.

« Je pense que vous vivez dans un endroit adorable », déclara Diana, regardant autour d'elle avec des yeux admiratifs.

« Pourquoi l'appelez-vous le Pavillon de l'Écho ? » interrogea Anne.

« Charlotta », dit Mlle Lavendar, « va me chercher la petite corne de métal qui est suspendue au-dessus de l'étagère de l'horloge. »

Charlotta s'exécuta et rapporta l'objet.

« Souffle dedans », ordonna Mlle Lavendar.

La fillette souffla, ce qui produisit un son plutôt rauque et strident. Il y eut un moment de silence... puis une multitude d'échos légers, doux, argentins, s'élevèrent dans la forêt, par delà la rivière, comme si toutes les cornes du pays des elfes s'étaient mises à souffler dans le soleil couchant. Anne et Diana poussèrent des cris de ravissement.

« À présent, ris, Charlotta... Ris fort. »

Charlotta, qui aurait sans doute obéi si sa maîtresse lui avait commandé de se tenir debout sur la tête, grimpa sur le banc de pierre et se mit à rire fort et de bon cœur. L'écho lui répondit, et on aurait dit qu'une foule de lutins imitaient son rire dans la forêt violette et le long des sentiers bordés de sapins.

« Les gens admirent toujours beaucoup mes échos », affirma Mlle Lavendar comme s'ils étaient sa propriété privée. « Moi aussi, je les aime. Ils me tiennent bien compagnie... quand je fais un peu semblant. Par les soirées tranquilles, Charlotta IV et moi venons souvent nous

asseoir ici et jouer avec eux. Charlotta, rapporte la corne
dans la maison et accroche-la bien à sa place. »

« Pourquoi la nommez-vous Charlotta IV ? » questionna Diana qui brûlait d'envie de le savoir.

« Simplement pour éviter de la confondre dans mes
pensées avec les autres Charlotta », répondit sérieusement
Mlle Lavendar. « Elles se ressemblent tant qu'il est
impossible de les distinguer l'une de l'autre. En réalité, elle
ne s'appelle pas du tout Charlotta. Elle s'appelle... voyons...
comment s'appelle-t-elle déjà ? Je crois que c'est Leonora...
oui, c'est bien ça. Vous voyez, c'est toujours comme ça.
Lorsque maman est morte il y a dix ans, je ne pouvais
rester ici toute seule. Comme je n'avais pas les moyens de
payer les gages d'une bonne adulte, la petite Charlotta
Bowman est venue vivre ici en échange de la pension et
des vêtements. Elle s'appelait vraiment Charlotta...
Charlotta 1re. Elle n'avait que treize ans. Elle est restée
avec moi jusqu'à seize ans, puis elle est partie habiter à
Boston, parce que c'est plus facile là-bas. Sa sœur l'a remplacée. Son nom était Julietta – je pense que Mme Bowman
avait un faible pour les prénoms sophistiqués —, mais elle
ressemblait tant à Charlotta que c'est toujours ainsi que je
la nommais, et elle ne s'en offusquait pas. Alors j'ai tout
simplement renoncé à essayer de l'appeler par son vrai
nom. Elle est devenue Charlotta II et, après son départ,
Evelina est venue et est devenue Charlotta III. À présent,
j'ai Charlotta IV ; mais quand elle aura seize ans – elle en a
quatorze actuellement —, elle aussi voudra aller vivre à
Boston, et je me demande bien ce que je ferai à ce
moment-là. Charlotta IV est la dernière fille de la famille
Bowman, et la meilleure. Ses sœurs me laissaient toujours
voir qu'elles me trouvaient idiote d'imaginer des choses,
mais Charlotta IV jamais, peu importe ce qu'elle pense
vraiment. Les gens peuvent bien avoir de moi l'opinion
qu'ils veulent, pourvu qu'ils ne me le laissent pas voir. »

« Eh bien », soupira Diana en regardant avec regret le
soleil descendre, « nous allons devoir partir si nous

voulons arriver chez les Kimball avant la noirceur. Ce fut
très agréable, mademoiselle Lewis. »

«Reviendrez-vous me voir?» les pria Mlle Lavendar.

La grande Anne entoura de son bras les épaules de la
petite dame.

«C'est promis», l'assura-t-elle. «Maintenant que nous
vous avons découverte, vous pouvez compter nous revoir
souvent. Oui, il nous faut partir, "nous déchirer" comme
dit toujours Paul Irving lorsqu'il vient à Green Gables. »

«Paul Irving?» Il y eut un changement subtil dans la
voix de Mlle Lavendar. «Qui est-ce? Je n'ai jamais connu
personne de ce nom à Avonlea. »

Anne était navrée de son étourderie. Elle avait oublié
l'ancienne histoire d'amour de Mlle Lavendar lorsque le
nom de Paul lui avait échappé.

«C'est un de mes élèves», expliqua-t-elle lentement.
«Il est arrivé de Boston l'an dernier pour venir vivre avec
sa grand-mère, Mme Irving du chemin de la plage. »

«Est-ce le fils de Stephen Irving?» demanda
Mlle Lavendar, penchée sur une plate-bande de lavande de
façon à cacher son visage.

«Oui. »

«Je vais vous donner un bouquet de lavande», dit-elle
vivement, comme si elle n'avait pas entendu la réponse à
sa question. «C'est si joli, n'est-ce pas? Maman avait un
faible pour la lavande. Il y a déjà très longtemps qu'elle a
semé ces plates-bandes. Mon père m'a appelée Lavendar
parce que cette plante lui plaisait énormément. La toute
première fois qu'il a vu maman, ce fut à l'occasion d'une
visite qu'il fit chez elle, avec son frère. Il eut immédiatement le coup de foudre pour elle. Il dormit dans la
chambre d'amis; les draps embaumaient la lavande et il ne
put fermer l'œil de la nuit, pensant à elle sans arrêt. Après
cela, il a toujours aimé l'odeur de lavande… et c'est
pourquoi il m'a donné ce nom. N'oubliez pas de revenir
bientôt, mes chéries. Nous vous attendrons, Charlotta IV
et moi. »

Elle ouvrit la barrière sous les sapins pour leur permettre de passer. Tout à coup, elle eut l'air vieille et
fatiguée; tout le rayonnement et l'éclat s'estompaient de
son visage; son sourire d'adieu était aussi doux et jeune
qu'avant, mais lorsque les deux amies se retournèrent au
premier tournant pour la regarder, elles la virent assise sur
le vieux banc de pierre sous le peuplier argenté au milieu
du jardin, la tête posée mélancoliquement sur sa main.

«Comme elle semble solitaire», souffla doucement
Diana. «Il faut que nous revenions souvent la voir.»

«Je crois que ses parents lui ont donné le seul prénom
qui pouvait lui convenir», remarqua Anne. «S'ils avaient
été assez aveugles pour la nommer Elizabeth, ou Nellie, ou
Muriel, on l'aurait appelée Lavendar de toute façon. Ce
nom évoque la gentillesse, la grâce surannée et les robes de
soie. Le mien sonne comme le pain et le beurre, les
courtepointes et les corvées.»

«Oh! Ce n'est pas mon avis», objecta Diana. «Pour
moi, Anne est un nom imposant qui fait penser à une
reine. Mais tu sais, j'aimerais même Frédégonde si c'était
ton nom. Je pense que c'est la personnalité de quelqu'un
qui rend son nom beau ou laid. Je ne peux supporter Josie
ou Gertie maintenant, pourtant, avant de connaître les
Pye, je trouvais cela très joli.»

«Quelle idée formidable, Diana», approuva Anne
avec enthousiasme. «Vivre de façon à embellir son nom,
même s'il était moche au départ... faire en sorte que les
gens y pensent comme à quelque chose de si mignon et si
agréable qu'ils en oublient la sonorité. Merci, Diana.»

22

Bagatelles

« Ainsi, tu as pris le thé à la maison de pierre avec Lavendar Lewis ? » demanda Marilla au déjeuner le lendemain matin. « À quoi ressemble-t-elle maintenant ? La dernière fois que je l'ai vue remonte à quinze ans... c'était un dimanche à l'église de Grafton. J'imagine qu'elle a dû changer énormément. Davy Keith, lorsque tu désires quelque chose que tu ne peux atteindre, demande qu'on te le passe plutôt que de t'étaler sur la table de cette façon. As-tu déjà vu Paul Irving agir comme ça lorsqu'il a mangé à la maison ? »

« Mais les bras de Paul sont plus longs qu'les miens », maugréa Davy. « Ils ont eu onze ans pour grandir et les miens seulement sept. Et puis, j'ai demandé, mais Anne et toi, vous êtes si occupées à parler que vous m'entendez même pas. Et puis, Paul a jamais pris de repas ici, sauf le thé, et c'est bien plus facile d'être poli au thé qu'au déjeuner. On a pas la moitié aussi faim. C'est drôlement long entre le souper et le déjeuner. Maintenant, Anne, cette cuillerée est pas plus grosse que celle de l'an dernier, et moi, j'suis beaucoup plus grand. »

« J'ignore évidemment à quoi Mlle Lavendar ressemblait ; pourtant, j'ai l'impression qu'elle n'a pas dû changer beaucoup », répondit Anne après avoir servi deux cuillerées de sirop d'érable à Davy pour le calmer. « Ses cheveux sont tout blancs, mais son teint est aussi frais que celui d'une jeune fille, et elle a les yeux bruns les plus doux...

d'une si jolie teinte marron avec des paillettes dorées... et sa voix fait penser à un mélange de satin blanc, de tintements d'eau et de clochettes de fées. »

« Elle était réputée pour sa beauté quand elle était plus jeune », se souvint Marilla. « Quoique je ne l'aie pas très bien connue, je l'ai toujours appréciée. Davy! Si jamais je te reprends à faire ça, tu devras attendre que tout le monde soit sorti de table pour manger, comme les Français! »

La plupart des conversations entre Marilla et Anne en présence des jumeaux étaient ponctuées de ces remontrances à Davy. Dans ce cas-ci, déplorable à relater, comme il n'était pas capable de prendre avec sa cuiller ses dernières gouttes de sirop, il résolut le problème en levant son assiette avec les deux mains et en y appliquant sa petite langue rose. Anne lui jeta un regard si horrifié que le gamin rougit et déclara, mi-honteux, mi-provocant :

« Comme ça, y a pas de gaspillage. »

« Quand une personne se distingue de la masse, on dit toujours qu'elle est bizarre », remarqua Anne. « Et Mlle Lavendar est certainement différente, même s'il est difficile de cerner où se situe cette différence. C'est peut-être parce qu'elle fait partie de ces gens qui ne vieillissent jamais. »

« Il vaut mieux vieillir en même temps que sa génération, sinon tu n'as ta place nulle part », affirma Marilla, sans se préoccuper des accords de pronoms. « Si je comprends bien, Lavendar Lewis s'est simplement détachée de tout. Elle a vécu dans cet endroit retiré jusqu'à être oubliée de tous. Cette maison de pierre est l'une des plus anciennes de l'Île. Le vieux M. Lewis l'a construite il y a quatre-vingts ans lorsqu'il est arrivé d'Angleterre. Davy, arrête de secouer le coude de Dora. Oh! inutile de prendre un air innocent, je t'ai vu. Veux-tu bien me dire pourquoi tu te conduis si mal ce matin? »

« J'me suis peut-être levé du mauvais côté du lit », suggéra Davy. « Milty Boulter raconte que quand ça t'arrive, les choses vont mal toute la journée. C'est sa grand-mère qui le lui a dit. Mais quel est le bon côté ? Et qu'est-ce que tu fais quand ton lit est contre le mur ? J'veux savoir. »

« Je me suis toujours demandé ce qui avait pu se passer entre Stephen Irving et Lavendar Lewis », poursuivit Marilla en ignorant Davy. « Ils s'étaient fiancés il y a vingt-cinq ans et puis soudain, ils ont rompu. Je n'ai aucune idée du problème, mais il devait sûrement s'agir de quelque chose d'épouvantable car il est parti pour les États-Unis aussitôt après et n'est jamais revenu. »

« Ce n'était peut-être pas si terrible que ça après tout. Selon moi, dans la vie, les bagatelles causent souvent plus de remous que les grosses vagues », remarqua Anne avec un de ces éclairs de lucidité que l'expérience n'aurait pu améliorer. « Je t'en prie, Marilla, ne raconte pas à Mme Lynde ma visite à Mlle Lavendar. Elle me poserait au moins cent questions et cela ne me plairait pas... ni à Mlle Lavendar, j'en suis sûre. »

« Rachel serait probablement curieuse », admit Marilla, « bien qu'elle n'ait pas autant de loisirs qu'avant pour s'occuper des affaires des autres. Elle est coincée à la maison à prendre soin de Thomas ; et elle a le moral à terre parce que je crois qu'elle commence à perdre espoir de le voir se rétablir. Rachel va se retrouver plutôt solitaire si quelque chose arrive à Thomas, car tous ses enfants sont établis dans l'Ouest, sauf Eliza qui habite en ville ; et elle n'aime pas son gendre. »

« Rachel dit qu'il se rétablirait si seulement il reprenait courage et exerçait le pouvoir de sa volonté. Mais à quoi sert-il de demander à une méduse de se tenir droite ? » continua Marilla. « Thomas Lynde n'a jamais eu aucune volonté à exercer. Sa mère l'a dominé jusqu'à son mariage, puis ce fut Rachel. On s'étonne qu'il ait osé tomber malade sans en demander la permission. Mais je ne devrais pas parler ainsi. Rachel a été une bonne épouse pour lui. Il ne serait jamais arrivé à rien sans elle, c'est évident. Il est né pour être dominé; et c'est heureux qu'il soit tombé entre les mains d'une femme intelligente et capable comme Rachel. Sa personnalité ne le dérangeait pas. Cela lui évitait de se donner la peine de prendre lui-même les décisions. Davy, cesse de te tortiller comme une anguille. »

« J'ai rien d'autre à faire », protesta ce dernier. « J'ai plus faim et ça m'amuse pas de vous regarder manger, Anne et toi. »

« Alors va nourrir les poules dehors avec Dora », ordonna Marilla. « Et n'essaie plus d'arracher les plumes de la queue du coq blanc. »

« Je voulais des plumes pour me faire un panache d'Indien », répondit le gamin en faisant la moue. « Milty Boulter en a un épatant, fait avec les plumes que sa mère lui a données quand elle a tué leur vieux dindon blanc. Tu pourrais bien m'en laisser prendre quelques-unes. De toute façon, ce coq en a bien trop pour ses besoins. »

« Tu peux avoir le vieux plumeau dans le grenier », proposa Anne, « et je te teindrai les plumes en vert, rouge et jaune. »

« Tu gâtes terriblement cet enfant », lui reprocha Marilla quand Davy, radieux, eut suivi sa sœur dehors. Les principes d'éducation de Marilla avaient grandement évolué au cours des six dernières années; elle n'avait pourtant pas encore réussi à s'enlever de l'esprit l'idée qu'il était très néfaste pour un enfant de voir trop de ses désirs réalisés.

« Tous les garçons de sa classe possèdent des panaches d'Indien, c'est donc normal que Davy en désire un, lui aussi », expliqua Anne. « Je sais ce qu'il ressent : je n'oublierai jamais combien j'ai soupiré dans le temps pour avoir des manches bouffantes comme les autres filles. Et Davy n'est pas gâté. Il s'améliore de jour en jour. Rappelle-toi ce qu'il était quand il est arrivé l'an dernier. »

« Il fait sûrement moins de bêtises depuis qu'il a commencé l'école », reconnut Marilla. « Je présume qu'à force de jouer avec d'autres enfants, cette tendance lui passera. Mais je suis vraiment étonnée que nous n'ayons plus entendu parler de Richard Keith. Pas un mot depuis mai dernier.»

«J'appréhende d'avoir de ses nouvelles», soupira Anne en desservant la table. «Si nous recevions une lettre, je redouterais de l'ouvrir, de peur qu'il nous demande de lui envoyer les jumeaux.»

La lettre arriva pourtant un mois plus tard. Ce n'était pas Richard Keith qui l'avait écrite mais un de ses amis. Richard Keith avait succombé à la tuberculose deux semaines auparavant. Le signataire de la lettre était l'exécuteur testamentaire et il faisait savoir que Marilla Cuthbert recevait la somme de deux mille dollars qui reviendraient à David et Dora Keith à leur majorité ou à leur mariage. Dans l'intervalle, les intérêts devaient servir à l'entretien des jumeaux.

«Cela semble vraiment affreux de se réjouir d'une chose reliée à la mort», constata Anne d'un ton posé. «Je suis désolée pour le pauvre M. Keith; en même temps, je suis contente que nous puissions garder les enfants.»

«Et cet argent tombe bien», ajouta Marilla avec beaucoup de sens pratique. «Je désirais les garder, mais je ne voyais pas du tout comment je pourrais me le permettre, surtout maintenant qu'ils grandissent. La location de la ferme n'apporte rien de plus que l'argent nécessaire à son entretien et j'étais résolue à ce que pas un sou de ton argent ne soit dépensé pour eux. Tu en fais assez comme ça. Dora n'avait pas plus besoin du nouveau chapeau que tu lui as acheté qu'un chat a besoin de deux queues. Mais la situation est à présent clarifiée et ils ne manqueront de rien.»

Davy et Dora furent ravis d'apprendre qu'ils vivraient à Green Gables «pour de bon». Le décès d'un oncle qu'ils n'avaient jamais vu ne pesa pas un seul instant dans la balance. Néanmoins, Dora avait une appréhension.

«Oncle Richard a-t-il été enterré?» chuchota-t-elle à Anne.

«Bien entendu, ma chérie.»

«Il... il... n'est pas comme l'oncle de Mirabel Cotton, n'est-ce pas?» souffla-t-elle encore plus nerveusement. «Il ne viendra pas rôder autour des maisons, n'est-ce pas, Anne?»

23

L'histoire d'amour de Mlle Lavendar

«Je crois que je vais aller faire un tour au Pavillon de l'Écho ce soir», annonça Anne, un vendredi après-midi de décembre.

«On dirait qu'il va neiger», lui fit remarquer Marilla d'un ton pessimiste.

«J'y serai avant la neige et j'ai l'intention d'y passer la soirée. Diana ne peut venir parce qu'elle reçoit de la visite, et je suis certaine que Mlle Lavendar m'attendra ce soir. Je ne suis pas allée la voir depuis quinze jours.»

Depuis la rencontre mémorable d'octobre, Anne s'était rendue plusieurs fois au Pavillon de l'Écho. Elle y allait parfois par la route avec Diana, et parfois à pied, en passant par la forêt. Quand Diana ne pouvait l'accompagner, elle s'y rendait seule. Une amitié fervente était née entre elle et Mlle Lavendar, ce qui était inévitable entre une femme qui avait conservé dans son cœur la fraîcheur de la jeunesse et une fille dont l'imagination et l'intuition tenaient lieu d'expérience. Anne avait enfin trouvé une véritable «âme sœur»; en surgissant dans cette vie de solitaire et de recluse, elle et Diana avaient apporté la joie saine du monde extérieur que Mlle Lavendar, «fuyant le monde et oubliée de lui», avait depuis long-temps cessé de partager; grâce à elles, une atmosphère de jeunesse et de réalité faisait revivre la petite maison de pierre. Charlotta IV les accueillait toujours avec son plus large sourire – et les sourires de Charlotta étaient

incroyablement larges —, les appréciant autant pour le
bien qu'elles faisaient à sa maîtresse adorée que pour celui
qu'elles lui faisaient à elle. On ne s'était jamais autant
amusé au Pavillon de l'Écho que par ce bel automne
persistant, tandis que novembre avait encore l'air du mois
d'octobre et que le soleil et le brouillard de décembre
ressemblaient à ceux de l'été.

Il semble pourtant que ce jour-là, décembre prît
soudain conscience qu'il était temps que l'hiver arrive ;
tout devint morne et lourd, et l'air sans vent laissait
prévoir une averse de neige prochaine. Toutefois, Anne
avait plaisir à marcher dans les dédales gris des bois de
bouleaux ; même seule, elle ne s'y ennuyait jamais ; son
imagination peuplait sa route de joyeux compagnons avec
lesquels elle faisait semblant de poursuivre une conversation animée, plus intelligente et captivante que celle des
personnes réelles, parfois lamentablement inférieure à nos
attentes. Dans une assemblée imaginaire d'esprits triés sur
le volet, chacun dit exactement ce que vous désirez
entendre et vous donne la chance de répondre exactement
ce que vous avez envie de répondre. Anne traversa les bois
en compagnie de ces interlocuteurs invisibles et lorsqu'elle
arriva au chemin bordé de sapins, de gros et légers flocons
commençaient à tomber doucement.

Au premier tournant, elle tomba sur Mlle Lavendar,
debout sous un gros et large sapin. Elle était vêtue d'une
robe d'un rouge riche et chaud, et un châle de soie gris
argent enveloppait sa tête et ses épaules.

« Vous ressemblez à la reine des fées de la forêt de
sapins », lui dit joyeusement Anne.

« Je pensais bien que vous viendriez ce soir, Anne »,
répondit Mlle Lavendar en accourant vers elle. « Et comme
Charlotta IV est partie, cela me fait doublement plaisir. Sa
mère est malade et elle a dû aller passer la nuit chez elle.
Je me serais énormément ennuyée si vous n'étiez pas
venue ; même les rêves et les échos ne m'auraient pas tenu
suffisamment compagnie. Oh ! Anne, comme vous êtes

jolie», ajouta-t-elle soudainement en comtemplant la grande et svelte jeune fille, les joues rosies par le grand air. «Si jolie et si jeune! C'est merveilleux d'avoir dix-sept ans, n'est-ce pas? Je vous envie vraiment beaucoup», conclut-elle naïvement.

«Mais votre cœur n'a que dix-sept ans», protesta Anne en souriant.

«Non, je suis vieille... ou plutôt d'âge moyen, ce qui est cent fois pire», soupira Mlle Lavendar. «Si je puis parfois prétendre le contraire, il y a d'autres fois où je m'en rends compte. Et il m'est impossible de me réconcilier avec cette idée comme la plupart des autres femmes semblent le faire. Je suis toujours aussi révoltée que le jour où j'ai découvert mon premier cheveu gris. N'essayez pas d'avoir l'air de comprendre, Anne. À dix-sept ans, on ne comprend pas. Je vais tout de suite imaginer que j'ai dix-sept ans aussi et je le peux, à présent que vous êtes là. Vous apportez toujours la jeunesse dans vos mains comme un présent. Nous allons passer une agréable soirée. Tout d'abord, le thé... dites-moi ce que vous aimeriez. Nous mangerons ce qui vous plaît. Pensez à quelque chose de bon et d'indigeste.»

Ce soir-là, la maison de pierre retentit de cris et de rires. Il est vrai que cuisinant et festoyant, confectionnant des bonbons et riant et jouant à «faire semblant», Mlle Lavendar et Anne avaient une conduite absolument incompatible avec la dignité d'une célibataire de quarante-cinq ans et d'une maîtresse d'école pondérée. Ensuite, lorsqu'elles se sentirent fatiguées, elles s'assirent sur le tapis du salon, devant le foyer. La pièce n'était éclairée que par les douces lueurs du feu et le parfum de la jarre de pétales de roses sur le manteau de la cheminée l'embaumait délicieusement. Le vent qui s'était levé soupirait et gémissait autour des avant-toits et la neige frappait doucement contre les fenêtres comme si une centaine de flocons demandaient la permission d'entrer.

«Je suis si heureuse que vous soyez là, Anne», dit
Mlle Lavendar en grignotant son bonbon. «Si vous n'étiez
pas venue, j'aurais broyé du noir... oui, beaucoup de noir.
C'est très bien de rêver et de se faire accroire des choses
pendant la journée, quand il fait soleil, mais cela ne suffit
plus quand viennent la noirceur et la tempête. On voudrait alors que les rêves se réalisent. Mais vous ne savez pas
cela... à dix-sept ans, on ne le sait jamais. À dix-sept ans,
les rêves suffisent parce qu'on croit que la réalité nous
attend au tournant du chemin. Lorsque j'avais dix-sept
ans, Anne, je n'aurais jamais cru qu'à quarante-cinq ans je
serais une vieille fille aux cheveux blancs ne possédant
rien d'autre que des rêves pour meubler sa vie.»

«Mais vous n'êtes pas une vieille fille», objecta Anne
en plongeant son regard souriant dans les yeux marron
pleins de nostalgie de Mlle Lavendar. «On *naît* vieille fille,
on ne le *devient* pas.»

«Certaines naissent ainsi, d'autres le deviennent, et
sur la tête de certaines, le célibat pend comme une épée de
Damoclès», parodia malicieusement Mlle Lavendar.

«Alors vous faites partie de celles qui le sont devenues», rétorqua Anne en riant, «et vous l'avez fait si
magnifiquement que si toutes les vieilles filles étaient
comme vous, je crois que le célibat deviendrait à la mode.»

«J'ai toujours aspiré à faire les choses le mieux
possible», affirma Mlle Lavendar d'un air songeur, «et
comme il me fallait rester vieille fille, j'étais déterminée à
en être une très charmante. Les gens racontent que je suis
bizarre; mais c'est uniquement parce que je vis mon
célibat à ma façon et que je refuse de me conformer au
modèle traditionnel. Vous a-t-on déjà parlé de Stephen
Irving et de moi, Anne?»

«Oui», répondit candidement cette dernière, «j'ai
entendu dire que vous aviez déjà été fiancés.»

«Nous l'étions en effet... il y a vingt-cinq ans déjà...
toute une vie. Et nous devions nous marier le printemps
suivant. Et ma robe de mariage était prête, bien que

personne ne l'ait jamais su, à part maman et Stephen.
D'une certaine façon, on peut dire que nous étions fiancés
depuis presque toujours. Quand il était un petit garçon, il
accompagnait sa mère quand elle rendait visite à la
mienne; la deuxième fois qu'il est venu – il avait neuf ans
et moi six –, il m'amena dans le jardin pour me dire qu'il
avait décidé de m'épouser lorsqu'il serait grand. Je me
souviens d'avoir répondu "merci"; après son départ, j'ai
annoncé à maman le plus sérieusement du monde que
cette demande me soulageait d'un gros souci parce que,
ainsi, je n'aurais plus jamais peur de rester célibataire.
Comme ma pauvre maman a ri! »

« Et puis que s'est-il passé? » questionna Anne en
retenant son souffle.

« Nous avons simplement eu une querelle stupide,
idiote, banale. Si banale que, croyez-le ou non, je ne me
souviens même plus comment elle a débuté. C'est à peine
si je sais qui était le plus à blâmer dans cette histoire. Pour
dire vrai, c'est Stephen qui avait commencé, mais je l'avais
provoqué par quelque bêtise. Il avait un ou deux rivaux,
vous voyez. J'étais vaniteuse et coquette et j'aimais bien le
taquiner un peu. C'était un garçon extrêmement tendu et
sensible. Voilà, nous nous sommes séparés fâchés tous les
deux. Mais je croyais que cela s'arrangerait; et c'est ce qui
se serait produit si Stephen n'était pas revenu trop tôt.
Anne, ma chérie, je suis désolée de vous l'apprendre » –
là-dessus, elle baissa la voix comme si elle allait confesser
une tendance à assassiner les gens – « mais je suis une
personne terriblement boudeuse. Oh! ne souriez pas... ce
n'est que trop vrai. Je boude; et Stephen est revenu avant
que j'aie fini de bouder. J'ai refusé de l'écouter et de lui
pardonner; et alors il est parti pour toujours. Il était trop
fier pour revenir une autre fois. Puis j'ai boudé parce qu'il
ne revenait pas. J'aurais peut-être pu l'envoyer chercher,
mais cela m'aurait trop humiliée. J'étais aussi orgueilleuse
que lui – l'orgueil et la bouderie ne font pas bon ménage,
Anne. Je n'ai jamais pu, ni jamais voulu, m'intéresser à un

autre homme. Je savais que je préférerais être une vieille fille pendant mille ans plutôt que d'épouser quelqu'un qui ne serait pas Stephen Irving. Eh bien, tout cela ressemble à un rêve à présent, bien sûr. Comme vous avez l'air compatissante, Anne, aussi compatissante qu'on peut l'être à dix-sept ans. Mais n'en rajoutez pas. Je suis une petite femme tout à fait heureuse, et comblée, malgré mon cœur brisé. Mon cœur s'est vraiment brisé, si jamais un cœur se brise, lorsque j'ai compris que Stephen Irving ne reviendrait pas. Mais vous savez, Anne, dans la vraie vie, un cœur brisé n'est pas la moitié aussi douloureux que dans les livres. On pourrait rapprocher cela d'une rage de dents, bien que ma comparaison manque de romantisme, c'est vrai. De temps en temps, vous souffrez et passez une nuit blanche, mais dans l'intervalle, vous aimez la vie, les rêves, les échos et les friandises aux arachides comme si de rien n'était. Et voilà que vous semblez déçue. Vous me trouvez cent fois moins intéressante qu'il y a cinq minutes, lorsque vous pensiez que j'étais la proie de souvenirs tragiques, camouflant bravement ma peine sous des sourires extérieurs. Mais c'est ça le pire – ou le meilleur – de la vie réelle, Anne. Elle ne vous laisse pas être misérable. Elle continue à essayer de vous donner le confort – et le succès – même quand vous êtes déterminé à être malheureux et romantique. Ces bonbons ne sont-ils pas succulents ? J'en ai déjà beaucoup trop mangé, pourtant je ne peux m'arrêter. »

Après un court silence, Mlle Lavendar dit brusquement :

« J'ai reçu un choc en entendant parler du fils de Stephen Irving la première fois que vous êtes venue ici, Anne. Je n'ai jamais réussi à vous le mentionner depuis, mais je désirais tout savoir de lui. Quelle sorte de garçon est-ce ? »

« C'est l'enfant le plus adorable, le plus gentil que je connaisse, mademoiselle Lavendar... et lui aussi, il imagine des choses, tout comme vous et moi. »

«J'aimerais le voir», murmura Mlle Lavendar comme si elle se parlait à elle-même. «Je me demande s'il ressemble un peu au petit garçon de mes rêves, qui vit ici avec moi... *mon* petit garçon.»

«Si vous souhaitez connaître Paul, je peux l'amener avec moi, un jour», proposa Anne.

«Cela me plairait... mais attendez encore un peu. Je dois m'habituer à cette idée. Je pourrais en éprouver davantage de douleur que de plaisir, s'il ressemblait trop à Stephen, ou pas assez. Amenez-le dans un mois.»

C'est ainsi qu'un mois plus tard, Anne et Paul traversèrent la forêt jusqu'à la maison de pierre et rencontrèrent Mlle Lavendar sur le chemin. Comme elle ne les attendait pas, elle pâlit en les voyant.

«Ainsi, voici le fils de Stephen», murmura-t-elle en prenant la main de Paul et en le regardant, resplendissant et puéril dans son joli manteau de fourrure et coiffé de sa casquette. «Il... il ressemble beaucoup à son père.»

«Tout le monde dit que je suis le portrait de mon père», acquiesça Paul, très à son aise.

Anne, qui avait surveillé la scène, poussa un soupir de soulagement. Elle constata que Mlle Lavendar et Paul s'étaient plu et qu'il n'y aurait rien de contraint ou de guindé dans leur attitude. Malgré sa propension à rêver et son romantisme, Mlle Lavendar était très raisonnable, et après cette manifestation involontaire, elle camoufla son émotion et se mit à bavarder avec Paul aussi intelligemment et naturellement que s'il se fût agi du fils de n'importe qui en visite chez elle. Ils passèrent ensemble un après-midi très gai et firent, pour le souper, un tel festin de mets lourds que la vieille Mme Irving en aurait été pétrifiée d'horreur, convaincue que le système digestif de son petit-fils était irrémédiablement fichu.

«Reviens me voir, mon enfant», dit Mlle Lavendar en lui serrant la main au moment de partir.

«Vous pouvez m'embrasser, si vous voulez», proposa gravement Paul.

Mlle Lavendar se pencha pour lui donner un baiser.

«Comment savais-tu que je le désirais?» chuchota-t-elle.

«Vous aviez exactement le même regard que ma mère quand elle voulait un baiser. D'habitude, je n'aime pas qu'on m'embrasse. Les garçons n'aiment pas ça, vous savez, mademoiselle Lewis. Mais je pense que c'est assez agréable, quand c'est vous. Et bien sûr que je reviendrai vous voir. J'aimerais vous compter parmi mes amis intimes, si vous n'y voyez pas d'objection.»

«Je... je n'y vois aucune objection, je pense», répondit Mlle Lavendar.

Elle se détourna vivement et rentra chez elle; mais un instant plus tard, ils l'aperçurent à sa fenêtre qui leur envoyait la main en souriant.

«Mlle Lavendar me plaît», annonça Paul, pendant qu'ils traversaient le bois de bouleaux pour rentrer. «J'aime sa façon de me regarder, j'aime sa maison de pierre et j'aime Charlotta IV. Si seulement c'était une Charlotta IV qui vivait chez grand-maman au lieu de Mary Joe. Je suis sûr qu'elle ne me traiterait pas d'anormal quand je lui confierais mes pensées. Et le thé n'était-il pas délicieux, Anne? Grand-maman dit qu'un enfant ne devrait pas penser à ce qu'on lui sert à manger, mais on ne peut s'en empêcher parfois, quand on a vraiment faim. Vous comprenez cela, Anne. Je n'ai pas l'impression que Mlle Lavendar forcerait un enfant qui n'aime pas à manger du gruau au déjeuner. Elle lui servirait des mets qui lui plaisent. Évidemment,» – Paul avait un sens aigu de la justice – «ce ne serait peut-être pas très bon pour sa santé. C'est tout de même agréable de changer. Vous comprenez cela, Anne.»

24

Prophète en son pays

Un certain jour de mai, la population d'Avonlea reçut un choc lorsque parurent dans le journal *Daily Enterprise* de Charlottetown des «Échos d'Avonlea», sous la signature de «l'Observateur». La rumeur en attribua la paternité à Charlie Sloane, en partie parce que ledit Charlie s'était déjà livré à de semblables envolées littéraires par le passé, et en partie parce que dans une des notes, l'auteur semblait se moquer de Gilbert Blythe. La jeunesse d'Avonlea persistait à considérer Gilbert Blythe et Charlie Sloane comme des rivaux pour les bonnes grâces d'une certaine demoiselle aux yeux gris et à l'imagination fertile.

La rumeur avait tort, comme d'habitude. C'était Gilbert qui, aidé et encouragé par Anne, avait rédigé ces échos; celui qui le concernait n'était qu'un leurre. Deux d'entre eux ont leur place dans notre histoire.

On murmure qu'un mariage sera célébré dans notre village dès que les marguerites seront en fleurs. Un nouveau citoyen très respecté conduira à l'autel nuptial une de nos dames les plus populaires.

Le vieux Abe, notre éminent météorologue, prédit qu'un violent orage éclatera à sept heures précises le 23 mai au soir. Une grande partie de la province sera touchée par la tempête. Les gens qui se déplaceront ce soir-là feront mieux de se munir de parapluies et d'imperméables.

«C'est vrai que le vieux Abe a prédit une tempête pour ce printemps», remarqua Gilbert, «mais crois-tu que M. Harrison fréquente vraiment Isabella Andrews?»

« Non », répondit Anne en riant. « Je suis certaine qu'il va seulement jouer aux échecs avec M. Harmon Andrews, mais selon Mme Lynde, Isabella Andrews est de si bonne humeur ce printemps qu'elle doit sûrement être à la veille de se marier. »

Quant au pauvre Abe, il se sentit plutôt indigné. Il soupçonna « l'Observateur » de se moquer de lui. Même s'il nia farouchement avoir désigné une date précise pour sa tempête, personne ne voulut le croire.

À Avonlea, la vie poursuivit son cours normal en toute tranquillité. La « plantation » fut inaugurée ; les améliorateurs célébrèrent une Journée de l'arbre. Chacun d'eux dut planter, ou faire planter, cinq arbres ornementaux. La Société comptant quarante membres, cela produisit un total de deux cents jeunes arbres. L'avoine précoce faisait verdoyer les champs rougeâtres ; près des fermes, les vergers étaient en pleine floraison et la Reine des Neiges se pomponna comme une jeune mariée pour son époux. Anne aimait dormir la fenêtre ouverte pour laisser les cerisiers exhaler leur parfum dans sa chambre toute la nuit. Elle trouvait cela franchement poétique, au contraire de Marilla qui lui reprochait de risquer sa vie.

« On devrait célébrer l'Action de grâces au printemps », déclara Anne à Marilla, un soir qu'elles étaient assises sur le perron avant à écouter le concert cristallin des grenouilles. « Ce serait bien mieux qu'en novembre, quand tout est mort ou endormi. Il faut alors faire un effort pour se rappeler d'être reconnaissant ; en mai, on ne peut tout simplement pas s'en empêcher – parce que la vie renaît, sinon pour autre chose. J'ai une bonne idée de ce qu'Ève a dû ressentir au Paradis terrestre avant que les ennuis commencent. Cette herbe dans le pré est-elle verte ou dorée ? Il me semble, Marilla, qu'une journée comme celle-ci, quand les arbres sont en fleurs et que le vent ne sait plus dans quelle direction souffler, nous permet d'éprouver une extase proche de celle que le ciel nous réserve. »

Marilla, scandalisée, regarda autour d'elle avec appréhension pour s'assurer que les jumeaux n'étaient pas à portée de voix. Ils surgirent à ce moment-là de l'angle de la maison.

«Ça sent drôlement bon ce soir, hein?» s'exclama Davy, reniflant avec plaisir en balançant une binette entre ses mains crasseuses. Il venait de travailler dans son jardin. Ce printemps-là, Marilla, voulant que la passion de Davy pour la boue et la glaise serve à des fins utiles, leur avait donné, à lui et à Dora, une petite parcelle de terrain pour faire un jardin. Chacun s'était mis au travail à sa façon. Dora avait planté, semé et arrosé avec soin, systématiquement et sans passion. C'est pourquoi sa parcelle était déjà verte avec d'impeccables petites rangées bien ordonnées de légumes et de plantes annuelles. Davy, pour sa part, y avait mis plus de zèle que de discrétion; il avait bêché, sarclé, ratissé, arrosé et transplanté si énergiquement que ses graines n'avaient eu aucune chance de pousser.

«Comment va ton jardin, Davy?» demanda Anne.

«C'est plutôt lent», soupira celui-ci. «J'me demande pourquoi ça avance pas plus vite. Milty Boulter pense que j'ai dû planter quand il y avait pas de lune et que tout le problème vient de là. Il prétend qu'il faut jamais semer ou tuer le cochon ou se couper les cheveux ou faire quoi que ce soit d'important quand il y a pas de lune. C'est vrai, Anne? J'veux savoir.»

«Tes plantes auraient peut-être poussé si tu ne les avais pas tirées par les racines tous les deux jours pour voir comment elles se portaient à l'autre bout», remarqua sarcastiquement Marilla.

«J'en ai tiré seulement six», protesta Davy. «J'voulais voir s'il y avait des chenilles sur les racines. Milty Boulter dit que si c'est pas la faute de la lune, c'est sûrement celle des chenilles. Mais j'en ai trouvé qu'une. C'était une belle grosse juteuse et frisée. Je l'ai posée sur une pierre, j'en ai pris une autre et je l'ai écrasée net. Ça a fait un de ces bruits mous, vous pouvez me croire. J'aurais bien aimé qu'il

y en ait d'autres. Dora a semé en même temps que moi,
pourtant son jardin pousse correctement. Ça peut donc
pas être la lune», conclut-il pensivement.

«Regarde ce pommier, Marilla», s'écria Anne. «Ne
dirait-on pas qu'il est humain? Il étend ses longs bras pour
relever ses jupes roses et se faire admirer.»

«Ces pommiers de *duchesses jaunes* donnent toujours
un bon rendement», affirma Marilla avec satisfaction.
«Cet arbre sera chargé de fruits, cette année. J'en suis très
contente – ces pommes font d'excellentes tartes.»

Mais ni Marilla, ni Anne, ni personne d'autre n'était
destiné à confectionner des tartes aux pommes, cette
année-là.

Le 23 mai arriva. La journée fut exceptionnellement
chaude pour la saison, et personne n'en souffrit davantage
qu'Anne et sa petite ruche d'élèves qui transpiraient sur
les fractions et la syntaxe dans la classe d'Avonlea. Un
vent torride souffla tout l'avant-midi; après midi, il tomba
cependant et l'atmosphère devint lourde et stagnante. À
trois heures et demie, Anne entendit un grondement de
tonnerre. Elle donna aussitôt congé aux enfants afin qu'ils
puissent regagner leurs maisons avant la tempête.

Comme ils sortaient dans la cour d'école, Anne vit
que tout devenait anormalement sombre malgré le soleil
qui brillait encore. Annetta Bell lui saisit nerveusement la
main.

«Oh! Mademoiselle, regardez cet affreux nuage.»

Anne leva les yeux et poussa un cri de stupéfaction.
Au nord-ouest, elle aperçut une masse de nuages qui
s'approchait rapidement. Elle n'avait jamais rien vu de tel;
c'était une nuée totalement noire, sauf ses bords ourlés et
effilochés qui étaient d'un blanc spectral, livide. On
éprouvait une indescriptible frayeur à le voir assombrir
ainsi le ciel bleu; un éclair le traversa, suivi d'un grondement sauvage. Il roulait si bas qu'il semblait presque
toucher le sommet boisé des collines.

Une charrette arriva avec fracas sur la butte : c'était M. Harmon Andrews qui faisait courir ses chevaux gris au grand galop. Il les fit s'arrêter de l'autre côté de l'école.

« On dirait bien que le vieux Abe ne s'est pas trompé, pour une fois, hein ? » cria-t-il à Anne. « Sa tempête est un petit peu à l'avance. As-tu jamais vu un pareil nuage ? Que tous les jeunes allant dans ma direction se dépêchent de monter, et que les autres habitants à plus d'un quart de mille filent au bureau de poste et y restent jusqu'à ce que la tempête soit finie. »

Anne saisit Davy et Dora par la main et dévala la colline, prit le sentier des bouleaux, passa le Vallon des violettes et le Lac des saules aussi vite que le pouvaient les jumeaux aux jambes potelées. Ils atteignirent Green Gables juste à temps et furent rejoints à la porte par Marilla qui venait de presser ses poules et ses canards sous un abri. Ils se précipitèrent dans la cuisine, puis la lumière disparut graduellement, comme chassée par un vent malfaisant ; l'horrible nuage roula devant le soleil et les ténèbres submergèrent les environs. Au même instant, le tonnerre gronda et un éclair aveuglant sillonna le ciel ; la grêle se mit à tomber bruyamment et à envelopper le paysage dans sa fureur blanche.

Au milieu de cette clameur, on entendit un bruit sourd de branches arrachées cognant sur la maison et un autre de vitre brisée. En trois minutes, tous les carreaux des fenêtres nord et ouest volèrent en éclats, laissant la pluie s'engouffrer par les ouvertures et couvrir le sol de grêlons dont le plus petit atteignait la taille d'un œuf. La tempête fit rage pendant trois quarts d'heure d'affilée ; cet événement resta gravé dans la mémoire de tous ceux qui en furent les témoins. Perdant pour la première fois de sa vie la maîtrise de soi, Marilla tomba à genoux devant sa berçante dans un coin de la cuisine, sanglotant et haletant entre les grondements assourdissants du tonnerre. Anne, blanche comme un linge, traîna le sofa loin de la fenêtre et s'y assit, un jumeau de chaque côté. Au premier roulement, Davy hurla :

«Anne, Anne, c'est le Jugement dernier? Anne, Anne, je l'ai jamais fait exprès d'être méchant!» Puis il enfouit son visage dans le giron d'Anne et l'y laissa, tremblant de tous ses membres. Dora, bien qu'un peu pâle, conserva son sang-froid; elle resta assise, immobile et calme, sa main cramponnée à celle d'Anne. C'était à se demander si un tremblement de terre aurait réussi à la déranger.

La tempête cessa enfin, presque aussi soudainement qu'elle avait débuté. Il arrêta de grêler, le tonnerre s'éloigna vers l'est en roulant et en grondant et un soleil joyeux et radieux se remit à briller sur un monde si transformé qu'il paraissait absurde de croire qu'il avait suffi de trois quarts d'heure à peine pour produire un tel changement.

Marilla, faible et frissonnante, se releva et s'effondra dans sa berçante. Le visage hagard, elle paraissait avoir vieilli de dix ans.

«Avons-nous tous survécu?» questionna-t-elle solennellement.

«Tu parles qu'on a survécu!» claironna Davy, redevenu lui-même. «Et j'ai pas eu peur... enfin juste un petit peu au début. Ça vient tellement vite, hein? En une seconde, j'ai décidé de pas me battre avec Teddy Sloane lundi comme promis; mais maintenant, j'sais plus. Dis, Dora, as-tu eu peur, toi?»

«Un peu», admit-elle avec contrainte, «mais j'ai serré la main d'Anne très fort et je n'ai pas arrêté de réciter mes prières.»

«J'les aurais bien dites, moi aussi, si j'y avais pensé», avoua Davy, «pourtant, je m'en suis sorti aussi bien que vous sans les dire», ajouta-t-il d'un air triomphant.

Anne apporta à Marilla un verre de son puissant vin de groseilles – Anne avait en effet eu l'occasion d'en tester l'efficacité plusieurs années auparavant – et ils allèrent tous à la porte pour regarder cette scène étrange.

À perte de vue s'étendait un blanc tapis de grêlons de plus d'un pied de haut; il s'en était amoncelé sous les avant-toits et sur les marches. Lorsqu'ils eurent fondu, deux ou trois jours plus tard, on put alors constater pleinement l'ampleur du désastre, car tout ce qui avait poussé dans les jardins et dans les champs avait été rasé. Non seulement les pommiers avaient perdu leurs fleurs, mais de grosses branches avaient été arrachées. Et la majorité des deux cents arbres plantés par les améliorateurs avaient été cassés net ou déchiquetés.

« Est-il possible que ce soit là le même monde qu'il y a une heure ? » demanda Anne, consternée. « Il a sûrement fallu plus de temps pour produire un tel ravage. »

« On n'a jamais vu cela dans l'Île-du-Prince-Édouard », affirma Marilla, « jamais. Je me souviens d'une grosse tempête lorsque j'étais fillette, mais rien de comparable. Nous allons entendre parler de terribles dégâts, c'est sûr. »

« J'espère qu'aucun des enfants ne s'est fait prendre par la tempête », murmura anxieusement Anne.

Comme on l'apprit par la suite, ils étaient tous sains et saufs, car tous ceux qui avaient une certaine distance à franchir avaient suivi l'excellent conseil de M. Andrews et trouvé refuge au bureau de poste.

« Voici John Henry Carter », annonça Marilla.

Ce dernier se frayait un chemin parmi les grêlons, en souriant d'un air plutôt effrayé.

« Oh ! quelle histoire épouvantable, mademoiselle Cuthbert ! M. Harrison m'a envoyé m'informer si tout allait bien chez vous. »

« Nous sommes tous en vie », répondit-elle d'un air maussade, « et aucun des bâtiments n'a été frappé. J'espère que c'est la même chose de votre côté. »

« On n'a pas été aussi chanceux, m'dame. On a été frappés. La foudre est tombée sur la ch'minée d'la cuisine, est descendue par le tuyau, a frappé la cage de Ginger, fait un trou dans l'plancher et est allée dans la cave. C'est comme ça, m'dame. »

« Ginger a-t-il été blessé ? » s'enquit Anne.

« Plutôt, m'dame. Il est mort sur le coup. »

Un peu plus tard, Anne se rendit chez M. Harrison pour le consoler. Elle le trouva assis à la table, caressant le cadavre de Ginger d'une main tremblante.

«Le pauvre Ginger ne vous criera plus jamais d'insultes, Anne», dit-il tristement.

Anne n'aurait jamais pu imaginer qu'elle pleurerait un jour sur Ginger, mais les larmes lui montèrent aux yeux.

«C'était mon unique compagnon, Anne... et le voilà mort. Je dois être un vieux fou pour y accorder autant d'importance. Je vous avouerai que ça m'est égal qu'on le croie. Je sais que vous allez m'exprimer votre sympathie dès que j'aurai cessé de parler... mais n'en faites rien, sinon je vais me mettre à pleurer comme un enfant. Quelle terrible tempête, n'est-ce pas? Je suppose que les gens ne se moqueront plus des pronostics du vieux Abe. On dirait que toutes les tempêtes qu'il avait prédites dans sa vie sont arrivées en même temps. Ce qui est renversant, c'est comment il est tombé sur le bon jour. Regardez-moi ces dégâts. Je dois me hâter d'aller chercher des planches pour boucher le trou dans le plancher. »

Le lendemain, les habitants d'Avonlea passèrent la journée à se visiter pour comparer les dommages. La grêle ayant rendu les routes incarrossables, on se déplaça à pied ou à cheval. Le courrier, en retard, apportait de mauvaises nouvelles de toute la province. Des maisons avaient été détruites, des gens tués ou blessés. Tout le service de téléphone et de télégraphe était désorganisé et le bétail surpris dans les champs par la tempête avait péri.

Tôt le matin, le vieux Abe se rendit à l'atelier du forgeron et y resta tout le jour. Comme c'était son heure de gloire, il voulait en profiter au maximum. Il serait injuste d'insinuer que cette tempête lui avait fait plaisir; mais comme elle devait se produire, il était content de l'avoir prédite – et d'avoir prévu le jour exact. Il oublia qu'il avait déjà nié avoir prédit le jour. Et la légère différence d'heure ne comptait pas.

Gilbert se présenta à Green Gables le soir même ; il trouva Anne et Marilla occupées à clouer des bandes de toile cirée sur les fenêtres brisées.

« Dieu seul sait quand nous pourrons nous procurer de la vitre », soupira Marilla. « M. Barry est allé à Carmody cet après-midi, mais il lui a été impossible de dénicher le plus petit carreau. Dès dix heures, les gens de Carmody avaient raflé tout ce qu'il y avait chez Lawson et Blair. La tempête a-t-elle été aussi terrible à White Sands, Gilbert ? »

« Je dirais que oui. Je suis resté coincé à l'école avec tous les enfants et j'ai bien cru que certains d'entre eux deviendraient fous de terreur. Trois se sont évanouis, deux filles ont fait une crise de nerfs et Tommy Blewett n'a cessé de hurler pendant tout le temps qu'a duré le cataclysme. »

« Moi, j'ai crié qu'une fois », se rengorgea Davy. « Mon jardin est complètement ravagé », continua-t-il mélancoliquement, « mais celui de Dora aussi », ajouta-t-il, comme si cela lui apportait quelque réconfort.

Anne arriva en courant du pignon ouest.

« Oh ! Gilbert, connais-tu la nouvelle ? La vieille maison de M. Boulter a été touchée par la foudre et elle a brûlé jusqu'au sol. Je dois être affreusement mesquine, mais cela me fait plaisir. M. Boulter croit que la S.A.V.A. a eu recours à la magie pour produire cette tempête. »

« Eh bien, une chose est sûre », répondit Gilbert en riant, « l'Observateur a établi la réputation du vieux Abe comme météorologue. La "tempête du vieux Abe" fera désormais partie de l'histoire locale. C'est une coïncidence extraordinaire qu'elle soit arrivée exactement le jour que nous avions choisi. Je me sens à demi coupable, comme si j'avais réellement usé de magie. On peut bien se réjouir de la destruction de la vieille maison, parce que le reste n'est pas très rose. Quand on pense que pas même dix de nos jeunes arbres en ont réchappé. »

« Nous n'avons qu'à les replanter au printemps prochain », conclut Anne avec philosophie. « Voilà un des

aspects positifs de notre monde, on est toujours assurés de
connaître d'autres printemps. »

25

Scandale à Avonlea

Par un radieux matin de juin, deux semaines après la tempête du vieux Abe, Anne, revenant du jardin, traversait lentement la cour de Green Gables; elle portait dans ses mains deux gerbes de narcisses blancs rouillés.

«Regarde ces fleurs», dit-elle tristement, les montrant à une Marilla austère, les cheveux enveloppés dans un tablier de vichy vert, qui rentrait dans la maison avec un poulet plumé. «Ce sont les seules que la tempête avait épargnées et elles sont imparfaites... J'ai tant de peine. Je voulais en porter sur la tombe de Matthew. Il éprouvait une telle tendresse pour les lys de juin.»

«Même moi, je m'en ennuie, si l'on peut dire», admit Marilla, «bien que cela puisse sembler incorrect de gémir sur des fleurs après les malheurs que nous venons de vivre – pense que toutes les récoltes de céréales et de fruits ont été détruites.»

«Mais les fermiers ont ressemé leur avoine», répondit Anne d'un ton réconforté, «et selon M. Harrison, si nous avons un bel été, la récolte sera bonne, bien que tardive. Et mes légumes poussent bien, eux aussi. Pourtant, rien ne peut remplacer les lys de juin. La pauvre petite Hester Gray n'en aura pas, elle non plus. J'ai marché jusqu'à son jardin, hier soir, pour vérifier. Mais tout était ravagé. Je suis sûre qu'ils lui manqueront.»

«Tu ne devrais pas parler ainsi, Anne, vraiment pas», fit sévèrement Marilla. «Hester Gray est morte depuis

trente ans et son âme est au paradis – du moins je
l'espère. »

« Je le sais, mais je crois qu'elle se souvient toujours de
son jardin et qu'elle l'aime encore », rétorqua Anne. « J'ai
la certitude que peu importe depuis combien de temps je
serai au ciel, j'aimerai regarder en bas et voir des gens
fleurir ma tombe. Si j'avais un jardin comme celui de
Hester Gray, cela me prendrait plus de trente ans pour
l'oublier et me consoler de ne plus en voir la splendeur. »

« Eh bien, tâche de ne pas tenir ces propos devant les
jumeaux », protesta faiblement Marilla en pénétrant dans
la maison avec le poulet.

Anne piqua les narcisses dans ses cheveux et marcha
jusqu'à la barrière, où elle s'attarda quelques instants pour
jouir du soleil de juin avant d'aller vaquer à ses occu-
pations du samedi. La vie redevenait agréable; mère
nature faisait de son mieux pour effacer les traces de la
tempête et, même si le succès n'était pas encore complet,
elle avait vraiment accompli des merveilles.

« Si seulement je pouvais rester oisive toute la journée
aujourd'hui », confia Anne à un oiseau bleu qui se balançait en gazouillant sur une branche de saule. « Mais une
institutrice également responsable de l'éducation de
jumeaux ne peut se permettre d'être paresseuse, petit
oiseau. Ton chant réussit beaucoup mieux que moi à
exprimer ce que j'éprouve. Mais qui vient par ici ? »

Une charrette transportant une grosse malle arrivait
en cahotant sur le chemin. Deux personnes étaient assises
sur le siège avant. Lorsqu'elle fut à proximité, Anne
reconnut dans le conducteur le fils de l'employé de la gare
de Bright River. Une étrangère l'accompagnait : un petit
bout de femme qui sauta prestement à la barrière avant
même que le cheval se fut immobilisé. Approchant
davantage de la cinquantaine que de la quarantaine, elle
était très jolie, menue, avec des joues roses, des yeux noirs
et une chevelure de jais, très lustrée, surmontée d'un
adorable bonnet orné de fleurs et de plumes. Même après

avoir parcouru plus de dix milles sur une route poussiéreuse, elle paraissait aussi propre que si elle venait d'émerger d'un carton à chapeau.

« Est-ce ici qu'habite M. James A. Harrison ? » s'informat-elle sans tarder.

« Non, sa maison est là-bas », répondit Anne, à peine revenue de sa stupéfaction.

« Il me semblait bien, aussi, que cet endroit était trop ordonné... beaucoup trop ordonné pour être le domicile de James A., à moins qu'il n'ait énormément changé depuis le temps », murmura la petite dame. « Est-ce vrai que James A. doit se marier avec une femme de ce village ? »

« Mais non ! » s'écria Anne en rougissant d'un air si coupable que l'étrangère la considéra avec curiosité, comme si elle la soupçonnait à demi de nourrir des desseins matrimoniaux à l'égard de M. Harrison.

« Je l'ai pourtant lu dans un journal de l'Île », insista la belle inconnue. « Une amie m'a fait parvenir un exemplaire annoté – ce sont là des choses que les amis s'empressent toujours de faire pour vous. Le nom de James A. était inscrit au-dessus de "nouveau citoyen". »

« Oh ! Ce n'était qu'une blague », bredouilla Anne. « M. Harrison n'a l'intention d'épouser personne, je vous assure. »

« Je suis bien aise de vous l'entendre dire », déclara la dame aux joues roses en remontant agilement sur son siège dans la charrette, « car il est déjà marié. Oh ! je comprends votre étonnement. Je suppose qu'il a prétendu être célibataire pour briser des cœurs à droite et à gauche. Bien, bien, James A. », poursuivit-elle en hochant vigoureusement la tête en direction de la maison blanche, par delà les champs, « tu as fini de t'amuser. Me voici de retour – bien que je ne me serais jamais donné la peine de faire le voyage jusqu'ici si je n'avais pas pensé que tu étais sur le point de commettre une bêtise. J'imagine », fit-elle en se tournant vers Anne, « que son perroquet jure toujours autant ? »

« Le perroquet... est mort... je pense », s'étrangla la pauvre Anne qui n'était même plus sûre de son propre nom à ce moment-là.

« Mort ! Alors tout est pour le mieux ! » jubila la dame au teint fleuri. « Je peux m'entendre avec James A. si je n'ai plus cet oiseau de malheur dans les jambes. »

Sur ces paroles sibyllines, elle poursuivit allégrement sa route tandis qu'Anne se hâtait de rejoindre Marilla dans la cuisine.

« Qui était cette femme, Anne ? »

« Marilla », commença Anne d'un ton solennel mais avec une lueur dans le regard, « est-ce que j'ai l'air d'avoir perdu la raison ? »

« Pas plus que d'habitude », répondit cette dernière sans arrière-pensée sarcastique.

« Alors, à ton avis, suis-je réveillée ? »

« Anne, cesse de tenir des propos sans queue ni tête et dis-moi qui était cette femme. »

« Marilla, si je ne suis ni folle ni en train de dormir, cela veut dire qu'elle n'est pas un rêve et qu'elle est donc réelle. De toute façon, je suis sûre que jamais je n'aurais pu imaginer un bonnet semblable. Marilla, cette inconnue prétend être la femme de M. Harrison. »

Ce fut au tour de Marilla de figer sur place.

« Sa femme ! Anne Shirley ! Mais alors, pourquoi se faisait-il passer pour un célibataire ? »

« Il ne l'a pas vraiment fait », objecta Anne, essayant de se montrer juste. « Il n'a jamais prétendu n'être pas marié. Ce sont les gens qui ont sauté à cette conclusion. Oh ! Marilla, je me demande ce que Mme Lynde va penser de ça. »

Elles l'apprirent lorsque celle-ci vint leur rendre visite ce soir-là. Mme Lynde n'était aucunement surprise ! Mme Lynde avait toujours soupçonné quelque chose de cette sorte ! Mme Lynde n'avait jamais cessé de croire qu'un mystère entourait M. Harrison !

«Quand on pense qu'il a abandonné sa femme», s'indigna-t-elle. «Les journaux des États relatent bien des choses semblables, mais qui se serait attendu à retrouver ça ici même à Avonlea?»

«Nous ne savons pas s'il a abandonné sa femme», protesta Anne, bien déterminée à croire en l'innocence de son ami jusqu'à preuve du contraire. «Nous ne connaissons rien de l'histoire.»

«Eh bien, nous en aurons bientôt le cœur net», déclara Mme Lynde, à qui la signification du mot délicatesse avait toujours échappé. «Je ne suis pas censée être au courant de son arrivée et aujourd'hui M. Harrison devait rapporter de Carmody un médicament pour Thomas. Mon prétexte est tout trouvé. J'entends bien découvrir le fin mot de l'histoire.»

Mme Lynde se précipita donc là où Anne aurait craint de glisser le pied. Elle n'aurait jamais osé, pour rien au monde, se présenter chez M. Harrison. Néanmoins, éprouvant une curiosité bien naturelle, elle était secrètement contente que Mme Lynde aille résoudre le mystère. Elle et Marilla attendirent avec impatience le retour de la bonne dame, mais en vain. Mme Lynde ne revint pas les voir ce soir-là. À neuf heures, Davy, qui arrivait de chez les Boulter, leur en fournit l'explication.

«J'ai rencontré Mme Lynde et une étrangère dans le vallon», rapporta-t-il, «et bonté divine, vous auriez dû les entendre parler toutes les deux en même temps! Mme Lynde m'a demandé de vous dire qu'elle était désolée mais qu'il était trop tard pour venir ce soir. Anne, je meurs de faim. On a pris le thé chez Milty à quatre heures et j'pense que Mme Boulter est très avare. Elle nous a servi ni confiture, ni gâteau, et même le pain était rassis.»

«Davy, lorsque tu es invité chez des gens, tu ne dois pas critiquer ce qu'ils t'offrent à manger. C'est très mal élevé.»

«D'accord... j'vais m'contenter d'le penser», concéda gaiement Davy. «Me donnes-tu quelque chose pour souper, Anne?»

Anne consulta Marilla du regard; celle-ci la suivit dans le garde-manger et referma soigneusement la porte.

«Tu peux mettre de la confiture sur son pain, Anne. Je sais à quoi ressemble le thé chez Levi Boulter.»

Davy s'empara de sa tartine en soupirant.

«J'trouve le monde pas mal décevant», remarqua-t-il. «La chatte de Milty a des convulsions; depuis trois semaines, elle a eu une crise régulièrement tous les jours et Milty dit que c'est drôlement amusant de la voir. Aujourd'hui, j'suis allé chez lui exprès pour ça, mais cette affreuse vieille bestiole a rien voulu savoir. Elle a été en forme toute la journée. Milty et moi, on a eu beau passer l'après-midi à la surveiller, on a attendu pour rien. Mais peu importe», pousuivit-il, la confiture de prunes lui redonnant sa bonne humeur, «j'la verrai peut-être un jour. Une chatte qui a pris l'habitude d'avoir des convulsions n'arrête pas comme ça du jour au lendemain, n'est-ce pas? Cette confiture est drôlement bonne.»

Dans le cas de Davy, il n'existait pas de chagrin que la confiture de prunes ne puisse consoler.

Le dimanche fut morne car il plut à boire debout toute la journée; mais le lundi, tout le monde avait entendu une version de l'histoire des Harrison. L'école en bourdonnait et Davy revint à la maison avec toutes sortes de renseignements.

«Marilla, M. Harisson a une nouvelle femme... c'est-à-dire pas exactement nouvelle, mais Milty dit qu'ils avaient cessé d'être mariés depuis un bout de temps. J'avais toujours cru qu'les gens étaient censés rester mariés une fois qu'ils avaient commencé mais Milty dit qu'non, qu'il existe des moyens d'arrêter quand on s'entend plus. Il dit qu'on peut par exemple quitter sa femme et s'en aller, et c'est ce qu'a fait M. Harrison. Milty dit que M. Harrison a laissé sa femme parce qu'elle lui lançait des objets à la tête – des objets durs –, et Arty Sloane dit que c'est parce qu'elle lui défendait de fumer et Ned Clay dit que c'est parce qu'elle arrêtait pas d'lui faire des reproches. Moi, j'quitterais pas ma femme pour ça. J'la regarderais droit dans les yeux et j'lui dirais : "Madame Davy, tu dois te contenter de faire c'qui m'plaît, parce que l'homme, c'est moi." J'imagine que ça la ferait tenir tranquille. Mais Annetta Clay pense que c'est *elle* qui l'a quitté parce qu'il essuyait jamais ses bottes avant d'entrer dans la maison et elle ne la blâme pas. J'm'en vais tout de suite chez M. Harrison pour voir de quoi elle a l'air. »

Il fut bientôt de retour, la mine plutôt basse.

« Mᵐᵉ Harrison n'est pas là, elle est allée à Carmody avec Mᵐᵉ Rachel Lynde acheter du nouveau papier peint pour le salon. Et M. Harrison m'a demandé de dire à Anne d'aller le voir parce qu'il veut lui parler. Et puis, le plancher a été lavé, et M. Harrison s'est rasé même s'il y avait pas de sermon hier. »

Anne eut peine à reconnaître la cuisine. Le plancher avait en effet été frotté et il brillait comme un sou neuf, de même que le reste du mobilier ; le poêle avait été poli jusqu'à ressembler à un miroir ; les murs avaient été repeints à la chaux et les carreaux des fenêtres étincelaient dans le soleil. M. Harrison était assis à la table, habillé de ses vêtement de travail. Ceux-ci, remarquables le vendredi précédent par une multitude de trous et d'accrocs, étaient à présent convenablement rapiécés et brossés. Lui-même était rasé de frais et les rares cheveux qui lui garnissaient le crâne avaient été soigneusement taillés.

« Asseyez-vous, Anne, je vous en prie », l'invita-t-il d'un ton rappelant celui que les gens d'Avonlea utilisent à des funérailles. « Emily s'est rendue à Carmody avec Rachel Lynde – elles se sont déjà liées d'amitié pour la vie. L'esprit de contradiction des femmes est une chose vraiment incroyable. Eh bien, Anne, j'ai fini de me payer du bon temps... vraiment fini. À partir de maintenant, c'est le règne de l'ordre et de la propreté jusqu'à la fin de mes jours, j'imagine. »

Il faisait de son mieux pour paraître mélancolique, mais la lueur qui pétillait dans ses yeux le trahissait.

« Monsieur Harrison, le retour de votre femme vous fait plaisir », s'écria Anne en agitant le doigt devant lui. « Je le vois bien, alors inutile de prétendre le contraire. »

Il esquissa un sourire timide.

« Bon... eh bien disons que je m'habitue à l'idée », concéda-t-il. « Je ne peux pas dire que j'étais fâché de revoir Emily. Un homme a réellement besoin de protection dans un village comme celui-ci où on ne peut même pas jouer une partie d'échecs avec son voisin sans se faire accuser d'en convoiter la sœur et sans voir les bans publiés dans le journal. »

« Personne n'aurait supposé que vous fréquentiez Isabella Andrews si vous n'aviez pas prétendu être célibataire », remarqua sévèrement Anne.

« Je n'ai jamais rien prétendu de tel. Si quelqu'un m'avait posé la question, j'aurais répondu la vérité. Mais on a simplement tenu pour certain le fait que j'étais célibataire. Et je n'avais pas particulièrement envie de discuter la chose – c'était encore trop cuisant. Mme Rachel Lynde aurait été trop heureuse de savoir que ma femme m'avait quitté, hein ? »

« Pourtant, certaines personnes affirment que c'est vous qui êtes parti. »

« C'est elle qui a commencé, Anne, c'est elle. Je vais tout vous raconter, parce que je ne veux pas que vous pensiez plus de mal de moi que je ne le mérite – ni d'Emily. Mais sortons sur la véranda. Tout est si terriblement propre ici et cela me rend quelque peu nostalgique. Je m'y habituerai sans doute après quelque temps, mais actuellement, il m'est plus facile de regarder la cour. Emily n'a pas encore eu le temps d'y mettre de l'ordre. »

Dès qu'ils furent confortablement installés sur la véranda, M. Harrison commença le récit de ses tribulations.

« Avant de venir ici, Anne, je vivais à Scottsford, au Nouveau-Brunswick. Ma sœur s'occupait de la maison et nous nous entendions à merveille ; elle était juste

raisonnablement ordonnée, elle me fichait la paix et me
gâtait – c'est du moins l'opinion d'Emily. Mais elle est
morte il y a trois ans. Avant de mourir, comme elle s'in-
quiétait terriblement de mon sort, elle m'arracha finalement la promesse de me marier. Elle me conseilla de
prendre Emily Scott pour épouse, parce que Emily avait de
l'argent à elle et qu'elle était une maîtresse de maison
modèle. "Emily ne voudra jamais de moi", lui ai-je
répliqué. "Demande-le-lui et tu verras", a répondu ma
sœur ; et dans le seul but de lui soulager l'esprit, je lui ai
promis de le faire... et je l'ai fait. Emily a accepté. Personne
n'a jamais été plus surpris que moi, Anne : une jolie petite
femme intelligente comme elle et un vieux type comme
moi. Je vous jure qu'au début, j'ai cru que j'avais eu de la
chance. Et voilà, nous nous sommes mariés et nous avons
fait un petit voyage de noces de deux semaines à
Saint-Jean, après quoi nous sommes revenus chez nous.
Nous sommes arrivés à dix heures du soir et je vous donne
ma parole, Anne, qu'une demi-heure plus tard, cette
femme était en train de faire le ménage de la maison. Oh !
je sais bien que vous pensez que ma maison en avait sans
doute besoin – vous avez un visage très expressif, Anne, on
y lit vos pensées comme dans un livre ouvert –, mais ce
n'est pas vrai, enfin pas à ce point-là. J'admets que j'avais
été plutôt dépassé par les événements quand je tenais la
maison en célibataire, mais j'avais engagé une femme pour
venir tout nettoyer avant mon mariage et j'avais fait pas
mal de peinture et de réparations. Je vous assure que si
vous ameniez Emily dans un palais de marbre blanc flambant neuf, vous la retrouveriez en train de frotter le
plancher à la brosse aussitôt qu'elle aurait pu se mettre une
vieille robe sur le dos. Alors elle a astiqué la maison jusqu'à
une heure du matin cette nuit-là, et elle était debout à
quatre heures pour se remettre à l'ouvrage. Elle a continué
comme ça et, d'après ce que je vois, elle n'a jamais cessé.
C'était le récurage, le balayage et l'époussetage à longueur
de journée, sauf le dimanche qu'elle passait à attendre le

lundi pour recommencer. C'était comme ça qu'elle se distrayait et j'aurais pu l'accepter si seulement elle m'avait laissé tranquille. Mais non! Elle avait tout mis en œuvre pour me dresser, mais elle ne m'avait pas attrapé assez jeune. Je n'avais pas la permission d'entrer dans la maison sans avoir changé mes bottes pour des pantoufles à la porte. Je n'osais pas fumer ma pipe, sauf dans la grange. Et ma grammaire faisait défaut. Emily avait été institutrice dans ses jeunes années et elle ne l'avait jamais oublié. Et puis, elle détestait me voir manger avec mon couteau. Elle rouspétait et m'asticotait du matin jusqu'au soir. J'imagine que je n'étais pas facile à vivre, moi non plus, Anne. Je n'ai pas fait autant d'efforts que j'aurais dû pour m'améliorer. Je me montrais grincheux et acariâtre quand elle me prenait en faute. Je lui ai dit un jour qu'elle ne s'était pas formalisée de ma grammaire quand je l'avais demandée en mariage. Ce n'était pas très diplomate de ma part. Une femme pardonnerait plus facilement à un homme de la battre que d'insinuer qu'elle était trop heureuse de se faire épouser. Eh bien, on a continué à se chamailler et la vie n'était pas spécialement agréable, mais on en serait peut-être venus à s'adapter l'un à l'autre si ce n'avait été de Ginger. Ginger a finalement été la goutte qui a fait déborder le vase. Emily n'était pas portée sur les perroquets et elle ne pouvait tolérer les jurons de Ginger. Moi, je m'étais attaché à cet oiseau en souvenir de mon frère le marin. C'était mon meilleur ami quand nous étions des gamins et il m'avait envoyé Ginger quand il était à l'article de la mort. Je ne voyais pas l'intérêt d'essayer de corriger son langage. Il n'y a rien qui me fasse plus horreur que le blasphème chez les humains, mais on peut témoigner de l'indulgence à un perroquet qui ne fait que répéter ce qu'il entend sans comprendre davantage que moi je comprends le chinois. Emily ne voyait pas les choses du même œil. Les femmes manquent de logique. Elle s'est efforcée de lui faire perdre l'habitude de jurer, mais elle n'a pas eu plus de succès que lorsqu'elle a essayé de me faire cesser de dire "si j'aurais" et "quatre z'enfants". On aurait dit que plus elle essayait, pire il était. C'est pareil dans mon cas.

« Les choses ont continué comme ça et nous devenions tous les deux de plus en plus grinçants, jusqu'au *jour fatidique*. Emily avait invité notre pasteur et sa femme pour le thé, ainsi qu'un autre pasteur et sa femme en visite chez eux. J'avais promis d'éloigner Ginger et de le cacher dans un endroit sûr, d'où personne ne pourrait l'entendre – Emily n'aurait jamais touché à sa cage, même avec une perche de dix pieds. J'avais vraiment l'intention de le faire, parce que je ne voulais pas que les pasteurs entendent quoi que ce soit d'offensant sous mon toit. Mais voilà, ça m'est sorti de l'esprit. Rien d'étonnant : Emily me harcelait tellement avec ses histoires de collet propre et de grammaire. J'avais totalement oublié le malheureux oiseau jusqu'à ce que nous nous asseyions pour le thé. Au moment précis où le premier pasteur récitait les grâces, Ginger, qui était sur la véranda vis-à-vis de la fenêtre de la salle à manger, éleva la voix. Il venait d'apercevoir le dindon dans la cour et la vue de cette volaille produisait toujours sur lui un effet des plus négatifs. Cette fois-là, je dois avouer qu'il s'est surpassé. Souriez tant que vous voulez, et je ne nie pas qu'à l'occasion il m'est arrivé de pouffer de rire au souvenir de cette anecdote, mais sur le coup, je me suis senti presque aussi mortifié qu'Emily. Je suis sorti et j'ai emporté Ginger dans la grange. Je ne peux pas dire que j'ai trouvé le repas très agréable. Il me suffisait de regarder Emily pour comprendre qu'il se mijotait des ennuis pour Ginger et moi. Après le départ des invités, je suis allé chercher les vaches dans le pâturage; chemin faisant, j'ai réfléchi à la question. J'étais désolé pour Emily et je m'imaginais que je ne lui avais pas témoigné suffisamment d'égards; d'autre part, je me demandais si les pasteurs penseraient que c'était de moi que Ginger avait appris ses jurons. Bref, j'étais arrivé à la conclusion qu'il faudrait se défaire de Ginger; mais je voulais le traiter avec clémence. Après avoir rentré les

vaches, j'ai voulu annoncer ma décision à Emily. Il n'y
avait plus d'Emily ; juste une lettre sur la table, comme
dans les romans. Elle écrivait que je devais choisir entre
elle et Ginger ; elle était retournée dans sa maison et elle y
resterait jusqu'à ce que j'aille lui dire que je m'étais débarrassé du perroquet.

« Ça m'a mis hors de moi, Anne, et j'ai dit que dans
ces conditions, elle pouvait y rester jusqu'à la semaine des
quatre jeudis ; et je n'en ai pas démordu. J'ai emballé ses
effets personnels et les lui ai envoyés. Les gens ont
beaucoup jasé – Scottsford pourrait presque rivaliser avec
Avonlea en ce qui a trait aux commérages – et tout le
monde sympathisait avec Emily, ce qui ne contribuait pas
à m'adoucir. J'ai compris que si je voulais avoir la paix, il
fallait que je parte. J'ai opté pour l'Île ; j'y étais déjà venu
dans ma jeunesse et l'endroit m'avait plu.

« Emily avait toujours affirmé qu'elle ne vivrait jamais
dans un endroit où les gens ne sortent pas le soir de peur
de tomber par-dessus bord. Alors, juste pour la contredire,
j'ai déménagé ici. Voilà toute l'histoire. Je n'avais jamais
reçu de nouvelles d'Emily avant de revenir du champ
samedi dernier et de la retrouver en train de frotter le
plancher à la brosse ; mais le souper était tout prêt sur la
table ; et c'était le premier repas décent que je faisais
depuis son départ. Elle me proposa de commencer par
manger et de causer après… j'en ai conclu qu'elle avait
appris certaines leçons sur la manière de se comporter avec
un homme… Elle est donc ici et elle entend y rester –
puisque Ginger est mort et que l'Île est un peu plus vaste
qu'elle ne l'avait imaginé. La voici qui arrive avec
Mme Lynde. Non, ne vous sauvez pas, Anne. J'aimerais
vous présenter Emily. Vous lui avez fait une forte
impression samedi dernier ; elle voulait à tout prix savoir
qui était la belle jeune fille rousse habitant la maison
voisine. »

Mme Harrison salua chaleureusement Anne et insista
pour la garder pour le thé.

«James A. m'a beaucoup parlé de vous; il m'a dit combien vous avez été gentille, lui préparant des gâteaux et toutes sortes de bonnes choses», dit-elle. «Je veux faire connaissance avec tous mes nouveaux voisins le plus vite possible. Mme Lynde est une femme charmante, si amicale.»

Lorsque Anne rentra chez elle dans le doux crépuscule de juin, Mme Harrison fit un bout de chemin avec elle à travers les champs où les lucioles allumaient leurs lampes clignotantes.

«James A. vous a sans doute raconté notre histoire», fit-elle.

«Oui.»

«Alors, je n'ai rien à ajouter, car James A. est un homme juste et il ne ment pas. Il était loin d'être le seul à blâmer, c'est à présent que je m'en rends compte. Je n'étais pas retournée chez moi depuis une heure que je regrettais déjà d'avoir agi avec tant de précipitation; pourtant, jamais je n'aurais cédé. Je vois à présent que j'exigeais trop d'un homme. Et j'étais vraiment sotte d'accorder une telle importance à sa grammaire défectueuse. Peu importe qu'un homme fasse des fautes de grammaire pourvu qu'il gagne bien sa vie et ne passe pas son temps à fureter dans le garde-manger pour calculer votre consommation hebdomadaire de sucre. J'ai l'impression que nous connaîtrons le bonheur à présent, James A. et moi. J'aimerais bien savoir qui est cet "Observateur" pour le remercier. J'ai une grosse dette de reconnaissance envers lui.»

Anne se garda bien de le lui révéler et Mme Harrison ne sut jamais qu'elle avait exprimé sa gratitude à la personne concernée. Anne était plutôt estomaquée par les conséquences à long terme de ces «échos» écrits pour rire. Ils avaient réconcilié deux époux et établi la réputation d'un prophète.

Mme Lynde se trouvait dans la cuisine de Green Gables. Elle venait de mettre Marilla au courant de tout.

«Eh bien, Anne, comment trouves-tu Mme Harrison?» s'enquit-elle.

« Elle me plaît beaucoup. À mon avis, c'est une petite femme tout à fait adorable. »

« C'est exactement ce qu'elle est », renchérit Mme Rachel, « et comme je viens de le dire à Marilla, je crois que, pour elle, nous devrions tous passer par-dessus les manies bizarres de son mari et faire de notre mieux pour qu'elle se sente chez elle ici. Bien, je dois rentrer. Thomas va avoir besoin de moi. Je me permets de sortir un peu depuis qu'Eliza vient lui tenir compagnie et il semble se porter beaucoup mieux depuis quelques jours, mais je n'aime pas m'absenter trop longtemps. J'ai entendu dire que Gilbert Blythe a démissionné de son poste à White Sands. Je suppose qu'il compte poursuivre ses études à l'université cet automne. »

Mme Rachel lança un regard perçant à Anne, mais cette dernière s'était penchée sur un Davy somnolent qui cognait des clous sur le sofa, et son visage ne laissait transparaître aucun sentiment. Elle prit Davy dans ses bras, sa joue pressée contre la tignasse blonde et frisée. Pendant qu'ils montaient l'escalier, Davy passa un bras fatigué autour du cou d'Anne, lui fit une caresse affectueuse et lui donna un baiser collant.

« T'es drôlement gentille, Anne. Aujourd'hui, Milty Boulter a écrit quelque chose sur son ardoise et l'a montré à Jennie Sloane. C'était :

Les roses sont rouges, et les violettes bleues,

Le miel est doux, tout comme tes yeux.

et ça exprime exactement mes sentiments pour toi. »

26

À propos de tournant

Thomas Lynde se glissa hors de sa vie aussi calmement et discrètement qu'il l'avait habitée. Sa femme avait été une infirmière tendre, patiente et infatigable. Si Rachel s'était parfois montrée un peu dure quand Thomas était en santé, car sa lenteur et sa mollesse la faisaient sortir de ses gonds, aucune voix n'aurait pu être plus douce que la sienne quand il était tombé malade, aucune main plus gentiment experte, aucune garde plus dévouée.

« Tu as été une bonne épouse pour moi, Rachel », lui avait-il dit simplement un jour, tandis qu'assise près de lui au crépuscule, elle tenait dans sa main habituée aux durs travaux sa vieille main osseuse et pâle. « Une bonne épouse. Je regrette de te quitter en te laissant si peu ; mais les enfants veilleront sur toi. Ce sont des enfants intelligents et capables, comme leur mère. Une bonne mère... une bonne femme... »

Puis il s'était endormi ; et le lendemain matin, au moment où une aube blanche se levait au-dessus des sapins dans le vallon, Marilla vint doucement réveiller Anne dans le pignon est.

« Anne... Thomas Lynde nous a quittés... Leur engagé vient de m'annoncer la nouvelle. Je vais immédiatement chez Rachel. »

Lorsque Marilla revint à Green Gables le lendemain des obsèques de Thomas Lynde, elle semblait étrangement préoccupée. Elle regarda Anne à quelques reprises, sembla sur le point de dire quelque chose, puis secoua la tête et resta bouche cousue. Après le thé, elle se rendit chez Mme Rachel; à son retour, elle alla au pignon est où Anne était en train de corriger des devoirs.

«Comment va Mme Lynde ce soir?» s'informa cette dernière.

«Elle est plus calme et plus posée», répondit Marilla en s'asseyant sur le lit – geste qui trahissait une agitation mentale inhabituelle, car selon son code d'éthique concernant la tenue de maison, s'asseoir sur un lit lorsqu'il était fait constituait une offense impardonnable. «Mais elle se sent très seule. Eliza devait retourner chez elle aujourd'hui; son fils est malade et elle sentait qu'elle ne pouvait rester plus longtemps.»

«J'irai bavarder un peu avec elle quand j'en aurai terminé avec ces exercices», décida Anne. «J'avais prévu travailler à une composition de latin ce soir, mais cela peut attendre.»

«Gilbert Blythe ira probablement à l'université cet automne», prononça Marilla d'une voix saccadée. «N'aimerais-tu pas y aller, toi aussi, Anne?»

Anne la regarda d'un air stupéfait.

«Bien sûr que oui, Marilla. Mais ce n'est pas possible.»

«J'imagine que cela pourrait se faire. J'ai toujours pensé que tu devrais poursuivre tes études. Il ne m'était pas facile d'accepter l'idée que tu y avais totalement renoncé à cause de moi.»

«Mais, Marilla, je n'ai jamais regretté un seul instant de rester à la maison. J'ai été si heureuse... Tu sais, ces deux dernières années ont été tout simplement délicieuses.»

«Oh! oui, je sais que tu as eu pas mal de plaisir. Mais là n'est pas la question. Tu dois continuer tes études. Tu as épargné suffisamment pour passer un an à Redmond et le revenu des actions couvrira les frais pour une autre année... Et puis tu peux obtenir des bourses et autres choses semblables.»

«Évidemment, mais je ne peux pas partir, Marilla. Ta vue s'est améliorée, c'est vrai; je ne peux pourtant pas te laisser seule avec les jumeaux. Ils demandent tant de soins. »

«Je ne serai pas seule avec eux. Voilà ce que je voulais discuter avec toi. J'ai eu une longue conversation avec Rachel aujourd'hui. Elle s'inquiète terriblement d'un tas de choses. Il paraît qu'ils ont hypothéqué la ferme il y a huit ans afin de donner un coup de pouce à leur benjamin quand il est parti dans l'Ouest; depuis, ils n'ont jamais été en mesure de rembourser beaucoup plus que les intérêts. Et bien entendu, la maladie de Thomas a coûté très cher, des deux points de vue. Il faudra vendre la ferme, et c'est juste s'il restera quelque chose une fois les factures acquittées. Elle dit qu'elle devra aller vivre chez Eliza, et la perspective de quitter Avonlea lui brise le cœur. Il n'est pas facile pour une femme de son âge de se faire de nouveaux amis et de se créer d'autres intérêts. Alors, Anne, comme elle me confiait ses inquiétudes, l'idée m'est venue que je pourrais lui offrir de venir habiter ici, mais j'ai pensé qu'il valait mieux en discuter avec toi avant de lui en parler. Si Rachel vivait avec moi, tu pourrais aller à l'université. Qu'en penses-tu ? »

«J'ai l'impression... qu'on vient de m'offrir... la lune... et que je ne sais pas exactement... quoi faire... avec elle », répondit Anne, complètement médusée. «Pour ce qui est d'inviter M\u1d50\u1d49 Lynde à venir vivre ici, c'est ta décision, Marilla. Crois-tu... es-tu certaine... que la situation te plairait ? M\u1d50\u1d49 Lynde est une bonne personne et une gentille voisine, mais... mais... »

«Mais elle a ses défauts, tu veux dire ? Eh bien, oui, tu as raison; mais je crois que je préférerais endurer des défauts bien pires encore plutôt que de voir Rachel quitter Avonlea. Elle me manquerait terriblement. Elle est ma seule amie intime ici, et je serais perdue sans elle. Nous sommes voisines depuis quarante-cinq ans et jamais nous ne nous sommes querellées... bien que nous soyons passées à un cheveu de le faire lorsque tu l'as traitée de tous les noms parce qu'elle t'avait dit que tu étais rousse et sans charme. T'en souviens-tu, Anne ?»

«Tu parles !» répondit Anne d'un air piteux. «Impossible de l'oublier. Comme je détestais cette pauvre Mme Lynde à ce moment-là. »

«Et quand je pense aux "excuses" que tu étais allée lui faire. En toute conscience, je dois t'avouer que tu ne me laissais pas une minute de répit, Anne. Tu me déroutais et je ne savais pas du tout comment te manœuvrer. Matthew te comprenait mieux. »

«Matthew comprenait tout», fit Anne du ton ému qu'elle employait toujours pour parler de lui.

«Eh bien, je crois que nous pourrons nous organiser pour ne pas nous contredire sur tout, Rachel et moi. Il m'a toujours semblé que c'est parce qu'elles partagent la même cuisine et sont dans les jambes l'une de l'autre que deux femmes ne peuvent s'entendre dans une même maison. À présent, si Rachel vient habiter ici, elle pourra dormir dans le pignon nord et se servir de la chambre d'amis comme cuisine si elle le désire, étant donné que nous n'avons pas absolument besoin d'une chambre d'amis. Elle pourra y mettre son poêle et les meubles qu'elle veut garder, et se sentir vraiment à son aise et indépendante. Elle aura évidemment assez d'argent pour vivre – ses enfants s'en chargeront – et je n'aurai que le logement à lui fournir. Oui, Anne, pour ma part, la situation me convient. »

«Dans ce cas, propose-le-lui», répondit vivement Anne. «J'aurais, moi aussi, beaucoup de chagrin de voir partir Mme Lynde. »

«Et si elle vient», poursuivit Marilla, «tu pourras aller à l'université si tu veux. Elle me tiendra compagnie et fera pour les jumeaux ce que je ne peux faire moi-même. Alors tu n'as aucune raison de ne pas y aller. »

Anne médita longtemps à sa fenêtre cette nuit-là. La joie et le regret luttaient dans son cœur. Elle venait finalement d'arriver – de façon brusque et imprévisible – à un tournant de sa route. Et l'université s'y trouvait, nimbée d'une multitude d'espoirs et de visions. Anne prenait toutefois conscience qu'en dépassant cette courbe, elle devait laisser derrière elle plusieurs choses agréables – toutes les petites tâches simples et les intérêts qui lui étaient devenus si chers au cours des deux dernières années et auxquels son enthousiasme avait conféré beauté et luminosité. Elle devait abandonner son école, et elle aimait chacun de ses élèves, même les moins brillants et les moins sympathiques. À la seule pensée de Paul Irving, elle se demandait si Redmond pouvait compenser tout cela, en fin de compte.

« Il m'est poussé de nombreuses petites racines ces deux dernières années », confia-t-elle à la lune. « Si je tire, je sais que cela va me faire très mal. Mais il vaut mieux partir, je crois, et comme le dit Marilla, je n'ai aucune raison de ne pas y aller. Je dois sortir mes ambitions du placard et les épousseter. »

Elle envoya sa lettre de démission le lendemain ; et Mme Rachel, après une conversation à cœur ouvert avec Marilla, accepta avec gratitude de venir s'installer à Green Gables. Elle préféra cependant demeurer chez elle pour l'été ; la ferme ne serait pas vendue avant l'automne et il restait encore plusieurs points à régler.

« Je n'aurais certainement jamais cru habiter un jour aussi loin de la route qu'à Green Gables », soupira-t-elle. « Mais en réalité, Green Gables ne me semble plus aussi isolé qu'avant : Anne reçoit beaucoup d'amis et les jumeaux rendent l'endroit très vivant. Quoi qu'il en soit, j'aimerais encore mieux vivre au fond d'un puits que de quitter Avonlea. »

Une fois connues, ces deux décisions supplantèrent rapidement l'arrivée de Mme Harrison dans les commérages locaux. Les sages hochaient la tête devant la précipitation de Marilla à proposer la cohabitation à Mme Rachel. On était d'avis qu'elles ne pourraient s'entendre. Elles étaient toutes deux trop « autoritaires », et on fit plusieurs prédictions pessimistes à ce sujet, sans parvenir à influencer d'aucune manière les parties concernées. Elles en étaient arrivées à une compréhension claire et précise de leurs devoirs et de leurs droits respectifs et avaient l'intention de s'y conformer.

« Je ne me mêlerai pas de tes affaires, ni toi des miennes », avait déclaré résolument Mme Rachel. « Je ferai avec plaisir tout ce que je peux pour les jumeaux, mais il ne faut pas compter sur moi pour essayer de répondre aux questions de Davy. Je ne suis ni une encyclopédie, ni un avocat de Philadelphie. Anne te manquera pour cela. »

« Les réponses d'Anne étaient parfois aussi bizarres que les questions de Davy », lui fit remarquer sèchement Marilla. « C'est sûr que les jumeaux s'ennuieront d'elle, mais son avenir ne doit pas être sacrifié à la soif d'apprendre de Davy. Lorsqu'il pose des questions auxquelles il m'est impossible de répondre, je lui dis simplement que les enfants ne sont pas faits pour être entendus, mais pour être vus. C'est de cette façon que j'ai été élevée et, à mon avis, elle valait bien tous ces concepts modernes d'éducation des enfants. »

« Les méthodes d'Anne semblent pourtant avoir plutôt bien fonctionné avec Davy », constata Mme Lynde en souriant. « Son caractère s'est complètement corrigé. »

« Ce n'est pas un méchant gamin », concéda Marilla. « Je ne me serais jamais attendue à m'attacher autant à ces enfants. Davy arrive toujours à t'embobiner d'une façon ou d'une autre et Dora est une mignonne petite fille, bien qu'elle soit... comment dire... qu'elle soit... »

« Ennuyeuse ? C'est tout à fait exact », l'aida Mme Rachel. « Comme un livre dont toutes les pages seraient identiques, voilà. Dora deviendra une bonne femme fiable, mais elle n'éblouira jamais. C'est rassurant de pouvoir compter sur ce type de personnes, même si elles n'offrent pas autant d'intérêt que les autres. »

Gilbert Blythe fut probablement le seul à se réjouir totalement lorsqu'il apprit la démission d'Anne. Ses élèves considéraient cet événement comme une catastrophe pure et simple. De retour chez elle, Annetta Bell fit une crise d'hystérie. Anthony Pye se défoula dans une bataille rangée contre d'autres gamins sans avoir été provoqué. Barbara Shaw pleura toute la nuit. Paul Irving défia sa grand-mère en lui déclarant qu'elle ne devait pas s'attendre à le voir manger de gruau de la semaine.

«Cela m'est tout simplement impossible, grand-maman», expliqua-t-il. «Je ne sais vraiment pas si je puis avaler quoi que ce soit. J'ai l'impression d'avoir une terrible boule dans la gorge. J'aurais pleuré en revenant de l'école si Jake Donnell n'avait pas été là. Je crois que je vais le faire une fois couché. Je n'aurai pas les yeux rouges demain, n'est-ce pas? Pleurer me soulagerait tellement. En tout cas, je ne peux pas manger mon gruau. J'aurai besoin de toute ma force d'esprit pour surmonter ce malheur, grand-maman, et il ne m'en restera plus pour affronter le gruau. Oh! grand-maman, que vais-je devenir quand ma belle institutrice sera partie? Milty Boulter dit qu'il parie que c'est Jane Andrews qui prendra sa place. Je présume qu'elle est très gentille, mais elle ne comprendra pas les choses comme Mᴵˡᵉ Shirley.»

Diana prit très mal cette nouvelle, elle aussi.

«Je m'ennuierai horriblement ici, l'hiver prochain», gémit-elle un soir, alors que les bosquets de cerisiers s'argentaient sous le clair de lune et que Green Gables baignait dans un doux et féerique rayonnement.

Les deux amies bavardaient dans la chambre d'Anne, cette dernière dans sa berceuse basse près de la fenêtre et Diana assise à la turque sur le lit.

«Gilbert et toi, vous serez partis, ainsi que les Allan. On doit proposer la nomination de M. Allan à Charlotte-town, et c'est évident qu'il acceptera. C'est trop injuste. Comme nous n'aurons probablement pas de pasteur de

l'hiver, nous devrons écouter une longue file de candidats
– dont la moitié ne vaudront rien. »

« J'espère que ce n'est pas M. Baxter d'East Grafton qui
sera nommé ici, en tout cas », déclara Anne d'un ton
résolu. « Il désire cette nomination, mais ses sermons sont
si lugubres. M. Bell dit que c'est un pasteur de la vieille
école, mais selon Mme Lynde, tout ce qu'on peut dire à son
sujet, c'est qu'il digère mal. Il paraît que sa femme n'est pas
un cordon-bleu et Mme Lynde prétend que lorsqu'un
homme mange du pain aigre deux semaines sur trois, sa
théologie risque de s'en trouver quelque peu perturbée.
L'idée de quitter Avonlea attriste beaucoup Mme Allan. Elle
dit que tout le monde l'a traitée avec tant de gentillesse
depuis le jour de son arrivée ici en jeune mariée qu'elle a
l'impression de laisser des amis de toujours. Et puis, il y a la
tombe du bébé, tu sais. Elle ne sait pas comment elle
pourra partir et le laisser là... il était si petit, il n'avait que
trois mois, elle a peur que sa maman lui manque, bien
qu'elle sache que c'est faux et qu'elle n'avouerait cette
pensée à M. Allan pour rien au monde. Elle m'a confié que
presque chaque nuit, elle s'est glissée par le bois de
bouleaux derrière le presbytère jusqu'au cimetière pour lui
chanter une petite berceuse. Elle m'a raconté tout cela hier
soir tandis que je déposais des roses sauvages précoces sur la
tombe de Matthew. Je lui ai promis de fleurir la tombe du
bébé aussi longtemps que je serais à Avonlea et que lorsque
je serais partie, j'étais sûre que... »

« Que je continuerais à le faire », acheva chaleureusement Diana. « Bien sûr que oui. Et je fleurirai aussi la
tombe de Matthew, en pensant à toi, Anne. »

« Oh ! Merci. J'avais l'intention de te le demander. Et
tu n'oublieras pas celle de la petite Hester Gray, n'est-ce
pas ? Tu sais, j'ai tellement pensé et rêvé à Hester qu'elle
m'est devenue étrangement réelle. J'y pense quand je suis
dans son jardin, dans ce recoin frais, immobile et vert ;
j'imagine que si je pouvais m'y glisser furtivement un soir
de printemps, à l'heure magique entre chien et loup et, sur

la pointe des pieds, grimper si doucement sur la colline aux bouleaux que mes pas ne l'effraieraient pas, je retrouverais le jardin précisément comme il l'était, si joliment fleuri de lys de juin et de roses précoces, avec la petite maison derrière, envahie de lierre; et Hester Gray serait là, avec ses yeux langoureux, le vent soulevant ses cheveux noirs, elle se promènerait, caressant les lys sous le menton et chuchotant des secrets aux roses; moi je m'avancerais sans faire de bruit, je tendrais les mains et je lui dirais : "Petite Hester Gray, veux-tu être mon amie, car moi aussi, j'aime les roses ?" Nous nous assoirions sur le vieux banc pour bavarder et rêver un peu, ou juste rester magnifiquement silencieuses ensemble. Puis la lune se lèverait et je regarderais autour de moi... et il n'y aurait plus de Hester Gray, plus de petite maison couverte de lierre et plus de roses... rien qu'un vieux jardin désert parsemé de lys de juin parmi les herbes, et le vent qui soupirerait, oh ! si mélancoliquement, dans les cerisiers. Et je ne saurais plus si tout cela aurait été un rêve ou la réalité. »

Diana changea de position et alla s'adosser contre la tête du lit. Lorsque, au clair de lune, votre compagne vous raconte des choses aussi étranges, il est préférable de penser qu'il n'y a rien derrière vous.

« J'ai bien peur que la Société d'amélioration s'effondre après votre départ, à Gilbert et à toi », remarqua-t-elle plaintivement.

« Je suis sûre que non », répondit vivement Anne, émergeant de sa rêverie pour revenir aux affaires pratiques. « Elle est trop solidement établie pour cela, particulièrement depuis que les gens plus âgés s'y intéressent. Regarde ce qu'ils font pour leurs pelouses et leurs chemins cet été. De plus, j'essaierai de trouver de nouvelles idées à Redmond; j'écrirai un document et je vous l'enverrai. Tu ne dois pas considérer l'avenir d'un point de vue si pessimiste, Diana. Et ne me reproche pas ma petite heure de joie et de jubilation maintenant. Plus tard, quand je serai sur mon départ, je serai bien assez malheureuse. »

«C'est naturel pour toi d'être contente : tu pars pour l'université et tu vas t'amuser et te faire une foule de nouveaux amis charmants. »

«J'espère bien me faire de nouveaux amis», répondit pensivement Anne. «Cette perspective m'aide à trouver la vie fascinante. Mais peu importe le nombre de nouveaux amis que je me ferai, ils ne me seront jamais aussi chers que les anciens... surtout une certaine fille aux yeux noirs avec des fossettes. Peux-tu deviner de qui il s'agit, Diana ? »

«Mais il y aura tant de filles intelligentes à Redmond», soupira Diana, «alors que je ne suis qu'une sotte petite campagnarde qui dit parfois "si j'aurais" – bien que je m'en tire beaucoup mieux quand j'arrête d'y penser. Évidemment, ces deux dernières années étaient vraiment trop agréables pour durer. En tout cas, je connais *quelqu'un* qui se réjouit de te voir aller à Redmond, Anne. Je vais te poser une question – une question sérieuse. Ne sois pas vexée et réponds-moi franchement. Éprouves-tu un sentiment pour Gilbert ? »

«Une profonde amitié, mais absolument rien de ce que tu penses», répondit-elle calmement et résolument; elle croyait aussi parler sincèrement.

Diana soupira. D'une certaine façon, elle souhaitait une réponse différente.

«As-tu l'intention de te marier *un jour*, Anne ? »

«Peut-être... un jour... quand je rencontrerai l'homme qui me convient», dit Anne en souriant rêveusement dans le clair de lune.

«Mais comment pourras-tu être sûre que c'est lui ? insista Diana.

«Oh! Je le reconnaîtrai... *quelque chose* me le dira. Tu connais mon idéal, Diana. »

«Mais l'idéal change quelquefois. »

«Pas le mien. Et je *ne pourrais pas* aimer un homme qui n'y répondrait pas. »

«Et si tu ne le rencontres jamais ? »

«Alors je mourrai vieille fille», répondit-elle gaiement. «Je suppose qu'il existe des morts pires que celle-là.»

«Oh! cette mort doit sans doute être assez simple en
soi; c'est la vie d'une vieille fille qui ne me plairait pas»,
fit Diana le plus sérieusement du monde. «Même que cela
ne me dérangerait pas trop si je pouvais être une vieille
fille comme Mlle Lavendar. Mais c'est impossible. Quand
j'aurai quarante-cinq ans, je serai horriblement corpulente.
Et s'il peut y avoir quelque chose de romanesque dans une
célibataire mince, ce n'est pas le cas pour une grosse. Oh!
tu sais que Nelson Atkins a demandé Ruby Gillis en
mariage il y a trois semaines. C'est elle qui m'a tout
raconté. Elle dit qu'elle n'avait jamais eu l'intention de
l'épouser parce que celle qui le mariera devra aussi
s'entendre avec ses vieux parents; mais il paraît qu'il lui a
fait une proposition si ravissante, si romantique, qu'elle en
est tout simplement tombée à la renverse. Mais comme
elle ne voulait pas agir avec précipitation, elle lui a
demandé de lui accorder une semaine de réflexion; deux
jours plus tard, à une réunion du cercle de couture chez la
mère de son prétendant, elle a aperçu un livre intitulé *Le
Guide complet de l'étiquette* sur la table du salon. Elle m'a
déclaré qu'il lui était impossible d'exprimer ce qu'elle a
ressenti quand elle a trouvé, dans le chapitre "Fréquentations et mariage", la proposition exacte que Nelson lui
avait faite, mot pour mot. De retour chez elle, elle lui a
écrit une lettre de refus absolument cinglante; et elle
raconte que depuis, ses parents se sont relayés pour le
surveiller de peur qu'il n'aille se jeter dans la rivière; mais
Ruby affirme qu'ils n'ont rien à craindre étant donné que
dans "Fréquentations et mariage", on explique comment
doit se comporter un soupirant évincé et qu'il n'y a rien se
rapportant à la noyade. Et elle dit que Wilbur Blair languit
littéralement après elle mais qu'elle n'y peut rien.»

Anne eut un mouvement d'impatience.

«Je déteste parler ainsi – cela semble si déloyal – mais
voilà, je n'aime plus Ruby Gillis. Je l'aimais bien quand

nous allions à l'école et à Queen's ensemble – pas autant que toi et Jane, évidemment. Mais l'année dernière à Carmody, elle paraissait si différente... si... si... »

« Je sais », acquiesça Diana. « C'est le côté Gillis qui s'exprime, c'est plus fort qu'elle. Selon Mme Lynde, si jamais une Gillis s'est intéressée à autre chose qu'aux garçons, cela n'a jamais paru dans sa démarche ni dans ses propos. Elle n'a aucun autre sujet de conversation que les garçons, les compliments qu'ils lui font et combien ils sont tous fous d'elle à Carmody. Et le plus bizarre, c'est qu'ils le sont » – Diana l'admettait avec une certaine rancœur. « Hier soir, quand je l'ai rencontrée dans le magasin de M. Blair, elle m'a chuchoté qu'elle venait de faire une nouvelle conquête. Je ne me suis pas informée de qui il s'agissait parce que je savais qu'elle en mourait d'envie. Eh bien, je suppose que c'est ce que Ruby a toujours désiré. Rappelle-toi, même quand nous étions de petites filles, elle disait toujours qu'elle voulait avoir des douzaines de soupirants quand elle serait grande et s'amuser le plus possible avant de se ranger. Elle est si différente de Jane, n'est-ce pas ? Jane est si gentille, si sensible ; une vraie dame. »

« Cette chère vieille Jane est un amour », approuva Anne, « mais », ajouta-t-elle en se penchant en avant pour caresser affectueusement la petite main potelée et creusée de fossettes qui pendait par-dessus l'oreiller, « personne ne vaut ma Diana, en fin de compte. Te souviens-tu du soir où nous nous sommes rencontrées pour la première fois, Diana ? Nous nous étions juré une amitié éternelle dans ton jardin. Nous avons tenu notre promesse, je crois... nous n'avons jamais eu une seule querelle, ni même un froid. Je n'oublierai jamais l'émotion que j'ai ressentie le jour où tu m'as dit que tu m'aimais. Toute mon enfance, j'avais été solitaire, assoiffée d'amour. Je commence tout juste à réaliser à quel point je l'étais. Personne ne se souciait ni ne voulait s'occuper de moi. J'aurais été misérable sans cette étrange vie que je rêvais, dans laquelle j'imaginais tous les amis et l'amour dont j'avais tant besoin. Mais tout a changé à mon arrivée à Green Gables. Ensuite, je t'ai rencontrée. Tu ne peux pas savoir ce que ton amitié signifiait pour moi. Je voudrais à présent te remercier, ma chérie, de l'affection chaleureuse et sincère que tu m'as toujours témoignée. »

«Et que je te témoignerai toujours, toute ma vie », sanglota Diana. « Je n'aimerai jamais personne – c'est-à-dire aucune *fille* – la moitié autant que je t'aime. Et si je me marie un jour et que j'ai une petite fille, je l'appelerai *Anne*, comme toi. »

27

Un après-midi à la maison de pierre

«Où vas-tu, si bien habillée, Anne?» Davy voulait savoir. «T'es super dans cette robe.»

Anne était descendue dîner vêtue d'une nouvelle robe de mousseline vert pâle – la première couleur qu'elle portait depuis la mort de Matthew. Elle lui allait à merveille, faisant ressortir toutes les nuances délicates de son teint de fleur et l'éclat cuivré de sa chevelure.

«Davy, combien de fois t'ai-je dit de ne pas employer ce mot», le réprimanda-t-elle. «Je vais au Pavillon de l'Écho.»

«Amène-moi», l'implora Davy.

«Je t'amènerais si je prenais le boghei. Mais j'y vais à pied et c'est trop loin pour tes jambes de huit ans. De plus, Paul m'accompagne et j'ai peur que tu ne t'amuses pas beaucoup en sa compagnie.»

«Oh! je l'aime pas mal plus qu'avant», affirma Davy, commençant à faire une impressionnante incursion dans son pouding. «Depuis que j'suis assez bon, ça m'est égal qu'il soit meilleur que moi. Si j'arrive à continuer, je le rattraperai bien un jour, pour les jambes et la bonté. Et puis, Paul est vraiment gentil à l'école avec nous, les garçons de deuxième année. Il laisse pas les autres grands se mêler de nos affaires et il nous enseigne des tas de jeux.»

«Comment se fait-il que Paul soit tombé dans le ruisseau hier midi?» demanda Anne. «Quand je l'ai rencontré

dans la cour de récréation, il ruisselait tellement que j'ai
dû le renvoyer immédiatement se changer chez lui sans
savoir ce qui s'était passé. »

« Eh bien, c'était en partie un *zaccident*», expliqua
Davy. « Il l'a fait exprès de mettre sa tête dans l'eau mais le
reste du corps est tombé *zaccidentellement*. On était tous
près du ruisseau et Prillie Rogerson s'est fâchée contre Paul
pour quelque chose – elle est affreusement méchante et
horrible de toute façon – et elle a dit que sa grand-mère lui
mettait des bigoudis tous les soirs. J'suppose que Paul ne
s'en serait pas occupé, mais Gracie Andrews a ri, et Paul
est devenu tout rouge. Gracie est sa blonde, tu sais. Il est
complètement fou d'elle ; il lui offre des fleurs et porte ses
livres jusqu'à la route de la plage. Il a répondu que sa
grand-mère n'avait jamais fait ça et qu'il frisait naturel.
Puis il s'est couché sur le bord et il a plongé sa tête dans le
ruisseau pour leur prouver. Oh ! pas dans la source où nous
buvons » – s'écria-t-il en voyant la mine horrifiée de
Marilla –, « c'était la petite plus bas. Mais le bord est drôlement glissant et Paul est tombé en plein dedans. Je
t'assure qu'il a fait un plouf super. Oh ! excuse-moi, Anne,
je ne voulais pas dire ça, ça m'a échappé. Il a fait un plouf
superbe. Mais il avait l'air si drôle quand il est ressorti, tout
mouillé et plein de boue. Les filles ont ri encore plus, mais
pas Gracie. Elle avait l'air désolée. C'est une bonne fille
mais elle a le nez en trompette. Quand j'serai assez grand
pour avoir une blonde, j'veux pas qu'elle ait le nez
retroussé. J'en choisirai une avec un joli nez comme le
tien, Anne. »

« Aucune fille ne regardera jamais un garçon qui se
barbouille la figure de sirop en mangeant son pouding »,
lui fit sévèrement remarquer Marilla.

« Mais j'me laverai le visage avant d'aller la voir »,
protesta Davy, qui essayait d'améliorer les choses en frot-
tant le dos de sa main sur les traces. « Et j'me laverai
derrière les oreilles aussi, sans qu'on me le dise. J'y ai pensé
ce matin, Marilla. Je l'oublie pas la moitié aussi souvent

qu'avant. Mais » – là-dessus, il soupira – « on a tellement de recoins que c'est drôlement difficile de se les rappeler tous. Bon, eh bien, si j'peux pas aller chez Mlle Lavendar, j'vais aller voir Mme Harrison. C'est une femme drôlement sympa, j'vous assure. Elle laisse toujours une jarre de biscuits sur le comptoir pour les petits garçons et elle me permet de gratter le moule dans lequel elle a mélangé son gâteau aux fruits. Il reste toujours beaucoup de fruits confits qui ont collé sur les côtés, voyez-vous. M. Harrison a toujours été un homme gentil, mais il l'est deux fois plus depuis qu'il s'est remarié. J'imagine que le mariage rend les gens gentils. Pourquoi tu t'es pas mariée, toi, Marilla ? J'veux savoir. »

Comme son état de célibataire n'avait jamais été un point sensible pour Marilla, elle lui répondit aimablement, en échangeant des regards de connivence avec Anne, que c'était probablement parce que personne n'avait jamais voulu d'elle.

« Mais t'as peut-être jamais demandé à un homme s'il voulait de toi », protesta Davy.

« Oh ! Davy ! » s'écria Dora d'un air compassé, interrompant la conversation sans qu'on lui eût adressé la parole, « ce sont les hommes qui doivent faire la demande ! »

« J'sais pas pourquoi ce s'rait *toujours* à eux de le faire », grogna Davy. « Il me semble que ce sont les hommes qui font tout dans c'monde. Est-ce que j'peux avoir encore du pouding, Marilla ? »

« Tu en as eu suffisamment », répondit cette dernière tout en lui servant une deuxième portion raisonnable.

« J'aimerais qu'on puisse vivre de pouding. Pourquoi on peut pas, Marilla ? J'veux savoir. »

« Parce qu'on s'en fatiguerait vite. »

« J'aimerais bien tenter l'expérience », dit-il d'un air sceptique. « Mais j'imagine que c'est encore mieux de manger du pouding seulement les jours maigres et les jours de visite que pas du tout. Ils en ont jamais chez Milty Boulter. Il dit que quand ils reçoivent de la visite, sa mère leur sert du fromage et que c'est elle qui le tranche – un petit morceau chacun et un autre pour les bonnes manières. »

« Si c'est dans ces termes que Milty Boulter parle de sa mère, tu pourrais au moins t'abstenir de les répéter », remarqua sévèrement Marilla.

« Nom de Dieu » – Davy avait pris cette expression de M. Harrison et l'utilisait avec un plaisir non dissimulé –, « Milty le disait comme un compliment. Il est drôlement fier de sa mère parce qu'on raconte qu'elle pourrait tirer de quoi vivre d'un caillou. »

« Ces... ces sacrées poules doivent encore être dans mes plates-bandes de pensées », dit Marilla en se levant précipitamment pour sortir.

Les poules calomniées ne se trouvaient nulle part à proximité des pensées, où d'ailleurs Marilla ne jeta même pas un regard. Elle s'assit plutôt sur le panneau de la cave et y resta à rire jusqu'à en avoir honte d'elle-même.

Lorsque Anne et Paul arrivèrent à la maison de pierre cet après-midi-là, ils trouvèrent Mlle Lavendar et Charlotta IV dans le jardin, en train de sarcler, de ratisser, de tailler et de rogner comme si c'était une question de vie ou de mort. Mlle Lavendar, pimpante et adorable dans les frisons et les dentelles qu'elle affectionnait, laissa tomber ses cisailles et courut joyeusement à leur rencontre tandis que Charlotta IV esquissait un sourire réjoui.

« Bienvenue, Anne. Je pensais bien vous voir cet après-midi. Vous appartenez à l'après-midi et c'est pourquoi il vous amène avec lui. Les choses qui vont ensemble sont sûres d'arriver ensemble. Si les gens le savaient, combien d'ennuis ils s'épargneraient. Mais voilà, ils gaspillent une belle énergie à remuer ciel et terre pour réunir des choses qui ne vont pas ensemble. Et toi, Paul, comme tu as grandi ! Tu as une demi-tête de plus que la dernière fois que je t'ai vu. »

« C'est vrai, comme le dit Mme Lynde, j'ai commencé à pousser comme de la mauvaise herbe la nuit », approuva Paul, franchement ravi de la chose. « Selon grand-maman, c'est le gruau qui fait finalement effet. Elle a peut-être raison. Dieu seul le sait, mais », poursuivit-il en soupirant profondément, « la quantité que j'ai mangée ferait grandir n'importe qui. À présent que j'ai commencé, j'espère continuer jusqu'à devenir aussi grand que papa. Il mesure six pieds, vous savez, mademoiselle Lavendar. »

Oui, Mlle Lavendar le savait et la rougeur de ses joues s'accentua légèrement. Prenant Paul d'une main et Anne de l'autre, elle marcha vers la maison en silence.

« Est-ce une bonne journée pour les échos, mademoiselle Lavendar ? » questionna anxieusement Paul.

Lors de sa première visite, il ventait trop pour les échos et il en avait été très déçu.

« Oui, c'est tout juste le genre de journée qu'il faut », répondit Mlle Lavendar en émergeant de sa rêverie. « Mais nous allons commencer par prendre une bouchée. Je sais que cela a dû creuser deux jeunes appétits comme les vôtres de traverser à pied le bois de bouleaux, et Charlotta et moi, nous pouvons manger à n'importe quelle heure du jour – nous avons des appétits si obligeants. Alors allons faire une razzia dans le garde-manger. Il est heureusement rempli de bonnes choses. J'avais le pressentiment que je recevrais de la visite aujourd'hui, c'est pourquoi nous nous sommes préparées en conséquence, Charlotta et moi. »

« À mon avis, vous êtes une de ces personnes dont le garde-manger est toujours garni de mets succulents », déclara Paul. « Grand-maman est comme ça, elle aussi. Mais elle n'approuve pas les collations entre les repas. Je me demande », ajouta-t-il d'un ton méditatif, « si j'ai le droit d'en avoir quand je suis loin de la maison et que je sais qu'elle n'est pas d'accord. »

« Oh ! je ne crois pas qu'elle le désapprouverait après la longue randonnée que tu viens de faire. Cela fait une différence », dit Mlle Lavendar en échangeant des regards amusés avec Anne par-dessus les boucles brunes de Paul. « Je présume que les collations sont très mauvaises pour la santé. C'est pourquoi nous en prenons si souvent au

Pavillon de l'Écho. Charlotta IV et moi, nous vivons en défiant toutes les règles de diététique connues. Nous dévorons tous les plats indigestes qui nous passent par la tête, le jour comme la nuit; et nous nous épanouissons quand même comme des lauriers verts. Nous avons toujours l'intention de nous corriger. Lorsque nous tombons sur un article de journal nous mettant en garde contre une chose que nous aimons, nous le découpons et l'épinglons sur le mur de la cuisine afin de nous en souvenir. Mais nous n'y parvenons jamais... avant d'avoir mangé la chose en question. Rien ne nous a encore tuées; mais Charlotta a fait des cauchemars après avoir englouti des beignes, de la tarte au mincemeat* et du gâteau aux fruits avant d'aller au lit.»

«Grand-maman me permet un verre de lait et une tranche de pain beurrée avant d'aller me coucher; et le dimanche soir, elle tartine mon pain de confiture», poursuivit Paul. «C'est pourquoi je suis toujours content quand arrive le dimanche soir – et pour plus d'une raison. Le dimanche est une journée interminable sur la route de la plage. Grand-maman dit que c'est trop court pour elle et que papa n'a jamais trouvé les dimanches ennuyeux quand il était petit. Cela me paraîtrait moins long si je pouvais bavarder avec mes personnages des rochers, mais je m'abstiens de le faire parce que grand-maman n'approuve pas ces choses le dimanche. Je réfléchis beaucoup; mais je crains d'avoir des pensées profanes. Grand-maman dit que nous devrions n'avoir que des pensées religieuses le dimanche. Mais mon institutrice que voici m'a affirmé un jour que toute pensée réellement belle était religieuse, peu importe sur quoi elle porte ou le jour où elle se produit. Quoi qu'il en soit, j'ai la certitude que selon grand-maman, les sermons et les leçons de l'école du dimanche sont les seuls sujets sur lesquels on peut avoir des

---

*   Mincemeat : hachis de fruits secs, de pommes et de graisse
    imbibé de cognac.

réflexions vraiment religieuses. Et quand il y a divergence d'opinions entre grand-maman et Anne, je ne sais plus quoi faire. Au fond de mon cœur » – Paul mit la main sur sa poitrine et leva très sérieusement ses yeux bleus vers le visage immédiatement sympathique de Mlle Lavendar – « je suis d'accord avec Anne. Mais vous voyez, grand-maman a élevé papa à sa façon et elle a réussi très brillamment tandis que mon professeur n'a encore jamais élevé personne, bien qu'elle contribue à l'éducation de Davy et de Dora. Mais on ne peut savoir ce qu'ils deviendront avant qu'ils aient grandi. Alors, quelquefois, j'en arrive à la conclusion que je ferais mieux de me ranger aux opinions de grand-maman. »

« Tu as raison », approuva solennellement Anne. « De toute manière, j'imagine que si ta grand-mère et moi examinions de près la véritable signification de nos paroles, nous nous apercevrions que nous voulons dire exactement la même chose, malgré notre façon différente de l'exprimer. Comme elle découle de l'expérience, fie-toi plutôt à la sienne. Nous devrons attendre de voir ce qu'il adviendra des jumeaux avant d'être sûrs que ma façon est aussi valable. »

Après le repas, ils retournèrent au jardin où Paul, ébahi et émerveillé, fit connaissance avec les échos tandis qu'Anne s'asseyait pour bavarder avec Mlle Lavendar sur le banc de pierre.

« Ainsi, vous nous quittez à l'automne ? » observa mélancoliquement Mlle Lavendar. « Je devrais me réjouir pour vous, Anne... pourtant je me sens si horriblement, si égoïstement navrée. Oh ! je pense parfois qu'il ne sert à rien de se faire des amis. Ils ne font que sortir de votre vie après un moment et la blessure qu'ils laissent fait encore plus mal que le vide qui précédait. »

« Ce que vous dites ressemble aux propos que Mlle Eliza Andrews pourrait tenir, mais non Mlle Lavendar », dit Anne. « Il n'y a *rien* de pire que le vide... et je ne sors pas de votre vie. Il existe des choses comme les lettres et les vacances. Vous me paraissez un peu pâle et fatiguée, ma chérie. »

«Oh... hou... hou…», faisait Paul debout dans le fossé où il s'était hâté d'aller essayer différents sons – pas tous très mélodieux au départ, mais que les fées alchimistes au-delà de la rivière avaient transformés en tintements d'or et d'argent. Mlle Lavendar esquissa, de sa jolie main, un mouvement d'impatience.

«Tout me fatigue... même les échos. Il n'y a rien d'autre que des échos dans ma vie... échos d'espoirs, de rêves et de joies perdus. Beaux et ironiques. Oh! Anne, c'est affreux de parler de la sorte quand j'ai de la visite. C'est que je me fais vieille et que cela ne me convient pas. Je serai épouvantablement revêche à soixante ans, je le sais. Je devrais peut-être me faire prescrire des comprimés bleus. »

Charlotta, qui avait disparu après le repas, revint à ce moment-là et annonça qu'elle venait de découvrir, au nord-est du pâturage de M. John Kimball, une talle de fraises précoces. Mlle Shirley aimerait-elle aller en cueillir ?

«Des fraises mûres pour le thé ! » s'exclama Mlle Lavendar. «Oh! mais je suis moins vieille que je ne le pensais, et je n'ai besoin d'aucune pilule bleue! Les filles, quand vous reviendrez avec vos fraises, nous prendrons le thé ici, sous le peuplier argenté. Je vais le préparer pour vous, avec de la crème du pays. »

Anne et Charlotta IV se rendirent donc au pâturage de M. Kimball, un coin vert loin de tout où l'air était doux comme du velours, parfumé comme un parterre de violettes et doré comme de l'ambre.

«Comme c'est ravissant et frais ici», soupira Anne. «J'ai l'impression de boire dans le soleil. »

«Oui, m'dame, moi aussi. C'est exactement comme ça que je me sens, m'dame », approuva Charlotta IV, qui aurait répondu la même chose si Anne avait remarqué qu'elle se sentait comme un pélican sauvage.

Après les visites d'Anne au Pavillon de l'Écho, Charlotta montait toujours dans sa petite chambre et, devant son miroir, elle imitait les expressions, les mouvements et la façon de parler d'Anne. Elle n'avait jamais pu se flatter d'avoir complètement réussi mais, comme elle avait appris à l'école que c'est par la pratique qu'on atteint la perfection, elle espérait naïvement qu'avec le temps, elle maîtriserait cette façon de relever délicatement le menton, qu'elle saurait donner à ses yeux cet éclat vif et étoilé et qu'elle acquerrait cette démarche légère qui évoquait une branche oscillant dans le vent. Cela semblait si facile lorsqu'on regardait Anne. Charlotta l'admirait de tout son cœur. Non pas qu'elle la trouvât si belle. Non, le teint éclatant et les boucles noires de Diana Barry convenaient davantage au goût de Charlotta IV que le charme lunaire d'Anne avec ses yeux gris lumineux et ses joues de roses pâles et toujours changeantes.

« Mais je préférerais vous ressembler qu'être jolie », déclara-t-elle à Anne très sincèrement.

Anne rit, goûta le miel de l'hommage et rejeta l'épine. Elle était habituée à recevoir des compliments mitigés. L'opinion publique n'était jamais unanime sur son apparence. Ceux qui avaient entendu parler de sa beauté étaient déçus en la rencontrant. Et quand ils la voyaient, ceux qui avaient entendu dire qu'elle était insignifiante se demandaient avec quels yeux les autres l'avaient regardée. Anne elle-même n'aurait jamais eu aucune prétention à la beauté. Lorsqu'elle apercevait son reflet dans un miroir, elle n'y voyait qu'une petite figure pâle dont le nez portait sept taches de rousseur. Son miroir ne lui révélait jamais le jeu de sentiments insaisissable et sans cesse en mouvement qui illuminait ses traits comme une flamme rose, ni le charme de ses grands yeux tour à tour rêveurs et rieurs.

Bien qu'Anne ne fût pas belle au sens strict du terme, son charme évanescent et la distinction de son apparence ne pouvaient laisser indifférent. Tout en elle exprimait la jeunesse, l'harmonie et un potentiel immense. Ceux qui la connaissaient bien avaient inconsciemment l'impression que son plus grand attrait résidait dans l'aura de possibilités qui l'entourait – son pouvoir de développement futur. Elle semblait se mouvoir dans une atmosphère de choses sur le point de se produire.

Pendant qu'elles cueillaient, Charlotta IV confia à Anne ses craintes concernant Mlle Lavendar. La petite servante au grand cœur était réellement inquiète de l'état de sa vénérée maîtresse.

« Mlle Lavendar ne va pas bien, mademoiselle Shirley, m'dame. J'en suis sûre, même si elle ne se plaint jamais. Il y a longtemps qu'elle n'est plus elle-même, m'dame, depuis le jour où vous et Paul êtes venus ici ensemble. Je pense qu'elle a attrapé un rhume cette nuit-là, m'dame. Elle est sortie après votre départ et elle s'est promenée très longtemps dans le jardin, avec seulement un léger châle sur les épaules. Il y avait beaucoup de neige sur les marches et je suis sûre qu'elle a pris du froid, m'dame. Depuis, j'ai remarqué qu'elle avait l'air fatiguée et solitaire. Rien ne semble l'intéresser, m'dame. Elle ne fait plus semblant d'attendre des visiteurs, ne prépare plus rien pour eux, ni rien, m'dame. C'est seulement quand vous venez qu'elle semble s'animer un peu. Et le pire signe, mademoiselle Shirley, m'dame » – là-dessus, Charlotta IV baissa la voix comme si elle allait révéler quelque symptôme excessivement bizarre et effrayant – « c'est qu'elle ne se fâche plus quand je casse quelque chose. Vous savez, mademoiselle Shirley, m'dame, hier j'ai brisé son bol vert et jaune, celui qui était toujours posé sur la bibliothèque. C'était sa grand-mère qui l'avait rapporté d'Angleterre et Mlle Lavendar y tenait énormément. J'étais en train de l'épousseter en faisant bien attention, mademoiselle Shirley, m'dame, quand il m'a glissé des mains, comme ça, avant que je puisse le rattraper et il a éclaté en quarante millions de morceaux. J'étais désolée et j'avais peur, j'vous assure. Je croyais que Mlle Lavendar allait me gronder terriblement, m'dame. Et j'aurais encore préféré ça. Mais elle est seulement entrée, elle a à peine jeté un regard et elle a dit : "C'est sans importance, Charlotta. Ramasse les morceaux et jette-les." Comme ça, mademoiselle Shirley, m'dame, "ramasse les morceaux et jette-les", tout comme s'il ne s'agissait pas du bol anglais de sa grand-mère. Oh ! non, elle n'est vraiment pas bien et ça m'inquiète beaucoup. Elle n'a que moi pour s'occuper d'elle. »

Des larmes brillèrent dans les yeux de Charlotta IV. Anne caressa avec sympathie la petite patte brune qui tenait une tasse rose craquelée.

« Je crois que M\ue{lle} Lavendar a besoin d'un changement, Charlotta. Elle reste trop seule ici. Pourrions-nous l'inciter à s'éloigner pour un petit voyage ? »

Charlotta secoua inconsolablement sa tête, ornée d'invraisemblables nœuds de rubans.

« Je ne crois pas, mademoiselle Shirley, m'dame. M\ue{lle} Lavendar a horreur d'aller en visite. Elle ne fréquente que trois parents et dit qu'elle va les voir par obligation familiale. La dernière fois, elle est revenue à la maison déclarant que c'était la dernière fois qu'elle faisait une visite par devoir familial. Elle m'a dit : "Je reviens chez moi amoureuse de la solitude, Charlotta, et je ne veux plus jamais m'éloigner de ma vigne et de mon figuier. Mes parents font de gros efforts pour faire une vieille dame de moi et cela me déprime." Comme ça, mademoiselle Shirley, m'dame. "Cela me déprime." Alors je n'ai pas l'impression qu'on pourra la convaincre d'aller en visite. »

« Il faut voir ce que nous pouvons faire », répondit résolument Anne en mettant dans sa tasse rose la dernière fraise qui pouvait y entrer. « Dès que je serai en vacances, je viendrai passer une semaine complète avec vous. Nous ferons un pique-nique tous les jours et imaginerons toutes sortes de choses intéressantes. Nous verrons bien si nous réussissons à la dérider. »

« C'est exactement la chose à faire, mademoiselle Shirley, m'dame », s'extasia Charlotta IV.

Elle était aussi ravie pour Mlle Lavendar que pour elle. Disposant d'une semaine complète pour étudier Anne, elle serait certainement en mesure d'apprendre comment bouger et se comporter comme elle.

De retour au Pavillon de l'Écho, elles virent que Mlle Lavendar et Paul avaient transporté la petite table carrée de la cuisine dans le jardin et que tout était prêt pour le thé. Rien n'eut jamais un goût aussi savoureux que ces fraises à la crème, dégustées sous un ciel bleu où s'étaient figés de blancs et floconneux nuages et dans les longues ombres des bois avec leurs chuchotements et leurs murmures. Après le repas, Anne aida Charlotta à laver la vaisselle dans la cuisine pendant que Mlle Lavendar s'asseyait sur le banc de pierre pour écouter Paul lui parler de ses personnages des rochers. Cette gentille Mlle Lavendar savait bien écouter, mais à la fin, Paul s'aperçut qu'elle avait soudainement perdu intérêt dans les Jumeaux marins.

«Pourquoi me regardez-vous comme ça, mademoiselle Lavendar?» lui demanda-t-il gravement.

«Comment est-ce que je te regarde, Paul?»

«Simplement comme si, à travers moi, vous regardiez quelqu'un à qui je vous fais penser», dit Paul qui avait, à l'occasion, des éclairs de perspicacité si troublants qu'on n'était pas très sûr d'avoir des secrets quand il était dans les parages.

«C'est vrai que tu me rappelles une personne que j'ai connue il y a très longtemps», répondit-elle d'un ton rêveur.

«Lorsque vous étiez jeune?»

«Oui, quand j'étais jeune. Est-ce que je te parais très vieille, Paul?»

«Savez-vous, je n'ai pas encore réussi à me faire une idée sur cette question», lui confia Paul. «Vos cheveux ont l'air vieux – je n'ai jamais connu de jeune personne aux cheveux blancs. Mais quand vous riez, vos yeux sont aussi jeunes que ceux de ma belle institutrice. Je vais vous dire une chose, mademoiselle Lavendar» – sa voix et son visage devinrent solennels comme ceux d'un juge –, «je crois que vous feriez une mère splendide. Vos yeux ont exactement l'expression qu'il faut – celle que ma petite maman avait toujours. C'est vraiment dommage que vous n'ayez pas de petit garçon à vous. »

«J'ai un petit garçon de rêve, Paul. »

«Oh! C'est vrai? Quel âge a-t-il? »

«À peu près ton âge, je pense. Il devrait être âgé puisque j'ai commencé à rêver de lui bien avant ta naissance. Mais je ne le laisserai jamais dépasser onze ou douze ans; parce que si je le faisais, il pourrait grandir trop et je le perdrais. »

«Je sais », approuva Paul. «C'est ce qui fait la beauté des personnages imaginés : ils restent à l'âge que vous désirez. À ma connaissance, vous et ma belle institutrice et moi-même sommes les seules personnes au monde à avoir des personnages de rêve. N'est-ce pas amusant et heureux que nous nous connaissions? Mais je suppose que ces sortes de gens finissent toujours par se rencontrer. Grand-maman n'a jamais eu de personnages de rêve et Mary Joe croit que je suis anormal d'en avoir. Au contraire, je trouve que c'est merveilleux. Vous le savez, vous, mademoiselle Lavendar. Racontez-moi tout sur votre petit garçon. »

«Il a les yeux bleus et les cheveux bouclés. Tous les matins, il se glisse dans ma chambre et me réveille avec un baiser. Après, il passe la journée à s'amuser ici dans le jardin... et moi, je joue avec lui. Tous les jeux qui nous passent par la tête. Nous faisons des courses et nous causons avec les échos; puis je lui raconte des histoires. Et quand vient le soir...»

«Je sais», l'interrompit vivement Paul. «Il vient s'asseoir près de vous... comme ceci... parce que, bien entendu, à douze ans il est trop grand pour grimper sur vos genoux... il appuie sa tête sur votre épaule... comme ceci... et vous le serrez dans vos bras, très très fort, et posez votre joue sur sa tête... oui, exactement comme ça. Vous savez comment, vous, mademoiselle Lavendar. »

C'est ainsi qu'Anne les trouva quand elle sortit de la maison de pierre et elle détesta les déranger en voyant l'expression de Mlle Lavendar.

« J'ai bien peur qu'il nous faille partir, Paul, si nous voulons arriver avant la noirceur. Mademoiselle Lavendar, j'ai bientôt l'intention de m'inviter à passer une semaine entière au Pavillon de l'Écho. »

« Si vous venez pour une semaine, je vous garderai quinze jours », la menaça cette dernière.

28

Le retour du prince au palais enchanté

La dernière journée d'école passa. Un examen semi-annuel triomphant eut lieu et les élèves d'Anne s'en sortirent brillamment. À la fin, ils lui adressèrent un petit discours et lui firent présent d'un secrétaire. Les filles et les dames présentes ne purent retenir leurs larmes et certains des garçons se firent plus tard reprocher d'avoir pleuré, eux aussi, même s'ils nièrent toujours l'avoir fait.

Mmes Harmon Andrews, Peter Sloane et William Bell discutèrent la chose sur le chemin du retour.

«À mon avis, c'est réellement dommage qu'Anne s'en aille quand les enfants lui semblent si attachés», soupira Mme Peter Sloane, qui avait l'habitude de soupirer pour tout et même en terminant de raconter une blague. «Bien entendu», ajouta-t-elle rapidement, «nous savons que nous aurons une bonne institutrice l'an prochain.»

«Jane fera son devoir, je n'en doute pas», remarqua plutôt sèchement Mme Andrews. «Je suppose qu'elle racontera moins de contes de fées aux enfants et passera moins de temps à errer dans les bois avec eux. Mais son nom est inscrit au tableau d'honneur de l'inspecteur et les gens de Newbridge sont terriblement déçus de son départ.»

«Je suis bien contente qu'Anne aille à l'université», déclara Mme Bell. «Elle l'a toujours désiré et ce sera merveilleux pour elle.»

«Moi, je ne sais pas.» Mme Andrews était déterminée à n'être pleinement d'accord avec personne ce jour-là. «Je ne trouve pas qu'Anne ait besoin de beaucoup plus d'instruction. Elle va sans doute se marier avec Gilbert Blythe si son béguin pour elle dure jusqu'à la fin de ses études. Dans ce cas, à quoi lui servira-t-il de savoir le latin et le grec ? Si on leur enseignait à s'occuper d'un homme à l'université, alors elle aurait raison d'y aller. »

Les commères d'Avonlea chuchotaient que Mme Harmon Andrews n'avait jamais appris à s'occuper de « son » homme et que pour cette raison le ménage Andrews n'était pas exactement un modèle de bonheur conjugal.

« Je vois que la nomination de M. Allan à Charlotte-town est devant le presbytère. Cela signifie que nous allons sans doute le perdre bientôt », constata Mme Bell.

« Ils ne partent pas avant septembre », répondit Mme Sloane. « Ce sera une grosse perte pour la communauté... bien que, selon moi, Mme Allan s'habille de façon trop voyante pour une épouse de pasteur. Mais la perfection n'est pas de ce monde. Avez-vous remarqué combien M. Harrison était propre et bien vêtu aujourd'hui ? Je n'ai jamais vu un homme changer à ce point. Il fréquente l'église tous les dimanches et il a même souscrit pour le salaire du pasteur. »

« Paul Irving a vraiment grandi ces derniers temps », observa Mme Andrews. « Il était si petit pour son âge à son arrivée. J'ai eu peine à le reconnaître aujourd'hui. Il va ressembler beaucoup à son père. »

« C'est un enfant très brillant », ajouta Mme Bell.

« Il est assez intelligent, oui, mais » – Mme Andrews baissa la voix – « je crois qu'il raconte de drôles de choses. En revenant de l'école un jour de la semaine dernière, Gracie m'a rapporté les propos incohérents qu'il lui avait tenus sur des gens vivant sur la plage. Il n'y avait pas un mot de vrai dans ces histoires, vous savez. J'ai dit à Gracie qu'il ne fallait pas les croire et elle m'a répondu que ce n'était pas là le but de Paul. S'il ne veut pas qu'elle croie ses histoires, pourquoi les lui raconte-t-il ? »

« Anne affirme que Paul est un génie », remarqua Mme Sloane.

« C'est peut-être vrai. On ne sait jamais à quoi s'attendre avec ces Américains », concéda Mme Andrews.

Pour Mme Andrews, le mot « génie » n'avait pas d'autre sens que celui de l'expression populaire « le génie est proche de la folie » utilisée pour parler d'un individu excentrique. Elle pensait probablement, tout comme Mary Joe, que cela signifiait que le personnage était anormal.

Quant à Anne, elle était assise toute seule à son pupitre dans la classe, exactement comme elle l'avait été le premier jour d'école deux années auparavant, le menton dans la main, ses yeux embués regardant mélancoliquement le Lac aux miroirs par la fenêtre. Elle avait le cœur si serré de se séparer de ses élèves que pour l'instant l'université avait perdu tout son attrait. Elle sentait encore les bras d'Annetta Bell s'agripper à son cou et entendait l'enfant gémir : « Jamais je n'aimerai une autre institutrice autant que vous, mademoiselle Shirley, jamais. »

Pendant deux ans, elle avait travaillé consciencieusement et avec confiance ; elle avait commis plusieurs erreurs, mais ces erreurs lui avaient permis d'avancer. Elle venait de recevoir sa récompense. Elle avait enseigné des choses à ses élèves, mais elle avait l'impression d'avoir appris d'eux bien davantage : leçons de tendresse, de contrôle de soi, de sagesse innocente, connaissance des cœurs d'enfants. Elle n'avait peut-être pas réussi à « inspirer » à ses élèves des ambitions extraordinaires, mais par l'exemple de sa bonté naturelle plus que par ses concepts, elle leur avait montré qu'à l'avenir il était sage et nécessaire de vivre leur vie avec distinction et élégance, d'aimer la vérité, la courtoisie et la bonté et d'éviter tout ce qui tenait du mensonge, de la mesquinerie et de la vulgarité. Ils n'avaient peut-être pas conscience d'avoir appris ces leçons, mais ils s'en souviendraient et les mettraient en pratique bien après avoir oublié la capitale de l'Afghanistan et les dates de la guerre des Deux-Roses.

«Un autre chapitre de ma vie vient de s'achever»,
prononça Anne à voix haute en fermant son pupitre à
clef. Cela l'attristait beaucoup mais le côté romanesque du
«chapitre achevé» la réconforta quelque peu.

Anne passa deux semaines au Pavillon de l'Écho au
début de ses vacances et toutes les personnes concernées
s'amusèrent beaucoup.

Elle entraîna Mlle Lavendar à magasiner en ville et la
persuada de s'offrir une nouvelle robe d'organdi; vint
ensuite le plaisir de la tailler et de l'assembler, pendant
que Charlotta IV la faufilait et balayait les retailles, au
comble du bonheur. Mlle Lavendar se plaignait de ne
jamais ressentir d'intérêt pour quoi que ce soit; mais ses
yeux retrouvèrent leur éclat en voyant la jolie robe.

«Quelle femme insensée et frivole je fais», soupira-
t-elle. «J'ai salutairement honte de penser qu'une
nouvelle robe d'organdi – même s'il s'agit d'organdi bleu
myosotis – me met tant de joie au cœur quand une
conscience en paix et une contribution supplémentaire
aux Missions étrangères n'y arriveraient pas.»

Après une semaine, Anne vint passer une journée à
Green Gables pour raccommoder les chaussettes des
jumeaux et répondre à la série de questions que Davy avait
accumulées. Le soir, elle descendit vers la route de la plage
pour voir Paul Irving. En passant près de la fenêtre basse
du salon des Irving, elle aperçut Paul assis sur les genoux
de quelqu'un; mais il arriva presque aussitôt dans le
couloir.

«Oh! mademoiselle Shirley!» cria-t-il surexcité,
«vous ne pouvez pas savoir ce qui s'est passé! C'est si
merveilleux! Papa est ici, pouvez-vous le croire? Papa est
ici. Entrez vite. Papa, je te présente ma belle institutrice.
Tu sais, papa.»

Stephen Irving s'avança en souriant pour rencontrer
Anne. C'était un bel homme d'âge moyen, grand, aux
cheveux drus gris acier et aux yeux bleus; son visage était
fort et triste, superbement modelé du menton aux sourcils.

Exactement le visage d'un héros de roman, songea Anne avec un sentiment d'intense satisfaction. C'est si décevant de rencontrer le héros escompté et de s'apercevoir qu'il est chauve ou voûté ou qu'il manque de beauté virile d'une façon ou d'une autre. Ç'aurait été terrible pour Anne si l'objet de la passion de Mlle Lavendar n'avait pas été à la hauteur de son rôle.

«Ainsi donc, voilà la "belle institutrice" de Paul dont j'ai tellement entendu parler», dit M. Irving en lui serrant chaleureusement la main. «Les lettres de Paul étaient si pleines de vous, mademoiselle Shirley, que j'ai l'impression de déjà vous connaître. J'aimerais vous remercier de ce que vous avez fait pour Paul. Je pense que vous avez exercé exactement l'influence dont il avait besoin. Maman est une femme exceptionnelle; mais avec son bon sens écossais, robuste et terre à terre, elle ne pouvait pas toujours comprendre un tempérament comme celui de mon gamin. Vous avez fourni ce qui lui manquait. Je crois qu'avec vous deux, Paul a bénéficié d'une éducation idéale ces deux dernières années, bien qu'il ait perdu sa mère.»

Tout le monde aime être apprécié. Les éloges de M. Irving amenèrent une nuance rosée sur le visage d'Anne, si bien que l'homme occupé, fatigué du monde qui la regardait pensa qu'il n'avait jamais vu de jeune fille plus mignonne que cette petite maîtresse d'école des Maritimes avec ses cheveux roux et ses yeux sublimes.

Paul s'assit entre les deux, heureux comme jamais.

«Je n'aurais jamais rêvé que papa viendrait», dit-il d'un air radieux. «Même grand-maman ne le savait pas. Ç'a a été toute une surprise. De façon générale» – Paul secoua gravement ses boucles brunes – «je n'aime pas être pris par surprise parce qu'on perd à ce moment-là tout le plaisir de l'attente. Mais dans un cas comme celui-ci, c'était parfait. Papa est arrivé hier soir alors que j'étais couché. Et lorsque grand-maman et Mary Joe cessèrent d'être surprises, il est monté me voir avec grand-maman. Il n'avait pas l'intention de me réveiller avant le matin, mais j'ai ouvert les yeux et je l'ai vu. Je vous assure que j'ai bondi sur lui. »

« Câlin comme un petit ours », ajouta M. Irving, qui sourit en entourant de son bras les épaules de Paul. « J'ai à peine reconnu mon fils; il est devenu si grand, si bronzé et si costaud. »

« Je me demande qui, de grand-maman ou de moi, était le plus content de voir papa », reprit Paul. « Grand-maman a passé toute la journée dans la cuisine à préparer les mets préférés de papa. Pour cela, elle dit qu'elle n'aurait pas fait confiance à Mary Joe. C'était sa manière à elle d'exprimer sa joie. Moi, je préfère m'asseoir près de papa et bavarder avec lui. À présent, je vais vous laisser ensemble un moment, si vous me le permettez. Je dois aller rentrer les vaches pour Mary Joe. C'est une de mes tâches quotidiennes. »

Après que Paul se fut éloigné pour remplir sa « tâche quotidienne », M. Irving entretint Anne de divers sujets. Pourtant, Anne sentait qu'il songeait à autre chose pendant qu'il parlait. Le chat sortit enfin du sac.

« Dans sa dernière lettre, Paul me racontait une visite qu'il avait faite avec vous chez une de mes vieilles... amies... Mlle Lewis de la maison de pierre à Grafton. Vous la connaissez bien ? »

« Oui, bien sûr, c'est une amie très chère », répondit Anne en prenant un air innocent pour ne pas laisser deviner l'émotion soudaine qui l'avait secouée des pieds à la tête à la question de M. Irving. Anne « sentit instinctivement » que le romantisme la guettait au tournant.

M. Irving se leva et alla à la fenêtre contempler une grosse mer houleuse et dorée sur laquelle soufflait un vent sauvage. Pendant quelques instants, le silence régna dans la petite pièce aux murs sombres.

« Je me demande ce que vous savez », murmura-t-il.

« Je sais tout », répondit-elle vivement. « Voyez-vous », expliqua-t-elle, « nous sommes très intimes, Mlle Lavendar et moi. Elle n'aurait jamais raconté à n'importe qui des choses d'un caractère aussi sacré. Nous sommes des âmes sœurs. »

« Oui, je le crois. Eh bien, j'ai une faveur à vous demander. J'aimerais revoir Mlle Lavendar, si elle est d'accord. Pouvez-vous lui demander si elle m'autorise à lui rendre visite ? »

Si elle le lui demanderait ? Mais bien entendu ! Oui, c'était une histoire d'amour, une véritable, avec tout le charme de la poésie, de l'intrigue et du rêve. Elle était peut-être un peu tardive, comme une rose qui s'épanouirait en octobre quand elle aurait dû le faire en juin ; mais c'était néanmoins une rose, dans toute sa splendeur, dégageant tout son parfum, avec l'éclat de l'or dans son cœur. Le lendemain matin, les pieds d'Anne ne l'avaient jamais portée à Grafton avec plus d'entrain à travers le bois de bouleaux. Elle trouva Mlle Lavendar dans le jardin. Anne était terriblement fébrile. Ses mains devinrent glacées et sa voix trembla.

« J'ai quelque chose à vous dire, mademoiselle Lavendar... quelque chose de très important. Pouvez-vous deviner de quoi il s'agit ? »

Anne n'aurait jamais supposé cela possible ; mais Mlle Lavendar pâlit et prononça d'une voix calme et impassible, d'où avaient disparu toute la couleur et tout l'éclat :

« Stephen Irving est de retour ? »

« Comment le savez-vous ? Qui vous l'a dit ? » s'écria Anne désappointée et vexée de voir sa grande révélation connue.

« Personne ne me l'a dit. Je l'ai su seulement au son de votre voix. »

« Il veut venir vous voir », annonça Anne. « Puis-je lui écrire que vous êtes d'accord ? »

« Oui, évidemment », répondit Mlle Lavendar avec émoi. « Je n'ai aucune raison de refuser. Il vient simplement me voir comme un vieil ami. »

Anne avait son idée sur la question. Elle se hâta d'entrer dans la maison pour rédiger un mot au pupitre de Mlle Lavendar.

« Oh ! quel bonheur de vivre dans un roman », pensa-t-elle gaiement.

« Tout se terminera bien, c'est sûr – il le faut – et Paul aura une mère selon son cœur, et tout le monde sera heureux. Mais M. Irving emmènera Mlle Lavendar... et qui sait ce qu'il adviendra de la petite maison de pierre. Il y a deux côtés à cette médaille, comme ce semble être le cas pour toute chose ici-bas. »

L'important message fut écrit et c'est Anne elle-même qui le porta au bureau de poste de Grafton, où elle arrêta le facteur au passage pour lui demander de laisser la lettre au bureau d'Avonlea.

« C'est capital », l'assura-t-elle anxieusement.

Le facteur était un vieux personnage plutôt revêche dont l'apparence n'avait absolument rien à voir avec celle d'un messager de Cupidon ; en outre, Anne n'était pas trop certaine qu'on puisse se fier à sa mémoire. Mais il lui affirma qu'il ferait de son mieux pour s'en souvenir et elle dut s'en contenter.

Charlotta IV sentit qu'un mystère planait sur la maison de pierre cet après-midi – un mystère dont elle était exclue. Mlle Lavendar rôdait dans le jardin d'un air distrait. Même Anne semblait la proie du démon de la bougeotte et ne cessait d'aller et de venir, de monter et de descendre. Charlotta IV supporta la situation jusqu'à ce que la patience cesse d'être une vertu ; elle affronta Anne tandis que cette jeune personne romanesque venait pour la troisième fois errer sans but dans la cuisine.

« S'il vous plaît, mademoiselle Shirley, m'dame », dit Charlotta IV en secouant avec indignation ses rubans très bleus, « c'est clair que vous avez un secret, Mlle Lavendar et vous, je pense, pardonnez-moi si je vais trop loin, mademoiselle Shirley, m'dame, que c'est vraiment pas chic de votre part de me tenir à l'écart quand nous avons été de si bonnes amies. »

« Oh ! Charlotta, ma chérie, je t'aurais tout raconté s'il s'était agi de mon secret, mais c'est celui de Mlle Lavendar, tu vois. Mais je vais te confier une chose, et s'il n'arrive rien, tu dois me promettre de ne jamais en souffler mot à âme qui vive. Tu vois, le Prince Charmant viendra ce soir. Il était déjà venu autrefois, mais dans un moment de folie, il était reparti; il avait vagabondé de par le monde et oublié le secret du chemin magique pour parvenir au palais enchanté où la princesse pleurait toutes les larmes de son corps pour lui. Mais il a fini par s'en souvenir et la princesse l'attend toujours – car personne d'autre que son prince bien-aimé ne pourrait l'enlever. »

« Oh ! mademoiselle Shirley, m'dame, qu'est-ce que vous me racontez là ? » bredouilla Charlotta complètement mystifiée.

Anne éclata de rire.

« Pour parler en prose, Mlle Lavendar doit recevoir un vieil ami ce soir. »

« Vous voulez dire un ancien soupirant ? » questionna la prosaïque Charlotta.

« C'est probablement ce que je veux dire – en prose », répondit gravement Anne. « C'est le père de Paul... Stephen Irving. Et qui sait comment tout cela peut finir, mais espérons pour le mieux, Charlotta. »

« J'espère qu'il va épouser Mlle Lavendar », fut la réponse sans équivoque de Charlotta. « Certaines femmes sont destinées à rester vieilles filles et j'ai bien peur d'être de celles-là, mademoiselle Shirley, m'dame, parce que je n'ai guère de patience avec les hommes. Mais ce n'a jamais été le cas de Mlle Lavendar. Et je m'inquiétais terriblement de savoir ce qu'elle deviendrait quand j'aurais l'âge d'être *obligée* d'aller à Boston. Il ne reste plus de fille dans notre famille, et qu'aurait-elle fait si elle avait dû vivre avec une étrangère qui aurait ri de ses jeux et laissé les choses traîner et n'aurait pas accepté de se faire appeler Charlotta V ? Elle aurait pu trouver quelqu'un de moins malchanceux que moi pour casser la vaisselle, mais jamais quelqu'un qui l'aurait aimée autant que moi. »

Sur ces mots, la fidèle petite servante pencha brusquement la tête vers la porte du four en reniflant.

On observa comme d'habitude le rituel du thé ce soir-là au Pavillon de l'Écho; mais personne ne put avaler une bouchée. Mlle Lavendar se rendit ensuite dans sa chambre pour revêtir sa nouvelle robe d'organdi bleu myosotis et se faire coiffer par Anne. Elles étaient toutes deux incroyablement excitées bien que Mlle Lavendar prétendît se sentir calme et indifférente.

« Je dois sans faute repriser cet accroc dans le rideau demain », observa-t-elle anxieusement en l'examinant comme si rien d'autre n'avait eu d'importance à ce moment précis. « Ces rideaux n'ont pas duré le temps qu'ils auraient dû étant donné le prix que je les ai payés. Mon Dieu ! Charlotta a encore oublié d'épousseter la rampe. Je dois absolument lui en faire la remarque. »

Anne était assise dans les marches du porche lorsqu'elle aperçut Stephen Irving qui arrivait par le sentier et traversait le jardin.

« Voici le seul endroit immuable au monde », déclara-t-il en regardant autour de lui avec des yeux ravis. « Rien n'a changé dans cette maison ou ce jardin depuis que j'y venais il y a vingt-cinq ans. Cela me fait me sentir jeune de nouveau. »

« Le temps ne bouge jamais dans un palais enchanté, vous savez », répondit sérieusement Anne. « Ce n'est qu'avec l'arrivée du prince que les événements se produisent. »

M. Irving sourit un peu tristement au jeune visage levé vers lui, tout illuminé de promesses d'avenir.

« Quelquefois, le prince arrive trop tard », dit-il.

Il n'avait pas demandé à Anne de traduire sa remarque en prose.

Comme toutes les âmes sœurs, il avait compris.

« Oh ! non, pas quand c'est le véritable prince qui vient vers la vraie princesse », objecta Anne, qui secoua d'un air résolu sa tête rousse en ouvrant la porte du salon. Elle la referma soigneusement lorsqu'il fut entré; en se retournant, elle se trouva nez à nez avec Charlotta IV qui se tenait dans le couloir et lui faisait toutes sortes de signes, le visage rayonnant.

«Oh! mademoiselle Shirley, m'dame», souffla-t-elle, «j'ai jeté un coup d'œil par la fenêtre de la cuisine... et il est si indescriptiblement beau... et il a tout juste l'âge qui convient à Mlle Lavendar. Et oh! mademoiselle Shirley, m'dame, pensez-vous que ce serait très mal d'écouter à la porte?»

«Ce serait épouvantable, Charlotta», répondit-elle avec fermeté. «Alors tu vas venir avec moi loin de la tentation.»

«Je peux rien faire, et c'est terrible de rester là à attendre», soupira Charlotta. «Et que se passera-t-il si en fin de compte il ne lui demande pas sa main? On ne peut jamais être sûre, avec un homme. Ma sœur aînée, Charlotta 1re, a cru un jour qu'elle était fiancée à un homme. Mais on s'est finalement aperçu que lui, il voyait les choses différemment, et ma sœur a dit que plus jamais elle ne ferait confiance à l'un d'eux. Et j'ai entendu parler d'un autre cas où un homme se croyait désespérément amoureux d'une fille alors qu'en réalité c'était sa sœur qu'il avait tout le temps désirée. Quand l'homme n'arrive même pas à savoir ce qu'il veut, mademoiselle Shirley, m'dame, comment une pauvre femme pourrait en être sûre?»

«Allons dans la cuisine astiquer les cuillers d'argent», décida Anne.

«Voilà heureusement un travail qui n'exige pas beaucoup de réflexion – car il me serait impossible de réfléchir ce soir. Comme ça, nous passerons le temps.»

Une heure passa. Puis, au moment où Anne déposait la dernière cuiller étincelante, elles entendirent se fermer la porte d'en avant. Toutes deux inquiètes, elles cherchèrent du réconfort dans les yeux l'une de l'autre.

«Oh! mademoiselle Shirley, m'dame», bafouilla Charlotta, «s'il part si tôt, c'est qu'il n'est rien arrivé et n'arrivera jamais rien.»

Elles se précipitèrent à la fenêtre. M. Irving n'avait aucunement l'intention de s'en aller. Lui et Mlle Lavendar se dirigeaient nonchalamment vers le banc de pierre par le sentier du milieu.

«Oh! mademoiselle Shirley, m'dame, il a mis le bras autour de sa taille», chuchota Charlotta IV avec ravissement. «Il l'a sûrement demandée en mariage, sinon elle ne le lui aurait jamais permis.»

Anne saisit Charlotta par sa taille rebondie et l'entraîna dans une ronde autour de la cuisine jusqu'à ce qu'elles soient toutes deux à bout de souffle.

«Charlotta», s'écria-t-elle gaiement, «je ne suis ni une prophétesse ni la fille d'une prophétesse, mais je te prédis qu'il y aura une noce dans cette vieille maison de pierre avant que les érables soient rouges. Veux-tu que je te traduise cela en prose?»

«Non, cela, je peux le comprendre», répondit Charlotta. «Un mariage, ce n'est pas de la poésie. Mais vous pleurez, mademoiselle Shirley, m'dame! Pourquoi?»

«C'est parce que c'est si beau... comme dans les livres... c'est si romantique... et triste», sanglota Anne en essuyant ses larmes. «Tout cela est parfaitement adorable... mais d'une certaine façon, c'est mêlé d'un peu de tristesse.»

«Bien sûr, on court toujours un risque en se mariant», concéda Charlotta IV. «Mais tout bien considéré, mademoiselle Shirley, m'dame, il existe bien des choses pires qu'un mari.»

29

Poésie et prose

Anne vécut le mois qui suivit dans ce qui, à Avonlea, aurait pu être appelé un tourbillon d'émotions. Ses modestes préparatifs pour Redmond étaient passés au second rang. Mlle Lavendar se préparait pour son mariage et la maison de pierre était la scène de consultations, de planifications et de discussions interminables pendant que, émerveillée et ravie, Charlotta IV voltigeait nerveusement de-ci de-là. Lorsque la couturière se présenta, on vécut l'extase et la misère de choisir les modèles et de les ajuster. Anne et Diana passaient la moitié de leur temps au Pavillon de l'Écho et il y eut des nuits où Anne ne put trouver le sommeil, se demandant si elle avait eu raison de conseiller à Mlle Lavendar le brun plutôt que le bleu marine pour sa tenue de voyage, et la ligne princesse pour sa robe de soie grise.

Toutes les personnes touchées par le mariage de Mlle Lavendar en éprouvèrent un immense bonheur. Aussitôt que son père lui eut appris la nouvelle, Paul Irving se précipita à Green Gables pour en discuter avec Anne.

« Je savais que je pouvais compter sur papa pour me choisir une deuxième mère charmante », déclara-t-il fièrement. « C'est bien d'avoir un père à qui l'on peut se fier, Anne. J'adore Mlle Lavendar. Grand-maman est très contente, elle aussi. Elle se dit ravie que papa ne se soit pas remarié avec une Américaine parce que, même si cela a réussi la première fois, il est douteux que tout se passe aussi

bien avec une deuxième. Mme Lynde approuve tout à fait
cette union et elle pense que Mlle Lavendar va sans doute
renoncer à ses idées bizarres et se comporter comme tout
le monde à présent. Moi j'espère que non, Anne, parce
que je l'aime comme elle est et je ne veux pas qu'elle
ressemble aux autres. Il y en a bien assez comme ça. Vous
comprenez cela, vous, Anne. »

Charlotta IV aussi était radieuse.

« Oh ! mademoiselle Shirley, m'dame, tout s'est si
bien arrangé. Quand M. Irving et Mlle Lavendar revien-
dront de voyage, j'irai vivre avec eux à Boston – et je n'ai
que quinze ans et mes sœurs n'y sont jamais allées avant
d'avoir seize ans. M. Irving n'est-il pas magnifique ? Il
vénère le sol qu'elle foule et ça me fait quelquefois un
drôle d'effet quand je vois la manière dont il la regarde. Ça
défie toute description, mademoiselle Shirley, m'dame. Je
suis vraiment heureuse qu'ils se plaisent tant. Tout compte
fait, c'est la meilleure façon même si certaines personnes
arrivent à s'entendre sans ça. Une de mes tantes s'est
mariée trois fois et elle dit qu'elle s'est mariée par amour la
première fois mais que les deux autres ont été des mariages
de raison ; elle a été heureuse avec les trois, sauf au
moment des funérailles. Mais je pense qu'elle a pris un
risque, mademoiselle Shirley, m'dame. »

« Comme toute cette histoire est romantique », souffla
Anne à Marilla ce soir-là. « Si je ne m'étais pas trompée de
chemin le jour où j'allais chez les Kimball, je n'aurais pas
fait la connaissance de Mlle Lavendar ; et si je ne l'avais pas
rencontrée, je ne lui aurais jamais présenté Paul... et il
n'aurait jamais écrit à son père pour lui raconter cette
visite au moment précis où celui-ci partait pour San
Francisco. M. Irving dit que dès qu'il a reçu cette lettre, il
a décidé d'envoyer son associé à San Francisco et de venir
ici à la place. Il y avait quinze ans qu'il n'avait pas entendu
parler de Mlle Lavendar. Quelqu'un lui avait alors raconté
qu'elle était sur le point de se marier ; il a cru qu'elle l'était
et n'a jamais demandé de ses nouvelles à qui que ce soit.

Et maintenant tout est bien qui finit bien. Un peu grâce à moi. Comme le dit Mme Lynde, peut-être que tout est prédestiné et que ce serait arrivé de toute façon. Pourtant, c'est agréable de penser que le destin s'est servi de nous. Oui, tout cela est bien romantique. »

« Je ne vois pas ce qu'il y a de si romantique dans cette histoire », répliqua Marilla d'un ton plutôt cassant.

Marilla était d'avis que l'événement prenait trop de place dans la vie d'Anne : elle avait déjà suffisamment à faire ses propres préparatifs pour l'université sans passer deux jours sur trois au Pavillon de l'Écho à aider Mlle Lavendar.

« Pour commencer, deux jeunes se disputent et boudent; ensuite, Steve Irving part pour les États; il s'y marie après quelque temps et connaît le parfait bonheur à tous points de vue. Puis sa femme meurt et après un intervalle décent, il revient dans son village voir si sa première flamme veut encore de lui. Entre-temps, elle est restée célibataire, sans doute parce que personne d'assez bien ne lui a proposé de l'épouser. Ils se revoient donc et se mettent d'accord pour finalement se marier. Maintenant, dis-moi ce que tu trouves de si romantique à cela ? »

« Oh ! rien du tout, raconté en ces termes », s'étrangla Anne, qui avait l'impression d'avoir reçu une douche froide. « Je suppose que ça ressemble à ça quand on regarde la chose prosaïquement. Mais quand on la voit par les yeux de la poésie, c'est très différent... et c'est beaucoup plus beau, je pense », poursuivit-elle en redevenant elle-même, les yeux brillants et une rougeur aux joues, « quand on regarde avec les yeux de la poésie ».

En voyant son jeune visage radieux, Marilla ravala ses commentaires sarcastiques. Elle venait peut-être de se rendre compte qu'après tout, il valait mieux posséder, comme Anne, « la vision et le pouvoir divins » – ce présent que le monde ne pouvait ni accorder ni reprendre – qui transfigurait – ou révélait – la réalité, la faisant apparaître auréolée d'une lumière céleste, revêtue d'une gloire et

d'une fraîcheur imperceptibles à ceux qui, comme
elle-même et Charlotta IV, ne regardaient qu'à travers la
prose.

« Quand doit-on célébrer la noce ? » questionna-t-elle
après un silence.

« Le dernier mercredi d'août. Ils se marieront dans le
jardin, sous le treillis de chèvrefeuille – l'endroit exact où
M. Irving lui avait demandé sa main il y a vingt-cinq ans.
C'est romantique, ça, Marilla, même en prose. Les seuls
invités seront Mme Irving et Paul, Gilbert, Diana et moi
ainsi que les cousins de Mlle Lavendar. Puis ils partiront par
le train de six heures pour un voyage sur la côte Ouest. À
leur retour à l'automne, Paul et Charlotta IV iront vivre
avec eux à Boston. Mais le Pavillon de l'Écho restera tel
quel – ils vendront bien sûr les poules et la vache et
placarderont les fenêtres – et ils viendront passer tous leurs
étés ici. Je suis si contente. Cela m'aurait fait tant de
peine, l'hiver prochain, à Redmond, de penser à cette
chère maison de pierre toute silencieuse et désertée, avec
des chambres vides – ou, bien pire encore, habitée par
d'autres personnes. Mais à présent je peux la voir comme
je l'ai toujours vue, attendant gaiement l'été qui lui ramè-
nera la vie et la joie. »

Le monde recelait pourtant d'autres histoires d'amour
que celle des deux amoureux d'âge mûr de la maison de
pierre. Anne trébucha soudainement sur une d'elles un
soir où, se rendant à Orchard Slope en empruntant le
raccourci par la forêt, elle pénétra dans le jardin des Barry.
Diana Barry et Fred Wright étaient ensemble sous le grand
saule. Diana s'appuyait sur le tronc gris, les cils baissés sur
ses joues colorées. Fred lui tenait la main, le visage penché
vers elle, lui parlant à voix basse du ton le plus pressant.
Ils étaient seuls au monde en cet instant magique ; c'est
pourquoi aucun des deux ne vit Anne qui, comprenant au
premier coup d'œil, fit volte-face et s'en retourna sans
bruit par le bois d'épinettes, sans s'arrêter avant d'être
arrivée à sa propre chambre, où elle s'assit hors d'haleine

près de la fenêtre en essayant tant bien que mal de recouvrer ses esprits.

«Diana et Fred sont en amour», bafouilla-t-elle. «Oh! ça semble si... si... si désespérément adulte.»

Ces derniers temps, Anne n'avait pas été sans se douter que Diana trahissait le mélancolique héros byronien de ses rêves d'antan. Mais, ce que l'on voit étant toujours plus fort que ce que l'on entend ou soupçonne, le fait de comprendre que c'était bien le cas lui fit presque le choc d'une révélation. Puis, elle éprouva un étrange petit sentiment de solitude... comme si, d'une certaine façon, Diana était entrée dans un monde nouveau et avait refermé la barrière derrière elle, laissant Anne de l'autre côté.

«Tout change si vite que j'ai presque peur», songea-t-elle un peu tristement. «Et je crains que notre relation à Diana et moi ne s'en trouve inévitablement modifiée. Je suis sûre que je ne pourrai plus lui confier tous mes secrets, à présent; elle pourrait les répéter à Fred. Qu'est-ce qu'elle peut bien trouver à Fred? C'est un très gentil garçon, de compagnie agréable... mais ce n'est que Fred Wright.»

Cette question est toujours difficile à résoudre: qu'est-ce qu'une personne peut bien voir dans une autre? Mais une chance que les choses se passent ainsi en fin de compte, car si tout le monde voyait la même chose, eh bien, comme dirait le vieil Indien, «tout le monde voudrait ma squaw». C'était clair que Diana voyait quelque chose dans Fred Wright, alors que les yeux d'Anne étaient bouchés. Une Diana pensive et timide vint à Green Gables le lendemain au crépuscule pour raconter à Anne toute l'histoire, dans la réclusion du pignon est. Les deux amies s'embrassèrent en riant et en pleurant.

«Je suis si heureuse», dit Diana, «mais cela me semble ridicule de penser que je suis fiancée.»

«Comment se sent-on quand on est fiancée?» s'informa Anne, curieuse.

«Eh bien, tout dépend de la personne à qui tu l'es», répondit Diana, avec cet air exaspérant de condescendance que revêtent toujours ceux qui sont fiancés vis-à-vis de ceux qui ne le sont pas. «C'est tout à fait adorable d'être fiancée à Fred... mais je pense que ce doit être simplement affreux de l'être à un autre. »

« Ce n'est pas d'un grand réconfort pour les autres filles quand on sait qu'il n'existe qu'un seul Fred », fit Anne en riant.

«Oh! Anne, tu ne comprends pas», protesta Diana, vexée. «Ce n'est pas ce que je voulais dire... c'est si difficile à expliquer. En tout cas, tu comprendras un jour, quand ton tour viendra. »

«Tu sais bien que je te comprends, très chère Diana. À quoi sert l'imagination si on n'est pas capable de voir la vie par les yeux des autres ? »

«Tu dois être ma demoiselle d'honneur, tu sais, Anne. Promets-le-moi, peu importe où tu te trouveras quand je me marierai. »

«Je viendrai de l'autre bout du monde si nécessaire », promit solennellement Anne.

«Bien entendu, ce ne sera pas avant bien longtemps », reprit Diana en rougissant. «Trois ans au minimum, car je n'ai que dix-huit ans et maman dit qu'aucune de ses filles ne se mariera avant vingt et un ans. D'autre part, le père de Fred va acheter la ferme d'Abraham Fletcher et il dit qu'il doit en avoir payé les deux tiers avant de la lui donner à son nom. Mais je n'aurai pas trop de trois ans pour préparer mon trousseau, parce que je n'ai pas encore commencé à faire des ouvrages fins. Je commencerai dès demain à crocheter des napperons. Myra Gillis avait trente-sept napperons à son mariage et je suis bien déterminée à en avoir autant qu'elle. »

«Je présume qu'il serait parfaitement impossible de tenir maison avec seulement trente-six napperons », concéda Anne d'un air solennel mais le regard pétillant.

Diana eut l'air offensée.

«Je n'aurais jamais cru que tu rirais de moi», lui reprocha-t-elle.

«Mais je ne me moque pas, ma chérie», s'écria Anne d'un air repentant. «Je ne faisais que te taquiner un peu. Je crois que tu feras la plus charmante petite maîtresse de maison du monde. Et tu as parfaitement raison de commencer dès maintenant à préparer la maison de tes rêves.»

Elle n'avait pas sitôt prononcé les mots «maison de tes rêves» que, fascinée, elle se mit immédiatement à en construire une pour elle-même en imagination. Elle était évidemment habitée par un maître de maison idéal, ténébreux, fier et mélancolique; mais bizarrement, Gilbert Blythe persistait à rôder aux alentours, lui aussi, l'aidant à suspendre les cadres, à arranger les jardins et à accomplir différentes autres tâches qu'un héros fier et mélancolique considérerait bien sûr indignes de lui. Elle essaya bien de bannir l'image de Gilbert de son château en Espagne, mais il continuait pourtant à rester là et, comme elle était pressée, elle y renonça et poursuivit son travail d'architecture dans les nuages avec un tel succès que la «maison de ses rêves» fut terminée et meublée avant que Diana eut repris la parole.

«Tu trouves sans doute drôle que Fred me plaise tant alors qu'il est si différent du type d'homme avec lequel j'avais toujours prétendu que je me marierais... grand et élancé. Pourtant, d'une certaine façon, je ne voudrais pas d'un Fred grand et élancé parce que, vois-tu, alors il ne serait plus Fred. Bien entendu», ajouta-t-elle avec regret, «nous ferons un couple terriblement rondelet. Mais après tout, c'est encore mieux que si l'un des deux était petit et gros et l'autre grand et mince, comme Morgan Sloane et sa femme. Mme Lynde dit qu'elle ne peut s'empêcher de penser à la caricature du grand et du petit quand elle les voit ensemble.»

«Eh bien», confia Anne à son reflet ce soir-là en brossant ses cheveux devant son miroir au cadre doré, «cela me fait plaisir de voir Diana si heureuse et comblée. Mais quand viendra mon tour – si jamais il vient – j'espère vivre quelque chose d'un peu plus excitant. Mais Diana aussi avait pensé comme cela. Combien de fois l'ai-je entendue répéter que jamais elle ne se fiancerait d'une manière étriquée et banale... Il a dû avoir quelque chose de splendide pour la conquérir. Elle a changé. Je changerai peut-être, moi aussi. Non... je suis déterminée à rester la même. Oh! comme les fiançailles deviennent des choses perturbatrices quand elles arrivent à vos amis intimes. »

30

Un mariage à la maison de pierre

Ce fut bientôt la dernière semaine d'août, pendant laquelle devait avoir lieu le mariage de Mlle Lavendar. Deux semaines plus tard, Anne et Gilbert partiraient pour l'université de Redmond. La semaine de leur départ, Mme Lynde déménagerait à Green Gables et installerait ses pénates dans l'ancienne chambre d'amis, déjà prête pour son arrivée. Elle avait vendu à l'encan tous ses biens superflus et se consacrait présentement à l'occupation agréable d'aider les Allan à emballer leurs effets. M. Allan devait faire son sermon d'adieu le dimanche suivant. L'ordre ancien se transformait rapidement pour faire place au nouveau, comme Anne le sentit avec une petite tristesse assombrissant son excitation et son plaisir.

«Les changements ne sont pas totalement plaisants, mais ce sont d'excellentes choses», observa philosophiquement M. Harrison. «Les choses peuvent rester exactement identiques pendant deux ans et ça suffit amplement. Plus longtemps, elles risqueraient de moisir.»

M. Harrison fumait sa pipe sur la véranda. Dans un esprit de sacrifice, sa femme l'avait autorisé à fumer à l'intérieur s'il prenait soin de s'asseoir près d'une fenêtre ouverte. M. Harrison l'avait récompensée de cette concession en allant fumer dehors chaque fois qu'il faisait beau. C'est ainsi que régnait la bonne volonté réciproque.

Anne était allée demander quelques dahlias jaunes à Mme Harrison. Elle et Diana se rendaient au Pavillon de

l'Écho ce soir-là afin d'aider Mlle Lavendar et Charlotta IV
dans leurs derniers préparatifs pour la noce du lendemain.
Mlle Lavendar n'avait elle-même jamais eu de dahlias ; elle
ne les aimait pas et ils n'auraient pas convenu à la retraite
de son jardin à l'ancienne mode. Mais à cause de la tempête du vieux Abe, les fleurs de toutes sortes se faisaient
plutôt rares à Avonlea et dans les environs cet été-là ;
Anne et Diana trouvaient cependant que dans le coin
sombre de l'escalier, égayée de dahlias jaunes, une certaine
vieille jarre de couleur crème, d'ordinaire consacrée
exclusivement aux beignets, ferait un merveilleux
contraste avec le mur du couloir recouvert de papier rouge.

« J'suppose que vous allez partir pour l'université dans
une quinzaine ? » poursuivit M. Harrison. « Eh bien, vous
allez beaucoup nous manquer, à Emily et à moi. C'est sûr
que Mme Lynde sera chez vous à votre place. Personne
d'autre qu'un substitut ne pourrait vous remplacer. »

Il est impossible de traduire en mots l'ironie du ton de
M. Harrison. Malgré l'intimité qui s'était établie entre sa
femme et Mme Lynde, la meilleure façon de définir la
relation de cette dernière avec M. Harrison, même sous le
nouveau régime, c'était qu'ils conservaient une neutralité
armée.

« Oui, je m'en vais », répondit Anne. « L'esprit content mais le cœur lourd. »

« J'suppose aussi que vous comptez rafler tous les
honneurs qui traînent à Redmond ? »

« J'essaierai peut-être d'en mériter un ou deux », con-
fessa Anne. « Mais ce genre de chose ne m'intéresse pas
autant qu'il y a deux ans. Je voudrais que mes études
universitaires m'apprennent la façon de faire le plus et le
mieux possible avec ma vie. Apprendre à comprendre et
aider les autres et moi-même. »

M. Harrison hocha la tête.

« C'est exactement l'idée. C'est pour ça qu'on devrait
aller à l'université, au lieu de vouloir en sortir si rempli de
connaissances livresques et de vanité qu'il ne reste plus de

place pour rien d'autre. Vous avez raison. L'université ne pourra pas vous faire beaucoup de mal, j'imagine. »

Après le thé, Diana et Anne se rendirent en boghei jusqu'au Pavillon de l'Écho en emportant toutes les fleurs recueillies après plusieurs expéditions prédatrices dans leurs propres jardins et ceux de leurs voisins. Elles trouvèrent la maison de pierre en grand émoi. Charlotta IV voltigeait ici et là avec tant d'énergie et de vivacité que ses rubans bleus semblaient vraiment investis du don d'ubiquité. Comme le casque de Navarre dans le brouillard de la bataille, les nœuds de rubans bleus de Charlotta flottaient partout.

« Dieu merci, vous êtes venue », s'écria-t-elle avec ferveur. « Il reste des tonnes de choses à faire... et le glaçage de ce gâteau *ne veut pas* durcir... et il faut encore frotter toute l'argenterie... et mettre du crin de cheval dans la malle... et les coqs destinés à la salade courent encore derrière le poulailler en caquetant, mademoiselle Shirley, m'dame. Et on ne peut compter sur mademoiselle Lavendar pour faire quoi que ce soit. Une chance que M. Irving est venu la chercher tout à l'heure pour faire une promenade dans la forêt. C'est très bien de se faire la cour, mademoiselle Shirley, m'dame, mais tout se gâte quand on essaie de mêler ça avec la cuisine et le ménage. C'est mon opinion, mademoiselle Shirley, m'dame. »

Anne et Diana déployèrent tant de zèle qu'à dix heures, même Charlotta IV se déclarait satisfaite. Elle se fit d'innombrables nattes et se mit au lit, complètement épuisée.

« Mais c'est sûr que je n'pourrai pas fermer l'œil de la nuit, mademoiselle Shirley, m'dame, de peur que quelque chose craque à la dernière minute... la crème montera pas... ou M. Irving aura une attaque et ne pourra pas venir. »

« Il n'a pas l'habitude d'avoir des attaques, n'est-ce pas ? » demanda Diana, les fossettes se creusant aux coins de sa bouche. Pour elle, si Charlotta IV n'était pas

exactement une beauté, elle était certainement une source
de joie perpétuelle.

«Ce sont pas des choses qui arrivent par habitude»,
répondit-elle avec dignité. «Elles arrivent simplement... et
c'est la vie. N'importe qui peut avoir une attaque. On n'a
pas besoin d'apprendre comment. M. Irving ressemble
beaucoup à un de mes oncles qui en a eu une un jour qu'il
était assis à table pour dîner. Mais peut-être que tout se
passera bien. Sur cette terre, on n'a rien d'autre à faire
qu'espérer le meilleur, se préparer pour le pire et prendre
ce que le bon Dieu nous envoie.»

«La seule chose qui me préoccupe, c'est qu'il ne fera
pas beau demain», dit Diana. «Le vieux Abe a prédit de la
pluie pour le milieu de la semaine et, depuis la grosse
tempête, je ne peux m'empêcher de croire que ses prophéties contiennent une grande part de vérité.»

Sachant mieux que Diana à quel point le vieux Abe
avait quelque chose à voir avec la tempête, Anne ne fut
pas trop perturbée. Elle dormit du sommeil du juste et fut
réveillée à une heure indue par Charlotta IV.

«Oh! mademoiselle Shirley, m'dame, c'est affreux de
vous réveiller si tôt», murmura-t-elle par le trou de la
serrure, «mais il reste tant de choses à faire et... oh! mademoiselle Shirley, m'dame, j'ai peur qu'il pleuve et j'aimerais
que vous vous leviez pour me dire ce que vous en pensez.»

Anne courut à la fenêtre, espérant de toutes ses forces
que Charlotta lui disait cela dans le seul but de l'obliger à
se lever. Mais l'aube avait hélas un air vraiment morose. Il
n'y avait pas un souffle de vent et, sous la fenêtre, le jardin
de Mlle Lavendar semblait tout terne alors qu'il aurait dû
resplendir dans un pâle soleil virginal; au-dessus des
sapins, le ciel était obscurci par des nuages maussades.

«C'est trop dommage!» s'exclama Diana.

«Espérons pour le mieux», dit Anne avec détermi-
nation. «Si seulement il ne pleut pas pour de vrai, une
journée fraîche, grise et nacrée comme celle-ci vaudra
mieux qu'un soleil torride.»

«Mais il pleuvra», gémit Charlotta en surgissant dans la chambre, irrésistible petite silhouette dont les innombrables nattes pointaient dans toutes les directions. «Ça attendra jusqu'à la dernière minute, puis il tombera des clous. Et tout le monde sera trempé... et laissera des traces de boue dans toute la maison... et ils ne pourront pas se marier sous le chèvrefeuille... et vous pouvez dire ce que vous voulez, mademoiselle Shirley, c'est malchanceux pour la mariée quand le soleil ne brille pas sur elle. Je savais bien que c'était trop beau pour durer.»

Charlotta IV avait certainement emprunté une page du livre de Mlle Eliza Andrews.

Il ne plut pas, bien que le temps continuât à être menaçant. À midi, elles avaient fini de décorer la maison et de mettre le couvert; en haut attendait une mariée «parée pour son époux».

«Que vous êtes belle!» s'extasia Anne.

«Adorable», ajouta Diana.

«Tout est prêt, mademoiselle Shirley, m'dame, et rien d'épouvantable ne s'est *encore* produit», déclara Charlotta avec entrain en se dirigeant vers sa petite chambre en arrière pour s'habiller.

Toutes les tresses furent défaites et l'exubérante chevelure crépue fut ramassée en deux nattes attachées non pas avec deux mais avec quatre nœuds de ruban flambant neuf, d'un bleu éclatant. Les boucles du haut évoquaient assez deux ailes qui auraient poussé dans le cou de Charlotta, un peu à la manière des chérubins de Raphaël. Mais Charlotta en était très fière, et après qu'elle eut enfilé une robe blanche, si empesée qu'elle aurait pu tenir debout toute seule, elle s'examina dans le miroir avec une grande satisfaction... sentiment qui dura jusqu'à ce que, sortant dans le couloir et jetant un coup d'œil dans la chambre d'amis, elle aperçut une jeune fille élancée dans une robe blanche légèrement moulante, des fleurs comme des étoiles dans les douces ondulations de ses cheveux roux.

« Oh ! je n'arriverai jamais à ressembler à Mlle Shirley »,
songea avec désespoir la pauvre Charlotta. « Il faut naître
comme ça, j'imagine... On a beau pratiquer, jamais on
n'attrape cet air-là. »

À une heure, les invités étaient là, y compris M. et
Mme Allan, puisque c'était M. Allan qui devait officier en
l'absence du pasteur de Grafton qui était en vacances.
Tout se déroula avec simplicité. Mlle Lavendar descendit
l'escalier à la rencontre du marié et, quand il lui prit la
main, elle leva vers lui ses grands yeux bruns avec une
expression qui fit à Charlotta IV, lorsqu'elle l'intercepta,
un effet encore plus étrange que d'habitude. Ils se
rendirent au chèvrefeuille où les attendait M. Allan. Les
invités se regroupèrent selon leur bon plaisir. Anne et
Diana se tinrent près du vieux banc de pierre, Charlotta IV
entre elles, agrippant désespérément leurs mains dans ses
petites pattes glacées et tremblantes.

M. Allan ouvrit son livre bleu et la cérémonie commença. Au moment précis où Mlle Lavendar et M. Irving
furent déclarés mari et femme, il se produisit quelque
chose de très beau et de très symbolique. Le soleil perça
soudain les nuages et déversa un flot de lumière sur
l'heureuse mariée. Le jardin s'anima aussitôt d'ombres
dansantes et de scintillements.

« Quel charmant présage », songea Anne en courant
embrasser la mariée. Ensuite, les trois filles laissèrent les
invités rire auprès du nouveau couple et se précipitèrent
dans la maison pour vérifier si tout était prêt pour la fête.

« Dieu merci, c'est fait, mademoiselle Shirley,
m'dame », soupira Charlotta IV, « et ils sont mariés sains
et saufs, qu'importe ce qui va arriver maintenant. Les sacs
de riz sont dans le garde-manger, m'dame, et les vieilles
chaussures derrière la porte, et la crème à fouetter dans
l'escalier de la cave. »

À deux heures et demie. M. et Mme Irving s'en allèrent
prendre le train de l'après-midi et tout le monde se rendit
à Bright River pour leur souhaiter bon voyage. Quand

Mlle Lavendar – pardon, Mme Irving – parut à la porte de
son ancien logis, Gilbert et les filles lancèrent le riz et
Charlotta IV visa si bien en lançant un vieux soulier
qu'elle frappa M. Allan en plein sur la tête. Mais c'est à
Paul qu'il fut réservé de faire le plus bel adieu. Il surgit du
porche en faisant furieusement sonner une grosse cloche
de bronze qui avait orné le manteau de la cheminée de la
salle à manger. Son seul but était de produire un son
joyeux; mais après que le bruit se fut évanoui dans le
lointain, les fées répondirent en faisant tinter leurs
clochettes sur toutes les collines et dans tous les vallons
au-delà de la rivière; elles sonnèrent clairement, puis
gentiment, puis légèrement et encore plus légèrement,
comme si les bien-aimés échos de Mlle Lavendar voulaient
la féliciter et lui dire adieu. C'est ainsi, au milieu de
cette musique ravissante, que Mlle Lavendar quitta son
ancienne existence de rêves et de jeux pour entrer dans
une vie plus concrète, dans le monde de la réalité.

Deux heures plus tard, Anne et Charlotta IV redescendirent par le sentier. Gilbert était allé faire une course
à West Grafton et Diana avait des obligations chez elle.
Anne et Charlotta étaient retournées faire de l'ordre et
verrouiller la maison de pierre. Le jardin, rempli de
papillons et d'abeilles, baignait dans la lumière de la fin du
jour; pourtant, la petite maison avait déjà cet air de
désolation indéfinissable qui suit toujours une fête.

«Oh! mon Dieu! comme elle paraît solitaire», renifla
Charlotta IV qui avait sangloté durant tout le chemin du
retour de la gare. «En fin de compte, une noce, ce n'est pas
plus gai que des funérailles une fois que tout est terminé,
mademoiselle Shirley, m'dame.»

La soirée qui suivit fut très occupée. Il fallait enlever
les décorations, laver la vaisselle, emballer dans un panier
toutes les bonnes choses qui n'avaient pas été consommées
et qui feraient la joie des jeunes frères de Charlotta. Anne
ne voulait pas prendre un instant de répit avant que tout
fût redevenu impeccable; après le départ de Charlotta

munie de son butin, Anne alla baisser les stores dans les
chambres silencieuses; elle avait l'impression de parcourir
une salle de banquet désertée. Puis elle ferma à clef et
s'installa sous le peuplier argenté pour attendre Gilbert.
Malgré sa fatigue, elle ne pouvait s'arrêter d'avoir de
«longues longues réflexions».

«À quoi penses-tu, Anne?» demanda Gilbert en
arrivant. Il avait laissé le cheval et le boghei sur la route.

«À Mlle Lavendar et à M. Irving», répondit-elle.
«N'est-ce pas merveilleux de voir comment tout s'est si
bien dénoué... comment ils se sont retrouvés après toutes
ces années de séparation et de malentendu?»

«Oui, j'admets que c'est beau», fit Gilbert en
regardant sans détourner les yeux le visage levé vers lui,
«mais ce l'aurait été cent fois plus s'il n'y avait pas eu de
séparation ni de malentendu... s'ils avaient traversé toute
leur vie main dans la main, sans autre souvenir derrière
eux que les moments vécus ensemble.»

Pendant un instant, le cœur d'Anne palpita étrangement et, pour la première fois, elle baissa les yeux sous le
regard de Gilbert et une teinte rosée marbra ses joues
pâles. C'était comme si on venait de lever un voile sur son
monde intérieur et qu'elle eût la révélation de sentiments
et de réalités insoupçonnés. L'amour ne surgissait peut-
être pas dans la vie des gens avec pompe et vacarme, tel
un joyeux chevalier galopant sur son cheval; c'était
peut-être sous les traits d'un vieil ami qu'il arrivait par des
chemins tranquilles; il se révélait peut-être d'une façon
pouvant paraître prosaïque, jusqu'à ce qu'une illumination
soudaine en trahisse le rythme et la musique; peut-être...
peut-être... l'amour se développait-il naturellement à
partir d'une belle amitié, comme une rose au cœur doré
glissant de son cocon vert.

Puis le voile tomba de nouveau; mais cette Anne qui
gravissait le sentier obscur n'était pas tout à fait la même
que celle qui l'avait joyeusement descendu la veille. Un
doigt invisible venait de tourner la page de l'adolescente,

elle était arrivée à celle de la femme, avec son charme et son mystère, sa souffrance et sa joie.

Gilbert préféra sagement ne rien ajouter; mais dans son silence, il lisait l'histoire des quatre années à venir éclairées par le souvenir du trouble d'Anne. Quatre années de travail consciencieux, heureux... récompensées par les connaissances utiles apprises et l'amour conquis.

Dans le jardin derrière eux, la petite maison de pierre se réfugiait au milieu des ombres. Si elle était seule, elle n'était pourtant pas abandonnée. Elle connaîtrait encore les rêves, les rires et la joie de vivre; l'avenir lui réservait des étés; entre-temps, elle pouvait attendre. Et par delà la rivière qui coulait, violette, les échos attendaient leur heure.

imprimerie gagné ltée